Sophie Audouin-Mamikonian

Tara Duncan
Le Sceptre Maudit

Flammarion

ISBN : 2-08-068766-2

À Philippe, mon tendre mari, qui a supporté avec grâce
et amour ce nouvel opus
des aventures de Tara Duncan
et dont la seule vue fait encore battre
mon cœur plus vite au bout de vingt ans.
Je t'aime et c'est tout.

À mes deux filles Diane et Marine,
qui ont corrigé mon swahili
(mais non maman, ça s'écrit pas comme ça !) et m'initient
tous les jours aux codes
du web tels que mdr, ptdr, lol et autres mouhaaa
et hu hu des sms.
Diane é Marine g vous m osi tré for !

ÎLE
DU ROYAUME
DE PATROK
Kikrok
Denez
Krol
ROYAUME
D'AQUARIA
PAYS
DES TRITONS
TATRAN
Cityville
Ósor
Hon
VIRIDIS
Céclat
Form
OCÉAN DES BRUMES
DÉSERT
DE
SALTÈRENS
Sala
Montagne
Rouge
Tiran
MEUS
Kekidi
Demoi
Tesour
ROYAU
Poivret
BASERIC
Lasbon
Fier
SPANIVIA
Respyr
Cava
Fleuve Tange
EM
D'OI
CONT
DE
CARTE
D'AUTREMONDE
Face Ouest

PÔLE NORD
calotte glaciaire
MER DES ORAGES
Rino
PLAINE
DU MENTÀLIR
Ceross
ROYAUME DE
KRASALVIE
Uria
Kria
Montagne du Tador
Tombé
KRANKAR
ROYAUME
DE LANGOVIT
Travia
ROYAUME
VILAIN
Deho
Progadek
Sum
Minat
BRONTAGNE
Smallville
SMALL
COUNTRY
Géopole
HYMLIA
Cogito
ME DE SELENDA
GANDIS
Ergo
Garo
Vertig
Seborn
OCÉAN BLEU
Tespres
PIRE
NOIS
INENT
CÛ
Vasy
MER MYCHAIL
Étoi
Échelle 1 : 52 500 000
0
1417.5 km
PÔLE SUD
calotte glaciaire

DYNASTIE DUNCAN AU LANCOVIT
ÉTABLI LE 25 FAICHO 5014 (DATE D'AUTREMONDE)

Manitou Duncan (4850 DA – ∞) & Magenti Val argenmont Rethila (4849 DA – 4928 DA)

Menelas Tri Vranril (4805 DA -) & Isabella Duncan (4910 DA -)

Selena Duncan-Vranril Ab Santa Ab Maru (4977 DA -) & Danviou T'al Barmi (4973 – 5002)

Tara'tylanhnem T'al Barmi Ab Santa Ab Maru T'al Duncan (1991 DT/5000 DA -)

Revental Duncan (4901 DA – 4998 DA) & Teiler Ab Zan (4876 DA -)

Various Duncan (dit le Renégat) (4952 DA -)

DA = Datation d'AutreMonde
DT = Datation de la Terre

DYNASTIE T'AL BARMI AB SANTA AB MARU, EMPIRE D'OMOIS ÉTABLI LE 25 FAICHO 5014 (DATE D'AUTREMONDE)

Demiderus « Poing de feu », fondateur de l'Empire d'Omois
(- 2984 DT -)

Descendants cinq mille ans plus tard

Impératrice d'Omois
Lisbeth'tylanhnem T'al Barmi Ab Santa Ab Maru
(4970 DA -)
& Daril Kratus
(4950 DA – 5005 DA)

Ex-imperator d'Omois
Danviou T'al Barmi Ab Santa Ab Maru
(4973 DA – 5002 DA)
& Selena Duncan
(4977 DA -)

Tara'tylanhnem T'al Barmi Ab Santa Ab Maru T'al Duncan
(1991 DT/5000 DA -)

Demi-frère de l'impératrice d'Omois, actuel imperator d'Omois en remplacement de son demi-frère Danviou
Sandor T'al Barmi Ab March Ab Brevis
(4958 DA -)

DA = Datation d'AutreMonde
DT = Datation de la Terre

Note de l'auteur à ses lecteurs

Les pégases, glurps, vrrirs, traducs, spatchounes, taormis, t'sils et autres bestioles bizarres sont décrites dans le lexique d'AutreMonde à la fin de ce livre.

Avertissement : l'Auteur n'a consommé aucune substance illicite et ne fait que décrire ce qu'il – enfin, elle – voit...

Retrouvez Tara sur : www.taraduncan.com

Écrivez-lui à : tara@taraduncan.com

Chapitre I

La lueur dans la nuit

Le pégase se déplaçait prudemment, ses griffes s'enfonçant dans l'humus épais de la forêt. Les sortceliers avaient été unanimes. Personne ne devait même l'entrevoir. Après tout il était *censé* être un animal mythologique et le premier Terrien qui l'apercevrait risquait de vivre le reste de ses jours dans une petite pièce blanche, très capitonnée, avec une jolie camisole. Il pesta tout bas. Difficile d'être discret avec un pelage étincelant de blancheur sous la lune et quatre mètres d'envergure d'ailes repliés sur le dos !

L'œil aux aguets, il se rapprocha du manoir, belle demeure aux pierres rosies par le temps. D'autres Familiers, compagnons des sortceliers comme lui, montaient la garde. À droite, Sheeba, la panthère argentée, feula et Blondin, un renard malin, jappa en écho. Le quadrupède ailé lança un discret hennissement pour signaler qu'il était de retour de sa ronde dans les sous-bois.

Soudain il se figea. Au premier étage de la maison, l'une des fenêtres pulsait d'une étrange lueur bleue. Dans un claquement feutré, il s'envola et tenta de se maintenir face à l'ouverture, ce qui ne lui était guère facile vu ses imposantes dimensions. En découvrant la scène qui se déroulait derrière les carreaux fermés, il manqua dégringoler sous l'effet de la surprise et de l'inquiétude.

Tara, sa sœur d'âme, une jolie jeune fille blonde pour qui s'effectuait cette surveillance rigoureuse, dormait dans un lit, entourée de livres et de peluches. Jusque-là, tout était normal.

Ce qui l'était nettement moins, c'était sa couleur : bleue.

Enfin... pas exactement. Sa peau était blanche mais il en émanait un halo opalescent, qui parcourait le corps endormi en une lente vague bleuâtre, au point d'éclairer la chambre comme une source lumineuse.

Le pégase sentit ses plumes se hérisser. Le spectacle qu'il avait sous les yeux révélait la manifestation physique d'une magie si puissante qu'elle se produisait même durant le sommeil de la sortcelière.

Et cela, ce n'était pas possible. Enfin... jusqu'à ce jour, cela avait été considéré comme impossible.

Puis la vague bleutée reflua et la jeune sortcelière cessa de ressembler à un schtroumpf. La chambre fut à nouveau plongée dans l'obscurité. Le Familier hésita un instant à réveiller sa maîtresse mais, considérant les événements des dernières heures, il choisit de la laisser reposer.

Ce fut toutefois un pégase rongé d'anxiété qui patrouilla durant le reste de la nuit devant le manoir, essayant de toutes ses forces d'imaginer comment, ne disposant pas de la parole, il allait expliquer aux autres ce dont il avait été le témoin.

Chapitre II

L'attaque des smurgles

Le premier assassin partit en direction de l'armée de smurgles qui encerclait le Manoir d'Isabella Duncan. Le second franchit discrètement l'une des Portes de Transfert entre la planète magique, AutreMonde, et la Terre. Il piégea la Porte qu'il venait de traverser avec tant de subtilité que personne ne verrait la bombe avant que le transfert ne la fasse exploser. Puis il sourit. Sa maîtresse allait être satisfaite. Les sortceliers n'avaient aucune chance de s'en sortir. Avec un léger dégoût pour la magie qu'il détestait tant, il activa le Transmitus qui lui avait été remis et disparut, comme un mauvais dessin qu'on efface.

Lorsque la jeune fille ouvrit les yeux, un superbe soleil dardait ses rayons dans la pièce. Elle s'étira, perplexe. Elle savait ce qu'était une *fenêtre*, elle reconnaissait le *soleil*. Tendant ses bras, elle regarda ses *mains*. Elle était vêtue d'un *pyjama* blanc. En *coton*. Mais elle ne savait rien de plus. Surtout, elle n'avait aucune idée de *qui* elle était.

Elle examina sa chambre, une vaste pièce circulaire, claire avec ses meubles confortables aux tons pastel et, au mur, des posters d'un tas de gens, filles et garçons prenant des poses avantageuses. Elle baissa les yeux et rencontra le regard d'un nounours, qui avait visiblement partagé son lit.

Elle haussa un sourcil surpris. Si cette chambre était bien la sienne, elle aimait les posters et les peluches. Et les livres aussi. Il y en avait partout, non seulement sur les étagères, mais également au sol.

Une grande armoire s'ornait, sur le devant, d'un miroir. Elle sauta sur ses pieds, ignora le léger vertige qui la saisit et détailla d'un œil critique son reflet dans la glace.

L'ensemble était plutôt satisfaisant. Une silhouette élancée, souple, indéniablement grande pour ses... treize ? quatorze ans ? Ses cheveux étaient blond doré, traversés par une étrange mèche blanche qui en soulignait la masse. Elle se rapprocha tant qu'elle en loucha. Son double lui renvoya un regard bleu marine.

Super, tout ça l'avançait vachement.

Quelques pas rapides l'amenèrent près d'une large fenêtre. En contrebas de sa chambre, située au premier étage, une pelouse ondulait jusqu'à la lisière d'une forêt. La jeune fille frissonna. Il y avait... *quelque chose* dans ces bois. De menaçant. De dangereux. Pour elle.

Elle se détourna, le cœur battant, vers la pièce illuminée par le soleil. Sur un fauteuil brillait en évidence l'éclat précieux d'une robe pourpre et or, brodée d'un paon faisant la roue. Elle tendait la main pour la toucher lorsqu'il se produisit quelque chose d'invraisemblable.

Le paon brodé sur la robe s'inclina devant elle en la saluant de ses ailes !

Elle ouvrit de grands yeux. Elle ignorait peut-être qui elle était, mais il y avait une chose dont elle était sûre : les vêtements ne *pouvaient* pas s'animer. Non ?

C'est alors que la porte grinça, la faisant tressaillir. Elle plongea dans son lit. Un gros labrador noir venait d'entrer. Il s'approchait, l'air amical, en soufflant comme quelqu'un qui vient de monter un escalier. Elle sourit. Elle *savait* que le chien ne lui voulait aucun mal. Elle allait se pencher pour caresser la soyeuse tête noire lorsque le chien s'adressa à elle :

— Dis-moi, Tara, ton pégase essaye de nous dire

quelque chose, il gigote en tous sens, agite ses ailes. Impossible de comprendre ce qu'il veut !

Un chien parlant ! La jeune fille s'aplatit dans ses oreillers et poussa un glapissement de surprise.

— Tara ! Mais qu'est-ce...

Elle bondit du lit, interrompant net son visiteur. Ses mains s'illuminèrent d'une lueur bleue. Elle s'immobilisa et les contempla avec stupeur, les yeux dilatés d'étonnement.

Le chien fléchit les jarrets et rampa prudemment en arrière, tout en ordonnant :

— Tara, ma chérie, baisse les mains. Tu ne te souviens pas de moi ? Manitou, ton arrière-grand-père !

La jeune fille cessa de regarder les étincelles bleues qui crépitaient sur ses doigts et modula faiblement :

— Un *chien* !

Comment un chien pouvait-il être son aïeul ?

— Ouuuuuiiii, confirma le labrador. Enfin oui... mais, non.

Nerveuse, elle agita les mains, ce qui pétrifia aussitôt Manitou.

— Du calme, Tara ! Crois-moi, je me sentirais plus à l'aise si tu baissais tes arm... tes mains. Tu ne te rappelles pas ? J'ai été *transformé* en chien. En essayant de devenir immortel. J'ai un peu raté ma potion et mon incantation. Je suis immortel, mais dans la peau d'un labrador.

— Les chiens ne peuvent pas parler, nia la jeune fille, d'une voix butée. Et mes mains sont bleues et font de la lumière. Je ne crois pas que cela soit normal non plus.

— Par Demiderus, Tara, tu ne reconnais plus la magie ! s'exclama le visiteur, observant Tara avec inquiétude. Tu l'as activée lorsque tu t'es énervée. La magie est une sorte de force vitale produite par tout être vivant. Et nous sommes... mmmh... comme des moteurs qui peuvent utiliser cette réserve de fluide.

Tara, puisqu'elle s'appelait ainsi, était sûre de deux choses. D'abord, le chien avait dit qu'il était un chien sans l'être, ce qui lui paraissait vraiment louche. Ensuite, elle devait sortir d'ici. Insidieusement, elle commença à se glisser vers la porte.

Le labrador fronça le museau.

— Tara ? Que fais-tu ?

— Je m'en vais ! Laissez-moi passer.

Il se redressa.

— C'est hors de question. Tu dois prendre du repos, ordre d'Oiseau-de-nuit, le chaman guérisseur. Retourne te coucher !

Et il fit quelques pas au-devant de la jeune fille, les babines retroussées en une tentative de sourire canin.

Il obtint malheureusement l'inverse du résultat escompté. La jeune fille se crut menacée. Ses mains agirent d'elles-mêmes. Elles s'illuminèrent de plus belle et un jet de magie fusa en direction du chien. Il n'eut que le temps de bondir de côté. L'armoire et la porte furent réduites en morceaux. Le mur subit le même sort. Lorsque le vacarme s'éteignit et que la poussière se fut dissipée, ils constatèrent que le trou ouvrait sur un autre trou par où l'on apercevait un bout de forêt.

Trouée, elle aussi. Et un peu en train de brûler.

La jeune fille fila comme une fusée à travers les débris, frôlant une femme aux cheveux blancs et aux yeux verts qui penchait la tête par la nouvelle ouverture, l'air *vraiment* surpris. Son esprit était empli d'une épouvantable confusion. Ce qu'elle venait de faire était logiquement impossible ! Elle dévala l'escalier sans rencontrer d'obstacle puis avisa, au bout d'un vaste hall carrelé de blanc et de noir, une imposante porte sculptée : la sortie !

Elle sprinta, bondit sur le seuil et heurta de toutes ses forces une nouvelle arrivante, jolie fille brune à la silhouette gracile. Sous l'effet du choc, celle-ci fut propulsée à l'extérieur avec violence.

Tara suspendit sa fuite, prête à s'excuser. Mais les mots qu'elle allait prononcer ne franchirent pas ses lèvres. Au moment de toucher le sol, sa victime s'était couverte de poils. La bête qui se redressait maintenant devant Tara épouvantée mesurait près de trois mètres de hauteur, des canines monstrueuses pointaient hors de sa bouche et ses griffes ressemblaient à des couteaux aiguisés.

— Bon sang, Tara ! fit l'animal monstrueux en contemplant son jean déchiqueté par la transformation, qu'est-ce qui te prend ?

La réponse de Tara fut clairement audible à la ronde et son départ aurait été digne de figurer aux jeux Olympiques. Elle dut pulvériser le record du cent mètres. Elle courut si vite qu'elle eut l'impression que ses pieds allaient prendre feu. Devant elle, l'épaisse forêt lui tendait les bras. Elle s'y réfugia avec un intense sentiment de reconnaissance. Il fallait qu'elle puisse ordonner ses idées avant de devenir complètement folle !

Les cailloux et les branches d'arbres mortes s'enfonçaient avec obstination dans la plante de ses pieds nus et elle dut freiner son allure puis s'arrêter totalement. Grimaçant, elle s'adossa à un tronc, retira ce qui la blessait, faisant couler son sang, et éclata en sanglots. Son cœur ralentit de deux cents pulsations-minute à un raisonnable soixante-dix et la paix ambiante finit par la calmer.

Elle se remit à marcher en boitillant, s'enfonçant dans les bois. Autour d'elle le silence se fit pesant. Pas de cui-cui, pas de cri-cri, rien. Pas même un bourdonnement d'abeille. Un craquement sur sa droite la figea, le pied encore levé. Elle le reposa avec précaution, la respiration haletante.

Ce qui la suivait dut se rendre compte qu'elle l'avait repéré, car un grondement sourd retentit. Le genre de bruit qui annonce : « Salut, dans trente secondes tu seras au fond de mon gosier. » Puis son auteur apparut et Tara cessa complètement de respirer. C'était... vert. Ça ressemblait à un loup-garou qui aurait percuté un arbre de plein fouet. Une espèce de sève visqueuse dégoulinait de ses poils verts, des crocs jaunes pointaient à travers une gueule capable d'engloutir un requin et ses ongles auraient pu servir d'ouvre-boîtes. Il tenait un coutelas, ne laissant aucun doute quant à ses intentions.

L'espace d'un instant *totalement* absurde, Tara se demanda pourquoi il avait besoin d'un couteau, alors que la lame était tout juste plus longue que ses griffes. Puis son instinct de survie l'emporta et elle agita ses mains, espérant qu'il allait exploser comme l'armoire. À son grand désarroi, aucune lueur bleue ne les illumina.

L'être s'était figé lorsqu'elle avait brandi ses mains comme une arme, mais voyant qu'il ne se passait rien, il bondit. Tara se recroquevilla dans l'attente du coup fatal, qui ne vint pas. Surgissant comme un boulet des fourrés, une masse velue s'était interposée. Son assaillant fut projeté à terre avec une brutalité inouïe. Il ne fut malheureusement que sonné. Grondant de rage, il se redressa et affronta son nouvel adversaire. C'était la jeune fille de tout à l'heure, qui s'était transformée en Bête et qui prenait la défense de Tara !

Celle-ci décida que les remerciements attendraient. Tandis que les deux êtres, un peu trop poilus et griffus pour son goût, se combattaient violemment, elle s'écarta discrètement et se glissa derrière un talus, puis détala comme un lapin.

Le seul problème pour les lapins, c'est que les loups chassent souvent en meute. Hélas pour Tara, son assaillant n'était pas seul. C'est ce qu'elle constata lorsqu'elle se retrouva nez à gueule avec un monstre verdâtre identique au premier, qui laissa échapper un hoquet de surprise et se jeta sur elle.

La Bête et son assaillant en étaient au second round et s'observaient avec méfiance. Ils furent donc très surpris de la voir revenir, courant à toute vitesse, mais comprirent immédiatement lorsque son poursuivant fit irruption sur ses talons.

Le premier tordit sa bouche en un mauvais rictus et lança une violente attaque contre la Bête afin de l'empêcher de porter secours à Tara. Le second planta son couteau dans l'épaule de la jeune fille, ne ratant la nuque que de quelques centimètres.

La douleur fut fulgurante. Tara s'écroula en hurlant de peur. Avec un beuglement de triomphe, le monstre dégagea son arme, faisant gicler le sang. Tara roula sur elle-même et elle fit face.

La dernière chose qu'elle vit fut la lame qui plongeait vers son cœur.

Chapitre III

Les sortceliers

Elle ne vit pas le labrador noir qui se précipitait et mordait à pleines dents le postérieur de son assaillant.

Elle n'entendit pas le hurlement de douleur du monstre, pas plus qu'elle ne sut qu'une flèche l'atteignait à la gorge, lui arrachant un second hurlement, nettement plus étouffé.

Elle ne vit pas ses agresseurs s'écrouler, soudain pareils à de gros porcs-épics verts. Tout cela parce que son cerveau avait dit : « Hé, ho, bon, ça va, hein ! Trop, c'est trop » et avait débranché la prise. Aussi fut-elle tout étonnée de se réveiller. Elle décida d'avoir une petite conversation avec son système nerveux dès que possible, parce que s'évanouir dans une bagarre est une très mauvaise stratégie de survie. Du genre qu'on n'essaie qu'une fois.

Les voix de plusieurs personnes résonnaient près d'elle. Elle entrouvrit les yeux, veillant à ne pas révéler qu'elle était consciente. Elle n'avait pas mal. Elle remua discrètement les doigts de pied, puis l'épaule. Pas le plus petit bobo. Pourtant elle ne se trouvait pas au paradis, ou alors les anges avaient une curieuse conception de la paix et de la sérénité, car on se disputait sec autour d'elle. Deux cadavres verdâtres hérissés de flèches gisaient sous les arbres.

Une voix, celle de Bête, grondait :

— Bon sang, Robin, tu ne devais pas les tuer ! L'Imperator va être fou de rage !

L'être qui répondit d'une voix mélodieuse n'était pas précisément un humain. Le mot s'imposa dans l'esprit de Tara. Un elfe ! Yeux de cristal fendus comme ceux d'un chat, cheveux d'argent parsemés de curieuses mèches noires et oreilles pointues, il était incroyablement beau. Il tenait à la main un arc et portait une étonnante robe bleue, ouverte sur un habit de chasse vert. Les motifs sur le tissu s'animaient, des elfes argentés se battaient, couraient, doués d'une vie intense.

— Il n'avait pas à laisser traîner ses chiens de garde ! rétorquait l'elfe. Les smurgles ont attaqué en premier. Par mes ancêtres, Moineau, ils ont failli tuer Tara !

La fille qui pouvait se transformer en Bête s'appelait donc Moineau. Pas très approprié comme surnom. Et l'elfe se nommait Robin. À la façon dont il avait modulé son prénom, « Tara », il était clair qu'il l'aimait tendrement. Intéressant !

Un garçon, un grand blond aux yeux noirs, intervint, nerveux :

— Et moi qui pensais que l'Imperator avait placé ses armées pour surveiller Tara !

— Fabrice a raison, renchérit la Bête. Je ne comprends pas pourquoi les smurgles l'ont agressée.

— Hrrrmm, fit d'une voix un peu gênée un vieil homme dont les longs cheveux blancs, mêlés de brindilles, évoquaient le nid d'un hibou incontinent. En fait, l'Imperator m'avait donné des amulettes pour éviter ce genre d'incident, mais comme Tara était inconsciente, je ne lui avais pas encore remis la sienne. Pouvais pas deviner qu'elle allait faire un jogging dans la forêt, moi !

Il fouilla sa robe ornée de dragons argentés, identique à celle des autres, quoique pas très propre, en marmonnant :

— Bon sang, qu'est-ce que j'ai fait de ces fichus machins...

Une nouvelle voix, ironique, se fit entendre :

— C'est pas ça que vous avez égaré, Maître Chem ?

Le vieil homme leva la tête, agacé. Un jeune garçon aux cheveux noirs ébouriffés et aux grands yeux gris innocents, dont la robe bleue portait des renards bondissants, tendait une série de pendentifs, des paons pourpres, au bout de chaînes.

Maître Chem s'en empara, en mit un au cou de chacun, y compris Tara, et grommela :

— Faire les poches d'un dragon n'est pas très prudent, Caliban ! Un de ces jours, petit sacripant, tes exploits de Voleur patenté t'enverront tout droit en prison ou pire !

— Bah ! s'exclama l'impertinent, le cachot qui me retiendra n'est pas encore construit ! Et puis il faut bien que je m'entraîne un peu ! Cette planète Terre est d'un ennui ! Vivement qu'on retourne sur AutreMonde !

Dans l'esprit de Tara, la terreur recula avec regret et laissa place à la curiosité qui montrait le bout de son museau pointu. Elle avait l'impression que ces gens lui étaient très familiers. Un chien noir entra dans son champ de vision, le labrador qui avait affirmé être son arrière-grand-père. Son museau portait une large balafre.

— Ouille ouille ouille, gémit-il. Quelqu'un peut-il m'appliquer un Reparus ? J'ai réussi à empêcher le smurgle de poignarder Tara, mais il ne m'a pas manqué. Par chance, tu patrouillais dans les bois, Robin, sinon, il nous transformait tous les deux en steak haché !

— Je vous en prie, Maître Manitou, répondit poliment l'elfe. C'est un honneur de sauver votre vie et celle de l'héritière impériale !

Puis il se pencha et appliqua ses mains sur le museau blessé en incantant :

— Par le Reparus que la plaie disparaisse et que la douleur cesse !

Un jet de lumière jaillit de ses mains, toucha le chien et... la blessure se referma ! Les poils noirs repoussèrent et bientôt il ne resta rien de la plaie. Drôlement efficace ! Puis un cheval se présenta à son tour, reniflant amicalement le labrador.

Tara oublia qu'elle devait faire semblant d'être inconsciente et ouvrit de grands yeux. Ce n'était pas une couverture qu'il y avait sur le dos du quadrupède, mais des ailes ! Et il avait à la place des sabots d'imposantes griffes rétractiles. C'était un pégase ! Un animal *mythologique* disparu depuis... mais non, pas disparu ! Qui n'avait jamais existé ! Il leva sa tête fine et plongea ses prunelles dorées dans les yeux marine de Tara. Elle avait un lien avec lui, mais du diable si elle savait lequel. Il essayait de lui dire quelque chose, car elle éprouvait comme une poussée dans son cerveau.

— Tara ! cria l'elfe. Comment te sens-tu ?

L'exclamation la fit sursauter, rompant le flux mental. À regret, elle se détourna du merveilleux pégase et répondit avec le plus grand sang-froid :

— Comme quelqu'un plongé dans un cauchemar, qui souffrirait d'une indigestion par une nuit de tempête dans un manoir hanté. J'aimerais *vraiment* qu'on m'explique !

— C'est ce que je voulais dire, intervint Manitou, Tara a perdu la mémoire !

Frappés de stupeur, ils se tournèrent vers lui.

— C'est pour ça qu'elle ne m'a pas reconnue ? fit Moineau, la jeune fille qui était aussi une Bête.

— C'est le choc, expliqua lentement Robin, les sourcils froncés. L'amnésie ne devrait pas se prolonger plus de quelques heures. Mais si c'était le cas...

— Laissez-moi faire, coupa Caliban, le jeune Voleur, en s'approchant de Tara. Tu as dû prendre un sacré coup sur la tête, ma vieille. Allons, un effort, hein, nous sommes... ? des... ?

— Des monstres ? compléta-t-elle d'un air ingénu.

— Pas du tout ! s'indigna-t-il. Des sortceliers. Et des AutreMondiens, enfin, à part Fabrice qui est Terrien.

— Des sorciers ?

Il désignait le garçon blond qui fit un petit signe incertain vers Tara.

— Des sort-ce-liers, répéta le jeune garçon en détachant les syllabes comme si elle eût été sourde. Nous travaillons pour les gouvernements d'AutreMonde, avec l'aide des dragons. Nous sommes « ceux qui savent lier les sorts ». Mais c'est un peu long, hein, alors « sortcelier », c'est plus facile. Et ceux qui ne peuvent pas faire de magie sont les nonsos. Les non-sortceliers. C'est plus clair ? On peut y aller maintenant ?

Tara fit la grimace. Elle allait répliquer lorsque maître Chem prit la parole.

— Cal a raison. Il faut que nous retournions sur AutreMonde, annonça-t-il d'un ton grave. Il n'y a pas de temps à perdre, puisque Tara peut nous suivre ! Si son amnésie persiste une fois arrivés chez nous...

— Eh bien ? fit Manitou, sceptique.

— Je me fais fort de résoudre le problème, assena le vieillard. En route !

— Qu'y a-t-il de si urgent ? interrogea Fabrice. Je suis resté sur Terre, je ne suis informé de rien.

L'elfe fut direct :

— On a tenté d'assassiner Selena, la mère de Tara.

— Quoi ? s'exclama-t-elle.

— C'est absolument exact, fit alors une voix glaciale. Et c'est probablement un plan de l'Empire d'Omois pour t'obliger à revenir sur AutreMonde. Alors je t'interdis d'y aller, tu m'entends ! Et cette fois-ci, tu ne me désobéiras pas !

Tara se retourna vers la nouvelle venue. C'était la grande femme aux yeux verts qu'elle avait aperçue lors de son entreprise de démolition du manoir. Elle ressentit un curieux mélange d'amour et d'agacement pour ce visage froid et sculptural encadré de cheveux d'un blanc pur.

— Et qui êtes-vous ?

Elle n'eut pas besoin d'ajouter : « ... pour me donner des ordres ! » Le sous-entendu était clair.

— Qu'est-ce qui te prend ? Quelle est cette lubie ? articula avec hauteur la nouvelle venue. Tu ne reconnais pas ta grand-mère maternelle ?

Outch ! Sa grand-mère, hein ? Elle paraissait du genre à croquer une boîte de conserve et à recracher des clous. Et on aurait pu aiguiser une hache sur le coin de sa mâchoire.

— Dame Isabella, intervient Manitou, nous avons un problème : Tara ne se rappelle rien de rien. Elle a perdu la mémoire.

— Nous sommes venus tout exprès d'AutreMonde pour l'emmener avec nous, enchaîna l'elfe. Nous savions qu'elle voudrait voir sa mère blessée.

Il se tourna vers la jeune fille, et d'un ton plus doux :

— Que veux-tu faire ?

— Allons-y, décida Tara, ignorant sa terrifiante grand-mère. Si ma mère a été blessée, je dois aller la voir, même s'il faut se rendre à AutreMachin pour cela.

Il y eut un sifflement et une lueur violette illumina le sous-bois. Isabella venait d'activer sa magie.

— Amnésique ou non, tu vas rester ici, petite fille, même si je dois t'y forcer, fit-elle. Ma fille Selena a été la cible d'un attentat, il suffit d'une victime dans la famille. Il est hors de question que tu te rendes sur AutreMonde.

Cal s'éloigna précipitamment de Tara.

— Hrmmm, murmura-t-il, moi, à ta place, je lui obéirais, sinon elle va te changer en grenouille. Cela dit, je pourrai toujours t'apporter de bonnes mouches grasses et une jolie petite échelle pour ton bocal.

— Euh, elle peut faire ça ? interrogea Tara, dégoûtée. Je veux dire, me transformer ?

— Ben oui, elle n'a pas très bon caractère, ta grand-mère. Cela dit, je la comprends, être obligée de vivre sur Terre avec tous ces nonsos juste pour repérer les sortceliers sauvages, les expédier sur AutreMonde, et vérifier que les démons n'envahissent pas de nouveau notre univers, c'est pas très folichon !

Tara ignorait pourquoi on tenait tant à ce qu'elle reste sur Terre, mais elle n'avait pas l'intention de se laisser faire.

Tout à l'heure, sa magie n'avait pas fonctionné. Est-ce que maintenant... ouiiiii !

Tous les autres regardèrent les mains de Tara qui venaient de s'illuminer d'une lueur si éblouissante qu'elle en éclipsait le soleil. D'un coup, il y eut nettement moins de monde autour d'elle. Les sortceliers, pas fous, s'étaient écartés.

— Allons, allons, Mesdames, s'exclama le vieil homme, calmez-vous ! N'oubliez pas que les nonsos peuvent nous voir.

Aucune des deux ne lui prêta la moindre attention.

— Tara, s'exclama Isabella en plissant ses yeux verts, ne me résiste pas !

La jeune fille lui fit face, ayant l'impression absurde de se retrouver dans un western.

— Écoutez, je ne comprends rien à ce qui m'entoure, j'ignore qui je suis, je ne sais pas pourquoi je peux faire tous ces... trucs. Mais ce dont je suis sûre, c'est que je ne laisserai pas ma mère toute seule alors qu'elle a été blessée. Et vu que vous êtes vous-même sa mère, je ne comprends même pas ce que vous faites encore ici. Vous devriez être à ses côtés !

Un bref instant, la sortcelière aux cheveux blancs parut gênée. Mais sa perplexité ne dura pas. L'arrogance supplanta bien vite l'amour maternel.

— Ta sauvegarde et ma mission passent avant ma fille. Elle n'est pas, comme toi, héritière de l'Empire d'Omois. Je ne pourrais pas aussi bien veiller à ta sécurité sur AutreMonde. Donc, tu restes sur Terre.

Tara demanderait des explications plus tard. Pour l'instant, elle n'avait qu'une seule réponse à donner :

— Je vais voir ma mère.

— Tant pis pour toi ! siffla Isabella. « Que le Pocus te paralyse que je te manipule à ma guise ! »

Le jet de magie toucha Tara mais son propre pouvoir était déjà à l'œuvre. Elle ne voulait pas faire de mal à sa grand-mère, aussi se contenta-t-elle d'imaginer un bouclier qui absorberait l'attaque. Isabella la regarda avec surprise. Tara aurait dû se statufier mais elle restait là, impassible, bien à l'abri derrière son abri magique. La sortcelière jura tout bas. Sa petite-fille devenait de plus en plus forte et elle n'était pas du tout sûre de pouvoir l'emporter contre elle. Elle allait incanter une seconde fois lorsqu'une vingtaine de smurgles firent irruption autour d'eux. Ils mugirent de rage en voyant les corps de leurs deux compagnons, tout ce qu'il y avait de plus morts.

L'un d'entre eux s'approcha, les mains écartées pour montrer qu'il était désarmé... enfin pour autant qu'un être ayant des crocs et des griffes de ce calibre puisse l'être.

— Vous avez tué, grogna-t-il, articulant les mots avec peine, comme s'il avait la gueule pleine de bouillie.

— Ils nous ont attaqués, précisa calmement Robin l'elfe, son arc bandé.

Le smurgle les dévisagea, puis se raidit en apercevant les pendentifs. Il hocha la tête et se tourna vers ses compagnons.

— Il a vu les amulettes, fit maître Chem, nous voilà proté...

Il n'eut pas le temps de terminer sa phrase. Comme un seul homme, les smurgles se jetèrent sur eux ! Tara ne réfléchit pas. Elle transforma son bouclier en un jet de magie irrésistible qui cueillit les trois smurgles en train de foncer sur elle. Cal planta un couteau dans le sternum du quatrième, qui n'eut pas l'air d'apprécier, et le jeune Voleur en sortit un autre si vite que l'agresseur suivant hésita. Robin et son arc en décimèrent cinq, et Moineau, Fabrice, Isabella et Manitou se chargèrent des autres assaillants. Le seul qui était en mauvaise posture, c'était le vieil homme, maître Chem. Soudain, il repoussa les trois smurgles qui tentaient de le déchiqueter et se mit à gonfler !

Tara hoqueta. Mince, il avait été victime d'un sort ! Elle allait se précipiter à son secours lorsque des griffes monstrueuses percèrent la chair fragile des vieux doigts, son dos fut crevé par d'énormes épines écailleuses, des ailes poussèrent et à sa place se tint un... dragon ! Six mètres de haut, bleu, avec des dents à rendre jaloux un tigre sibérien. Terrorisée, la jeune fille recula. Le dragon n'allait faire qu'une seule bouchée d'eux ! Elle activa sa magie et alors que le reptile s'inclinait vers elle, son pouvoir jaillit et le frappa de plein fouet. Avec un hurlement d'agonie, il s'abattit, écrasant ses assaillants. Un terrible silence tomba sur la scène, ponctué par les glapissements furieux des smurgles qui s'enfuyaient.

Isabella, inconsciente, avait été assommée par un coup de patte. Du sang coulait sur sa tempe et de son nez. Le dragon gisait, foudroyé. Les autres sortceliers et le chien paraissaient indemnes.

— Bon sang, Tara ! hurla Cal, qu'est-ce que tu as fait ?

Le cœur encore au bord des lèvres, Tara le fixa, incrédule.

— Comment ça ? Il a été transformé en dragon, alors je l'ai abattu ! Il allait nous croquer !

— Il n'a pas été *transformé* ! cria-t-il de plus belle. *C'est* un dragon ! Et quand il va se réveiller, crois-moi, tu souhaiteras être très loin de lui !

— Je vais bien, Cal, marmonna une voix assourdie. Mes écailles ont absorbé l'essentiel de la magie. Houche, ma tête ! Tara, la prochaine fois, pose les questions *avant* de tirer s'il te plaît !

Le gigantesque reptile se releva péniblement. Il incanta et quelques minutes plus tard, le vieil homme était de nouveau devant eux, sa robe gémissant pour s'adapter à sa nouvelle forme. Allons bon ! Il pouvait se métamorphoser à volonté !

— Je n'en veux pas à Tara, la rassura-t-il. Elle ne savait pas. Bon, il faut filer d'ici et vite, avant que les smurgles ne reviennent avec des renforts. L'Imperator m'a donné ces insignes, mais ils semblent mettre en danger celui qui les porte. Il va falloir que nous ayons une sérieuse conversation, lui et moi.

— Je n'arrive pas à réveiller dame Isabella ! paniqua

Robin qui venait d'appliquer un Reparus à la grand-mère de Tara.

— Tant mieux, fit brutalement maître Chem. Elle a complètement perdu la tête avec cette histoire d'héritière impériale. Elle voit le pouvoir là où il n'y a que des responsabilités. Elle voudrait être la seule à veiller sur Tara. Son entêtement a causé assez de dégâts. Ramène-la au manoir, Robin. Ses deux sortceliers, Tachil et Mangus, prendront soin d'elle. Ensuite, rejoins-nous chez le comte de Besois-Giron, à la Porte de Transfert, nous t'y attendrons.

Robin opina et fila après avoir appliqué un Levitus sur le corps d'Isabella, qui se mit à flotter.

— Allons-y, décréta le dragon.

— Euuuh, peut-être pas en pyjama, sourit Caliban en désignant Tara. Attends, je vais te donner un coup de main : « Par le Transformus, que tes vêtements dès à présent te vêtent correctement ! »

Le jet de sa magie frappa Tara et son pyjama se transforma... en bikini ! Elle ouvrit de grands yeux tandis que, furieuse, Moineau apostrophait le petit Voleur.

— Mais qu'est-ce que tu fais ?

Le jeune garçon était écarlate de gêne.

— Oups ! Pardon ! J'avais encore en tête ce calendrier que j'ai trouvé chez Tachil ce matin, tu sais, celui avec les jolies filles...

— Passe-moi les détails, s'il te plaît, et donne des vêtements convenables à Tara !

La seconde incantation dota la jeune fille d'une tenue adaptée, jean, baskets, tee-shirt. Elle regarda froidement Cal qui se tortillait, puis suivit Fabrice. Celui-ci masqua ses gloussements sous une toux prudente. Puis il les conduisit au château de son père, où se trouvait la Porte de Transfert.

Ils firent le chemin en silence, attentifs au moindre bruit suspect, mais les smurgles ne réapparurent pas. Par précaution, afin que les Terriens n'aperçoivent pas leur groupe, le dragon avait placé un sort de dissimulation autour d'eux.

Des animaux les accompagnaient. Un renard bondissait

près de Cal, une souple panthère argentée avançait au côté de Moineau, le merveilleux pégase ne quittait pas Tara et un petit mammouth bleu trottinait derrière Fabrice. Elle interrogea Cal qui lui expliqua que les animaux étaient des Familiers (le mammouth, trop encombrant, avait été miniaturisé par magie). Qu'ils étaient liés à leur compagnon pour la vie. Cela expliquait la sensation d'amour et de fidélité qu'elle associait au pégase. Quand même... un *mammouth* !

Le comte de Besois-Giron, tel un aigle farouche avec sa haute taille, son crâne chauve, ses sourcils fournis se joignant au-dessus d'un nez imposant, les accueillit à la porte de son austère forteresse. Voyant la petite troupe, il sourit :

— Vous avez donc réussi à convaincre l'Héritière ! Je vous attendais. La Porte est prête ! Suivez-moi.

Il entoura de son bras les épaules de Fabrice et Tara fut frappée par l'affection qui avait l'air de lier le père et son fils. Ils précédèrent leurs hôtes à l'intérieur du château, les menant dans une des tours, jusqu'à l'intérieur d'une pièce vide, hormis cinq tapisseries vivement colorées représentant des géants, des elfes, des lutins, des licornes et autres bestioles.

Robin les rejoignit en courant, à peine essoufflé, quelques minutes plus tard.

— Tachil et Mangus s'occupent de dame Duncan, précisa-t-il. Nous pouvons y aller !

Maître Chem les fit se placer au centre de la pièce et prit un sceptre que lui tendait le comte. Celui-ci leur souhaita bon voyage, puis sortit. Le vieil homme posa le sceptre sur l'une des tentures, et des rayons de lumière jaillirent, formant les couleurs de l'arc-en-ciel.

— Château royal du Lancovit à Travia ! rugit-il.

La Porte obéit.

Et la bombe explosa.

CHAPITRE IV

AUTREMONDE

Il y eut une secousse. Et au lieu d'être confortablement déposés, ils furent expulsés comme des bouchons de champagne. Ils tombèrent pêle-mêle. Tout autour d'eux régnait une intense agitation. Des cris fusaient dans la fumée qui laissait voir, çà et là, des corps mutilés.

Un... machin de deux mètres de haut, aux cheveux rouges, son œil unique roulant en tous sens, se tordait les mains en gémissant. Tara déglutit. Ils n'étaient plus sur Terre, ça c'était sûr.

— Par mes aïeux, quelle catastrophe, mais quelle catastrophe ! gémissait l'espèce de cyclope roux.

Maître Chem, qui se redressait en époussetant machinalement sa robe, le regard fixé sur les corps déchiquetés, l'apostropha :

— Fleurtimidaubordunruisseaulimpide ! Gardien de la Porte ! Que s'est-il passé ?

— La Porte du Tibet a explosé, lui révéla le cyclope. Les autres Portes ont été perturbées, c'est la raison pour laquelle votre transfert a été mouvementé. Nous avons reçu les corps de ceux qui s'apprêtaient à transiter. C'est affreux, Maître Chem, ils sont... morts ! Quel horrible accident !

— Il n'y a aucun survivant ?

— Non, Maître, pas un !

Le vieil homme était atterré. Tara sentit ses jambes mollir en voyant les draps qui voletaient tout seuls autour des défunts avant de se poser doucement dessus.

— C'est très grave, grogna le dragon. Si les Portes ne sont plus fiables, nous devons absolument comprendre pourquoi avant de les utiliser de nouveau. Faites diligenter les elfes chasseurs, ainsi que le labo scientifique. Qu'ils élucident ce mystère ! Et contactez les parents des voyageurs. Faites-vous assister de la Chimère Salatar, notre Premier ministre, afin qu'il présente nos condoléances.

Le cyclope eut l'air soulagé de recevoir des ordres précis. Il se ressaisit et obtempéra :

— Bien, Maître Chem, je mobilise les elfes et préviens maître Salatar.

— Parfait. Tara ?

— Monsieur ?

— Appelle-moi maître Chem, « monsieur », c'est bon sur Terre, pas ici. Allons dans mon bureau, je crois qu'il va nous falloir trouver un moyen de te rendre la mémoire. Je ne veux pas que ta mère te voie dans cet état, ton amnésie la bouleverserait. Les autres, courez rapporter ce que vous avez vu au roi Bear et à la reine Titania du Lancovit. Ils doivent être mis au courant de la situation.

Tara laissa partir à regret Cal, Fabrice, Moineau, Manitou et Robin. Elle ne se sentait pas très à l'aise, seule avec le dragon. Soudain, du coin de l'œil, elle perçut une sorte de scintillement. Les deux terrifiants yeux jaunes qui la fixaient clignèrent puis disparurent. Tara hésita puis, sur les pas de maître Chem, quitta docilement le sas de la Porte.

Elle pénétra à sa suite dans une clairière. L'herbe bleue ondulait sous ses pieds, des licornes argentées la saluaient et un radieux soleil resplendissait dans un ciel violet. Elle s'avança, enchantée... et se cogna durement contre un invisible obstacle.

— Château Vivant ! grommela maître Chem, ce n'est vraiment pas le moment de blaguer. Montre-nous la réalité, et vite !

Mécontentes, les licornes laissèrent échapper de petits grondements, mais le Château obtempéra. Derrière l'incroyable illusion, ils virent les pierres se matérialiser, révélant un large couloir surmonté non par une voûte mais par un ciel pur parcouru de délicieux nuages roses et de fées multicolores qui gazouillaient avec grâce.

— Wahou, fit Tara, impressionnée.

Le dragon eut un maigre sourire.

— M'mouais, pour l'instant ça va parce que le Château est de bonne humeur. Mais attends de découvrir ce qu'il advient lorsqu'il est grognon. On a droit à un ciel gris et des tempêtes pendant des jours !

Des êtres les croisèrent, le long du couloir, et Tara écarquilla de nouveau les yeux. Deux dragons conversaient sur un ton paisible avec un être jaune en forme de poire, muni de quantités de petits tentacules. Une courtisane, uniquement vêtue de plumes violettes, devisait avec un lutin vert. Une statue se déplia en grinçant et se pencha par une fenêtre, histoire de prendre un peu l'air. Des sortceliers volaient, traversant l'illusion des murs, suivis par leur Familier. Elle sauta par-dessus un ruisseau qui n'existait pas, et se mouilla les pieds pour en avoir ignoré un autre qui glougloutait bel et bien.

C'était fou. C'était magique. Et d'une certaine façon, curieusement familier.

Enfin, ils arrivèrent au bureau de maître Chem. Bureau qui était une caverne, avec un monceau d'or trônant au milieu. Pestant contre l'humour très spécial du Château Vivant, le dragon lui ordonna de faire disparaître le décor. Un bureau, des chaises confortables et un sofa apparurent. Il fit signe à Tara de s'y asseoir et prit lui-même place derrière la table superbement marquetée. Les motifs, à y regarder de plus près, représentaient... des vaches. Une infinité de vaches, de toutes les sortes. Tara maîtrisa à grand-peine le fou rire qui montait à ses lèvres.

— Bien. Voyons un peu, Tara. De quoi te souviens-tu exactement ?

La jeune fille fut on ne peut plus claire.

— De rien !

— Ah ! Mmmmh, ennuyeux tout ça. VOIX ?

Tara sursauta, car le dragon avait soudain haussé le ton, mais quel ne fut pas son étonnement lorsqu'une voix, venue de nulle part, répondit :

— Haut Mage Chemnashaovirodaintrachivu, que puis-je pour votre service ?

— J'ai fait installer mon propre Discutarium dans ce bureau, expliqua le dragon, tourné vers son hôte. Ainsi j'ai tous les renseignements dont j'ai besoin sous le coude.

Il éleva à nouveau la voix :

— Invasion de la Terre par les démons, réplique des dragons, en mode visuel et audio s'il te plaît !

— Bien, Maître Chemnashaovirodaintrachivu !

Tara, saisie, eut un mouvement de recul. Devant elle venaient d'apparaître des milliers de planètes et la pièce s'assombrit, tandis qu'un orchestre philharmonique entamait une grandiose symphonie.

— Au début fut l'Univers, annonça la Voix, majestueuse. D'unique, il devint pluriel et...

Le dragon qui se trémoussait sur son siège l'interrompit brusquement.

— Euh, le mode rapide, Voix, sinon on y sera encore l'année prochaine.

Les images s'accélèrent et la Voix, agacée, parla si vite qu'on avait l'impression que les mots étaient collés les uns aux autres.

— Les-démons-envahirent-notre-univers-en-commençant-par-la-planète-Terre-il-y-a-cinq-mille-ans. Stop. Les-dragons-volèrent-au-secours-des-humains. Stop. Ils-s'allièrent-avec-les-humains-et-une-race-de-démons-renégats-les-effrits. Stop. Les-démons-furent-vaincus-et-les-failles-reliant-leur-univers-au-nôtre-scellées. Stop. Findurapport.

— Ah, fit maître Chem, résigné, je vois que tu as passé du temps avec le Château Vivant, votre humour est de plus en plus... similaire. Parle-nous de Demiderus, le Très Haut mage qui a sauvé la Terre. À vitesse normale, s'il te plaît, merci.

— Les démons créèrent des objets de pouvoir pour lutter contre les dragons, pontifia la Voix, treize objets. L'humain Demiderus, aidé de quatre Très Hauts mages, s'en empara et les dissimula. Après la défaite des démons, les dragons proposèrent aux sortceliers humains de venir sur AutreMonde, où la magie était plus puissante. Demiderus accepta et un voile d'amnésie fut tendu sur la Terre. Les nonsos oublièrent la magie et la science la remplaça.

— Merci, Voix, intervint maître Chem. Empire d'Omois, impératrice Lisbeth et imperator Sandor.

— L'empire d'Omois a été créé sur AutreMonde par Demiderus, débita la Voix, docile. Sa descendante directe est l'impératrice d'Omois, Lisbeth'tylanhnem T'al Barmi Ab Santa Ab Maru.

Une image se forma et Tara se pencha, fascinée. Vêtue d'une longue robe pourpre sur laquelle se pavanait le paon que la jeune fille avait déjà rencontré sur ses propres vêtements, l'Impératrice avait une opulente chevelure blonde soulignée d'une mèche blanche, qui ondulait en une somptueuse cascade jusqu'à ses petits pieds chaussés de sandales parsemées de rubis. Avec ses yeux bleu marine, comme ceux de Tara, sa couronne d'une trompeuse simplicité, elle était extraordinairement belle. À côté d'elle se tenait un guerrier aux cheveux clairs rassemblés en une natte stricte, portant un pectoral d'acier repoussé aux incrustations d'or, orné du même emblème, le paon. La main sur le pommeau de son épée, il promenait autour de lui des regards arrogants.

— Le demi-frère de l'impératrice, l'imperator Sandor T'al Barmi Ab March Ab Brevis. Son père épousa la mère de l'Impératrice en secondes noces. Ils dirigent à eux deux l'empire créé par Demiderus, fort de deux cents millions d'habitants, sur le continent du même nom.

— Géographie d'AutreMonde, comparée à celle de la Terre, s'il te plaît, continua le dragon.

— AutreMonde fait une fois et demie la superficie de la Terre. Elle est composée de trois continents : Tû, Vou et Tâtumalenchivar ; cinquante pour cent de sa surface est recouvert d'eau. Les jours y comptent vingt-six heures et l'année quatorze mois.

Une majestueuse planète roula devant eux. Puis Tara vit les peuples. Des trolls, des gnomes, des tatris à deux têtes, des fées, des vampyrs, des humains habitaient sur ce grand monde magique, ainsi que des quantités d'animaux très antipathiques, comme les draco-tyrannosaures, sortes de lézards monstrueux, les glurps, sauriens avalant toute créature passant à leur portée, les aragnes, gigantesques araignées-scorpions férues de charades, etc.

— Tara, princesse héritière, ordonna enfin maître Chem.

— Fille de Danviou, ex-imperator d'Omois et frère de l'Impératrice, et de Selena Duncan, lancovienne épousée secrètement, Tara'tylanhnem Duncan a été déclarée héritière d'Omois par l'Impératrice, qui n'a pas d'enfant. Son père, Danviou, a été tué par Magister, le maître des cruels Sangraves, qui a également enlevé Selena, la mère de Tara, et l'a tenue en captivité dix années durant. C'est Tara qui, au terme de son premier combat contre Magister, a délivré sa mère, que tous croyaient morte. La jeune fille a été menacée ou kidnappée à plusieurs reprises par le maître des Sangraves, qui avait besoin des descendants de Demiderus pour accéder aux objets de pouvoir des démons. Son but était de chasser les dragons et les sortceliers d'AutreMonde afin de régner sur la planète ainsi que sur la Terre, réduisant les nonsos en esclavage. Magister a disparu dans les limbes démoniaques. Il est supposé mort.

— Stop, fit le dragon. Alors, Tara ? Des souvenirs ?

C'était si fugace qu'elle secoua la tête en signe de dénégation.

— Après ces événements, toutes sortes de manœuvres diplomatiques ont eu lieu entre le Lancovit, berceau de tes ancêtres maternels, où tu as vu le jour, et Omois, dont tu as été déclarée héritière impériale, précisa le dragon. En résumé, ta grand-mère maternelle, Isabella Duncan, était décidée à assurer elle-même ton éducation avec Selena, ta mère, alors que l'actuelle impératrice, ta tante Lisbeth, désirait te voir vivre à Omois conformément à ton rang d'héritière. Elle a fini par perdre patience. Elle s'apprêtait à mener une expédition guerrière contre le Lancovit afin de t'emmener de force, mais l'Imperator l'en a dissuadée. Alors, choisissant d'écarter ta grand-mère, elle t'a lancé un défi personnel...

— Ah bon ? souffla Tara, stupéfaite.

— Entrer en guerre fictive contre elle et ses armées. La gagnante dicterait ses volontés à l'autre. Vous vous êtes affrontées sur le champ de bataille d'Omois.

— Et alors ?

— Vois, répondit simplement le dragon.

L'image devant eux grandit jusqu'à emplir tout l'espace. Sur le terrain, deux armées s'opposaient. Les rayons de magie de toutes les couleurs fusaient, paralysant, brûlant, transformant tout ce qu'ils touchaient. Tara sentit sa respiration se bloquer. Elle se voyait, combattant sur son pégase ! Elle vit Moineau lutter avec l'énergie du désespoir et succomber sous le nombre, Robin transpercé d'une lance en plein cœur et Cal capturé puis torturé alors qu'il tentait de se glisser dans le camp ennemi. Elle vit Fabrice et une naine qui lui était familière foudroyés par un éclair. Ils moururent tous, l'un après l'autre, et son armée plia sous les assauts des hordes innombrables d'Omois. Soudain, un éclair aveuglant l'éblouit : dominant la scène, elle se vit flottant dans les airs, le visage convulsé de rage et de chagrin. Elle vit son pouvoir frapper le sol et celui-ci obéir et se cabrer comme une vague gigantesque qui engloutit les soldats ennemis, étouffant leurs cris sous son chant de mort. Et la terrible conscience de ce qu'elle avait fait l'envahit. La silhouette étincelante descendit lentement puis baissa la tête, s'affaissa et des larmes brûlantes coulèrent sur son visage. L'image commença à se fondre, remplacée par une nouvelle scène : l'Imperator s'approchait, effaçant d'un geste les armées fictives. Cal, Robin, Moineau, Fabrice et la naine se relevaient en secouant la tête. Puis tout disparut et un long silence s'installa.

— Ce... cette fille, c'était moi ? C'est terrible ! balbutia enfin Tara, la gorge serrée.

— Oui, répondit gravement maître Chem. Tu es capable d'accomplir des choses étonnantes, Tara, et ton pouvoir ne cesse d'augmenter. Un jour, il égalera et probablement dépassera celui du plus grand des dragons. Ce jour-là, les humains domineront.

À l'intonation de sa voix, Tara sentit qu'il espérait autant qu'il redoutait cet avenir.

— Qu'est-il arrivé ensuite ?

— Tu as échangé quelques mots avec l'Imperator, et, bien que victorieuse, tu t'es engagée à aller vivre à Omois, puis tu as fait une sorte d'overdose de magie et tu t'es écroulée. On a dû t'amener sur Terre, où la magie est moins forte. C'est là que tes amis sont venus te chercher, car ta mère avait été blessée.

Tara se leva soudain, décidée à chasser les horribles images de son esprit pour se concentrer sur le présent.

— Quelqu'un a essayé d'assassiner ma mère ? Mais pourquoi ?

— Depuis quelques mois, plusieurs sortceliers ont été frappés par une mystérieuse organisation qui se fait appeler « Antisort », révéla le dragon. Ce sont apparemment des nonsos, des humains ne disposant pas d'un pouvoir magique, qui ont signé le tract accompagnant les attaques. Un sortcelier est mort. Ta mère se trouvait près du lac, occupée à observer la bataille entre les armées d'Omois et toi. Elle a eu la vie sauve parce que la bombe, en sautant, l'a projetée dans l'eau. Et je n'ai rien dit à Fleurtimidaubordunruisseaulimpide, mais j'ai bien peur que l'explosion de la Porte de Transfert du Tibet soit un nouvel attentat d'« Antisort » !

L'anxiété de Tara était à son comble avec ces dernières révélations lorsqu'elle se figea. Ses souvenirs étaient en train de revenir ! Ils ne se présentèrent pas sagement, à la queue leu leu, et gare à celui qui essayerait de passer devant, mais comme une cascade, un torrent qui reflua en elle avec la puissance d'une tonne de briques.

Oui ! Cal, Moineau, Fabrice, Robin, Fafnir la naine guerrière, étaient ses meilleurs amis. Et Robin n'était pas un elfe, mais un demi-elfe, que son métissage faisait souffrir. Moineau était la descendante de la Belle et de la Bête, et elle pouvait utiliser l'antique malédiction pour se transformer à volonté. Manitou était bien son maladroit d'arrière-grand-père, Isabella sa tête de mule de grand-mère, chargée de la surveillance de la Terre et de la découverte de sortceliers sauvages ! La ravissante Selena était sa mère et son père, Danviou, était un fantôme ! Qu'elle s'était bien juré de faire revenir un jour. En chair et en os.

Puis son pégase, son Familier, avec qui elle était liée à jamais, posa sa belle tête blanche sur son épaule et elle fut envahie par sa douceur, sa chaleur et son amour. Comment avait-elle pu oublier Galant ? Elle le caressa pour se faire pardonner, puis se mit à l'écoute des impressions qu'avec un soulagement manifeste, il lui retransmettait. Quoi ? Elle était devenue bleue ?

— Euuuh, Maître Chem ?

— Oui ?

— Peut-on faire de la magie dans son sommeil ? Au point d'illuminer une pièce ?

— Non, sinon beaucoup de gens se réveilleraient avec beaucoup plus de pattes qu'à leur coucher ! Notre cerveau possède un système de protection qui jugule la magie lorsqu'on est inconscient.

— Ben... On dirait que ça ne fonctionne pas pour moi. Galant vient de me...

— Tara ! l'interrompit le dragon. Tu as retrouvé tes souvenirs, n'est-ce pas ? Les dieux soient loués. Comment te sens-tu ?

— Pour être franche, j'ai l'impression d'être passée sous

un camion. Maître Chem, insista-t-elle, Galant dit que je faisais de la magie en dormant.

— C'est impossible, pontifia le dragon.

— Mais...

— Allons voir ta mère, la coupa-t-il.

— Mais...

— Elle est à l'infirmerie.

Tara ouvrit la bouche, mais le vieil homme lui tournait déjà le dos, alors elle renonça. S'il ne voulait pas l'écouter, cela ne devait pas être bien grave. Pourtant une telle obstination paraissait bizarre, et plus encore l'air gêné du mage. Elle courut hors de la pièce à sa suite.

— C'est pour ça qu'elle n'est pas venue avec moi sur Terre lorsque j'ai eu mon overdose de magie ? interrogea-t-elle, elle était alitée !

— Oui. Ta grand-mère, Isabella, a exigé que sa fille soit transportée au Lancovit pour y être soignée lorsque nous nous sommes rendu compte que le Reparus n'était pas suffisant. Elle a déclaré qu'elle ne la laisserait pas à Omois comme otage. Je crois que l'Imperator ne l'a pas très bien pris. Cela a failli déclencher une vraie guerre !

Oui, c'était tout à fait le genre d'Isabella de se conduire ainsi.

Ils traversèrent la moitié du Château pour arriver à l'infirmerie. Grande, les lits tendus de voiles blancs, elle ne contenait pas beaucoup de patients excepté une licorne mal en point, sa corne dévissée à ses côtés. Les yeux jaunes qui ne quittaient guère Tara se positionnèrent dans un coin sombre, observant tout avec attention. Elle ne les remarqua pas.

Le chaman Oiseau-de-nuit et sa Première sortcelière travaillaient tout au fond. Un homme brun, près d'un lit, s'inclinait au-dessus d'une forme allongée. La jeune fille s'approcha et reconnut la longue chevelure brune de sa mère. Souriante, elle accélérait l'allure lorsque l'homme fit quelque chose d'incroyable. Il embrassa sa mère passionnément !

Chapitre V

Medelus

— Maman ! clama Tara, outragée.

Sa mère sursauta et l'inconnu se redressa, gardant la main de la convalescente précieusement serrée dans la sienne.

— Ma chérie ! s'écria, ravie, Selena. Tu m'as affreusement manqué ! Ta grand-mère m'envoyait des nouvelles toutes les heures par boule de cristal mais je ne savais pas que tu étais réveillée ! J'étais si inquiète ! Viens vite dans mes bras !

— Moi j'aimerais bien, fit-elle aigrement, si ce monsieur accepte de se pousser.

Un peu gêné, l'intrus s'écarta et elle s'engloutit dans l'étreinte parfumée de sa mère, qui ne parvenait plus à la lâcher. Elle retint les larmes qui lui montaient aux yeux, mais Selena ne se priva pas de sangloter.

Elle délivra enfin sa fille, soupira de bonheur, essuya son visage ruisselant, puis :

— Brad, je te présente Tara. Tara, Bradford Medelus est un vieil ami, que je fréquentais au temps où j'habitais le Lancovit, avant de faire la connaissance de ton père.

Un vieil ami, n'est-ce pas ? Ben, elle se montrait un peu trop amicale avec lui, au goût de Tara. Selena jeta à son compagnon un regard de cocker mouillé et la jeune fille frémit. Elle dévisagea celui qui, selon toute vraisemblance, convoitait la place de son père : trop grand, trop séduisant dans le genre ténébreux, trop souriant et sûr de lui. Elle le détesta instantanément. Bien. Il n'allait pas faire long feu, celui-là.

— B'jour, fit-elle du coin des lèvres.

Puis, s'adressant à sa mère :

— Maman, j'ai eu si peur quand j'ai appris que tu avais été blessée ! Comment te sens-tu ?

— Je suis tout à fait guérie. D'ailleurs je m'apprêtais à te rejoindre sur Terre. Ce qui est curieux c'est que ta grand-mère ne m'a pas appelée pour me prévenir de ton arrivée.

Tara évita de préciser qu'elle s'était battue contre son aïeule et que celle-ci ne risquait pas de contacter qui que ce soit pendant encore un long moment. Elle sourit, angélique.

— Elle va bien, expliqua-t-elle, mais notre départ fut un peu... précipité. En fait, je suis revenue car j'ai donné ma parole et nous devons, toi et moi, retourner auprès de l'Impératrice ! Dis au revoir à ton ami Medelus et partons.

Selena plissa les yeux, pas dupe, puis eut un charmant sourire.

— Mais il va nous accompagner, ma chérie, il travaille précisément pour le gouvernement d'Omois, section génie scientifique. Il n'était au Lancovit que pour les vacances et nous nous sommes retrouvés ici lorsque j'ai été blessée. Lui aussi était souffrant. Nous avons passé les deux derniers jours à évoquer nos années de jeunesse.

Ils ne s'étaient manifestement pas contentés de bavarder. Zut ! Elle se tourna vers maître Chem, désemparée, mais le vieil homme écoutait attentivement un nouveau venu, vêtu de l'uniforme aux couleurs du Lancovit, bleu et argent, avec brodée sur la poitrine la licorne cabrée sous le croissant de lune, emblème du royaume.

— Il s'agissait bien d'une bombe ! rapportait l'officier du Palais. L'explosion de la Porte du Tibet était un attentat, Maître ! Nous avons rapatrié tous les sortceliers présents sur Terre, excepté dame Isabella Duncan, qui a refusé, et ses deux assistants. L'imperator Sandor demande à ce que l'Héritière impériale reparte immédiatement pour le palais de Tingapour en Omois. Le roi Bear et la reine Titania vous prient de l'escorter, par mesure de sécurité.

Maître Chem hocha la tête. Il ne paraissait pas surpris.

— Très bien. Nous obéissons. Dame Selena, vous sentez-vous assez forte pour nous suivre ?

La mère de Tara sourit bravement.

— Laissez-moi dix minutes pour me préparer.

— Alors, rendez-vous devant la porte de l'infirmerie dans une demi-heure !

— Chem ! J'ai dit dix minutes, pas trente !

— Dame, je crois certes à la magie, mais peu aux miracles.

Et sur ces mots définitifs, le dragon quitta majestueusement la pièce. Tara et Medelus échangèrent un regard amusé par-dessus Selena qui s'étouffait d'indignation, puis Tara détourna les yeux. Pas question de pactiser avec l'ennemi ! Après avoir vérifié que Medelus vidait les lieux, elle fila comme une flèche et fit la peur de sa vie à Cal (douce vengeance, pour une fois !) en lui sautant dessus au détour du dortoir des Premiers. Ils se fêtèrent comme s'ils ne s'étaient pas vus depuis dix ans. Robin, surtout, se montra soulagé que Tara se souvienne de lui.

— Je dois retourner à Omois, soupira enfin Tara que cela n'enchantait guère. Vous pouvez m'accompagner ? Juste pour quelques heures ?

— Bien sûr, la rassura Moineau. Après la guerre fictive contre Omois, on nous a octroyé plusieurs jours de congé, car même avec la magie, cela nous a fatigués. Nous n'avons rien de spécial à faire. Nous venons avec toi.

Maître Chem avait raison et tort à la fois car il ne fallut qu'une vingtaine de minutes à Selena pour se laver et s'habiller, fait qu'elle souligna abondamment durant tout leur voyage jusqu'à Tingapour.

Les gardes avaient soigneusement inspecté la Porte et leur transfert se déroula normalement. À leur arrivée au palais impérial d'Omois, Tara cligna des yeux. Elle avait oublié à quel point les Omoisiens aimaient l'or. Il y en avait jusque sur les lances que les gardes à quatre bras pointaient en direction de son nombril. Un ordre sec les écarta et dame Kali, Gardienne de la Porte et gouvernante du Palais impérial, se précipita à leur rencontre. De la race des Thugs, elle possédait une paire de bras de plus que les gardiens et Tara, comme chaque fois qu'elle se trouvait devant elle, fut hypnotisée par le ballet de ses innombrables mains, qui se tordaient sous l'effet de l'inquiétude.

— Votre Altesse impériale, salua-t-elle, que de soucis, que de tracas ! Nous avons subi deux attaques dans le palais ces dernières heures. Les lâches nonsos ont caché des bombes !

Tara fronça les sourcils. Ce que dame Kali venait de dire ne lui plaisait pas du tout. Elle allait réagir, mais maître Chem la devança.

— Allons, fit-il sévèrement. Nous ne savons rien de cette mystérieuse organisation, ni dans quelle mesure elle est réellement impliquée dans les attentats. Ils pourraient fort bien être causés par des sortceliers ennemis de l'Empire qui tentent de faire porter le chapeau aux nonsos. D'ailleurs, les revendications sont ridicules : « AutreMonde aux nonsos », cela ne veut rien dire ! Je pressens une entourloupe.

Dame Kali, déstabilisée, ouvrit la bouche puis, docilement (après tout il s'agissait d'un dragon et il n'était guère prudent de le contrarier), s'inclina, joignant ses six mains :

— Votre jugement est un exemple de sagesse, Maître Dragon. Nous nous en inspirerons avant de condamner. Veuillez me suivre, à présent, l'Impératrice vous attend.

À la grande satisfaction de Tara, Medelus les quitta à cet endroit, ne tenant pas spécialement à se retrouver mêlé à des histoires politiques. Il laissa Selena comme si on lui amputait un bras, et sur la promesse qu'ils se reverraient bientôt. Les yeux mystérieux qui suivaient Tara se collèrent au plafond, bien décidés à ne pas perdre leur proie.

Le palais impérial, gigantesque, majestueux, était parcouru en tous sens par les effrits pourpres volants, démons alliés des humains qui assuraient le rôle de messagers, de serviteurs, et de conseillers. Si le palais n'était pas doué de vie comme le Château magique du Lancovit, il se rattrapait par la quantité d'or, de pierreries et de marbres précieux qui composaient ses ornements. Un peu partout, des vrrirs à six pattes, splendides félins blancs, divaguaient, rendus aveugles à la présence des autres par un sort de l'Impératrice, croyant rencontrer des troncs là où il y avait des meubles et sentir le vent dans leur pelage lorsqu'on les caressait. Des arbres ignifugés poussaient dans les couloirs, abritant les oiseaux de feu qui y faisaient leurs nids. De larges baies vitrées filtraient les rayons de l'impitoyable soleil d'AutreMonde, ouvrant sur une extraordinaire forêt, si colorée par la magie qu'elle blessait les yeux.

Chaque salle ouvrait sur de nouvelles merveilles, balbounes pourpres dans leur vaste bulle d'eau, sirènes et tritons en lévitation, déserts reconstitués, jungles recomposées pour le plaisir de la famille impériale. Tous les climats, du plus désertique au plus glacial, avaient été recréés dans le palais et Tara savait que ces biotopes abritaient des milliers d'animaux soignés par une armada de gardiens. Enfin ils arrivèrent aux suites impériales. Les gardes rectifièrent leur position, saluèrent Tara et l'annoncèrent.

L'Impératrice avait assorti ses cheveux et sa couronne de saphir à une sublime robe d'intérieur bleue, et le tout formait un tableau digne de Picasso dans la période du même nom. En retrait se tenait sa principale suivante, Marianna, une ravissante brune aux yeux de biche. L'Imperator Sandor, impassible et martial comme toujours, se tenait au côté de sa demi-sœur.

— Tara ! Ma chérie, comment te sens-tu ? questionna sa tante. Nous étions horriblement inquiets !

— Nous avons été victimes d'un attentat, répondit à sa place maître Chem.

— J'ai appris en effet que vous avez été bousculés lors de votre transfert sur AutreMonde...

— Il ne s'agit pas de cela, Votre Majesté impériale. On

nous a attaqués sur Terre, dans la forêt bordant le manoir de dame Duncan.

L'Imperator se redressa.

— Au manoir ? Malgré mon armée ?

— Hrrrmmm... Pour ne rien vous cacher, ce sont précisément vos hommes... enfin, vos smurgles, qui nous ont agressés !

— Quoi ? s'exclamèrent à l'unisson les deux souverains.

Maître Chem résuma l'affaire.

— C'est invraisemblable, balbutia Sandor, qui avait pâli. Tout le monde connaît Tara, ils n'auraient pas dû s'en prendre à elle, même sans pendentif ! Et avec le pendentif moins encore ! Gardes !

L'un des huissiers se précipita.

— Votre Majesté impériale ?

— Faites venir l'officier responsable des opérations terrestres, le général M'andil.

À peine avaient-ils fini de décrire l'escarmouche à l'Imperator, dont le regard se chargeait de colère, que déjà le militaire se présentait, magnifique dans son armure de Keltril argentée.

— Vous m'avez fait mander ? fit courtoisement l'elfe, après avoir toisé Robin d'un air dédaigneux.

Tara se sentit bouillir devant la tristesse du demi-elfe. En dépit de ses exploits, ses congénères persistaient à le rejeter à cause de son ascendance humaine. L'Imperator se chargea, bien involontairement, de le venger.

— Je croyais, commença-t-il d'une voix de velours, avoir bien spécifié que personne, *absolument* personne, ne devait toucher à un cheveu de la tête de l'héritière.

— C'est exact, confirma le général. Et nous avons scrupuleusement respecté vos consignes, Votre Majesté impériale.

— Comment expliquez-vous, dans ce cas, qu'une vingtaine de vos smurgles ait attenté à sa vie et agressé le groupe de guerriers qui la protégeait ?

Cal et Fabrice gonflèrent la poitrine et se redressèrent :

« Guerriers ! », ouaaaaiis ! Le général, lui, eut plutôt tendance à s'affaisser.

— Comment ? Mais pas du tout ! Mes hommes n'auraient jamais fait une chose pareille ! Je ne comprends pas !

— Vous avez votre boule de cristal sur vous, Général ? Veuillez interroger le commandant de l'équipe de surveillance qui était de garde ce matin aux abords du manoir.

— Tout de suite, Votre Majesté impériale !

Tara savait que les elfes ne transpiraient pas, mais celui-ci paraissait tout prêt à apprendre. Il activa son appareil de transmission.

— Général ? fit la petite image projetée devant eux.

— Commandant Ga'ril, une équipe de smurgles a pris ce matin à partie un groupe de personnes, sur Terre, près du manoir de dame Duncan. Êtes-vous au courant ?

— Bien sûr, répondit l'autre avec assurance. Nous avons appliqué les ordres de l'Imperator à la lettre. Mais nous n'avons pas réussi à anéantir l'ennemi. Celui-ci a fait de nombreux morts et blessés dans nos rangs. Nous espérons le lui faire payer très bientôt.

Le visage plutôt pâle de l'elfe devint rubicond.

— Imbécile, rugit-il, c'était l'héritière impériale et son équipe que vos abrutis de smurgles ont attaqués !

— Mais oui ! L'elfe avait l'air surpris. C'est bien ce que spécifiait le message. Visé par l'Imperator. Attaquer et détruire l'héritière et tous ceux qui porteraient le pendentif d'Omois au cou !

Cette fois-ci, ce fut Sandor qui perdit son calme.

— Quoi ! quoi ! Mais je n'ai jamais rien signé de tel !

Voyant *qui* se penchait sur la boule de cristal, le commandant Ga'ril se raidit. Puis il activa sa magie et un bout de papier, sorti d'un classeur, vint se poser sur la table devant lui.

— Ah, pardon, fit-il, sûr de son droit, mais c'est bien ce qu'il y a écrit ici !

— Boule de cristal, ordonna le général, agrandissement !

L'image se rapprocha et ils purent lire. C'était exactement ce qu'avait dit l'elfe : l'ordre de tuer l'héritière et son escorte.

— Il s'agit bel et bien ta signature, Sandor, constata l'Impératrice. Et elle est inaltérable !

Tous regardèrent l'Imperator avec stupeur, colère, soupçon. Mais avant que des paroles irrémédiables fussent prononcées, maître Chem s'empressa d'intervenir.

— Commandant, dit-il, pourriez-vous faire subir au message un Revelus, je vous prie ?

L'elfe obéit et incanta, passant la main au-dessus du parchemin. Pendant quelques secondes il ne se produisit rien et l'atmosphère s'alourdit encore. Puis, si la signature demeura identique, le texte se transforma ! Les lettres se mirent à grouiller sur le papier comme des insectes et formèrent d'autres mots. Il s'agissait d'un banal ordre de mouvement de troupes.

— Mmmmh, fit le dragon, satisfait. Ils n'ont pas touché à la signature, mais ils ont modifié le texte. Malin, ça. Très malin.

— Mais il n'y avait pas de magie autre que celle de l'Imperator sur ce document. Nous vérifions toujours !

— Ils n'en ont sans doute pas eu besoin, dit Cal qui observait le papier avec attention. Il suffit de gratter l'encre et de réécrire par-dessus. J'ai essayé avec mes not... hrmmm, je veux dire, j'ai expérimenté et ça fonctionne très bien.

L'Imperator ne dit rien, mais on le vit se détendre. Le général aussi d'ailleurs. Il éteignit sa boule de cristal et attendit, figé dans un impeccable garde-à-vous.

— Bien, sourit l'Impératrice, nous soumettrons dorénavant les moindres documents à une minutieuse inspection. Ceci ne doit pas se reproduire. Vous pouvez disposer, Général.

L'elfe salua avec soulagement et s'empressa de filer.

— Il y a donc eu deux attentats, constata Sandor, l'air sombre. L'un avec le message truqué et le second sur la Porte du Tibet, sans compter les trois bombes qui ont explosé, dont l'une a blessé Selena. Il faut que nous décrétions le plan Sphynx.

— Tu as raison, approuva l'Impératrice. Garde renforcée, Diseurs de Vérité et elfes sur le qui-vive, magie d'alarme sur tous les principaux bâtiments. Vas-y. Pendant ce temps, j'expliquerai à Tara et Selena les modalités de leur séjour à Omois.

L'apprentie impératrice se vit allouer une bourse, un budget en fait, pour faire vivre sa « maison », c'est-à-dire les courtisans et serviteurs qui allaient s'occuper d'elle. Sa tante lui fit visiter ses appartements et sourit quand Cal demanda ironiquement un plan détaillé pour se rendre aux toilettes. Effectivement, la suite était immense, comptant plusieurs salons, une demi-douzaine de chambres, autant de salles de bains, un dojo d'entraînement, un Discutarium, une salle à manger. Un régiment aurait pu y loger à l'aise.

Pour le service de l'héritière, il y avait deux cuisiniers, des T'anzils réputés pour la finesse de leurs plats et la longueur de leurs tentacules, une gouvernante tatris à deux têtes, madame Sentris, chargée des comptes et de tous les détails de la vie courante, une garde du corps, Grr'ul, énorme troll verte et verruqueuse dont les crocs ressemblaient à des épieux jaunes, trois servantes chargées de la garde-robe, un responsable des armes et de la chasse, un jeune elfe qui fit grincer les dents parfaites de Robin, bref, tant de gens et de choses que Tara en perdit le fil.

Elle passa quelques heures à tout explorer avec ses amis, puis arriva le moment où ceux-ci retournèrent au Lancovit, sur la promesse de revenir souvent. Manitou et Selena demeurèrent avec elle et sa vie sur AutreMonde commença, bien différente de ce qu'elle avait connu sur Terre.

À sa grande surprise, il lui fallut moins de temps qu'elle ne l'avait escompté pour cesser de se perdre dans sa suite, et un mois lui suffit pour retrouver son chemin dans le palais, à l'aide de son accréditation qui lui indiquait où elle se trouvait, mais surtout grâce à Galant qu'elle miniaturisait et qui volait devant elle comme un drone pour repérer le chemin. Elle prit l'habitude de voir ses amis régulièrement, mais depuis les attentats, les passages des Portes étaient réduits au strict nécessaire et il ne leur était pas si facile de se rencontrer. L'Imperator avait fait rechercher les coupables, mais sans succès, ce qui avait intensifié la paranoïa des services de sécurité impériaux. L'alliée de Tara, la Pierre Vivante, boule de cristal consciente et réservoir de la magie d'AutreMonde, dont elle avait été séparée sur Terre, lui fut très utile. Grâce à elle, elle pouvait parler à Cal, Moineau, Robin et Fabrice chaque jour.

Le plus fastidieux dans son apprentissage fut d'assimiler les deux mille six cent cinquante-sept coutumes différentes des peuples d'AutreMonde. À sa première audience publique, elle demanda à un chef troll *s'il allait bien* ! Dans le code en vigueur chez les siens, il s'agissait d'une insulte épouvantable, laissant entendre qu'il n'était plus assez fort pour diriger sa tribu, et l'équivalent d'un défi en bonne et due forme. Le troll manqua réduire fortement l'espérance de vie de Tara avant qu'on lui fasse comprendre que la jeune fille n'avait vraiment pas eu l'intention de le provoquer.

À la suite de cette aventure, l'Impératrice décida que Tara assisterait aux audiences officielles d'une façon informelle et sans y intervenir. Du moins tant qu'elle ne connaîtrait pas AutreMonde sur le bout des doigts. Dans un premier temps, Grr'ul ne la quitta pas d'une semelle. La garde du corps était pour elle comme une ombre obèse de trois mètres de haut. Puis les mesures de surveillances portèrent apparemment leurs fruits, car les attentats cessèrent, et Tara put assigner à Grr'ul d'autres tâches que celle de lui souffler dans le cou. Cela ne lui plut guère, mais la jeune fille se montra très ferme. Elle réaffecta également à des occupations utiles la majorité de ses serviteurs, n'appréciant guère que quarante personnes s'occupent d'elle vingt-six heures sur vingt-six.

Au bout d'un an, Tara avait l'impression d'avoir toujours vécu à Omois. Elle découvrait la vie avec sa mère, dont elle avait été séparée des années durant. Elle tentait régulièrement de la détacher de Medelus, avec plus ou moins de bonheur, et vivait en harmonie avec sa famille, à part Isabella qui, parce que sa petite-fille n'avait pas choisi la Terre, persistait dans sa bouderie, ce que Tara trouvait parfaitement infantile.

Ce jour-là, elle venait de sortir de sa suite, précédée de Galant, afin de se rendre à son entraînement quotidien et douloureux avec l'Imperator, lorsqu'un incroyable spectacle l'immobilisa.

Devant elle, un indescriptible bidule avançait, titubait plutôt, dans le couloir. L'être perdait des parties de lui-même au fur et à mesure de son cheminement, des bras, des jambes, des bouts de mâchoires avec leurs dents. Curieusement, les fragments qui prenaient le large ne demeuraient pas sur place. Dès qu'ils avaient touché le marbre luisant du sol, ils sautaient, rampaient, se précipitaient et rattrapaient le corps qu'ils venaient de quitter. Lequel continuait sa progression, impavide.

Tara béait d'étonnement. Bien que nul parmi les courtisans et serviteurs qui évoluaient tout autour d'eux ne parût alarmé, elle activa discrètement sa magie.

Le machin ne sut jamais à quel point il fut près d'être réduit à un petit tas de cendres fumantes lorsque, la faisant sursauter, sa mère, la ravissante Selena, jaillit d'une chambre latérale et s'exclama :

— Ma chérie ! Ça y est... il vient de demander ma main !

De son bras tendu, elle désignait amoureusement l'air en direction du zombie !

CHAPITRE VI

APPRENTISSAGE

Tara et le zombie échangèrent un regard également horrifié.

— Mais envin, cracha le zombie avec quelques dents, qu'eve-que vous dites, Dame ? Ve ne vous ai rien demandé !

— Oh, bonjour, Général G'en'ril, fit Selena, distraite, comment allez-vous ?

Puis elle se retourna, cherchant quelqu'un du regard.

— Bradford ? Où es-tu ?

Une ombre se concrétisa aussitôt près d'elle et Tara eut un nouveau coup au cœur. Ce monde magique la prenait constamment par surprise et elle trouvait cela fatigant par moments. Medelus acheva d'apparaître, tout penaud.

— Pardon, susurra-t-il, j'avais omis de débrancher le sort d'invisibilité. Bonjour Tara ! Bonjour Général !

Soulagé, le zombie s'inclina puis se remit en marche, vacillant dans le couloir. Les deux adultes le contemplèrent un instant, aussi fascinés que Tara.

— On en voit de moins en moins, commenta Selena.

— Pourtant ce sont des types attachants.

— Il vaut mieux... avec ces morceaux qu'ils perdent partout !

Ils se regardèrent et pouffèrent. Tara serra les dents. Ils se croyaient drôles ! C'était nul !

— Où as-tu déniché cette adorable manière de demander en mariage ? soupira, ravie, Selena, revenant à ce qui l'intéressait. Entouré de deux licornes, portant des bouquets de fleurs et le dragon présentant la bague de fiançailles, je croyais que cela ne se faisait plus dans les campagnes depuis deux mille ans !

— Je ne suis pas sûr de l'exactitude de la scène, sourit Medelus. J'ai voulu me rendre à la bibliothèque pour vérifier mais elle est fermée depuis une semaine. Un petit malin s'est amusé à déplacer les livres ou à les faire tomber à plusieurs reprises, si bien que cahmboum qui s'en occupe a prévenu qu'il n'ouvrirait de nouveau que lorsqu'il aura mis le tentacule sur le coupable.

— Si j'ai bien compris, Maman, les interrompit Tara d'un ton doucereux, Brad t'a proposé de l'épouser, c'est ça ?

— Oui, ma chérie ! Et comme il doit évaluer l'importance d'une invasion de micro-champignons sur les plantations de Géants d'Acier, il veut m'associer à son travail et m'emmène demain pour la journée à Selenda, la patrie des elfes. Nous serons de retour pour ton anniversaire, bien sûr. N'est-ce pas merveilleux ?

Ce n'était pas l'adjectif que Tara aurait employé. Atroce, horrible, dégoûtant, beurk étaient nettement plus appropriés. Tara savait que sa mère s'était ennuyée pendant cette année, passé l'émotion d'avoir retrouvé sa fille. Aussi, c'était très malin de la part de Medelus de lui proposer de travailler avec lui. En dépit de toutes ses tentatives, les deux adultes restaient collés l'un à l'autre comme avec de la glu extra-forte. Un temps, la jeune fille avait cru trouver un allié sérieux en la personne de l'Imperator. Sandor faisait une cour assidue à Selena depuis qu'elle s'était installée à Omois près de sa fille. Il inondait sa suite de fleurs, de bijoux, d'animaux enchantés et autres bidules qu'elle lui retournait avec constance. Mais, visiblement, les mots « non merci, sans façon » ne figuraient pas dans le vocabulaire du souverain qui se vexait, incapable de comprendre que Selena ne s'intéresse pas à lui. Sa demi-sœur, l'Impératrice, ne pipait mot, mais on sentait qu'elle se retenait très fort pour ne pas rigoler. Cela dit, Tara ne désirait pas plus l'Imperator que Medelus pour beau-père.

Elle avait un père, enfin, un père sous forme de fantôme. Mais elle avait la ferme intention de le ramener parmi les vivants. Elle y était parvenue une première fois. Il suffisait de recommencer. C'était l'une des raisons secrètes qui l'avaient poussée à accepter les conditions de l'Impératrice et de l'Imperator. Sur Terre, sous la surveillance d'Isabella, elle n'avait aucune chance, tandis que sur AutreMonde... Mais elle s'était usé les yeux sur les livres et les parchemins, sans résultat pour le moment.

— Si si, génial, répondit-elle sans enthousiasme. Bon, ben j'dois y aller, hein, à plus !

Elle allait s'enfuir, lorsqu'elle se mit à éternuer, deux, trois fois. Au dixième atchoum, Selena sortit enfin du nuage rose dans lequel elle flottait pour s'inquiéter.

— Tara ? Ma chérie, mais qu'est-ce qui t'arrive ?

La jeune fille n'en savait rien. Elle commençait à manquer d'air. Elle éternua si fort que Medelus recula, alarmé. Dès qu'il s'éloigna, Tara put respirer de nouveau.

— Exguzez-boi, renifla-t-elle, je grois que j'ai adrappé une sorde d'allergie. À doute à l'heure !

Et elle s'échappa, très ennuyée. Ignorant les gardes du plan Sphynx qui patrouillaient en jetant de tous côtés des regards paranoïaques, elle se dirigea en traînant les pieds vers la salle d'entraînement. Ouh ! Elle détestait Medelus au point de développer une allergie à sa présence. Il n'allait pas être facile d'expliquer cela à Selena.

Elle manqua heurter une inconnue qui s'inclinait sur son chemin.

— Je me nomme Eleanora Manticore, se présenta la jeune fille, une brune aux cheveux courts et aux magnifiques yeux gris.

— Euuuh. Bonjour, Damoiselle Manticore.

— Vous ignorez tout de moi, n'est-ce pas ?

Tara fronça les sourcils. Le ton de la jeune fille était singulièrement agressif.

— Je l'avoue.

— Je suis la cousine de Brandis, le garçon qui est mort dans le Vortex par la faute de Caliban dal Salan, le sale petit Voleur du Lancovit.

Elle paraissait avoir une dent contre Cal, ou même plusieurs. Tara devait amèrement regretter, par la suite, de n'avoir pas immédiatement démenti Eleanora ce jour-là. Mais elle était en retard et ne pouvait prendre le temps de polémiquer. Elle choisit de sourire :

— Je suis désolée pour Brandis. Je ne le connaissais pas, mais je suppose que vous étiez très proches. Écoutez, je suis en retard, mais j'aimerais que vous me rendiez visite. Je crois qu'il faut que nous discutions. Venez dès que possible à ma suite. Je vous expliquerai toute l'histoire.

La jeune fille parut surprise et son regard s'adoucit un peu.

— Je n'y manquerai pas, Votre Altesse impériale ! J'ai postulé pour le poste de Première sortcelière du Haut mage Zzil et j'habite donc le palais jusqu'à ce que mon maître soit nommé à son poste définitif. J'aurai donc l'occasion de venir vous voir.

Sur ce, elle s'inclina de nouveau et lui tourna un dos raide et digne. Tara consulta son accréditation frappée de l'emblème d'Omois, le paon pourpre aux cent yeux d'or.

Les AutreMondiens ne possédaient pas de fusées, mais des oiseaux rocs géants, insensibles au vide de l'espace, mettaient ce qu'on voulait sur orbite et plusieurs satellites tournaient autour de la planète. Les accréditations incrustées dans les avant-bras des sortceliers leur indiquaient ainsi où ils se trouvaient, comme des sortes de GPS magiques. Ces appareils servaient aussi de montre. Tara vit qu'elle allait devoir emprunter un raccourci découvert en fouinant dans le palais.

Le passage, étroit, était peu fréquenté. Soudain, Galant, qui la précédait, se figea en plein vol. En voulant l'interpeller, la jeune fille se rendit compte avec horreur qu'elle ne pouvait plus bouger ! C'est alors que devant elle se matérialisa Meludenrifachiralivandir, roi des effrits et serviteur de la Chevalière impériale. L'anneau magique qui servait à invoquer le démon avait été remis à Tara par l'Impératrice lors de son précédent anniversaire. Jamais, jusqu'à présent, l'effrit ne s'était présenté à elle sans convocation. Ses yeux jaunes étincelaient de satisfaction :

— Voilà près d'un an que je m'attache à tes pas, héritière des humains. Que je t'observe. Que je te guette. Tu ne m'as guère facilité la tâche en m'appelant si rarement. Je te fais peur ? Ah, tu as bien raison, jeune humaine !

En dépit de sa paralysie, Tara fut secouée d'un frisson glacial, se sentant soudain dans la peau d'une souris attrapée par un très gros chat. Pourpre, avec des dents noires, une couronne de feu sur la tête. Ses yeux, surtout, étaient terrifiants : jaunes, obliques, emplis d'un feu démoniaque.

— Un peu d'histoire, pour ta gouverne, jeune humaine, murmura le démon. Lorsque nous, les effrits, nous sommes alliés à Demiderus pour l'aider à défaire nos propres congénères, il nous a contraints grâce à un sort qui fait que nous ne pouvons venir sur AutreMonde sans être invoqués. Et il a lié les plus puissants d'entre nous avec les Chevalières de pouvoir. Ces anneaux doivent être remis à leur porteur avec un sort spécial de protection. Neuf petits mots. Et sais-tu, héritière... ?

Tara eût été bien en peine de répondre.

— En te faisant cadeau de la Chevalière, l'Impératrice *a omis de les prononcer* ! Des mois ont passé avant que je m'en rende compte, et plusieurs autres ont été nécessaires pour me libérer de la contrainte, mais c'est désormais chose faite. Nous allons réaliser de grandes choses, tous les deux !

Voyant que Tara voulait parler, l'effrit pourpre claqua des griffes et la langue de Tara se délia :

— Vous allez me tuer ?

— Quelle délicieuse idée ! Certes, non. Je vais faire bien pire. Observe, jeune humaine. Et apprends.

Il tendit une grande main pourpre à six doigts et dessina un cercle dans le vide. Avec un discret chuintement, un tout petit démon rouge apparut, dans une minuscule baignoire. Couvert de savon et de mousse, il sifflotait en se frottant le corps. S'apercevant qu'il n'était plus dans sa salle de bains, il s'écria :

— Mais... qu'est-ce qui... ?

Dès qu'il réalisa à qui il avait affaire, le petit démon rosit. Il entreprit de faire disparaître sa baignoire.

— Ôte-moi d'un doute, gronda l'énorme effrit, étonné, tu étais en train de prendre... un *bain* ?

Le petit démon se tortilla, l'air embarrassé.

— Euh, certaines des mœurs humaines ne sont pas si mal. Et puis ça me détend.

Le grand effrit leva les yeux au ciel, marmonna quelque chose du genre « et on s'étonne d'avoir perdu la guerre ! », puis donna ses instructions.

En apprenant ce qu'il devait faire, le petit démon rosit plus encore. Il soupira. Par les crocs cariés de Gelisor, il fallait que cela tombe sur lui !

— Tu as compris ? rugit Mel. À part lui faire énoncer *cette* phrase, tu ne fais rien, tu n'interviens en rien. Tu n'es qu'un pion dans mon plan, pas un rouage essentiel. Une seule erreur et... Couic !

Tara sentit sa gorge se serrer sous le regard soudain dubitatif que le petit démon rouge posa sur elle.

— Quoi ? couina-t-elle. Vous voulez que je *vous* ordonne de...

Elle s'interrompit, voyant le gros effrit se pencher avec avidité.

— ... de, de faire ce que vous venez de dire ?

— Zut, sourit le démon déçu, j'ai bien cru que ça y était.

— Ben ça va pas être demain, se reprit Tara, parce qu'il n'y a aucune chance que je prononce un tel ordre !

L'effrit eut un horrible rictus.

— Oh, mais si !

Il fit signe au petit démon. Celui-ci se métamorphosa en une fumée rouge qui enveloppa délicatement le front de la jeune fille puis s'enfonça très lentement dans sa tête. Elle hurla, mais le sort l'isolait entièrement. Nul ne l'entendit.

— Parfait. Et maintenant... Pégase et humaine, effacez cet instant de votre mémoire !

L'effrit les libéra et Tara et son pégase reprirent leur chemin, inconscients de ce qui venait de se passer. C'est avec le sentiment désagréable d'avoir oublié quelque chose, et la sensation encore plus curieuse d'avoir envie d'un... bain, que Tara pénétra dans l'arène sablée aménagée pour la joute et les combats.

L'Imperator avait pris en main l'éducation guerrière de l'héritière. Malheureusement pour Tara, s'il était possible d'assimiler des quantités de choses grâce à la magie, la lutte, elle, devait s'apprendre à la dure, les dents dans le sable et le nez écrasé, et son instructeur avait un goût prononcé pour l'option « prise avec étranglement jusqu'à ce qu'asphyxie s'ensuive ». Tara n'avait pas encore trouvé comment lui rendre la pareille. Enfin... pas sans tricher avec la magie.

L'arène, dorée à la mode omoisienne, était surplombée de multiples rangées de gradins où se tenaient, durant l'entraînement, toutes sortes de spectateurs. Des scoops, petites caméras volantes et animées, virevoltaient partout et retransmettaient les images en boucle aux immenses panneaux de cristal dominant la salle, ce dont Tara se serait bien passée.

Majestueux, l'Imperator l'attendait. Il s'était débarrassé de son pectoral d'acier et de sa chemise de lin, et faisait jouer l'imposante musculature de son torse nu, pour la plus grande joie des dames. Il avisa l'Héritière et lui sourit, comme un requin découvrant un machin comestible dans son aquarium.

— Tu es prête ? s'enquit-il aimablement.

— J'arrive tout de suite, répondit-elle, nerveuse, avant

d'incanter : « Par le Transformus je veux un survêtement, qu'il apparaisse à l'instant ! »

Les courtisans s'agitèrent, inquiets : pourvu que, pour une fois, la magie de Tara ne rhabille pas tout le Palais ! Il n'en fut rien et sa robe de sortcelière, ornée du paon pourpre aux cent yeux d'or, se transforma en un ensemble confortable et discrètement rembourré.

Elle se mit en position et l'Imperator lui fit longuement rectifier son équilibre. Puis vint le moment d'entamer les choses sérieuses. Tara n'avait pas le droit d'utiliser la magie pour se défendre, mais elle incanta, ainsi que le lui avait appris son instructeur : « Par l'Accentus, que ma masse soit la même que celle de mon adversaire, et plus si cela est nécessaire ! »

Elle baissa les yeux sur son corps qui aurait dû gonfler.

L'Imperator s'adressa à elle d'une voix curieusement fluette :

— Euh oui, c'est une façon de vaincre. Maintenant, pourrais-tu me rendre mon aspect normal, s'il te plaît ?

Tara leva les yeux. Sandor ressemblait subitement à une grande asperge. Ses imposants cent dix kilos venaient de se réduire à un riquiqui cinquante kilos ! Un ricanement nerveux courut dans les gradins. Le pouvoir de l'Héritière avait encore fait des siennes : elle avait rétréci son adversaire. Elle mordilla sa mèche blanche et questionna :

— Pourquoi ?

L'Imperator ouvrit des yeux étonnés.

— Comment cela ?

— Vous me répétez qu'au combat il faut savoir maîtriser n'importe quelle situation. Mais chaque fois que nous nous battons, c'est *moi* qui dois me modifier. Tous ces muscles en plus, cela me déséquilibre. Ce n'est pas juste !

Elle aurait bien voulu gommer l'intonation plaintive de sa voix, mais il était trop tard. L'Imperator l'observa d'un air songeur, puis acquiesça :

— Tu n'as pas tort. Voyons ce que cela donne.

Aussitôt, il s'élança. Mais ses muscles avaient fondu. Au

lieu de la puissante poussée qui aurait dû l'envoyer percuter Tara, il fit un bond de lapin sous-vitaminé et s'étala de tout son long.

Tara étouffa un rire grinçant et lui tendit la main. L'œil mauvais, il se mit debout sans accepter son aide, cracha deux ou trois grains de sable et reprit position.

— Rhhhaaaaa ! bondit-il de nouveau, mobilisant ses maigres muscles.

Cette fois, il avait mieux calculé son élan mais Tara l'attendait. Vive comme l'éclair, elle se laissa tomber et, plaçant ses mains et ses pieds sur le thorax de son agresseur, l'envoya s'écraser derrière elle dans le sable.

Il y eut un très long silence. Les courtisans, le souffle coupé, appréhendaient la réaction de l'Imperator. Il finit par se relever, tout égratigné – pas une si bonne idée, le torse nu, finalement – et fixa son adversaire.

Puis, de manière inattendue, il éclata de rire et lui tendit une main amicale. Formée à toutes les traîtrises, elle resta sur ses gardes. L'Imperator devina sa méfiance, car son sourire s'élargit.

— Un bon guerrier doit savoir quand il est en mauvaise posture, précisa-t-il en lui saisissant l'avant-bras, à la manière omoisienne, puis en la lâchant. Tu as su mettre en œuvre ce que je t'ai appris et me prendre par surprise. Bravo, ma nièce, c'est du bon travail.

Les acclamations des courtisans éclatèrent, assourdissantes. Hélas, passé l'instant heureux du compliment inattendu, l'Imperator ne la ménagea guère durant le combat qui s'ensuivit. Même diminué en muscles et en poids, il demeurait un lutteur incomparable. Lorsqu'elle sortit de la salle, la jeune héritière était moulue. Elle combattit une étrange envie de bain moussant et se doucha rapidement dans les vestiaires. Elle remplaça son survêtement par sa robe de sortcelière puis l'assistant chaman, Yeux-perçants-qui-fixent-l'horizon, lui appliqua un Reparus pour lui éviter de claudiquer misérablement.

Grr'ul la rejoignit.

— Imperator encore vivant ? s'enquit-elle, le plus sérieusement du monde.

Les trolls avaient une notion imprécise de la grammaire et, de la vie, une conception primaire. Tara lui lança un regard noir.

— Malheureusement ! persifla-t-elle. Il m'a tellement contorsionnée en tous sens que je vais sans doute marcher en crabe pour le reste de mes jours.

— Tara besoin entraînement, laissa tomber la troll, implacable. Tara encore trop grmmmll.

Grmmmll voulait dire « faible » dans la langue troll. Et faible signifiait : « mort en sursis ». Tara haussa les épaules et elle se dirigeait en boitillant vers sa suite, quand elle laissa échapper une exclamation furieuse. Deux enfants, un garçon et une fille, surgis d'une porte latérale, l'avaient brutalement heurtée, piétinant le pied qui la faisait encore souffrir malgré le sort guérisseur du chaman. Déjà loin, ils filaient en égrenant un rire moqueur.

Grr'ul suggéra :

— Moi attrape et fais brochette ?

— Mmmmh, je ne crois pas que ce soit très civilisé, grogna Tara, qui pensait au contraire que ce n'était pas une mauvaise idée, tout en massant son pied endolori. Tu connais ces deux... enfants ?

Un mot nettement moins poli flottait dans son esprit.

— Oui, ça Jar et Mara Hachequetril. Jumeaux baron mercenaire de Vilains. Font formation sortceliers ici. Sont taquins.

Taquins, hein ? Boitillant de nouveau, Tara voulut rejoindre sa suite. Mais les choses prirent un tour vraiment étrange. Le premier courtisan qu'elle rencontra, au lieu de s'incliner devant l'héritière comme le voulait la coutume d'Omois, se précipita pour lui donner un baiser.

Tara avait fini par s'habituer aux plongeons, révérences et courbettes, dont n'étaient exemptés que les souverains étrangers de rang similaire au sien et les membres de sa famille, mais cette nouveauté la laissa sans voix. Elle en était encore à fixer, stupéfaite, l'impudent qui s'éloignait lorsqu'un habitant de Madix, l'une des deux lunes d'Autre-Monde, s'approcha à son tour. Par suite de la faible gravité de la planète où il avait passé son enfance, il était très grand et maigre. Il plia sa haute taille, comme un étrange roseau blafard et, ignorant le mouvement de recul de l'Héritière, baisa sa joue, puis il poursuivit son chemin, ses voiles transparents flottant à sa suite. Une licorne observa Tara à son tour et, docile, lui débarbouilla la moitié du visage. Tara commençait à avoir des soupçons. Grr'ul sursauta quand elle l'apostropha d'une voix féroce.

— Maîtresse ?

— J'aimerais savoir pour quelle raison tous ces gens m'embrassent. Viens devant moi et jette un coup d'œil à ma robe.

Grr'ul lui lança un regard surpris, puis obéit.

— Ne vois rien... fit-elle avant d'éclater d'un rire à morceler une montagne.

Tara sentait la colère lui chauffer les oreilles mais Grr'ul ne sut jamais combien elle fut proche de terminer ses jours dans la peau d'un crapaud, ce qui, vu la couleur de sa peau et ses verrues, n'aurait pas changé grand-chose. Constatant que la jeune fille bouillait, elle ravala un dernier hoquet d'hilarité :

— Quelqu'un accroché *dragon de Botant* à Maîtresse !

— Un *quoi* ? Qu'est-ce que c'est ?

— Ah, oublie toujours Majesté pas connaître Autre-Monde.

Ouais, ben elle n'était pas la seule. Et Tara trouvait extrêmement agaçante la manie qu'avaient les courtisans de rire sous cape chaque fois qu'elle faisait quelque chose d'inattendu.

— Sept saisons ici, poursuivit laborieusement Grr'ul en comptant sur ses gros doigts verts. Kaillos, Botant, Trebo, Faicho, Plucho, Moincho et Saltan, la saison pluie. Botant est cycle de sève, comme printemps sur Terre. Premier de ce mois, enfants font farces. Accrocher dragons de Botant dans dos ou sur le devant des vêtements. Sur Terre, ça est « poisson d'Avril ».

Tara fronça les sourcils.

— Mais nous sommes en... flûte... Faicho, non ?

— Ça exact. Pas farce normale. Quelqu'un jeté sort sur robe Maîtresse. Elle dire : « Embrassez-moi dans l'instant, ou je vous change en éléphant. » Maîtresse peut pas voir, mais courtisans peuvent lire inscription.

Tara se retint d'exploser. On lui infligeait un beau-père, ensuite on l'obligeait à mordre la poussière et, pour finir, on lui faisait des blagues stupides ! Pour ce dernier méfait, elle avait une idée assez claire de l'identité des coupables.

— Ce sont ces deux gamins, ragea-t-elle. Cela a commencé après qu'ils m'ont démoli le pied.

— Pas preuve, laissa tomber Grr'ul. Et ça est drôle, non ?

Devant le visage fermé de Tara, les mots de Grr'ul restèrent coincés dans sa gorge. Tara effaça l'impudente inscription et allait répliquer vertement, lorsqu'un tatris, ses deux têtes très agitées, se précipita, hurlant de toutes ses forces.

— Au secours ! À l'aide !

Il pila net en voyant l'Imperator qui sortait de l'arène à la suite de Tara.

— Votre Majesté impériale ! haleta la première tête.

— Votre Altesse impériale ! souffla la seconde.

— C'est atroce...

— C'est horrible...

— Terrible...

— Épouvantable...

— Venez-en au fait ! coupa brutalement l'Imperator, agacé.

Les deux têtes clamèrent à l'unisson :

— Au meurtre ! Il y a un cadavre dans la bibliothèque !

Chapitre VII

L'attentat

Tara eut l'impression absurde d'être plongée au beau milieu d'un roman d'Agatha Christie.

Contrairement au Discutarium, entité magique référençant des millions de supports depuis les premières tablettes de pierre gravées par une archaïque tribu centaure jusqu'au dernier film de Tom Cruise et disposant d'une Voix, la bibliothèque, elle, ne contenait que des livres et des parchemins. Mais il y en avait des centaines de milliers, si ce n'est des millions, et la majeure partie d'entre eux était magique.

Lorsque, fendant le brouhaha angoissé des courtisans ameutés par les cris, Tara et l'Imperator, suivis par Grr'ul, pénétrèrent dans la bibliothèque, c'était le capharnaüm. L'un des gigantesques panneaux fixés au mur s'était abattu au sol et des in-folio, mortellement blessés, gisaient, tentant de retenir leurs feuilles qui s'échappaient. Certains volaient, traumatisés et le bibliothécaire, un cahmboum jaune en forme de motte de beurre, aux yeux rouges, agitait désespérément ses tentacules dans l'espoir de les attraper. Les livres qui n'avaient pas été touchés bourdonnaient comme une ruche furieuse qui ne sait pas encore sur qui elle va fondre mais médite un meurtre en bonne et due forme dans les cinq minutes.

Effrayés, les courtisans refluèrent. L'Imperator, ferme comme un roc, éleva la voix, s'adressant aux livres :

— Ah, ça suffit, hein ! Calmez-vous. Nous allons faire toute la lumière et vos compagnons seront réparés et vengés. Cessez vos enfantillages.

Un lourd silence salua ses paroles puis les livres, lentement, obtempérèrent. Le cahmboum essuya son étrange visage, ses yeux rouges virant au vert sous l'effet d'une frayeur rétrospective.

— Merci, Votre Majesté impériale. Nous avons frôlé la masse critique. Certaines des encyclopédies voulaient se répandre dans le palais pour retrouver celui qui avait blessé leurs compagnons.

— Ce ne serait pas une mauvaise idée, médita l'Imperator. Peut-être seraient-elles plus efficaces que nos services de surveillance ! ajouta-t-il, visant Xandiar, le chef de la sécurité.

Sa remarque fit mouche. L'officier rougit et donna des ordres. Ses agents firent reculer les courtisans et isolèrent la scène de l'accident avant de s'activer à la recherche d'indices. Plusieurs scoops filmèrent la pièce sous tous les angles. Puis, très délicatement, les gardes retirèrent les livres et dégagèrent l'être qu'ils avaient écrasé dans leur chute. Le chaman légiste s'accroupit près du corps et entreprit de l'ausculter.

En voyant dépasser de l'amoncellement une main pourrie, à présent inerte, Tara avait immédiatement reconnu la victime. Un zombie. Plus exactement le général croisé le matin même, qui était le seul de son espèce au Palais. Ce qu'elle avait pris pour des livres à la forme bizarre étaient les morceaux de son corps, qui parsemaient la pièce, mais ne remuaient plus. Yerk !

L'Imperator fronça les sourcils.

— Ce crime a été prémédité. La seule façon de tuer un zombie, c'est de lui écraser la tête, plus précisément le cerveau. Le général G'en'ril était donc bien visé.

Tara aurait pu faire remarquer que n'importe qui aurait succombé à la chute d'une tonne de livres et d'une bonne grosse bibliothèque en bois massif, mais elle se contint.

— Pourtant... on ne peut faire de magie dans cet endroit ! gémit le cahmboum. Le pouvoir des livres grippe la magie ordinaire. Et puis c'est dangereux. Si la magie était trop forte ici, cela pourrait...

Il baissa la voix pour ne pas perturber les livres :

— ... exploser !

— Je suis au courant, répondit distraitement l'Imperator. Ce que j'aimerais comprendre, c'est pourquoi on s'en est pris à ce pauvre G'en'ril.

— Parce qu'il était un monstre, signala Xandiar, un bout de papier dans l'une de ses quatre mains gantées.

L'Imperator le dévisagea, choqué :

— Comment osez-vous...

— Pas pour moi. Mais aux yeux d'autres personnes. Lisez.

Et il tendit le billet à l'Imperator qui lut à haute voix :

« AutreMonde aux nonsos ! Mort aux monstres ! Celui-ci est le premier, mais pas le dernier ! Nous vous tuerons tous ! Nous sommes plus nombreux ! signé : Antisort, le parti des nonsos. »

Lorsqu'il releva la tête, Sandor était fou de rage.

— Cela passe toute mesure, gronda-t-il. Faites évacuer tous les nonsos du palais. Immédiatement ! Je n'admettrai pas plus longtemps que ces... que ces sans-magie assassinent impunément chez moi.

Parmi les courtisans, nombreux étaient les nonsos. Un murmure de réprobation courut dans la foule, mais l'Imperator était trop peu maître de lui pour y prêter attention. Il se tourna vers le chef des gardes :

— Xandiar, je vous donne quarante-huit heures pour démasquer le coupable. Je veux que vous me l'ameniez par les oreilles. Vivant !

Tara perçut que le mécontentement des courtisans se transformait peu à peu en colère. Et elle eut le sentiment très net que tel était le but poursuivi par les mystérieux agresseurs : séparer les nonsos des sortceliers et en faire des ennemis. Elle aurait préféré ne pas s'en mêler, mais n'avait pas le choix.

— Mais mon oncle, avança-t-elle d'une voix qu'elle tentait d'empêcher de chevroter, si tu fais partir les nonsos et que le coupable se trouve parmi eux, tu lui donnes l'occasion de s'échapper. Ce n'est pas logique. Il serait plus simple de permettre à tout le monde de rester au palais, de mener la recherche, puis une fois le coupable appréhendé, de décider ce que tu veux faire !

L'Imperator regarda Tara et, l'espace d'un instant, la jeune fille se sentit toute petite. Puis il hocha la tête.

— Ce n'est pas bête. Tu as entendu, Xandiar ? Et je nomme l'héritière responsable de l'enquête.

— Comment ? s'exclama Tara. Mais non, je ne veux pas, enfin...

— Tu as vécu parmi les nonsos pendant la majeure partie de ta vie, coupa Sandor. Tu sauras mieux que quiconque régler ce problème. Et ce n'est pas une suggestion, Tara, mais un ordre ! Faites évacuer la salle à présent ! Je ne veux ici que l'équipe de Xandiar, le chaman légiste, Tara et le bibliothécaire !

En quelques secondes, la pièce et le couloir se vidèrent. L'Imperator, encore agacé par l'intervention de sa nièce, les quitta avec un petit salut sec de la tête. Tara, cherchant désespérément une inspiration dans ses souvenirs de films policiers vus sur Terre, s'éclaircit la voix et se tourna vers Xandiar :

— Hrrrrmm, bon, on fait quoi maintenant ?

Le grand garde la fusilla du regard :

— C'est vous le chef !

Allons bon. Il ne manquait plus qu'une bonne crise de jalousie. Elle soupira :

— Certes, mais vous, que feriez-vous ?

— En temps normal, j'activerais un Tempus pour voir ce qui s'est passé. Mais la magie est trop dangereuse ici. Nous avons donc dû travailler à la manière terrienne (on le devinait malheureux d'avoir à user de méthodes si arriérées). Nous avons relevé les empreintes et les indices. Peut-être pouvez-vous vérifier que rien ne nous a échappé.

Il s'inclina et conclut :

— Je sollicite de Votre Altesse impériale la permission de me retirer. Moi et mon équipe devons procéder aux analyses.

Tara opina et, livrée à elle-même, commença à déambuler entre les rayonnages. Les livres la laissaient circuler avec méfiance. Elle s'approcha de l'endroit où un panneau de la bibliothèque s'était détaché. Par terre, il y avait une minuscule flaque. Elle se pencha et toucha le liquide du bout des gants que lui avait remis Xandiar avant de s'esquiver, puis le flaira. Il était parfaitement inodore. Elle releva la tête vers l'endroit où les crampons avaient cédé, laissant une série de trous dans le mur.

— Monsieur le bibliothécaire ? appela-t-elle.

— Votre Altesse impériale ?

— C'est mouillé, ici. Est-ce normal ? Y a-t-il des infiltrations ?

Le cahmboum eut l'air choqué.

— Certainement pas, Votre Altesse impériale ! L'humidité est très mauvaise pour le papier et le parchemin. J'ignore comment cette eau a pu venir jusqu'ici !

Tara se redressa et toucha le mur, également humide.

— Galant, appela-t-elle, il y a une trace noire en haut, tu peux aller voir ce que c'est ?

Le pégase s'envola puis lui retransmit l'image d'une double empreinte, comme si on avait posé quelque chose sur le mur.

— Mmmh, murmura-t-elle. Chaman ?

Le chaman, qui était en train d'examiner la victime, releva la tête.

— Votre Altesse impériale ?

— Depuis combien de temps le zombie est-il mort ?

— Environ une bonne dizaine d'années, Votre Altesse impériale.

Évidemment. À question idiote, réponse idiote.

— Je veux dire, reprit-elle, quand a-t-il été écrasé ?

— Voici environ deux heures, estima le chaman. Les zombies commencent à se rigidifier deux heures après leur mort définitive.

— Bibliothécaire, y avait-il quelqu'un ici, à ce moment ?

— Personne, Votre Altesse impériale. Je réceptionnais à la Porte de Transfert un convoi de livres. J'avais prévu de vérifier chaque exemplaire à l'aide du bordereau de livraison, ce qui m'a immobilisé toute la matinée, poursuivit le cahmboum, très satisfait d'avoir un alibi en béton. Ce n'est que lorsqu'on m'a prévenu que je suis remonté. Puis-je remettre les ouvrages en place ?

— Pas encore. J'ai besoin que la pièce demeure dans cet état. Même chose pour vous, Chaman, vous pourrez examiner le corps plus tard, pour l'instant il reste ici.

— Mais ça va sentir très mauvais ! protesta le bibliothécaire.

— On se bouchera les narines... ou ce qui nous en tient lieu, reprit vivement Tara devant le regard rouge du cahmboum qui n'avait pas de nez, mais des ouïes pour respirer.

Ils obéirent en rechignant. Tara se détourna et marmonna :

— Bon, toute seule je ne vais jamais y arriver.

Elle sortit sa boule de cristal de sa poche.

— Pierre Vivante ?

— *Jolie Tara* ?

— Contacte tous mes amis au Lancovit, Moineau, Robin, Fabrice et surtout Cal, c'est un spécialiste. Appelle aussi Manitou. Il s'est fait fixer une boule de cristal miniature sur son collier et doit être aux cuisines, comme d'habitude. Ah, et préviens Fafnir, je crois qu'elle est à Hymlia. Je les attendais pour après-demain puisqu'ils ont été invités pour mon anniversaire mais j'ai besoin d'eux maintenant. Demande-leur de me rejoindre sans délai.

— *Bien, jolie Tara ! Je dis quoi* ?

— Dis-leur que j'ai besoin de leur aide pour élucider un meurtre ! Et empêcher une guerre avec les nonsos !

CHAPITRE VIII

LE SNUFFY RÔDEUR

Il avait mal. Il avait souffert quasiment sans interruption depuis que le Grand l'avait capturé, ramené dans ce manoir au milieu de la jungle sauvage et emprisonné. À présent, il gisait sur le sol de sa cage, misérablement recroquevillé. Le Grand s'était montré brutal, ses coups s'ajoutant à la douleur du sort qui l'avait paralysé. C'était comme si des milliers d'aiguilles brûlantes avaient été plantées dans son corps.

Fatigué de l'entendre sangloter, son geôlier avait négligé les consignes. Au lieu de lui donner une cuillerée d'eau, tout juste bonne à étancher sa soif, il lui avait vidé sur le corps tout le seau.

Il ne connaissait visiblement pas les snuffy rôdeurs, ces pilleurs de poulaillers et de spatchouniers, voleurs furtifs de l'ombre, petits êtres craintifs au long museau de renard et aux pattes fourrées. Sinon il n'aurait jamais commis un acte aussi stupide. Particulièrement avec un snuffy rôdeur dont les énormes oreilles de chauve-souris s'ornaient de trois traits zigzagants, symbole de l'onde.

Le bruit des pas du garde s'estompa. Le snuffy ouvrit un œil, puis l'autre. Plus personne dans la prison. Il se releva péniblement, puis s'approcha de la grille. Bien, il y avait assez de place. Il leva sa patte griffue et *détacha son oreil-*

le ! Il la posa délicatement sur le sol, à l'extérieur de la cellule, avant de retirer sa chemise trempée qu'il passa à travers les barreaux et essora au-dessus de l'oreille. Il se débarrassa ensuite de son pantalon et renouvela l'opération, il épongea même l'eau sur le sol de sa cellule pour mieux arroser l'oreille.

Pendant un instant, rien n'arriva et les estomacs du snuffy se tordirent d'angoisse. Avait-il assez d'eau ? Ses souffrances récentes auraient-elles compromis le... ? Non, tout allait bien au contraire : la transformation commençait d'opérer.

Agitée de soubresauts, l'oreille se mit à grandir, à grossir et à se couvrir de poils roux. Une forme se dessina et au bout de quelques instants un clone parfait du snuffy se manifesta devant lui, l'air tout aussi malheureux.

Le snuffy emprisonné lui tendit ses vêtements mouillés à travers les barreaux. La copie les enfila avec un frisson de compassion pour son original, qui grelottait dans le froid glacial de la prison.

— Je sais, je sais, chuchota-t-il, je vais essayer de me faire évader. Les snuffy ne sont pas de taille à lutter contre ces Grands en robe grise armés de magie. Je trouverai l'Héritière pour la prévenir. Mais je m'impose une tâche bien difficile, oui, bien difficile. Je reviens avec des secours pour me sauver. Que je sois patient, je ferai vite !

Après cet étrange monologue, il s'éloigna comme une ombre silencieuse. Il se faufila hors de la prison, s'aplatissant dès qu'un Grand survenait. Par chance, il n'y avait pas de chatrix gardien, sinon jamais le snuffy n'aurait pu dissimuler son odeur aux hyènes noires dont les dents étaient venimeuses.

Depuis sa captivité, le snuffy avait eu le loisir d'observer les habitudes des Grands. Ils étaient vêtus de robes de sortceliers, gris clair pour les plus jeunes, d'un gris très sombre pour les plus anciens, et restaient constamment masqués. Mais il avait leur odeur dans le museau. Surtout celle du Grand qui lui avait jeté un sort d'immobilisation.

Ses babines se relevèrent sur ses dents aiguës. Il avait entendu son nom. Les autres Grands l'avaient nommé. Mage *Aster* ? Mage *Uster* ?

Enfin le jour apparut au bout du couloir. Avec précaution, le snuffy s'approcha et découvrit un immense terrain qui descendait en pente douce jusqu'à la forêt proche. Seulement, là se tenaient des gardes ; deux, mais c'était suffisant pour donner l'alerte. Comment s'en débarrasser sans attirer l'attention ? Il surmonta son anxiété et observa les deux Grands qui guettaient le sous-bois avec appréhension. Le snuffy les comprenait. Les forêts d'Omois étant *mortelles* pour celui qui ne les connaissait pas – et même pour celui qui les connaissait ! N'importe quel danger pouvait surgir des grands arbres colorés, et les avaler en guise de petit déjeuner.

Lentement, le snuffy se glissa sur le flanc de la demeure, en espérant de tout son cœur que les Grands n'aient pas posté de sentinelles de ce côté. Mais nul ne le surprit. Si seulement il réussissait à attirer les deux Grands...

Soudain il eut une idée. Les snuffy utilisaient souvent la diversion quand ils s'apprêtaient à dérober quelques poulets ou une tarte qui refroidissait sur le rebord d'une fenêtre. Ils projetaient des sons d'une grande puissance dont il était impossible de déterminer la provenance.

Ces deux Grands allaient-ils se laisser berner ? Gonflant sa maigre poitrine, il imita le terrible cri de chasse du draco-tyrannosaure. Les gardes réagirent au quart de tour.

— Qu'est-ce que c'est que ce son horrible ? interrogea l'un d'eux, d'une voix blanche.

— Le cri de ta mère lorsqu'elle t'a vu à la naissance... blagua, goguenard, le second.

— Très drôle ! Réponds-moi ou tu vas te retrouver beaucoup plus bas et avec nettement plus de pattes !

— Ah, ces gars des villes ! reprit l'autre, feignant l'agacement. Tu ignores ce qu'est un draco-tyrannosaure ? Prépare un sortilège, ces grosses bestioles sont rapides. Si tu ne te défends pas immédiatement, tu as de bonnes chances de finir en casse-croûte. Allons le déloger avant que Magister ne nous transforme en vers de terre.

Le snuffy s'aplatit sous un buisson de crunchilles brunes. Les grandes feuilles en forme de cœur le dissimulaient sans peine. Les deux sortceliers vêtus de gris dépassèrent sa cache, puis s'éloignèrent au trot, cherchant l'intrus. D'autres, alertés par le cri, les rejoignirent. Le snuffy se mit à quatre pattes et galopa comme si sa vie en dépendait... ce qui était le cas.

En quelques secondes, il réussit à atteindre l'orée de la forêt. Mais son euphorie se dissipa aussitôt. Il savait ce qu'il allait affronter, ses genoux en tremblaient d'avance. Il y avait des blurps, mi-insectes, mi-végétaux dissimulées sous la terre et qu'on ne remarquait qu'au moment de leur servir de dîner, des taormis guerrières, terribles souris venimeuses capables de dépecer un snuffy en un éclair... Il y avait aussi des aragnes, araignées géantes au dard de scorpion, malignes, qui aimaient particulièrement les charades, petit exercice d'esprit avant de dévorer leur proie. Bref, tout ce qui vivait dans ces forêts était empoisonné, plein de griffes ou de crocs et parfois le tout en même temps.

Il n'avait aucune idée de l'endroit où il se trouvait. Quand le Grand l'avait capturé, dans l'auberge, il l'avait enfoui dans un sac et le snuffy ignorait où on l'avait emmené. Il huma l'air, son fin museau frémissant d'angoisse, scruta le soleil avec attention et finit par s'orienter. Tingapour, où se trouvait l'Héritière, n'était qu'à une soixantaine de tatrolls.

Il se mit en route. Un vrrir affamé lui fit perdre l'après-midi, qu'il passa perché sur un arbre en priant les dieux des snuffy pour que son agresseur ne soit pas un champion de l'escalade. Heureusement pour lui, l'énorme félin blanc à six pattes était un jeune impatient. Lorsqu'il comprit que sa proie n'avait pas du tout l'intention de lui faire l'amabilité de descendre pour se faire dévorer, il poussa un rugissement de frustration et s'en fut.

Pour rattraper le temps perdu, le snuffy voyagea de nuit,

terrorisé. Le Grand avait bien choisi son emplacement. La forêt, par ordre impérial, n'était pas domestiquée. On l'avait laissée sauvage. Un peu trop au goût du snuffy. Il échappa de justesse aux crocs d'un krakdent. La grosse peluche rose se consola sur un spatchoune gloussant.

À son grand désarroi, il perdit l'odorat en tombant dans un champ d'astophèles, après avoir échappé de justesse à un glouton étrangleur. À présent il était privé pour plusieurs jours d'un sens précieux pour sa survie.

Lorsqu'il arriva enfin à Tingapour, ce fut un snuffy épuisé, sale et blessé qui se présenta au Palais, tôt le matin.

Les gardes impériaux n'avaient pas une bonne opinion des snuffy. Lorsque celui-ci requit une audience avec l'héritière de l'Impératrice, ils réagirent d'une manière logique : ils s'esclaffèrent. Puis lui firent dégringoler les marches du palais.

Grâce à sa souplesse, le snuffy ne fut pas blessé, juste contusionné, mais il n'en pouvait plus. Il se recroquevilla, petit tas de fourrure malodorante, et se mit à pleurer.

Une voix froide le fit tressaillir.

— Si tu pleures, c'est que tu es faible. Si tu es faible, tu ne peux gagner. Si tu ne peux gagner, tu meurs.

Le snuffy releva les yeux et vit un visage enfantin et sérieux qui le dévisageait. Une jolie fillette brune se tenait devant lui.

— Zi ze pleure, ze... ze meurs ? hoqueta-t-il en omoisien avec un terrible accent. Non, ze ne dois pas mourir. Ze dois abzolument voir l'héritière impériale. Mais... les gardes, les gardes m'en ont empêché. Ils... ils z'ont ri !

— Tu n'es pas un assassin, alors ?

Le snuffy se redressa, indigné.

— Bien zûr que non, protesta-t-il. Non, nous ne tuons pas... enfin, pas les *gens*.

— Dommage, soupira-t-elle, à la grande surprise du petit être.

— Pfff ! siffla une autre voix, derrière elle, c'est un snuffy rôdeur. Ce sont tous des menteurs et des voleurs, mais il serait bien incapable d'assassiner Tara, même si on lui en donnait mille occasions. Je connais cette race. Viens, Mara, allons plutôt préparer quelques mauvais tours pour la Pimbêche.

Un visage exactement semblable au premier surgit et le rôdeur ouvrit de grands yeux. L'explication de la fillette l'éclaira :

— Mon frère jumeau, Jar, ne t'aime pas, murmura-t-elle en plissant comiquement le nez à cause de l'odeur âcre du pelage du snuffy. Mais moi, j'ai envie de t'aider.

Le snuffy se releva d'un bond. Effrayée, elle recula, et son frère s'interposa immédiatement, ses mains illuminées d'une lueur violette.

Par mes moustaches, pensa le snuffy en se raplatissant illico. *Des enfants sortceliers* !

— Attends ! Le cri de Mara interrompit l'incantation. Il peut nous être utile !

Jar céda à sa sœur, non sans avoir lancé au snuffy un regard menaçant. Celui-ci ne se détendit que lorsque le feu magique eut quitté les mains du jeune garçon.

— Viens, ordonna Mara, nous allons te faire entrer par une autre porte. Elle devrait te plaire ! ajouta-t-elle sur un ton malicieux.

Un moment, le rôdeur se crut au paradis des snuffy, car ils traversèrent l'énorme, bruyante et chaleureuse cuisine du palais impérial. Venus de la planète entière et bien souvent de plus loin encore, les fournisseurs de l'Impératrice disposaient de leur propre Porte de Transfert qui aboutissait devant l'entrée de l'office. Les enfants et le snuffy se faufilèrent au milieu d'un capharnaüm de bruits, de meuglements, de glapissements et de hurlements des charretiers qui se bousculaient en dépit de l'heure encore matinale. Des animaux, des plantes, des fruits, des légumes, des boissons, et des confiseries flottaient vers l'intérieur du Palais, pris en charge par un sort levito-conducteur.

Là aussi se tenaient des gardes en grande tenue pourpre

et or, leurs quatre mains posées sur des épées à l'apparence inconfortablement aiguisée.

Ils froncèrent les sourcils devant l'aspect dépenaillé du snuffy mais les laissèrent cheminer sans broncher. Une fois à l'intérieur, le spectacle était si merveilleux que le petit être faillit se mettre à pleurer de joie.

— C'est demain l'anniversaire de cette pimbêche de Tara, précisa Mara d'un ton grinçant. Ils sont en train de lui préparer de quoi devenir une grosse balboune ! Ce que je lui souhaite d'ailleurs. Comme il n'y a pas de raison pour qu'elle soit la seule à en profiter...

Et, sans se préoccuper des cuisiniers qui tranchaient, cuisaient, mitonnaient à l'aide de leurs bras, tentacules et autres pseudopodes, la petite fille attrapa un savoureux pilon et le présenta au snuffy qui ne se fit pas prier. Le pilon, os compris, disparut aussitôt et le snuffy se lécha les babines, le museau frémissant de plaisir. La petite sourit, tout heureuse, et massacra allégrement une autre volaille, geste qui arracha un cri de protestation à un marmiton. Il brandit une louche et la menaça.

Grosse erreur. Jar réagit immédiatement. Son jet de magie atteignit le cuisinier et le fit chanceler. Furieux, il se lança à la poursuite du garçon. Chaque fois que celui-ci frôlait une table, il lançait sa magie. En une seconde, son pouvoir agressif fit voltiger les sauces, les volatiles, les légumes, attaquant les cuisiniers stupéfaits. Des couteaux se mirent à ferrailler avec les gâte-sauce, un brrraaa en cours de cuisson quitta sa broche pour charger deux servantes affolées, des spatchounes à moitié plumés s'envolèrent en semant du duvet dans toutes les directions, des fruits bombardèrent les assaillants et l'ordre impeccable de la cuisine se transforma en un effroyable chaos.

La Haute mage dame Auxia, alertée par le tumulte, ouvrit la porte et se figea devant la scène de pagaille. Un marmiton qui venait d'éviter de justesse l'attaque en piqué d'un gros gâteau à la crème, où des paons de sucre se cramponnaient en vain à une plaque « Joyeux anniversaire », cria :

— Ah, ah ! Raté !

Mais ce n'était pas lui la cible de l'appétissante et vindicative pâtisserie, qui poursuivit sur sa lancée... avant de s'écraser voluptueusement sur le visage de dame Auxia. Son cri de rage domina le tumulte et un terrible silence tomba sur la scène.

Jar, Mara et le snuffy en profitèrent pour s'échapper, les deux petits secoués de rire. Il leur fallut un bon moment pour reprendre leur souffle et ils s'adossèrent à un pilier, dans le couloir.

— Il paraît que la crème, c'est bon pour les rides, gloussa Mara.

— Dis donc, rétorqua Jar, dame Auxia va avoir une peau de bébé !

Ce qui eut le don de stimuler à nouveau leur fou rire. Comme les courtisans dévisageaient avec étonnement ces enfants accompagnés d'un snuffy malodorant, ils finirent par se calmer.

— L'anniversaire de la Pimbêche va connaître un peu de retard, remarqua malicieusement Jar.

— Ça me dégoûte de la voir se pavaner. Bon, se reprit Mara en affichant un air sérieux. Snuffy, tu veux donc voir Tara'tylanhnem, n'est-ce pas ?

— Woui, opina le snuffy, l'Héritière, Tara Duncan. Z'est la Grande que ze dois voir. Z'ai bezoin de zon aide !

Les deux enfants échangèrent un regard.

— Si c'est nous qui l'amenons, chuchota Mara, jamais Tara n'acceptera de le recevoir !

— Juste parce qu'on lui a saccagé sa fête ?

— Naann, elle le sait pas encore et puis, d'ici demain, ils auront le temps de réparer les dégâts ! Mais depuis la dernière blague qu'on lui a faite en versant de la potion bleue indélébile dans le réservoir d'eau de sa salle de bains, je crois qu'elle nous en veut un peu.

— Ouais, elle était bleue de rage !

Leur éclat de rire fut pure malice.

— Mais, réfléchit Jar, si l'ordre de recevoir le snuffy provient d'un Haut mage, elle ne pourra pas refuser.

— Et particulièrement si ça vient de... Medelus, observa Mara. Après tout, nous sommes ses Premiers sortceliers. Qu'en penses-tu ?

— Petite sœur, tu es tout simplement géniale.

Un sourire tordu se dessina sur leurs lèvres.

— Viens avec nous, indiqua le garçon en se tournant vers le snuffy, nous allons te laver puis nous te présenterons à notre maître, le Haut mage Medelus.

Le snuffy, noyé dans ses soucis, n'écoutait plus guère. Ainsi rappelé à l'ordre, il hocha la tête avec soumission. Son odeur ne le gênait pas, puisqu'il ne pouvait plus rien sentir, mais si les coutumes du Palais exigeaient qu'il soit propre... il serait propre.

Les deux enfants le conduisirent jusqu'à leur chambre. Grande et bien aérée avec ses deux fenêtres, elle comportait peu de meubles, à part deux lits côte à côte et une belle armoire sculptée d'arbres et de fleurs. Des livres s'agitaient sur une étagère, impatients d'être lus, un bouquet parfumé faisait onduler ses pétales bleus pour attirer les petites fées multicolores qui voletaient dans la pièce.

Lorsque le snuffy entra dans la salle de bains, les pommeaux de douche tressaillirent et augmentèrent immédiatement leur débit d'eau. Le gant et le savon attaquèrent en piqué.

Il décida d'être stoïque. Les serviettes et le sèche-corps complétèrent le travail et, la fourrure ébouriffée, mais propre, il ressortit dignement.

Sombre et menaçant, un Grand se tenait auprès des jumeaux dans la chambre et le snuffy eut un mouvement instinctif de recul.

— Mes Premiers sortceliers, Jar et Mara, me disent que tu désires rencontrer Tara ? Pour quelle raison ? Nous sommes sous Sphynx depuis les attentats, et hier l'Héritière a été chargée de l'enquête sur le meurtre du général G'en'-ril. Elle est très occupée !

— Z'est une queztion de vie ou de mort, déclara-t-il à toute vitesse. Ze n'ai pas le droit d'en parler à quelqu'un d'autre.

Le Grand lui jeta un regard perçant puis incanta.

— Par le Véritus si le snuffy ment qu'il soit à l'instant changé en éléphant.

Le snuffy regarda son corps avec appréhension mais ni trompe ni défenses ne poussèrent.

— Bien, tu as dit la vérité, fit le Grand, pensif. Jar, Mara !

— Maître ?

— Tara m'est tombée dessus comme une tonne de briques du fait de votre dernière blague. Et qu'est-ce que je vous avais dit ?

— De ne pas nous faire remarquer, récitèrent en chœur les jumeaux.

— Exactement, approuva le Grand en fronçant les sourcils d'un air si grave que le snuffy sentit ses poils se hérisser. À la prochaine incartade, ce sont vos fesses qui deviendront bleues, c'est clair ?

— Très clair, Maître !

Mais à leur ton, le snuffy eut l'impression qu'ils partageaient une plaisanterie secrète. Secrète et dangereuse.

Le Grand les dévisagea un dernier instant puis repartit. Jar, l'œil brillant d'un éclat suspect, se tourna vers le snuffy :

— À présent que notre maître a donné son accord, nous allons te présenter à Tara mais tout d'abord, je dois t'avertir. Car il y a un problème.

— Un problème ? Le snuffy fut envahi par une nouvelle vague d'inquiétude. Quelle zorte de problème pour le pauvre znuffy ?

— Tara est *sourde*, chuchota Jar tandis que Mara étouffait un gloussement. Elle a été victime d'un sort mal ajusté. Et elle ne voit pas très bien non plus. Le mieux que tu puisses faire, lorsque tu seras en sa présence, c'est de bondir sur elle en hurlant son nom, afin qu'elle te voie bien. Ainsi elle te prêtera attention.

Le snuffy était trop fatigué pour se méfier. Et après tout, les deux enfants l'avaient aidé à pénétrer dans le palais. *Bondir et hurler*. Il hocha la tête, docile.

Chapitre IX

Le désert de sable

Tara était en train de se faire frotter le dos dans l'espèce de piscine olympique qui lui servait de baignoire lorsqu'elle s'était souvenue, agacée, qu'elle n'aimait *pas* les bains. Elle avait pourtant ordonné elle-même à la chambre de faire couler celui-ci. De plus, sa tête l'élançait désagréablement, à la suite d'un rêve bizarre où un minuscule démon rouge jurait parce qu'il ne parvenait pas à faire quelque chose. Elle déprimait aussi un peu car elle se rendait compte que la pression qu'elle subissait sur AutreMonde lui volait son enfance, l'obligeant à grandir trop vite. Enfin, ses amis n'avaient pu la rejoindre tout de suite, retenus par leurs devoirs au Lancovit et à Hymlia. Zut, si elle envoyait le signal de Batman dans le ciel, elle était censée recevoir de l'aide tout de suite, pas dix ans plus tard !

Elle soupira. Ses pouvoirs lui pesaient de plus en plus, autant que ses responsabilités. Par exemple, cette enquête sur le meurtre du zombie ! La veille, tous les nonsos avaient été sondés par les Diseurs de Vérité, mais les grands végétaux intelligents et télépathes n'étaient pas parvenus à découvrir le coupable parmi eux.

Se creusant la tête pour essayer d'ébaucher une théorie, Tara venait de prendre son petit déjeuner avec sa mère avant que celle-ci ne parte pour Selenda et déambulait de long en large, suivie par son fauteuil qui avait un peu de mal à garder le rythme. Elle ne vit donc pas une main s'immiscer tout doucement à travers le mur de l'entrée, suivie par un corps qui s'immobilisa, attentif à ne pas déclencher d'alarme. La naine rousse aux longs cheveux nattés, aussi large que haute, qui venait de s'infiltrer dans la suite impériale eut un sourire matois. Elle força la porte à s'ouvrir et, sous l'œil indigné de celle-ci, fit entrer d'autres personnes, tout aussi silencieuses. Elles s'avancèrent et adoptèrent une position d'attaque. Puis l'une d'entre elles prit la parole :

— Pas un geste si tu tiens à la vie ! cria-t-elle.

Tara sursauta brutalement, et ses mains s'enflammèrent. Elle se tourna, prête à combattre... et laissa échapper une exclamation incrédule.

— Cal ?

Le petit Voleur, les yeux pétillants de joie, s'inclina, suivi par Moineau, Fabrice, Fafnir et Robin. Le teint de porcelaine du demi-elfe rosit lorsque Tara se jeta dans ses bras, puis dans ceux de Moineau, passant de l'un à l'autre en un tourbillon d'excitation. Se glissant derrière eux, Manitou s'avança, ravi de se joindre à la fête. Une fois l'émotion des retrouvailles un peu calmée, tous s'assirent avec Tara.

— Une question, interrogea-t-elle avec un sourire qui faisait trois fois le tour de son visage, comment diable avez-vous pu entrer dans ma chambre ? La porte ne vous a pas annoncés ! Pourtant j'aurais dû deviner. J'ai mangé hier soir une kidikoi qui prédisait : « Ils sont déjà sur pied et ils vont te piéger ! » Je devrais arrêter les sucettes prophétiques, je ne les déchiffre jamais !

— On voulait te faire une surprise, répondit Cal avec un sourire diabolique. Alors Fafnir s'est infiltrée à travers la pierre et nous a ouvert de l'intérieur.

Ce pouvoir, spécifique à la race naine, constituait pour Tara une énigme. Elle savait les nains profondément hostiles à la magie, or la faculté de traverser la pierre était indéniablement... magique ! Comment le peuple nain résolvait-il cette contradiction ? Probablement comme il le faisait avec ce qui l'ennuyait... en l'ignorant.

— Oh ? Je vois... reprit-elle. Il faudra expliquer cela à Grr'ul, ma garde du corps troll. Elle aime bien être au courant de ce genre de tour.

— Tu as engagé une troll ? s'exclama Fafnir, outragée. Et pourquoi pas des nains ? Les nains sont bien plus fiables, bien plus sérieux que ces mangeurs d'herbes ! Tu sais ce qui peut se produire, hein ? C'est dangereux, un troll. S'il ingère de la viande, il se transforme en ogre. Tu n'es plus sa protégée, mais son prochain petit déjeuner !

Ouille, Tara avait oublié à quel point les nains haïssaient les trolls.

— Euh, Fafnir, j'en parlerai à ma tante, fit-elle lâchement. Je suis tellement heureuse que vous ayez pu venir ! Comme je vous l'ai expliqué hier, je dois élucider ce meurtre et je ne sais comment m'y prendre. De plus Xandiar, le chef de la sécurité, est furieux parce que l'Imperator m'a chargée de l'enquête à sa place. Il n'a pas parlé de népotisme mais il le pensait fort. Il ne me communique aucune information. Tout ce que je sais, je l'ai obtenu par l'intermédiaire de la Pierre Vivante qui a réussi à se connecter sur le réseau crypté du service de sécurité.

Cal, sympa, embraya sur le sujet tandis que la naine n'en finissait pas de grommeler d'un air mauvais.

— La Pierre peut faire ça ? Génial ! Euh, tu sais que tu peux aller en prison si on t'attrape, il est interdit d'écouter les services secrets.

— Tant pis. Xandiar ne joue pas le jeu ? Moi non plus.

— Tu as raison. Bon, dis-nous un peu. C'est un zombie qui s'est fait ratatiner, dans la bibliothèque, c'est ça ? Et c'est signé par des nonsos ? C'est bizarre, non ? Pourquoi un zombie et pourquoi au palais ? C'est un endroit plutôt bien gardé. Les coupables avaient de bonnes chances de se faire pincer.

— Oui, approuva Moineau, je trouve aussi cela curieux. Fabrice et moi, nous avons revu l'histoire d'AutreMonde,

Il n'est encore jamais arrivé que des nonsos attaquent des sortceliers pour des raisons politiques. Et encore moins en s'en prenant directement aux dirigeants du plus grand empire humain.

— Il est vrai qu'ils étaient jadis minoritaires, ajouta pour faire bonne mesure Fabrice, qui ne faisait pas mystère de ses origines nonsos. Mais depuis une centaine d'années, le ratio s'est inversé. Il y a davantage de nonsos à présent sur AutreMonde que de sortceliers.

— On ignore en réalité si ce meurtre est le fait de nonsos, ou d'un groupe qui se fait passer pour tel, intervint Robin.

— J'y ai pensé, renchérit Tara. Il nous faut découvrir si la magie a été utilisée ou non. Si c'est le cas, les fameux « Antisort », comme se nomment les membres de ce réseau terroriste, ne pourront pas justifier leur emploi de cette même magie qu'ils combattent.

— Tout ceci, conclut Fabrice avec un clin d'œil à sa plus vieille et meilleure amie, me paraît tout à fait « après zéro, bruit, oui en russe, fin de table » ! In — son — da — ble !

Cal se leva avec un gémissement :

— Alors, on y va à cette fameuse bibliothèque ? Tout est resté en l'état, n'est-ce pas ? Tu nous raconteras les détails en marchant.

Il avait subi les charades de Fabrice pendant toute l'année et ne souhaitait qu'une chose : qu'il cesse de lui casser la tête avec ses irritantes devinettes.

Depuis l'attentat, Tara se méfiait des Portes de Transfert qui, de plus, lui causaient des migraines. Ils durent donc traverser plusieurs des biotopes que l'Impératrice avait créés pour son agrément, afin de se rendre sur les lieux du crime. Enfin, le groupe arriva devant le petit désert intérieur qui bordait le parc menant à la bibliothèque. Le sable était d'un vert doux et la progression dans la matière molle était harassante malgré les bulles de protection automatiques qui s'étaient formées autour d'eux pour les abriter des attaques des animaux sauvages et pour les empêcher de s'enfoncer trop profondément. De temps en temps, un ver des sables géant, aussi vert que le désert, attiré par la magie des bulles, tentait d'engloutir l'un d'eux, se heurtait à la barrière défensive, lui bavait un peu dessus en essayant de l'avaler et finissait par se retirer en crissant d'indignation. Blondin, le renard, était terrorisé. Il n'était pas le seul.

Fafnir avait horreur des vers. Elle étreignait fermement sa hache. Que l'une de ces bestioles s'approche et elle allait regretter de s'être levée... bon d'accord... d'avoir rampé ce matin.

Quant à Robin, il était amoureux, follement, perdu pour le reste du monde. Il regardait Tara avancer gracieusement et son cœur battait si fort qu'il avait l'impression qu'il allait sortir de sa poitrine. Une année d'éloignement lui avait permis de se maîtriser. Hélas, dès qu'il avait revu la jeune fille, il était redevenu idiot. C'était agaçant, au point de se demander s'il n'avait pas intérêt à aller voir un chaman ou un sortcelier envoûteur afin de se faire prescrire un anti-sort d'amour.

Soudain, il s'arrêta. La bulle qui entourait la jeune fille d'un miroitement irisé venait de s'éteindre ! Inconsciente du danger, Tara continuait à avancer vers l'issue qui se dessinait au loin.

Un remous dans le sable devant eux et la tête hideuse d'un ver des sables émergea, ses dents de cristal acérées scintillant sous l'implacable faux soleil. Elle se dressa de toute sa hauteur, au-dessus de Tara qui, certaine d'être protégée, ne broncha pas.

Et la mort fondit sur elle.

Chapitre X

Les vers verts

Au moment où le ver allait s'abattre sur elle avec la puissance d'un marteau-pilon, Robin se jeta sur Tara, la faisant dégringoler au bas de la dune. Elle recracha le sable qui lui remplissait la bouche et hurla :

— Non, mais ça va pas, Robin !

L'elfe n'eut pas le temps de répliquer. Entendant les exclamations étonnées des autres, il regarda autour de lui : toutes les bulles s'étaient éteintes les unes après les autres. Le ver revenait à l'attaque, tout surpris d'avoir manqué sa proie. L'arc de Lillandril se matérialisa aussitôt dans les mains de Robin.

— Attention, cria-t-il en encochant une flèche avec une vitesse surhumaine, nous ne sommes plus protégés !

Son trait atteignit le ver en plein palais et l'invertébré poussa un sifflement de douleur avant de replonger dans le sable. En quelques secondes, il avait disparu. Derrière Robin, Fafnir brandit sa fidèle hache. Un bruit de déchirement leur indiqua que l'effroyable Bête, trois mètres de poils, de crocs et de griffes particulièrement acérées, remplaçait Moineau. Elle remit Tara sur pieds et tous formèrent naturellement un cercle, dos à dos, afin de surveiller le désert dans toutes les directions.

Galant décolla et prit son poste de surveillance au-dessus

du groupe. Manitou, Blondin, Sheeba et Barune, le mammouth de Fabrice, entrèrent dans le cercle, protégés par leurs compagnons.

Robin prit la direction des opérations.

— Nous avons été piégés, souffla-t-il très bas en leur faisant signe de ne pas élever la voix. C'est bien la première fois que je vois des bulles de protection s'éteindre comme ça. Les vers du désert vont nous prendre pour cible. Alors on marche en évitant les pas réguliers. Glissez sur le sable, ne le martelez pas. C'est compris ? À mon signal, on avance vers l'issue. Et le premier qui repère un remous au sol prévient les autres. Surtout ne faites pas de magie, les vers y sont très sensibles, c'est la raison pour laquelle les bulles de protection les attirent. Ah ! Évitez aussi de hurler, les cris les alerteraient immédiatement.

Cal ne put s'empêcher de faire le malin :

— Parfait. Si je vois une de ces sales bestioles, je murmurerai de terreur, personne ne m'entendra et on se fera tous avaler !

— Cal ! s'indigna Moineau, tandis que Robin levait les yeux au ciel.

— Oui ? répondit docilement le jeune garçon.

— Ferme-la. Tu m'empêches d'écouter avec ton blabla.

Cal soupira mais ne réagit pas, occupé à guetter le sol avec inquiétude.

— Bon sang, grogna Tara, je sais maintenant d'où Herbert s'est inspiré pour écrire *Dune* ! Il a dû venir sur AutreMonde, c'est sûr !

Ils progressèrent avec difficulté, veillant à ne pas déplacer le sable, glissant sur les dunes. Ils atteignaient presque la zone plus dure, qui annonçait la porte de sortie, lorsque les vers attaquèrent.

Longtemps après, les vers racontèrent à leurs bébés-vers que s'ils rencontraient une bipède pas très grande avec de longs poils roux et une hache, alors il fallait surtout fuir très vite et très loin. Car Fafnir perdit légèrement le contrôle. Avant que les autres n'aient le temps de réagir, elle fonça vers le premier ver qui émergeait à peine du sable et lui planta sa hache dans la tête, éclaboussant les alentours d'un fluide vert et visqueux. Elle dégagea d'un coup sec son arme, abandonnant l'invertébré agonisant, puis d'un seul mouvement trancha net son voisin en deux tronçons gigotants. Les autres n'eurent pas plus de chance. La naine les hachicota méthodiquement, évitant les gueules aux dents interminables avec grâce et agilité.

L'un d'eux pourtant se montra plus malin que les autres. Il comprit que les gibiers étaient bien protégés, sauf un. Porteur de mort, il se projeta si haut dans le ciel qu'ils purent croire un instant qu'il volait. Occupé à observer les environs, Galant ne vit pas venir la menace en-dessous de lui. Le ver planta ses dents de cristal dans le poitrail du pégase qui poussa un cri d'agonie. Un hurlement lui fit écho : Tara s'évanouit, une main plaquée sur sa gorge. Le ver s'abattit au sol avec sa proie, lui brisant les deux ailes et les jambes dans sa chute.

Le prédateur allait emporter sa victime agonisante sous le sable mais Robin réagit, le transperçant de flèches imparables tandis que la panthère Sheeba s'acharnait sur ses flancs. Furieux, le ver lâcha le pégase pour se retourner vers ses tourmenteurs. Il se retrouva face à une naine qui ne se possédait plus, couverte de sang vert. Il se cabra, prêt à tuer, et éprouva comme un courant d'air à peu près au milieu du corps. Fafnir, d'un terrible coup de hache, venait de le couper en deux. Quand l'information parvint à son cerveau, il s'écroula et mourut sur une dernière pensée : « Dommage, il avait bon goût ce machin volant ! »

Robin se précipita vers Galant. Le spectacle était terrible. Les ailes et les jambes brisées, la gorge déchiquetée, le pégase s'était évanoui, comme Tara. Et son sang ne cessait de couler, fontaine vermeille gorgeant le sable.

— « Par le Reparus, incanta rapidement le demi-elfe, que Galant soit soigné et que son corps ne soit plus blessé ! »

Avec une angoissante lenteur, les os glissèrent et les ailes ainsi que les jambes commencèrent à se ressouder. Mais si les terribles plaies de la gorge cessèrent de saigner, elles ne disparurent pas pour autant. Le pégase se mourait.

Robin ne pouvait rien faire.

— Tara ! hurla-t-il. Tara ! Viens ici ! Tout de suite !

— Elle a perdu connaissance ! cria la Bête, qui tapotait anxieusement la joue de la jeune fille.

Ce n'était pas le moment de se montrer délicat. Robin releva légèrement la tête de Tara, prit son élan et lui flanqua une gifle magistrale. La jeune fille ouvrit immédiatement les yeux et porta la main à sa joue, interloquée.

— Robin ?

— Pas le temps, l'interrompit le demi-elfe. Galant se meurt. Tu es la plus puissante d'entre nous. Tu dois lui appliquer un Reparus ! Maintenant !

Tara ne discuta pas. Tout était un peu confus dans son esprit. Pourquoi sa joue brûlait-elle ?

Lorsqu'elle vit Galant et sa gorge béante, elle frissonna.

— Pierre Vivante ! appela-t-elle. Galant est en danger, vite, aide-moi !

— *Galant* ? s'exclama la Pierre qui aimait beaucoup le pégase, même si celui-ci était un peu jaloux. *Pouvoirs nous mêlons et ton Familier nous sauvons* !

Ensemble, elles incantèrent :

— « Par le Reparus, que Galant soit guéri ici et à l'instant ! »

Leur peur fut telle que la magie jaillit des mains que posait Tara sur le pégase, le traversa, s'étendit encore et encore. Avec de petits plop, de l'herbe bleue surgit du sable brûlant. Des fleurs, des arbres, des plantes, des tas de trucs poussèrent avec une joyeuse exubérance et en quelques secondes, ils se retrouvèrent au milieu d'une jungle verdoyante, à la grande joie de Barune qui se précipita sur les feuilles et sur les fruits tout frais.

La robe soyeuse du pégase recouvra tout son luisant, ses plaies se refermèrent. Cependant, il ne se réveillait toujours pas. Tara, affolée de ne plus le sentir même dans son esprit, éclata en sanglots :

— Robin ! Il ne réagit pas !

Le demi-elfe ausculta soigneusement le pégase, puis se releva, l'air soucieux.

— Il a perdu trop de sang, son cœur peine et son cerveau n'est pas correctement oxygéné. Il faut immédiatement le transfuser. Une seule chose le maintient encore en vie, Tara : son amour pour toi.

La jeune fille leva vers lui des yeux baignés de larmes. Il pensa fugitivement que même avec son nez rouge elle était ravissante.

— Mais... mais, balbutia-t-elle, il n'y a pas d'autre pégase ici ! Et nous n'avons pas de sang approprié !

— Chi, intervint Moineau. Ah ! La barbe, ches crocs chont trop longs. Une chegonde.

Elle loucha sur ses immenses canines et incanta :

— « Par le Reductuch que mes dents réduijent un peu car correctement parler je ne peux ! » Voilà qui est mieux. Nous avons beaucoup de sang : le nôtre ! Transformé, transmuté pour que ton pégase l'accepte. Robin ? Tu es sûr que...

— Nous n'avons pas le choix. Si Galant meurt, le choc en retour peut tuer Tara ! Et ça, je ne le permettrai pas !

Tara ne prêta pas attention au ton passionné de Robin. Une seule chose lui importait : sauver son Familier. À tout prix.

— Que dois-je faire ? interrogea-t-elle.

— Fafnir ? appela Robin. Peux-tu monter la garde pendant que nous opérons Galant ?

— Ne t'inquiète pas ! gronda farouchement la naine rousse. Le premier qui approche, j'en fais de la saucisse hachée.

— Les autres, placez-vous autour de Galant, mais laissez vos Familiers en dehors du cercle formé, puis dénudez vos avant-bras.

Le labrador, tremblant encore après l'attaque des vers, se plaçait avec les autres.

— Reste en dehors, Manitou. Nous te remercions, mais

ce sera plus facile si j'ai juste une seule sorte de sang à transformer.

Docile, le labrador obéit. Il se posta prudemment derrière la naine. Celle-ci semblait la meilleure des assurances-vie dans ce piège !

Autour de Galant, toujours immobile, ne restaient que Robin, Tara, Moineau qui malgré le danger avait repris son apparence humaine, Cal et Fabrice. Ils remontèrent les manches de leurs robes de sortceliers et Robin incanta :

— « Par l'Echangus, Galant, prends notre sang, librement donné, par le Transformus que ce sang soit à toi, le pégase, parfaitement adapté ! »

Sur son ordre, ils répétèrent la formule. Sur leurs bras nus, deux minces lignes de sang s'élevaient, comme deux fontaines pourpres convergeant vers le pégase.

Tandis qu'ils incantaient toujours, Robin changea de formule :

— « Par l'Oxygenus, que ton sang circule et s'oxygène, que ton cœur se dégage et que rien ne le gêne ! »

Ainsi, la magie du demi-elfe soutint le cœur de Galant pendant que leur sang venait au secours de ses veines défaillantes. Au bout de ce qui leur sembla un temps interminable, mais ne dura en fait que quelques minutes, le pégase prit une grande inspiration et ouvrit un œil vitreux.

Folle d'allégresse, Tara sentit l'impalpable lien se reformer dans son esprit.

— Stop ! cria Robin, il en a assez !

Ils cessèrent l'incantation et Galant, un peu vacillant, se remit sur pied. Tara se jeta à son cou. Soudain, le pégase, surpris par un bout de ver qui se tortillait encore, eut une sorte de hoquet. Tara s'écarta, étonnée. Le Familier, tout aussi stupéfait, produisit de nouveau un hic ! sonore et une cloque bleue sortit de sa bouche. Paniqué, il hoqueta à plusieurs reprises, faisant gonfler l'excroissance. Il recula en hennissant, mais son cri fut emprisonné par la bulle bleue, qui grossissait encore !

— Galant ! cria Tara, ne hennis plus, ne souffle pas, tu fais enfler ce... !

Le pégase hocha la tête pour montrer qu'il avait compris mais l'énorme sphère bleue lui chatouilla alors les naseaux. Il essaya de se retenir, mais ce fut plus fort que lui. Il hoqueta de nouveau. La bulle explosa.

La déflagration fut telle que toute la végétation fut carbonisée autour d'eux, dans un cercle de dix mètres. Renversés par la violence du souffle, Tara et ses amis furent épargnés ainsi que les Familiers, comme si la bulle savait qu'elle ne devait pas leur faire de mal. Les cadavres de vers, eux, furent transformés en saucisses grillées.

— Par mes ancêtres, grogna Manitou, quelqu'un peut-il m'expliquer comment ce pégase est devenu capable de faire de la magie ?

— Ç'en était ? s'étonna Tara, perdue.

— Cent pour cent, affirma Cal en retirant les brins d'herbes noircis qui s'étaient accrochés à ses cheveux ébouriffés. C'est bien la première fois que je vois une chose pareille mais, magique, cette explosion l'était bel et bien. Bizarre. D'habitude c'est plutôt ta spécialité, les éclatements incontrôlés !

— Oui ! s'exclama Moineau. C'est Tara !

Celle-ci commençait à en avoir assez des énigmes.

— Si on ne m'explique pas tout de suite, menaça-t-elle d'une voix calme, je sens que l'explosion à laquelle nous venons d'échapper ne sera rien à côté de la mienne !

— Tu n'as pas partagé *que* ton sang avec Galant, Tara, expliqua Moineau. Apparemment tu lui as aussi transmis une part de ta magie ! Ce qui fait de lui le premier Familier de l'histoire d'AutreMonde à en être doté.

Tous la regardèrent, incrédules.

— Et s'il se blesse ? finit par balbutier Tara, la magie, ce n'est pas si simple !

— Pour le moment, réagit Cal, c'est plutôt pour nous que je m'inquiète, vois-tu. Seule, tu étais déjà dangereuse, mais avec ce pégase enchanté, je ne suis pas certain que ce monde résiste !

Tara n'eut pas la force de répondre à l'ironie de Cal. Elle observait son Familier avec angoisse... et il le lui rendait bien. Elle sentait la panique dans son esprit. Il n'osait plus expirer, louchant sur ses naseaux pour voir si une autre bulle ne se formait pas.

— Il faut faire des expériences, proposa Fabrice.

— Tout de même, pas ici ? protesta Moineau.

Fafnir, qui avait été renversée par le souffle, grommela :

— Si. Il vaut mieux identifier sans attendre ce qui active les pouvoirs de Galant. Cela évitera qu'on abîme des trucs fragiles. Du genre le palais ou la ville.

Manitou regarda nerveusement autour de lui.

— Tu es sûre ?

— Je m'occupe des vers, coupa Fafnir. Vous, essayez de découvrir comment la maudite magie se manifeste.

— Galant, s'enquit gentiment Moineau, est-ce que tu saurais reproduire cette bulle étrange que tu as faite tout à l'heure ?

Le pégase secoua farouchement la tête.

— Tu ne peux pas, ou tu ne veux pas ? questionna Moineau.

— Il ne veut pas, répondit Tara pour son familier. Cela l'effraie.

— Tu risques de blesser Tara avec de la magie incontrôlée, insinua Moineau, maligne.

À regret, Galant obéit. Il s'appliqua, poussa, hennit, souffla, rien n'advint, à son grand soulagement. Mais Cal ne capitula pas. Il avait une petite idée sur la manière de faire réapparaître la bulle. Il sauta sur le pégase en criant « bouh » de toutes ses forces. Le Familier sursauta, eut un hoquet, puis un deuxième et... la bulle bleue se forma !

— Tous aux abris ! cria Cal en se jetant derrière un tronc d'arbre déjà calciné. Trois, quatre... maintenant !

Son minutage était parfait. Au quatrième hoquet, l'explosion eut lieu. Cette fois, le choc fut de moindre importance, mais assez fort pour griller ce qui avait échappé à la première vague.

Galant émit un furieux hennissement de protestation.

— On n'allait pas y passer toute la journée ! lui rétorqua le petit Voleur en haussant les épaules. En fait, ta bulle magique se forme quand tu es pris par surprise ou que tu as peur. C'est une sorte de défense : plus tu es effrayé, plus elle est violente.

L'air égaré, le Familier avança ses naseaux nerveux vers Tara, inquiet de l'accueil qu'elle lui réserverait, mais elle ouvrit grand les bras et caressa son encolure et ses ailes si douces.

— Si on quittait vite cet endroit ? rappela Fabrice.

Prudente, Moineau reprit sa forme de bête et tous marchèrent vers la sortie.

La végétation commençait déjà à se flétrir sous le soleil du désert et ils purent se frayer un chemin facilement. Tara empêcha Galant de voler et le pégase dut marcher, ce qu'il n'appréciait pas particulièrement. Sa maîtresse ne le quittait pas d'une semelle, encore tremblante de l'avoir cru mort... et aussi, parce qu'elle n'était pas certaine qu'il n'allait pas encore buller bleu.

Cal, qui avançait en tête, trébucha soudain sur un bout de ver qui se tordait encore lentement dans l'herbe nouvelle. En se rattrapant, il perçut un mouvement. Pendant une fraction de seconde, il eut l'impression de distinguer une silhouette souple et noire se glissant devant eux, mais il cligna des yeux et quand il les rouvrit, la forme avait disparu !

Chapitre XI

La bibliothèque magique

Cal se frotta les paupières, plissant le visage lorsque le sable sur ses mains lui piqua les yeux, mais il ne vit rien de plus. Bon sang ! C'était un Camouflus, pour sûr. Le sort de dissimulation s'était dissipé un instant, révélant la forme qu'il cachait.

— Je viens de voir quelque chose, prévint-il.

Fafnir fut tout de suite sur ses gardes et brandit ses haches.

— Encore des vers ?

— Je sais que tu meurs d'envie de prendre un dernier ver, plaisanta le Voleur, mais crois-moi, c'est mauvais pour la santé. J'ai vu un Camouflus, continua-t-il, sans prendre garde à la naine qui, n'ayant pas saisi le jeu de mots, le fusillait du regard. Quelqu'un est dissimulé dans le désert pour nous espionner.

— Nous espionner... ou nous tendre un piège ? fit vivement Moineau. Tu as réussi à l'identifier ?

— Malheureusement non, regretta Cal. Il était trop rapide, il a filé.

— Bah, coupa Fafnir. Il est parti, on ne peut donc rien faire. Il recommencera sans doute et paf, on le coincera. Beurk, regardez-moi, je pue le ver. Laissez-moi me laver, je reviens de suite.

Effectivement ce fut rapide. Le petit groupe avait retrouvé le sol ferme des corridors du palais. Avisant une chambre à quelques pas, la naine s'y infiltra sans laisser le choix à la porte et ils entendirent des cris divers et indignés. Quelques minutes plus tard, elle ressortit, toute propre.

— On peut y aller.

À ce moment, Tara se mit à éternuer ! À son sixième atchoum, ses amis commencèrent à s'inquiéter. Fabrice sortit un mouchoir de sa robe bleu marine aux couleurs du Lancovit et le tendit à Tara. Larmoyante, elle le remercia. Les éléphants argentés brodés sur le tissu s'écartèrent prudemment lorsqu'elle s'essuya le nez.

— C'est... Medelus ! finit-elle par articuler. J'en suis sûre ! C'est son odeur.

Devant l'air interrogatif de ses compagnons, Tara poursuivit entre deux éternuements :

— Ma mère se fait courtiser par le Haut mage Medelus. Je suis allergique à son infect parfum ! C'était lui, le Camouflus ! Ffffrrrrrrr !

En se mouchant, Tara émit un bruit qui ressemblait tellement à un barrissement que Barune leva des yeux très intéressés, persuadé qu'elle essayait de communiquer avec lui.

— Medelus ? s'exclama Manitou d'un ton incrédule. Tu plaisantes ! Il a dû passer par ici il y a peu de temps, voilà tout ! Pourquoi voudrait-il te tuer ?

— Je l'ignore, rétorqua Tara, butée. Éloignons-nous avant que je n'étouffe complètement.

— D'abord, que quelqu'un aille faire sonner ce gong, ordonna le labrador, nous devons avertir le gardien-vétérinaire de ce biotope.

Fafnir prit un air réjoui : les nains aiment tout ce qui fait du bruit, plus exactement « boum ». Elle s'empara du marteau et frappa l'instrument de toutes ses forces. Leurs tympans résistèrent, mais tout juste.

Un salterens, grand félin bipède tenant à la fois du lion et du guépard, originaire du même désert que les vers, bondit comme un diable d'une porte toute proche qu'ils n'avaient pas remarquée. Son expression ahurie donnait à penser qu'on l'avait arraché à sa sieste. Il loucha de ses yeux d'ambre sur le petit groupe hétéroclite et gronda :

— Ça ne va pas ? J'ai manqué avoir une crise cardiaque ! Vous n'avez pas honte de surprendre les honnêtes gens de cette manière ?

Puis son regard tomba sur la robe de sortcelière de Tara où éclatait l'emblème d'Omois et il ajouta très vite, en se mordant la joue de confusion :

— Votre Altesse impériale... J'ignorais que c'était vous. Pardonnez mon mouvement d'humeur, mais j'ai dû accoucher une femelle crochien cette nuit et je n'ai pas beaucoup dormi. Que puis-je pour vous ?

Tara expliqua poliment :

— Nos bulles de protection se sont éteintes dans le désert et nous avons été attaqués par des vers géants.

— Par tous les dieux... c'est impossible ! Elles ne sont pas censées tomber en panne, balbutia le félin.

— Malheureusement, confirma Manitou, c'est ce qui s'est produit. Ce fut un moment pénible.

Le gardien du désert s'inclina devant Tara.

— Votre Altesse impériale, tout ceci est terrible. Que les dieux soient loués, vous êtes saine et sauve ! Combien d'entre vous avez-vous dû sacrifier pour parvenir à sortir du désert ?

— Personne, répondit Tara un peu embarrassée. Il va plutôt falloir que vous partiez chercher de nouveaux vers dans votre pays natal parce que la plupart de ceux qui se trouvaient ici ont succombé sous la hache de Fafnir.

Elle ajouta :

— Nous n'avons pas touché aux crochiens, juré...

Le regard du salterens passa de la hache de la naine à la porte du désert, puis revint à la hache, tandis que les propos de Tara dissipaient les dernières brumes de son sommeil. Il se précipita sur la porte qu'il ouvrit brutalement, et les adolescents entendirent son cri d'horreur.

Robin s'éclaircit la gorge :

— Qu'est-ce qu'on fait maintenant ? On prévient la sécurité qu'on a essayé de t'assassiner et nous avec toi ?

Tara pâlit.

— Surtout pas ! J'ai déjà réussi à me débarrasser plus ou moins de Grr'ul en lui donnant des missions, ce n'est pas pour me faire enfermer dans mes appartements par Xandiar ! Il serait trop content ! On file à la bibliothèque d'abord, on parlera de l'attentat à Lisbeth ensuite. Suivez-moi !

Manitou, qui voulait aller rendre compte immédiatement à l'Impératrice, maugréa pendant tout le chemin.

Grr'ul, immense et très verte, montait la garde devant la porte. À ses côtés se tenait le cahmboum bibliothécaire.

— Votre Altesse impériale, gémit-il en la voyant arriver, votre garde du corps a refusé de me laisser passer ce matin. C'est un scandale !

— Maîtresse dire : « Pas bouger, laisser personne passer. » Alors Grr'ul pas bougé et pas laissé passer. Personne.

Tara sourit.

— Merci Grr'ul, tu peux aller te restaurer et te reposer. Je prends la suite.

La troll grogna en se penchant sur le cahmboum, qui eut ainsi une vue imprenable sur ses défenses, puis s'éloigna d'un pas lourd.

Il régnait une forte odeur de renfermé et de pourriture dans la section où s'était produit l'accident et ils froncèrent le nez. Rien n'avait bougé depuis la veille et les livres étaient encore agités, on le sentait au froissement nerveux des feuilles.

— On ne peut pas faire de magie ici, n'est-ce pas ? interrogea Fabrice qui, ex-nonsos, ne connaissait pas toujours les interdits d'AutreMonde, et tentait de respirer par la bouche.

— Non, les livres en sont tellement imprégnés qu'en rajouter risquerait de tout faire exploser. Ça m'ennuierait de trouer le plafond du palais, tu vois. Sans compter que l'onde de choc nous tuerait probablement tous.

— Donc, pour éliminer le zombie, le ou les coupables n'ont pu utiliser la magie.

— En tout cas, pas à l'intérieur.

Cal qui examinait le mur plissa soudain les yeux.

— Qu'est-ce que c'est, cette marque noire là-haut ?

— Xandiar a découvert qu'il s'agit de l'empreinte d'une échelle, probablement l'une de celles de la bibliothèque. Il cherchait des indices d'une détonation qui aurait pu décrocher le panneau, mais n'a trouvé nulle trace de poudre, magique ou non.

— Est-ce qu'il fait toujours aussi chaud ici ? demanda Moineau en s'éventant. Elle avait été sur le point de commander à ses cheveux de se mettre en chignon et s'était retenue juste à temps.

— Non, et cette température élevée est également anormale. Ordinairement, cette pièce est maintenue en permanence à vingt degrés. Il fait beaucoup plus chaud car la climatisation a été débranchée. Le cahmboum voulait la remettre en marche hier, mais j'ai préféré que tout reste en l'état. Alors, qu'est-ce que vous en pensez ?

— C'est comme traquer un animal sauvage, remarqua Robin. Il faut connaître ses aptitudes, son comportement et ce qui le fait réagir. Si j'adapte cela à notre situation, je me pose plusieurs questions. Qui a fait venir le zombie ici, où le piège était dressé ? Comment celui-ci a-t-il été déclenché, et à quel moment précis ? Enfin, ma troisième question est plutôt une affirmation. Nous sommes sur un monde magique. Le cahmboum a dit que la bibliothèque était vide lors du crime, mais il est facile de se rendre invisible, ou de modifier sa forme.

— Pas ici ! objecta Cal. Une transformation, même un simple voile d'invisibilité, aurait provoqué une surcharge. Non, ils ont dû utiliser des moyens mécaniques. Et ce n'est pas uniquement une échelle qui a été posée là, il y a autre chose.

Il attrapa vivement un escabeau et, l'appliquant au mur, il monta étudier les traces.

— Mmmhoui, c'est bien ce que je pensais. Quelqu'un a écarté le panneau de la paroi où il était fixé. Il était en équilibre instable. Où sont les crampons ?

— Ceux qui ont cédé ? On les a retrouvés là, derrière l'un des panneaux. Xandiar a fait relever les empreintes, tu peux les manipuler.

Cal redescendit avec agilité et observa le tas de pitons.

— Fabrice, viens et dis-moi ce que tu constates.

Fabrice n'avait pas du tout l'intention de jouer au docteur Watson. Aussi fit-il tourner ses méninges avant de répondre :

— Je vois, dit-il lentement, des crampons rassemblés. Si le meuble était tombé par accident, ils devraient être éparpillés dans toute la pièce, non ?

— Ab-so-lu-ment, confirma Cal en détachant bien les syllabes. Bravo ! Et s'il en est en ainsi...

— C'est qu'ils ont été déposés là et probablement remplacés par autre chose, qui a été traité de façon à céder... et qui a disparu. Ce qui me semble moins facile, c'est d'obtenir de faire tomber le tout à un instant précis. Il aurait fallu procéder à des essais avant.

Le mot grésilla dans le cerveau de Tara.

— Mais oui, s'exclama-t-elle ! Des essais ! C'est pour cela que la bibliothèque était fermée ! Lorsque Medelus a demandé Maman en mariage hier, il a dit qu'il n'avait pu vérifier s'il s'y prenait dans les règles, car la bibliothèque était fermée !

— Comment ! s'exclama Moineau, très romantique, ta mère a reçu une demande en mariage ?

— Oui, répondit amèrement Tara, hier fut une dure journée pour moi. Je disais donc : plusieurs fois au cours de la semaine dernière, un petit malin a fait tomber des livres, en fait, les étagères entières ! Le soi-disant plaisantin faisait coup double : d'une part, il procédait à des essais, d'autre part il obtenait la fermeture de la bibliothèque, ce qui lui laissait le champ libre ! Il suffisait ensuite d'attirer le zombie au bon endroit, au bon moment et paf ! Bouillie servie !

— Excellent, la félicita Cal, voilà résolu un aspect de l'énigme. Maintenant, j'avoue que je n'ai aucune idée de la façon dont ils s'y sont pris.

— Avec la magie, exposa lentement Fabrice, il suffisait de faire léviter la bibliothèque. Mais sans y avoir recours, même en retirant les crampons et en inclinant la section, impossible de deviner quand elle tomberait !

— Mes instructeurs de mystères comparés, à l'université des Voleurs, disent souvent que le mieux pour bien cambrioler, c'est de tout connaître de la personnalité de la future victime. Que savons-nous des zombies ?

— Qu'ils sont morts, fit Fabrice en levant un doigt. Qu'ils sont pourris (il leva un deuxième doigt). Qu'il y en a très peu (et un troisième).

— Qu'ils sont capables de voir à travers les illusions, quelles qu'elles soient, poursuivit Moineau. Que personne ne sait pourquoi telle ou telle personne devient un zombie. Que cela peut toucher n'importe quelle race, elfe, humain, troll, licorne, ou pégase. Qu'ils sont indestructibles, sauf si on leur écrase le cerveau. Qu'ils se nourrissent de chair encore vivante, peu importe laquelle. J'ai cru comprendre que la population des pouics du palais avait fortement baissé depuis que le général G'en'ril émargeait à Omois.

— Mmouais, remarqua Cal, je ne pense pas qu'un comité de pouics ait engagé un tueur pour se débarrasser du général ! On est en plein brouillard.

Tara haussa les épaules et se détourna de la scène. La porte s'ouvrit. Surgi de l'ombre, tel un projectile, un être velu bondit sur elle en hurlant :

— Tara Duncan au zecours !

Elle ne réfléchit pas. Sa magie s'activa d'elle-même, cueillit son assaillant et l'envoya heurter violemment le mur.

Cal eut le temps de crier :

— Tara ! Nooonnn !

Puis la magie de la bibliothèque absorba le flux et... tout explosa.

Chapitre XII

Tentacules

Ils l'avaient accusé de terrorisme. Ils disaient que l'explosion était un attentat. Le snuffy se sentait prêt à devenir fou de panique. Accompagné par Jar et Mara, il n'avait pas trouvé Tara dans sa suite, mais avait appris par la porte qu'elle était partie pour la bibliothèque. Ils étaient allés l'y rejoindre et le snuffy, en voyant l'Héritière, avait fait ce que lui avaient conseillé les jumeaux : bondir et crier très fort.

Le reste était un peu flou. Il y avait eu une déflagration et il s'était réveillé avec un horrible mal de crâne et le poil roussi. À présent il se retrouvait menotté, dans la salle d'audience, entre deux gardes à l'aspect menaçant qui le traitaient comme un dangereux tueur.

Et en face de lui, sur son trône, glaciale et furieuse, se tenait la toute-puissante impératrice d'Omois ! Assise à ses pieds sur un tabouret, sa suivante Marianna le dévisageait de ses grands yeux de biche.

Il déglutit, ordonnant sévèrement à sa vessie de ne pas le lâcher. Faire pipi de trouille était certes un bon moyen pour dégoûter les prédateurs mais ne lui servirait pas à grand-chose ici, sinon à le placer dans une situation pire encore, si c'était possible.

— Si mon héritière meurt, snuffy, gronda l'Impératrice

entre ses dents serrées, ta souffrance sera telle que tu prieras ton dieu pour la rejoindre le plus vite possible !

Jusqu'à présent il ne pensait pas qu'il lui serait possible d'avoir encore plus peur. Raté. Il venait de franchir un nouveau degré dans la terreur abjecte.

Il se laissa glisser à terre, des larmes d'angoisse coulant sur son pelage roux.

— Ze, ze n'ai rien fait ! Ze ne zait pas ze qui z'est pazé ! Ze vous en prie grande, zolie, mazestueuze Impératrice, il faut croire le pauvre znuffy ! Ze ne zuis pas coupable !

— Il dit la vérité, ma tante, fit une voix claire derrière eux. Il n'y est pour rien. Ce sont ces abr... imb... garnements qui ont voulu faire une blague, au mauvais moment et au mauvais endroit.

L'Impératrice leva la tête avec un cri étouffé. Les gardes n'avaient pas eu le temps d'annoncer Tara qui s'était précipitée de l'infirmerie dès qu'elle avait repris conscience, suivie par Moineau, Fabrice, Robin, Cal, Manitou, Fafnir et leurs Familiers. Tous, un peu haletants, entourèrent le snuffy, le dévisageant avec intérêt.

— Jar et Mara m'ont tout avoué dès qu'ils se sont réveillés. Ce petit être est une victime, c'est tout.

— Oh ! L'Impératrice regarda le snuffy comme un chat obligé d'abandonner une souris particulièrement appétissante. Alors qu'on le relâche. Et qu'on m'explique la raison pour laquelle il y a un gros trou dans ma bibliothèque et des quantités de livres traumatisés dans tout le palais, s'il n'y est pour rien !

Parce que tu laisses ces deux maudits gamins en liberté ! Tara retint la phrase qui brûlait ses lèvres et décrivit sa réaction irraisonnée lorsque le snuffy lui avait fait peur. Sa magie, s'ajoutant à celle des livres, avait atteint la masse critique et provoqué l'explosion. Heureusement Cal et Robin, réagissant à la vitesse de l'éclair, avaient eu le temps d'incanter et de protéger leur groupe. Jar et Mara, encore à l'extérieur de la bibliothèque, avaient juste été assommés par le souffle. Ce qui navrait le plus Tara, c'était que la scène du crime était totalement dévastée. Le corps du zombie avait été désintégré et une partie de la bibliothèque aussi.

— Et qu'avais-tu à dire à mon héritière qui valait de la poursuivre dans tout le palais ? demanda brusquement l'Impératrice au snuffy.

Celui-ci massait ses poignets et tressaillit lorsqu'il se retrouva au centre de l'attention générale.

— Ze... ze zuis venu voir la...

— Parle dans ta langue, le coupa l'Impératrice agacée, il y a un sort traducteur sur tout le palais, ton accent est incompréhensible !

— Hrrrrmm. Je disais donc que j'étais venu voir la plus puissante des sortcelières, l'Héritière, celle que redoutent les Grands en gris. Celle qu'ils ne veulent surtout pas voir s'intéresser à leurs affaires !

Deux exclamations fusèrent. Celle outragée de l'Impératrice :

— La plus puissante ? Comment ça, la plus puissante ?

Et celle, plaintive, de Tara qui avait déjà deviné de qui il s'agissait :

— En *gris* ?

— Les Grands, c'est ainsi que nous vous appelons. Ceux qui ont capturé et torturé le pauvre snuffy sont habillés de robes grises.

— Par mes ancêtres, jura l'Imperator qui sortit de l'ombre, surprenant le snuffy qui ne l'avait pas vu, les Sangraves !

— Leur maître n'aime vraiment pas l'Héritière. Il dit que l'unique raison pour laquelle il ne l'a pas détruite, c'est parce qu'elle est la seule qui puisse pénétrer dans la cache où sont les objets démoniaques ! Celui que les autres appellent Mage Aster ou Mage Hyster, précisa le snuffy.

Cette fois-ci, les cris de Tara et de l'Impératrice furent synchrones :

— MAGISTER !

— C'est bien ce nom, confirma le snuffy : Magister !

— Il est increvable, ce type ! commenta Cal.

— Un peu comme les vampyrs, opina Tara, résignée. On a beau les cœurspieutranspercer, les eaudebéniter, les rayonsdusoleilenflammer, rien à faire, ils reviennent toujours.

L'Impératrice reprit l'interrogatoire du snuffy.

— Quel rapport entre toi et notre pire ennemi ?

— Il a capturé mon double, mon original, plutôt, expliqua le snuffy. Comme tous les snuffy d'eau, si j'ai suffisamment d'eau, je peux, à partir de mon oreille, recréer mon corps complet. Rares sont ceux qui connaissent cette particularité de ma race.

Ses interlocuteurs ne faisaient pas partie du nombre, à voir l'air surpris et intéressé de chacun.

— C'est ainsi que j'ai réussi à m'enfuir et à venir ici pour demander l'aide de l'Héritière afin qu'elle libère mon original, termina-t-il.

L'Impératrice eut une moue mécontente. Elle n'avait pas encore digéré le « la plus puissante ».

— L'aide de mon héritière ?

— Le Grand. Il a peur d'elle. Il affirme que si elle vient dans son repaire, il ne pourra pas l'affronter, qu'elle est plus forte que lui. Il dit aussi que ce n'est pas normal.

En deux pas, l'Imperator fut sur le snuffy qu'il souleva comme un vulgaire ballot de linge sale, un espoir insensé flamboyant dans ses yeux.

— Tu prétends que tu t'es échappé de la forteresse de Magister, c'est ça ? Et comme tu t'es dédoublé, il ne peut pas le savoir. Donc, tu es le seul être à connaître son repaire ? Dis-le nous. Dis-nous tout de suite où il est, que je l'écrase, que je le réduise en bouillie, que je le...

— Ce n'est pas loin, répondit très vite le snuffy d'une voix étranglée. À deux jours d'ici dans la jungle !

— Le maudit ! jura l'Imperator, il se place à notre portée ! Il nous nargue !

— Mais le snuffy ment peut-être, intervint l'Impératrice d'une voix froide. Qu'on convoque un Diseur ! Et appelez-moi aussi Xandiar et le général Tand'is, le chef des armées célestes. Ah ! avertissez également le président de la Chambre des représentants, maître Tyrann'hic.

L'Imperator lâcha le snuffy qui déglutit. L'un des gardes convoqua un effrit, qui revint très vite avec un Diseur.

Comme tout AutreMonde, le snuffy connaissait les Diseurs télépathes, capable d'extirper la vérité du plus persuasif des menteurs. Aussi ne fut-il pas surpris lorsque l'être majestueux fit son apparition dans la pièce, se déplaçant silencieusement dans sa grande cape blanche. Le Diseur était un végétal. Il avançait grâce à ses racines mobiles, et comme il n'avait pas de jambes, il glissait sur le sol avec une grâce surhumaine. Son casque de pétales, d'un noir luisant, refermé vers l'arrière de sa tête, dévoilait de grands yeux couleur chlorophylle, curieux et intelligents, et un étrange visage sans bouche. Un gnome bleu à houppette orange l'accompagnait. Les télépathes ne pouvant parler, le gnome était sa « voix ».

Lisbeth expliqua au Diseur ce qu'elle attendait. Le télépathe sonda facilement le snuffy et confirma, par la bouche du gnome, que le petit être avait dit la vérité. Il avait été prisonnier de Magister et s'était bel et bien échappé. L'impératrice les congédia :

— Merci, votre aide nous a été précieuse. Je compte sur votre discrétion.

Le Diseur et le gnome promirent, puis se retirèrent.

— Nous allons attendre la présence de mes conseillers pour entendre ce qui te reste à nous dire. Quel est ton nom, snuffy rôdeur ?

Les snuffy n'avaient pas de nom. L'odeur leur suffisait pour se reconnaître.

— Dans votre langage, commença-t-il avec prudence, mon odeur porterait un nom qui se rapprocherait de « celui qui porte l'agréable fragrance des spatchounes fraîchement égorgés ».

— Mmmmoui, évidemment, c'est un peu long. Cela

t'ennuierait-il beaucoup si je te donnais le nom de Sam ? Juste pour faciliter nos discussions.

Le snuffy s'en fichait comme de son premier poulet.

— Je serai donc Sam pour les Grands, convint-il, et « celui qui porte l'agréable fragrance des spatchounes fraîchement égorgés » pour les snuffy.

Il y eut du bruit derrière eux. Xandiar et le général elfe Tand'is se hâtèrent de les rejoindre à travers l'immense salle. Dès qu'il vit Tara et ses amis, le grand chef des gardes porta deux de ses mains à ses épées, sur la défensive. La scène de la bibliothèque lui était restée en travers du gosier.

Avec grâce, les nouveaux arrivants saluèrent l'Impératrice en frappant leur pectoral de leur poing en un booong ! bien martial. Maître Tyrann'hic, un gros homme au visage rougeaud et au crâne chauve, dont l'apparente bonhomie était démentie par deux petits yeux froids et attentifs, fit son apparition quelques secondes plus tard.

L'Imperator ne fit pas dans le détail :

— Nous partons capturer Magister !

Tous trois eurent la même réaction : leur mâchoire faillit bien se décrocher. Le général elfe se ressaisit le premier.

— Où ? s'enquit-il avec avidité. Quand ? Comment avez-vous eu cette information ?

L'Impératrice désigna le snuffy.

— Sam s'est évadé des geôles de Magister. Il semble que le maudit ait installé sa nouvelle base d'opérations sur notre continent, à deux jours de marche à travers la jungle.

Xandiar fronça les sourcils et observa le misérable snuffy avec méfiance. L'Impératrice, qui le connaissait bien, dit :

— Le Diseur a confirmé son histoire, écoutons ce qui lui est arrivé.

Le snuffy se tortilla, sentant les regards braqués sur lui, puis se lança :

— Notre campement se trouvait à la lisière de la forêt, près du village de Sentirbon.

— Attends ! l'arrêta l'Imperator. Notre service techniques et gadgets vient de me faire parvenir ce petit appareil. Place-toi devant lui et pense fortement à ce que tu as vécu.

Avec un regard plein d'appréhension sur la machine argentée surmontée d'un gros bloc de verre bleu, le snuffy obéit.

— Nous étions là-bas pour échanger des peaux d'animaux tannées contre du sucre, du sel et d'autres denrées, ainsi qu'un peu d'argent, continua-t-il.

À peine avait-il parlé qu'il sursauta et recula. Les images surgissaient du cristal et se matérialisaient devant lui.

— Pas mal, hein ! sourit l'Imperator. C'est un dérivé du Discutarium. Cette machine est capable de montrer tout ce que pense la personne placée devant elle. Mais elle montre aussi ce qu'il imagine, alors on ne peut pas l'utiliser comme les Diseurs de Vérité.

Les spectateurs, fascinés, virent toute une joyeuse bande de snuffy chargés de peaux de bêtes arriver dans le village. Sam jeta un regard navré à l'Impératrice lorsqu'un de ses frères s'empara discrètement d'un poulet vagabond.

— Hrrmm, fit-il pendant que son congénère tordait le cou du pauvre volatile et le dissimulait, bref, une fois nos transactions terminées, les autres snuffy sont retournés au campement, mais certains d'entre nous ont préféré aller à l'auberge de l'Aragne joyeuse.

Les snuffy se précipitaient dans une maison surmontée d'une énorme aragne en train de faire des claquettes et investissaient les bancs.

— Nous aimons bien la bière, indiqua fort inutilement Sam, alors que l'image dévoilait les snuffy en train de mettre à mal la réserve d'ale de l'aubergiste. Nous avons bu quelques pichets puis mes compagnons se sont dispersés à d'autres tables, sans moi car je n'étais plus *sur* ma chaise.

— Où étais-tu ?

Le snuffy grimaça mais le cristal, sans pitié, montra un corps ronflant de bon cœur, étalé sur le sol.

— *Sous* la table. Puis les Grands sont arrivés.

Tara frissonna lorsque les Sangraves pénétrèrent à leur tour dans l'auberge. Les autres snuffy perdirent immédiatement toute envie de consommer et quittèrent les lieux. Sous la table, on voyait Sam dodeliner, la tête serrée dans ses pattes. Les Sangraves s'installèrent et commencèrent à causer à voix basse après avoir commandé du vin.

Le snuffy tendit soudain l'oreille et montra tous les signes d'une grande terreur. Il voulut se lever, mais il avait trop bu et il trébucha. En essayant de se rattraper, il heurta la table qui vacilla. Les pichets se renversèrent, lui-même roula au sol. La dernière image montra une main géante qui descendait vers lui.

— Le Grand, Magister, précisa le Snuffy, lorsqu'il comprit que j'avais surpris toutes ses paroles, décida de ne pas me tuer. Il dit qu'il me réservait un traitement plus amusant.

Il secoua la tête avec amertume.

— Il m'a gardé prisonnier pendant cinq jours et cinq nuits. Le sort de paralysie qu'il m'avait lancé était si puissant que c'est à peu près le temps qu'il m'a fallu pour bouger de nouveau. Puis j'ai réussi à obtenir suffisamment d'eau, j'ai passé l'oreille en dehors de ma cellule et je me suis évadé. J'ai échappé de peu aux animaux féroces de la forêt !

— Tu avais l'air terrifié sur cette projection, remarqua Moineau doucement. Pourquoi ?

— C'est la raison pour laquelle je voulais trouver l'Héritière très vite, répondit le snuffy. Ce que j'ai entendu sous la table. Ce que le Grand a dit, c'est que grâce à ses complices, il allait lancer une attaque pour capturer l'Héritière au cœur du palais !

L'Impératrice se redressa sur son trône.

— Ici ? Quel impudent personnage ! Et quand pense-t-il être capable de briser les défenses magiques et matérielles de notre système de protection ?

— Quelle heure est-il ? demanda le snuffy.

— Onze heures trente.

Le snuffy jeta un regard effrayé autour de lui.

— Il a dit tardi à onze heures trente. Demain. Au moment où les techniciens sont relevés de leur service. Des imposteurs vont prendre leur place et déconnecter le système d'alarme !

Le général elfe regarda son accréditation et haussa un sourcil hautain.

— Mais tardi, c'est aujourd'hui, précisa-t-il. Et il est exactement onze heures vingt-cinq !

Le snuffy prit un air effaré.

— Pauvre, pauvre snuffy. J'ai perdu le sens du temps ! Je croyais avoir passé cinq jours dans la prison. Mais c'était six jours !

— Pourquoi n'en as-tu pas parlé à Jar et à Mara ? s'enquit Tara, soupçonneuse.

— Le Grand a dit qu'il avait de nombreux sortceliers qui travaillaient en secret pour lui au Palais. Je ne savais pas en qui avoir confiance. Je ne pouvais parler qu'à l'Héritière ! Il a ajouté qu'il avait envoyé le Chasseur pour superviser l'opération.

Tara et Manitou échangèrent un regard atterré. Le Chasseur ! La terrifiante vampyr qui, contrairement à ses congénères, buvait du sang humain et tuait pour s'amuser ! Certes, elle avait sauvé la vie de Tara en empêchant dame Boudiou de la tuer lors de leur première rencontre, l'année précédente. Mais sa sauvagerie et son total défaut de sens moral en faisaient une redoutable et implacable adversaire. Tara sentit son estomac se serrer. D'une façon paradoxale, elle avait moins peur de Magister que du Chasseur. Le maître des Sangraves avait *besoin* d'elle. La vampyr, elle, la considérait comme un casse-croûte potentiel.

— C'est ridicule... commença l'Impératrice, qui se figea lorsque le bruit assourdissant d'un gong résonna dans tout le palais.

Ils n'eurent pas le temps de réagir. L'atmosphère s'irisa et un portail s'ouvrit dans l'air sous leurs yeux. Tous les sortceliers présents activèrent immédiatement leur magie. Mais ils ne s'attendaient pas aux monstrueux tentacules qui jaillirent de l'ouverture magique et les saisirent à la gorge.

Et derrière les tentacules, les démons arrivèrent.

Chapitre XIII

Les démons de Magister

Les deux démons qui surgirent dans la pièce s'arrêtèrent un instant, comme surpris de voir autant de monde. Tara ignorait la provenance des tentacules qui immobilisaient les membres du Conseil et les empêchaient de parler, mais ils n'appartenaient pas aux nouveaux venus. Eux étaient rouges, couverts de taches noires et pustuleuses, avec des gueules de loup qu'on aurait marié avec un brochet. Long museau et dents coupantes, pattes de tigres, jarrets d'hyènes, ils bondirent vers Tara, qui était visiblement leur objectif.

Mais Tara n'était pas tributaire des incantations. Sachant qu'en dépendre constituait une faiblesse, elle s'était entraînée à s'en passer. Sans qu'elle ait un mot à dire, ses mains s'illuminèrent de bleu et sa mèche crépita. Elle frappa d'abord le tentacule qui enserrait sa gorge, l'obligeant à lâcher prise, puis visa le portail. Alimentée par sa colère, sa magie atteignit de plein fouet l'être qui se tenait de l'autre côté de l'ouverture. Un hurlement de souffrance retentit et les tentacules se desserrèrent. Hélas, entre-temps, les deux démons avaient franchi l'espace les séparant de Tara et s'emparaient de ses bras, l'immobilisant.

Mais Fafnir et Robin avaient déjà récupéré. Le démon qui tenait Tara à droite n'eut pas le temps d'esquiver la hache qui se planta dans son crâne. Il loucha avec stupéfaction avant de s'effondrer. Et Robin et son arc de Lillandril criblèrent si bien de leurs flèches celui de gauche qu'il ressembla très vite à un hérisson. La porte magique se rétracta comme une fleur et disparut.

Ce fut une succession de toux crachotantes et de respirations sifflantes.

— Les imbéciles, murmura l'Impératrice d'une voix cassée. Ils doivent être acculés pour oser lancer une attaque au cœur de notre palais. Xandiar ! Prévenez une moitié de mes Hauts mages de traquer celui ou ceux qui ont ouvert le portail. Vite ! Avant que le résidu magique ne disparaisse ! Que l'autre moitié vienne ici et rétablisse le champ de protection.

Grâce aux Diseurs, les Sangraves infiltrés furent rapidement identifiés. Malheureusement pour eux, Magister avait prévu la possibilité d'une capture. Dès que Xandiar les traîna devant l'Impératrice et que celle-ci commença à les interroger, ils convulsèrent et moururent brutalement.

— Un sort mortifère, gronda-t-elle, méprisante, et vu leur surprise, je ne crois pas que ces pauvres fous s'y attendaient. Bien. Nous sommes déjà débarrassés de ces traîtres. Voyons maintenant à éradiquer la racine du mal.

Elle héla Xandiar.

— Votre Majesté impériale ? sursauta celui-ci.

— Vous allez remettre les insignes de votre charge à Xaril, votre adjoint. Il est désormais notre responsable de la sécurité.

Le grand Chef des Gardes ne comprenait pas.

— Mmmm... mais, et moi ?

La sentence tomba, définitive.

— Vous êtes démis de votre poste, Xandiar. Vous vous êtes montré incapable d'assurer la protection de ce palais correctement. Mettez-vous sous les ordres de votre nouveau supérieur en tant que simple soldat.

Le visage de Xandiar se crispa en un masque si tragique que Tara eut mal pour lui. Puis, le dos rond, espérant à chaque pas entendre les mots qui le rappelleraient, il quitta la salle. Avant de franchir la porte, son dernier regard fut pour Tara. Et la jeune fille fut ébranlée par la haine qui y luisait.

— Qui va diriger l'opération militaire contre notre ennemi ? questionna Tyrann'hic d'une voix pateline.

— Général Tand'is ? fit l'Impératrice.

— Votre Majesté impériale ? répondit le soldat, figé dans un impeccable garde-à-vous.

— Je vous charge de capturer Magister. Combien de temps vous faut-il pour alerter les bataillons ?

Le général se raidit encore plus, si cela était possible.

— Environ six heures, Votre Majesté !

— Parfait. Soyez donc prêts à partir dès ce soir.

— Mais Magister n'a pas tant d'alliés que cela, intervint Tyrann'hic qui avait visiblement une idée derrière la tête, c'est donc une expédition qui ne présente pas beaucoup de risques, n'est-ce pas ? Un raid qui pourrait redorer le blason de l'empire après le désastreux échec du Ravageur d'âme !

L'Impératrice se pencha, attentive, et décrypta ce qu'il sous-entendait. Le Ravageur d'âme, libéré involontairement par Fafnir sur l'Île des Roses noires, avait bien failli conquérir tout le continent. Sans Tara et ses amis, il aurait réduit le monde en esclavage. La capitulation immédiate d'Omois n'avait pas été très glorieuse.

— Vous voulez dire que le peuple n'a plus confiance en nous parce que nous n'avons pu résister à l'invasion du Ravageur d'âme ?

— Pas tout à fait, temporisa Tyrann'hic. Mais il est évident que la vision de leur impératrice ramenant le corps de son ennemi réduit à l'impuissance en travers de son pégase frappera durablement les esprits !

Il eut l'habileté de ne rien ajouter, laisser la glorieuse image imprégner tous les cerveaux.

— Mmmh, de la propagande peu coûteuse, approuva l'Impératrice. Vous avez raison, Tyrann'hic, je vais prendre la tête de cette opération. Elle ne durera pas très longtemps et, entourée de mon armée, je ne risquerai rien.

Le général elfe en perdit la voix. Ses yeux s'écarquillèrent et il ouvrit la bouche comme un poisson hors de l'eau.

L'Imperator, lui, surmonta son trouble rapidement.

— Je ne pense pas que ce soit une bonne idée, remarqua-t-il avec calme. Cela pourrait être dangereux.

— Oh ! Je viens de me faire à demi étrangler par des tentacules surgies de nulle part. Comment appelles-tu cela ? Et tu te souviens de ce que disait ton père ? « La politique dicte chacun de nos actes et chacune de nos pensées. Nous allons montrer à notre peuple que nous n'avons pas peur. Jamais. » Maître Tyrann'hic a raison. Nous *devons* participer à l'arrestation de Magister.

L'Imperator, qui ne partageait pas son avis, s'apprêtait à reprendre la parole mais Lisbeth l'interrompit en levant la main pour prévenir toute objection.

— Ne discute pas, Sandor. Ma décision est prise.

Son demi-frère hocha la tête avec résignation :

— Bon sang, tu es aussi têtue que ta mère. Alors je viens aussi.

L'Impératrice se doutait bien qu'il utiliserait cet argument pour la fléchir.

— Le fait que nous nous absentions tous les deux n'est pas si grave, répliqua-t-elle très sérieusement. *Tara* est là pour nous remplacer en attendant. Maintenant que mes Hauts mages ont rétabli la protection, seuls elle, toi ou moi pourrons la désactiver. Tara, te voilà impératrice par intérim !

Sept paires d'yeux stupéfaits convergèrent vers Lisbeth. Tara, Cal, Manitou, Fabrice, Fafnir, Moineau et Robin n'en croyaient pas leurs oreilles. Le petit Voleur questionna d'un air rusé :

— Tara aura aussi droit à la clef de la chambre du Trésor ? Non, parce que Manitou pourrait s'occuper de la cuisine, Moineau du protocole, Robin et Fafnir de vos guerriers, Fabrice des affaires courantes et moi de tout cet or, de ces joyaux et autres objets précieux, en attendant votre retour.

L'Impératrice éclata d'un rire franc, chassant le malaise qui l'étreignait.

— Donner la clef de nos trésors au meilleur des Voleurs ? Je ne suis pas folle. Mais merci pour ta proposition désintéressée.

— Mmmm... mais ! balbutia Tara, à demi assommée par la nouvelle. Ce n'est pas possible. Je ne sais pas... n'ai aucune idée... de...

L'Impératrice gloussa. Oui... il n'y avait pas d'autre mot pour décrire le petit bruit jovial qu'elle émit.

— En réalité, maître Tyrann'hic s'occupera de l'intérim. Ne t'inquiète pas.

Tara s'affaissa de soulagement.

— Très bien, Sam, reprit Lisbeth, scellons le serment. Tu nous montres l'endroit où se trouve notre ennemi et en échange nous te délivrons.

Le snuffy devait donner de l'humidité pour sceller le marché. Il cracha dans sa patte et la tendit à l'Impératrice qui, sans hésiter, la serra après l'avoir imité.

« Par nos fluides mêlés, ceci est une promesse, que chacun en soit lié, ou alors que sa vie cesse ! » psalmodia-t-il.

Lisbeth se levait lorsque Manitou prit la parole.

— Nous avons également été agressés dans le désert. Nos bulles de protection se sont éteintes.

Ébranlée, elle se rassit. Le labrador lui conta succinctement l'attaque des vers.

— Nous ne sommes pas à l'abri des attentats, se résigna l'Impératrice. Et comme tous les empereurs, Tara, tu as visiblement ton propre lot d'ennemis. Quel que soit ton agresseur, il n'est pas question de lui faciliter la tâche. Nous allons donc organiser un petit déménagement. Ma suite est l'endroit le mieux protégé de tout le palais. Je souhaite que tu viennes y habiter pendant notre expédition. Et toute ta famille et tes amis pourront bénéficier de mon hospitalité. Cela te convient-il ?

L'Impératrice se montrait prudente. Elle savait par expérience que les ordres n'étaient pas la bonne solution avec Tara. Les *suggestions* passaient nettement mieux. C'était assez agaçant, surtout qu'elle avait observé que la jeune fille obéissait sans discuter à Selena.

Tara n'avait pas de meilleure solution. Résignée, elle opina. L'Imperator intervint :

— Nous ne devrions pas être absents très longtemps. Vous pouvez disposer à présent, nous devons nous préparer et régler les derniers détails. Ah, et dans une demi-heure, nous pourrons fêter la première partie de ton anniversaire. Initialement, il était prévu que tu n'ouvres tes cadeaux que demain, mais du fait de cette urgence, je vais faire avancer la cérémonie.

Marianna se pencha et murmura quelque chose à l'oreille de l'Impératrice, qui fronça les sourcils puis rectifia :

— Hrrmmm, il semble qu'il y ait eu quelques problèmes à la cuisine. Disons que nous nous retrouverons dans la grande salle à manger dans une heure plutôt qu'une demi-heure.

Ils allaient partir lorsque Lisbeth reprit la parole :

— Sam !

Le snuffy, qui s'apprêtait à sortir aussi, sursauta :

— Oui, Votre Majesté ?

L'impératrice passa à un aimable tutoiement :

— Tu vas rester avec moi. Je n'ai pas envie qu'il t'arrive quoi que ce soit, et les *accidents* semblent se produire facilement dans ce palais.

Elle se leva, s'approcha du petit rôdeur et continua d'une voix douce :

— Je fais confiance à l'instinct de mon héritière et à la clairvoyance du Diseur, néanmoins si tout cela s'avérait être un piège... et ton évasion être aussi fictive que... disons la nouvelle poitrine de la comtesse Blandir – l'analogie fit glousser Marianna –, laisse-moi aussi te montrer ce qui risque de t'arriver si quoi que ce soit tourne mal.

Une mince lame bleue jaillit dans la main de l'Impératrice. Elle la posa d'un geste vif sur la gorge du snuffy. Terrorisé, le petit être n'osa pas déglutir.

— Ne pense pas que je sois moins dangereuse que mon demi-frère lorsqu'on essaie de me tromper, souffla la jeune femme, en accentuant la pression de la lame. Mon poignard, Tranch, trouvera ton cœur et celui de ton double au moindre signe de trahison. Est-ce clair ?

Le snuffy coassa d'une voix rauque.

— C'est... c'est très clair. La grande, la puissante Impératrice peut avoir confiance en snuffy. Je ne trahirai pas.

— Bien.

Le poignard s'effaça aussi vite qu'il était apparu et le snuffy se massa la gorge, presque étonné de ne pas y découvrir de blessure. Tara n'en croyait pas ses yeux : la jeune femme, si belle, semblait tellement fragile à côté de l'imposant Imperator ! Ce qui était stupide. Elle avait évidemment reçu la même formation de combattante que son demi-frère.

Ils sortirent, laissant le snuffy avec l'Impératrice. Tara demanda à la Pierre Vivante d'aviser sa mère et Medelus, qui ne devaient revenir de Selenda que le soir, que son anniversaire était avancé. Selena répondit qu'ils rentraient immédiatement.

Alors qu'elle terminait sa conversation, le demi-elfe jetait des coups d'œil soupçonneux autour de lui.

— Ça va, Robin ? interrogea Tara qui avait observé son manège.

— Non, grommela-t-il. Magister est de retour, le Chasseur rôde et je n'aime pas que ce Palais soit déserté par les gardes, les régiments et les Hauts mages. On va te surveiller de près.

Cal, qui connaissait l'intérêt de son ami pour Tara, ne put s'empêcher de le taquiner.

— Oh oui, Robin va te surveiller de *très* près. Et si Magister se montre, il trouvera super-Robin en face de lui, décidé à périr pour te sauver la vie !

Il s'attira un regard foudroyant du jeune homme. Mais Tara ne prit pas garde aux propos de ses compagnons.

Depuis quelques minutes, elle luttait contre une curieuse impulsion. Pendant que ses amis se disputaient joyeusement, une voix sournoise susurrait dans sa tête :

— Dès que l'Impératrice sera partie, tu auras le pouvoir de diriger cet empire. Imagine qu'il lui arrive un accident. Quelque chose qui te laisserait, seule, à la tête du principal pays d'AutreMonde. N'est-ce pas délicieux, n'est-ce pas tentant ? C'est si facile à organiser, un accident. Les forêts d'AutreMonde sont dangereuses. Les effrits sont tes alliés. Si tu en donnes l'ordre à Meludenrifachiralivandir, il fera disparaître cette femme et son demi-frère aussi facilement que de la poussière sur laquelle on souffle ! Mais tu dois l'ordonner. Tu dois prononcer ton souhait à haute voix. Sinon, Mel ne pourra rien faire. Car il est lié par le serment de Demiderus, il ne peut qu'obéir, pas initier. Alors vas-y, dis-le ! « Je souhaite que l'Impératrice et l'Imperator meurent. » Maintenant !

Tara secoua sa tête douloureuse. Tuer sa tante et devenir impératrice ? Ça n'allait pas bien dans son cerveau ! Pas pour tout l'or d'Omois ! Elle sentit comme un agacement dans son esprit. La voix s'estompa et avec elle les pensées qu'elle venait d'avoir. Lorsqu'elle revint à elle, devant la porte de sa suite, ses amis la dévisageaient curieusement.

— C'est quand tu veux, Tara, fit Fabrice. On peut continuer à discuter debout dans le couloir, mais installés dans des fauteuils, c'est bien aussi !

— Oh ! pardon, je... réfléchissais.

Tara commanda à la porte de les laisser entrer. Ils commençaient tout juste à évoquer le Chasseur, le snuffy et Magister, lorsqu'un effrit se matérialisa, afin de transporter les affaires de Tara jusqu'à la suite impériale.

Galant l'observait avec attention. Cela faisait deux fois qu'elle se comportait de façon étrange. Par moments, l'esprit de la jeune fille lui était presque fermé, comme lorsqu'elle avait été infectée par la magie démoniaque. Il n'arrivait pas à se débarrasser de son impression de malaise. Le pégase se rapprocha de Tara qui lissa machinalement son pelage si doux. Cette caresse l'apaisa. Allons, il se faisait peut-être des idées ?

Pendant ce temps, Tara écoutait ses amis et fulminait... Oui, c'était bien le sentiment qui bouillonnait à l'intérieur d'elle. Mais impossible de savoir pourquoi. Enfin... Elle était en colère contre Magister qui l'empêchait de vivre tranquillement. Mais cela n'avait rien à voir avec la colère dévastatrice, ravageuse, qu'elle ressentait soudain envers... sa tante et son demi-oncle !

— Alors, qu'est-ce que tu en penses ? questionna Moineau.

— Comment ?

Moineau haussa le sourcil.

— Nous disions qu'il serait plus sûr de ne pas nous séparer jusqu'à ce que ta tante ait capturé Magister. Ainsi, la vampyr ne pourra pas tuer l'un d'entre nous.

Tara sourit et retrouva brusquement sa bonne humeur.

— Cela signifie qu'on restera toujours ensemble, même dans les douches ?

Comme ce genre de questions était plutôt la spécialité de Cal, elle surprit les garçons qui se montrèrent gênés.

— Non non ! s'écria Fabrice dont le teint avait pris une belle couleur pivoine. Vous irez vous laver entre filles et ensuite on ira entre garçons, ça va ?

— Je vous taquinais, l'apaisa Tara. Mais c'est une bonne idée. Ma tante vous a proposé de vous installer avec moi, car il y a une vingtaine de chambres dans sa suite. Mais je préférerais que nous passions la nuit tous ensemble. Il suffirait de réunir les lits dans la même pièce, ce serait plus sympa, non ?

Robin esquissa un large sourire. C'était une suggestion qui lui plaisait beaucoup. Il allait dormir avec Tara ! À quelques mètres d'accord, mais tout de même !

La porte, à ce moment, annonça la mère de Tara. La jeune fille alla à sa rencontre mais s'arrêta net. Derrière Selena se tenait Isabella !

Chapitre XIV

La Changeline

Depuis qu'Isabella avait essayé de l'empêcher de revenir sur AutreMonde, elles avaient recommencé à communiquer mais sans plus. Aussi Tara ne savait-elle pas très bien si elle devait sauter au cou de sa grand-mère, qui de toute façon n'aimait guère les démonstrations d'affection, ou la saluer simplement. Elle opta pour la seconde solution.

— Bonjour Tara, lui répondit froidement Isabella, nous venons d'être prévenues que la célébration de ton anniversaire avait été avancée. Je ne peux rester que quelques instants, nous avons repéré un sortcelier non déclaré qui joue les dieux vengeurs en Inde. Comme les tensions politiques entre ce pays et son voisin le Pakistan sont fortes en ce moment, nous n'avons pas envie qu'il vienne semer un peu plus de désordre dans cette région en utilisant de la magie sauvage. Cela dit, en dépit de ma *mission* (elle insista sur le mot), j'ai rejoint ta mère à Selenda et nous sommes venues t'apporter ton cadeau. Et comme il doit rester secret, je désire que tu ne l'ouvres pas devant tout le Palais, lors de la cérémonie.

Elle ordonna au gros paquet coloré qui flottait derrière elle de se poser docilement devant Tara. Curieuse, la jeune fille y porta la main et tressaillit. On aurait dit que l'objet *ronronnait* ! Elle leva un regard interrogateur vers sa grand-mère mais n'obtint pas d'autre réponse qu'un éclair malicieux dans ses yeux verts.

Bon. D'accord, allons-y. Elle ôta délicatement l'emballage et découvrit quelque chose de sombre qui s'agita lorsqu'elle l'effleura. Cela lui semblait assez étrange pour ne pas plonger immédiatement les mains à l'intérieur. Elle préféra renverser le contenu sur une petite table. Quel mot aurait pu servir à nommer ce qu'elle voyait ? Suspicieux, Galant vint flairer la chose. Il battit des ailes nerveusement lorsque le truc s'aplatit et prit la forme d'une couverture en fourrure noire.

Tout aussi prudente que son pégase, Tara tendit la main. Le machin bondit et engloutit son bras. Personne ne sut jamais à quel point le cadeau d'Isabella faillit terminer sous la forme d'un petit tas de cendres chaudes. Mais elle maîtrisa aussitôt son réflexe de rejet et supposa que sa grand-mère ne lui aurait pas offert un objet prêt à la dévorer.

C'est alors que la chose... disparut ! Tara poussa un cri de stupeur. Incroyable. Elle sentait toujours son léger contact, mais elle ne la voyait plus.

— Grand-mère ? Maman ? Mais qu'est-ce que c'est ?

— C'est une Changeline ! répondit Moineau à leur place. C'est incroyable, je croyais qu'il n'en existait plus !

Tara soupira, décidée à se montrer patiente : ses amis oubliaient tout le temps qu'elle n'avait pas vécu sur Autre-Monde.

— Formidable, je suis ab-so-lu-ment enchantée... et ça sert à quoi ? Enfin... à part à me manger la moitié du bras ?

— C'est toute ta garde-robe, y compris tes chaussures, n'importe quel bijou, un bouclier impénétrable et une bonne centaine d'armes, s'extasia Moineau qui s'était penchée pour toucher le bras de Tara avec respect. Elle ajouta :

— La fiancée de Demiderus portait une Changeline.

Tara cligna des yeux. Si elle se souvenait bien, celle-ci avait été *assassinée* par le Ravageur d'âme cinq mille ans plus tôt. Malgré la Changeline, visiblement. Moyennement efficace comme protection !

Devant le plaisir manifeste de sa mère et de sa grand-mère, elle garda ses doutes pour elle.

— Tu connais bien ton Histoire, Moineau. Cette Changeline est l'une des dernières qui restent, confirma Selena avec un petit sourire. Elle a été créée par Demiderus lui-même.

— Notre famille la possède depuis des siècles, précisa Isabella. Demiderus l'a remise à notre ancêtre. Ni ton arrière-grand-père, ni ta mère, ni moi-même n'en avons l'usage, car c'est un objet conçu pour un combattant, ce que tu es devenue malgré toi. Nous avons pensé qu'il était temps qu'elle t'appartienne. Et comme c'est un objet de grande valeur, nous avons voulu te l'offrir lors d'une occasion spéciale. Ton anniversaire est une bonne opportunité.

— Il suffit de la fixer dans ta nuque, expliqua Selena. Comme elle est sensible à tes humeurs, elle peut prendre n'importe quelle forme, n'importe quelle couleur, même s'il faut que tu lui dises ce que tu veux exactement. Avec elle, tu n'auras plus besoin de vêtements. Je te recommande de la porter constamment, afin de te protéger contre toute attaque.

Tara n'en croyait pas ses oreilles. Elle repoussa la chose en la détachant sans effort de son bras et la reposa sur la table où elle réapparut.

— Tu rigoles, maman ! Il est hors de question que je laisse ce truc ramper sur moi !

— Ce n'est pas vraiment vivant, la rassura Selena. Considère-la comme une machine. Elle est capable de devenir dure comme du diamant et sa flexibilité est totale. Elle peut se scinder en plusieurs morceaux et dès qu'elle est branchée, elle obéit au moindre de tes désirs. Tu veux un jean et des baskets, hop ! Elle se transforme. Tu veux une armure complète de chevalière, hop, elle la crée pour toi.

— Oui, souffla Moineau, encore sous le coup de l'admiration. Tu veux une robe de bal ou de cocktail, un maillot de bain, un fourreau noir ou une jupe émeraude, tu veux un boléro rouge, un ruban autour du cou, des chaussures à talon ou des bottes de guerre, elle peut te donner tout ce que tu désires ! C'est un cadeau somptueux, mes dames Duncan. Il fait honneur à votre famille !

C'était bien beau tout ça, mais Tara avait la chair de poule à l'idée de laisser ce machin monter sur elle. Il, elle, *ça*, dut deviner sa réticence, car *ça* se transforma en une belle pièce d'étoffe moirée, parfaitement inerte.

Tara eut un petit sourire. *Ça* n'avait pas de conscience, hein ? Mon œil ! La Changeline voyait bien que tout cela ne lui disait rien qui vaille et était suffisamment maligne pour mettre toutes les chances de son côté. Et si elle faisait cet effort pour lui plaire... Elle attrapa le tissu et s'en drapa. Elle éprouva un léger pincement au niveau de la nuque. L'étoffe vivante l'enveloppa, mais le jean et la robe de sortcelière de la jeune fille semblaient la gêner. La Changeline s'en débarrassa. Et Tara se retrouva toute nue.

Cela ne dura qu'une fraction de seconde. La Changeline l'habilla d'une luxueuse robe de bal pailletée. Les adolescents, qui étaient restés sans voix devant l'étonnant spectacle, se mirent à rire, quoique Fabrice et Robin soient encore tout rouges.

Tara s'éclaircit la voix, aussi embarrassée que les deux garçons.

— Bon, la robe du soir, ce n'est pas tout à fait mon style, tu pourrais me rendre mes vêtements ordinaires, s'il te plaît, Changeline ?

Elle ajouta très vite :

— Sans me dénuder devant mes amis !

Le bidule ronronna comme un chat, ravi d'obéir et, sans qu'un gramme de sa peau ne soit découvert, Tara se retrouva habillée d'un jean et d'un superbe caraco de soie, sur lequel était brodé l'impérial paon pourpre aux cents yeux d'or, ainsi que de sa robe de sortcelière impériale. Elle avait aux pieds les dernières tennis à la mode, des chaussures qu'elle avait vues sur Terre lors de ses rares retours, et qui valaient quasiment leur poids de platine. Elle tourbillonna sur elle-même pour vérifier qu'il n'en manquait pas un morceau.

— Bien, finit-elle par avouer, c'est plutôt pratique ce...

Elle ne termina pas sa phrase. Vive comme l'éclair, sa grand-mère venait de faire apparaître un couteau étincelant. Elle leva le bras et lança l'arme droit sur Tara ! Celle-ci n'eut pas le temps de se protéger. La lame l'atteignit en pleine poitrine avant de rebondir. En un rien de temps, la Changeline s'était métamorphosée en bouclier.

— Parfait, sourit Isabella, elle fonctionne. Bien, ma chère petite, je dois partir. Salue ta tante et son frère de ma part.

Et elle sortit majestueusement, suivie par Selena qui eut un geste navré à l'intention de Tara. *Ah, toi non plus tu ne te doutais pas qu'elle allait faire ça !* Tara ramassa le couteau et demanda à ses amis, encore pétrifiés de stupeur :

— Et si ça n'avait pas marché ?

— Ta grand-mère n'avait pas visé le cœur, précisa Robin en se secouant. Tu aurais eu mal, mais rien qu'un Reparus n'aurait pu guérir.

— Cool, persifla Tara. J'aurais eu l'épaule transpercée, mais je ne serais pas morte.

Le ton sarcastique de Tara finit par faire comprendre au demi-elfe qu'elle n'était pas très contente. Il remballa prestement le reste de ses explications balistiques.

— Il y a des tas de douches et de baignoires ici, précisa Tara en agitant vaguement la main vers le reste de la suite. Si vous voulez vous préparer pour notre petite fête, allez-y, je vous rejoins.

Et sa dignité, la Changeline et elle s'enfermèrent dans sa salle de bains. Une fois assise, elle laissa retomber l'arme dans le lavabo, qui fit un léger « kling ! », et s'autorisa un petit rire tremblant. Cette planète, sa famille et la magie allaient la rendre dingue, c'était sûr ! Le démon dans sa tête était tout à fait d'accord. Lui aussi avait eu la peur de sa vie lorsque le couteau avait filé droit sur Tara. Si son hôtesse involontaire mourait, le choc le ferait mourir aussi. Il décida de bien la surveiller. Pas question qu'il lui arrive le moindre bobo ! Tant pis pour Meludenrifachiralivandir, si cela contrariait ses plans. Sa survie était plus importante.

Tara avait été tellement perturbée par son bain du matin qu'elle en avait oublié de se laver les cheveux. Elle s'introduisit tout habillée dans la douche, curieuse de voir comment la Changeline allait s'en sortir. Mais celle-ci se contenta de rétrécir, la dénudant totalement, et devint une petite boule dans son cou. Tara eut la curieuse sensation que sa nuque éternuait lorsque le savon du shampoing la chatouillait. Elle fut séchée par les esprits du vent, puis la Changeline créa une robe de parade, pourpre et or. Le col ouvert dégageait la naissance des épaules, révélant le curieux présent que lui avaient fait les couleurs lorsqu'elle les avait délivrées de l'emprise des démons. Le diamant, l'ébène, le saphir, le rubis, l'or et l'émeraude brillaient, incrustés au creux de sa gorge, formant un joyau luxueux et baroque. Puis la Changeline tressa les cheveux de Tara et un féerique diadème de diamants rouges assortis enserra la tête de la jeune fille. Ce système était tout de même commode !

Des chaussures dorées vinrent parfaire sa tenue mais leur talon, trop haut, faillit faire trébucher Tara lorsqu'elles se matérialisèrent à ses pieds sans prévenir. Comme pour le maquillage (elles avaient eu une petite altercation à ce sujet, la Changeline ayant un peu trop tendance à forcer sur le mascara), il fallut trouver un consensus et Tara finit par opter pour une raisonnable hauteur de quatre centimètres, afin de ne pas se tordre la cheville.

Elle fit quelques pas. Même ainsi, ce n'était pas aisé de marcher sur des talons ! Et encore moins de se battre ! Elle s'imaginait très bien dire poliment : « Oh, excusez-moi, Monsieur le Monstre, je dois juste ôter mes escarpins avant de vous changer en sac à main ! »

Amusée par cette idée, elle se mit à glousser toute seule. Puis elle contempla son image dans la psyché et chantonna :

— Miroir, mon beau miroir, suis-je la plus belle ce soir ?

À sa grande surprise, le miroir afficha un visage méphistophélique avec des sourcils arqués vers le haut.

— Oui, tu n'es pas mal, commenta-t-il en affichant une moue approbatrice. Un peu maigrichonne au niveau de la poitrine, peut-être.

Tara baissa les yeux vers son décolleté puis les releva d'un air agacé.

— Mais c'est tout de même très bien... pour ton âge ! reprit vivement le miroir qui n'avait pas envie d'être brisé en mille morceaux. Bon, allez, je te laisse, quelqu'un m'appelle, ciao bella !

Et l'image s'évanouit après avoir soufflé un baiser du bout des doigts.

Mince ! Les miroirs parlaient ici ! Encore quelque chose qu'elle ne savait pas.

La Changeline possédait les mêmes capacités de stockage que la cape de sortcelière de Tara car elle absorba sans broncher la carte animée ainsi que le stick à lèvres, la bouteille d'eau, les mouchoirs, les chewing-gums et les trois livres que la jeune fille trimballait constamment. Et bien sûr, la Pierre Vivante qui ne la quittait jamais et l'aidait, sans garantie totale, à contrôler sa puissante magie.

Il y eut un léger froid entre les deux objets magiques mais Tara se montra très ferme : ou la Changeline acceptait la Pierre Vivante et vice versa, ou bien elle abandonnait les deux sur sa table de chevet. À partir de ce moment, toutes deux décidèrent de s'ignorer, tout bonnement.

Lorsqu'elle sortit, ses amis restèrent muets d'admiration.

— Tara, tu es superbe ! applaudit Moineau, elle-même ravissante dans sa tenue bleu et argent ornée de la licorne du Lancovit.

— Par ma hache, approuva Fafnir, c'est bien vrai. Tu mériterais presque d'être une naine !

Toute de cuir rouge vêtue, elle-même était spectaculaire. C'était la première fois qu'ils la voyaient en robe... Toutefois la ceinture à sa taille, où pendaient une demi-douzaine de couteaux, une seconde hache, des tricrocs et des babioles meurtrières, découragerait le prétendant le plus fervent. Et puis une robe de bal assortie à des bottes de guerre à bout ferré, c'était un peu étrange. Gare aux pieds du candidat qui oserait lui proposer une valse ! Elle portait fièrement quelques-unes des merveilles qu'elle forgeait et sa gorge et ses bras étincelaient de joyaux.

Quant à Robin, il avait perdu la voix lorsque Tara était apparue. Pourquoi la regardait-il donc avec une expression aussi singulière ? Cal, Fabrice et Manitou se contentaient de l'admirer, le chien un peu contrarié par le beau nœud pourpre qui décorait son cou et qu'il trouvait ridicule. Ils étaient tous très élégants, même si Moineau avait dû persuader le petit Voleur qui ne voyait pas l'utilité de se changer.

Robin fit un pas et lui tendit un petit paquet. Tara le regarda avec attention.

— Ceci est également quelque chose que des ennemis potentiels ne doivent pas voir. C'est... mon cadeau, balbutia-t-il, peu sûr de lui.

Tara résista très fort à l'ironique « Oui, je me doute que ce n'est pas une bombe » qui lui brûlait les lèvres. D'ailleurs, elle ne comprenait pas pourquoi les joues de l'elfe étaient aussi rouges. Cal riait bêtement jusqu'au moment où Moineau lui rentra son coude dans les côtes. Curieuse, Tara déplia le tissu et en sortit l'objet brillant qui y était enveloppé : une unique boucle d'oreille.

C'était peut-être la coutume sur AutreMonde ? Pourquoi pas, après tout. Celle-ci se composait d'une pierre transparente en cabochon, enchâssée dans un métal argenté finement sculpté et Tara dut l'approcher tout près de ses yeux pour distinguer la danse des licornes et des pégases.

Robin sourit et ouvrit sa longue main fine, dans laquelle reposait une boucle identique.

— C'est une Klik, expliqua-t-il devant son air interrogateur. C'est tout nouveau. Nos services secrets du Lancovit ont mis au point ces petits bijoux, en principe réservés à nos espions.

Le regard de Cal s'alluma, concentré sur les boucles

d'oreille. Il adorait les nouveaux gadgets qu'inventaient sans cesse les ingénieurs d'AutreMonde.

— Le centre est un cristal qui a été accordé sur une fréquence spéciale, continuait le demi-elfe. Les deux bijoux sont en résonance et peuvent donc communiquer entre eux, quelle que soit la distance qui les sépare. Si tu portes une boucle et moi l'autre, nous ne serons jamais séparés.

Cal émit un bref ricanement et Robin se reprit vivement, sous le regard agacé de Fabrice.

— ... Euh, si quelqu'un t'enlève de nouveau, tu pourras toujours me dire où tu te trouves.

— C'est top, s'écria Tara, charmée. Mais comment l'active-t-on ?

— Il suffit de pincer la boucle deux fois entre le pouce et l'index, d'où son nom car elle émet un léger clic lorsqu'elle se met en marche, et tu pourras me parler et m'entendre. Son champ est assez puissant pour retransmettre à la fois l'image et le son. Cependant sois prudente et immobilise-toi lorsque tu es en communication, car l'image projetée se matérialise devant toi, et risque de gêner ta vue. De l'extérieur, personne ne peut deviner que tu parles avec quelqu'un.

— Vas-y, Tara, dit Moineau, essaie !

Comme elle s'était fait percer les oreilles l'année précédente, elle glissa facilement la boucle. Incroyablement légère, c'est à peine si sa présence se faisait sentir. Tara la toucha deux fois et sursauta lorsque l'image miniaturisée de Robin apparut brusquement devant elle, quelques secondes plus tard.

— Wahou, s'exclama-t-elle, c'est incroyable ! Je te vois super bien !

Le minuscule demi-elfe sourit.

— Moi aussi je te vois et t'entends parfaitement !

— Bon, partons maintenant, moi aussi j'ai un magnifique cadeau pour toi, les interrompit Fafnir, impatiente, et lorsque tu vas l'ouvrir devant tous ces Omoisiens, ils vont en baver d'envie !

Selena revint sur ces entrefaites, radieuse dans une superbe robe crème ceinturée d'or, ses longs cheveux bouclés sur ses épaules et au bras de Medelus. Celui-ci ne fit pas mine de s'approcher de Tara mais la salua amicalement tout en indiquant :

— Il est temps, Tara, tout le monde attend pour fêter ton anniversaire. Choisis ton cavalier, s'il te plaît !

Les trois garçons mirent quelques secondes avant de comprendre qu'il s'agissait d'eux. Grâce à sa vitesse surhumaine, Robin battit les deux autres d'une courte tête et offrit son bras à Tara.

Cal claqua des talons, s'inclina en une extravagante révérence devant Moineau et lui tendit le coude. Fabrice, très à l'aise, courba sa haute taille devant Fafnir. La naine lui rendit un sourire éblouissant, à perdre la tête, et se percha à son bras.

Heureusement, Fafnir était grande pour une Naine et le garçon parvint à avancer sans se désarticuler l'épaule. Grr'ul, qui avait fait reluire ses défenses pour l'occasion et dont le cuir brillait, se plaça en queue de cortège, comme une immense ombre verte et menaçante.

Lorsqu'ils sortirent, une sonnerie de trompe faillit leur briser les tympans. Les couloirs du Palais avaient été transformés. Les bougainvilliers, rosiers flamboyants et chèvrefeuilles grimpaient le long des murs et embaumaient. Un tapis de velours pourpre se déroulait au fur et à mesure de la progression de l'Héritière et de sa suite, et de petites fées étincelantes lançaient des pétales de fleurs.

De grands arbres bordeaux couronnés d'or faisaient onduler leur ramure à l'approche de Tara et les oiseaux de feu formaient une haie chaleureuse. Chaque fois que les adolescents passaient sous un nid camouflé dans les feuillages ignifugés, la température augmentait sensiblement. Aussi, des milliers de petits vrooms ailés, équipés d'hélices, venaient-ils éventer les visages des membres du cortège, en soufflant une haleine glaciale. Les paons aux cent yeux jaunes, emblèmes de l'Empire, faisaient la roue et célébraient leur future impératrice.

Sur son passage, les courtisans, sortceliers, Hauts mages et effrits saluaient. Les licornes pliaient le genou, les farouches centaures aux flancs bariolés des couleurs de leur clan inclinaient le buste avec déférence, les géants baissaient respectueusement la tête, histoire de n'écraser personne par inadvertance en s'agenouillant. Tous les peuples d'AutreMonde semblaient s'être donné rendez-vous au Palais. Soudain Tara se mit à rire. Les gnomes bleus, que ses amis et elle avaient sauvés d'un horrible esclavage, lui adressaient des signes amicaux, cabriolant pour mieux se faire voir. Des p'abo, minuscules lutins verts friands de blagues, étaient sévèrement surveillés (surtout depuis qu'ils avaient transformé l'un des rois du Lancovit en cochon) par des dizaines de scoops, chargés également de retransmettre l'événement sur tous les panneaux de cristal du pays. Xaril, martial dans son uniforme de cérémonie, encadrait le cortège avec une escorte de gardes qui promenaient des regards soupçonneux sur tout le monde. Tara remarqua que l'un de ces gardes n'était autre que Xandiar qui réussissait à conserver un visage de marbre en dépit de sa disgrâce.

Après avoir traversé la moitié du palais, ils atteignirent enfin la salle où les hauts dignitaires les attendaient. Dame Auxia avait fait simple, puisque ce n'était pas l'anniversaire de l'Impératrice, mais de sa nièce. Enfin simple... dans la mesure où les gens d'Omois en étaient capables. Ainsi, ce n'étaient pas des fontaines d'or, mais des fontaines d'argent qui coulaient, distribuant chocolat chaud, tzinpaf, kax, jus de fruits ou encore eau fraîche ou chaude. Les murs reproduisaient des feux d'artifice somptueux et un orchestre de tatzboum, cousins des cahmboum aux tentacules mouchetés de rose et considérés comme le peuple musicien d'AutreMonde, jouait une musique légère et délicate. Les colonnes de marbre avaient été tapissées, elles aussi, de fleurs et de plantes parfumées et les oiseaux bleus et orange chantaient au milieu des arbres. Des escarpolettes placées entre les branches se balançaient toutes seules, invitant les courtisans à se délasser.

Dans un gigantesque bassin, un élémentaire d'eau jonglait avec des cercles liquides. Des cygnes et des bllls glissaient gracieusement autour de lui. Des poissons d'or et d'argent rapportaient les pièces que leur lançaient les sirènes vertes et leurs sœurs bleues, nonchalamment allongées sur l'îlot. Elles chantaient en chœur, formant un contrepoint d'une pureté inouïe. Partout, les plats surchargés de victuailles plus appétissantes les unes que les autres circulaient entre les invités.

L'arrivée de Tara fut honorée par une nouvelle sonnerie de trompe qui la fit légèrement grimacer. Les effrits qui maniaient les cors aimaient manifestement faire du bruit, mais seule Fafnir était à même d'apprécier. L'Impératrice et l'Imperator, placés avec les autres membres du gouvernement sur une majestueuse tribune rutilante de métal précieux, l'attendaient en compagnie de... maître Chem ! Tara fut ravie. Elle n'avait pas revu le dragon à Tingapour au cours de l'année écoulée et elle appréciait la surprise à sa juste valeur. À ses côtés, d'autres représentants du Lancourt, dont maître Dragosh, le vampyr. Celui-ci souleva légèrement ses lèvres sur ses crocs pointus, ce qu'il pouvait faire de mieux en matière de sourire. Dame Kalibris, la tatris, était également là et salua Tara de ses deux têtes bien coiffées pour l'occasion.

Dame Auxia, la brune cousine de l'Impératrice et gouvernante du palais, et maître Chem se levèrent en même temps, descendirent de la tribune et s'avancèrent vers Tara. Dame Auxia fut légèrement plus rapide ; elle s'apprêtait à dépasser le vieux dragon lorsque celui-ci força le pas. Dame Auxia accéléra, maître Chem également. Éberlués, Tara et ses amis virent les deux représentants officiels se mettre à courir dans leur direction. Soudain, le vieux mage s'arrêta et tendit en ricanant la jambe devant lui.

Moineau hoqueta de surprise. Le dragon venait de faire un croche-pied à la cousine de l'Impératrice !

Chapitre XV

Bataille de mages

Dame Auxia trébucha et s'étala. Folle de rage, elle attrapa une tarte crémeuse et la lança vers le vieux mage !

Maître Chem, qui avait anticipé son mouvement, l'esquiva. Le courtisan très élégant derrière lui, en grande conversation avec sa voisine, n'avait pas remarqué l'altercation. Quelle ne fut pas sa surprise lorsqu'il la reçut en pleine figure ! Furibond, il prit à peine le temps de s'essuyer, s'empara d'un plateau de petits fours et le projeta sur dame Auxia. Le plateau freina à mort pour ne pas la percuter, mais les petits fours, eux, s'écrasèrent sur elle. La courtisane à son côté les décolla délicatement et les relança aussitôt, poissant le pelage immaculé d'une licorne qui hennit d'indignation et la chargea. Heureusement les licornes, réputées irascibles, devaient dévisser leur corne avant d'entrer dans le palais. Bien que désarmée, sa tête dure comme le bois cogna violemment l'estomac de la courtisane.

Ébahis, l'Impératrice et l'Imperator qui, pas plus que Tara et ses amis, ne paraissaient touchés par la folie ambiante regardèrent la cour en venir aux mains, chacun aplatissant la nourriture sur la tête des autres avec un bel entrain. Un sortcelier qui avait repéré la tenue de cuir rouge de Fafnir ne put résister. Il saisit un plein bol de sauce brune épicée et le jeta sur la naine. Elle n'eut pas le temps de réagir, ses beaux cheveux roux tout propres furent englués de liquide qui dégoulinait dans ses vêtements. Un instant, on aperçut juste deux yeux verts éberlués dans un masque de sauce brune. Puis les yeux s'étrécirent et, avec un grognement féroce, Fafnir empoigna un lourd plateau d'argent ciselé pour prendre part à l'échauffourée.

Ça encore, c'était tolérable. Mais les nains ont une particularité bien connue sur AutreMonde : lorsqu'ils se battent, ils *chantent*.

— *La grande Batailllle de la Failllllle !* entonna la naine,

Eut lieu il y a longtemmmmmmps
Traquant démons et leur racaiiiiilllle
Les Forgeafeux furent si ardennnnnnts
Que les elfes privés d'ennemiiiiiiis
Ne savaient plus qui combattreeeeeee
Et se mirent dans les ennuuuuiiiiis
Dont les sauvèrent les nains opiniââââââttttrrrrres !

Le braillement de la naine était si puissant que ses adversaires lâchaient tout pour se boucher précipitamment les tympans, avec des expressions affolées. Elle redoubla d'énergie et, armée de son plateau, assomma ses proies les unes après les autres :

Car les démons s'étaient enfuiiiiiiiis !
Mais cachés en embuscaaaaaaaaade,
Ils se jetèrent sur les p'tits elffffffffes
Et les nains fidèles camaraaaaaades,
Sauvèrent les fesses des jolis elffeeeees !

Le sortcelier qui l'avait visée eut droit à deux *boooongs*, un pour la robe endommagée, un pour les cheveux...

Fabrice, les mains plaquées de chaque côté du crâne, cria à Tara :

— Je t'avais bien dit que c'était une arme ! Si les nains chantent, c'est pour terrasser leurs ennemis ! Pas pour leur plaisir !

On avait l'impression qu'une corne de brume avait avalé un chat géant et qu'ils essayaient de hurler à l'unisson.

Blondin, ses petites pattes protégeant maladroitement ses oreilles pointues, poussait de brefs jappements de protestation. Galant, les yeux révulsés, reculait pour tenter de se soustraire au son abominable. Tara fit la grimace.

— Tu as raison ! s'égosilla-t-elle. Mais si on la laisse faire, elle va décimer la cour !

Sa remarque tira enfin les gardes de leur ahurissement. Bombant le torse, une escouade s'avança afin de rétablir l'ordre. Xaril ouvrit la bouche pour rugir un : « Stop ! Que tout le monde reste où il est ! » mais les premiers mots ne franchirent jamais ses lèvres : un sortcelier qu'il n'avait pas vu le coiffa d'un saladier de punch. Dégoulinant de fruits et de vin, hors de lui, l'officier balança l'individu sur un sofa qui s'écroula sous l'impact.

C'est à ce moment-là que l'empoignade dégénéra. Plutôt que de séparer les combattants, les soldats se jetèrent dans la bataille ! Pire, ils dégainèrent leurs épées !

Maître Chem n'hésita pas. Avec un hoquet d'enthousiasme, il se transforma. Son visage s'allongea et des crocs lui poussèrent, son dos ondula, des épines dorsales acérées pointèrent sous sa robe de sortcelier qui, prudente, s'adapta pour éviter de se faire déchiqueter. Des griffes semblables à des épées jaillirent de ses doigts, il grandit, grossit, et bientôt le terrible dragon aux écailles bleues se dressait au-dessus de la mêlée.

Tara, qui pensait qu'il allait profiter de sa taille et de sa masse pour mettre un terme au chaos, ouvrit de yeux ébahis. Le dragon ne fit rien de tel. Tout au contraire, il balaya l'espace autour de lui à l'aide de sa puissante queue et les gardes furent renversés comme des mouches. Avec des hurlements de plaisir, il projeta en tous sens ce qui passait à portée de sa patte, déchira les banderoles, écrabouilla les chaises, les fauteuils et les canapés, et pourchassa les courtisans. Tout autour de lui, chacun faisait de même, dans un tourbillon délirant, effréné et rageur.

Une jeune femme qui observait le dragon depuis quelques instants sans participer à la bagarre évalua froidement la situation, puis fit comme lui. Elle se métamorphosa. Des écailles d'un rouge élégant, profond et agrémenté de pointes dorées recouvrirent son corps en terminant par des pattes et une queue noires. Des écailles noires cerclèrent ses yeux jaunes et lui firent comme un maquillage permanent. Elle ne laissa pas à Tara le temps de l'admirer davantage, car elle se jeta sur maître Chem et le cloua au sol sous son poids. Le dragon se dégagea d'une torsion violente et la défia. Terrorisés, les antagonistes désertèrent le champ de bataille... pour aller se bagarrer plus loin.

La rixe prit une nouvelle dimension lorsque la magie se mit de la partie. Les sorts filèrent dans toutes les directions et on ne compta plus le nombre de sortceliers qui se retrouvèrent métamorphosés en crapaud. Des dizaines de limaces s'extrayaient péniblement des vêtements qui avaient été ceux de courtisans quelques secondes plus tôt. Des kangourous, des pouics rouges ainsi que tout un tas de bestioles bizarres couinaient et glapissaient. Quelques-unes connurent une fin tragique, avalées toutes crues par ceux qui avaient été changés en mrrrs ou en félins.

Dame Auxia et dame Kalibris s'affrontaient avec fureur, retranchées chacune derrière une table renversée. Pour le moment, la tatris avait un léger avantage, car ses deux têtes pouvaient prononcer plus d'incantations. Maître Dragosh pointait ses canines de vampyr et menaçait de mordre le premier qui s'approcherait de lui alors que Tara savait à quel point il redoutait le sang humain. Caché derrière une colonne, le chaman ensorcelait tout ce qui passait à sa portée. AutreMonde était devenu fou !

Tara s'apprêtait à intervenir pour tenter d'arrêter la crise lorsque son regard surprit un mouvement sur une galerie en surplomb dominant la vaste salle. Deux têtes brunes tressautaient de joie, tout en commentant l'affolant spectacle. Elle lâcha le bras de Robin et grogna :

— Changeline, vêtements de combat !

En une fraction de seconde, un justaucorps sous un plastron de keltril se substitua à sa robe, ses jambes se couvrirent de chausses courtes, ses avant-bras furent protégés ainsi que ses tibias. Des lanières retenant de redoutables couteaux enlacèrent ses cuisses et sa ceinture. La Changeline tressa ses cheveux en une natte courte et un diadème de commandement vint ceindre son front. Robin la contempla, bouche bée.

— Qu'est-ce que... ?

Tara se tourna vers lui et ce qu'il vit dans son regard le fit frissonner. Heureusement, sa fureur n'était pas dirigée contre lui et il laissa échapper un soupir soulagé lorsque Tara appela son pégase.

— Galant ! ordonna-t-elle. Viens ici, reprends ta taille !

Le pégase eut à peine le temps d'approcher qu'il recouvrait ses dimensions ordinaires, les yeux papillotant un peu. Fabrice regarda Tara, admiratif. Elle n'avait même pas eu besoin d'incantation !

Robin s'activa, lui aussi. Tara mécontente signifiait catastrophes en perspective. Enfiler une tenue de combat n'était pas une mauvaise idée. Mentalement, il appela son arc qu'il avait laissé dans la suite au grand agacement de l'arme intelligente. L'arc de Lillandril, obéissant, se matérialisa dans sa main, tandis que le protège-bras habillait son poignet et que le carquois empli de flèches imparables s'accrochait à son dos. Il vérifia le tranchant de son épée et de ses couteaux. Devant ces préparatifs guerriers, Moineau se métamorphosa en Bête, réduisant à regret sa belle robe en pièces. Pensant que les autres s'étaient équipés pour aller prendre part au pugilat, elle se dirigeait vers la salle, suivie par Grr'ul, lorsque Tara les arrêta.

— Grr'ul, reste ici, c'est un ordre. Moineau, non ! N'avance pas !

Si la troll obéit docilement, la Bête, elle, jeta un regard jaune à Tara.

— Pourquoi ? demanda-t-elle sèchement, tous ses muscles frémissant du désir de se jeter dans la bataille.

— Je ne veux pas que tu prennes un mauvais coup ou que tu blesses quelqu'un avec ces griffes et ces crocs. Mais surtout, je devine un maléfice, quelque chose qui contaminerait tous ceux qui pénètrent dans la salle, qui les rendrait fous. Vois le comportement aberrant de ces gens. Seuls ceux qui sont hors de son champ d'action ou sur la tribune impériale ont gardé leurs esprits. Et je crois que les deux coupables se trouvent juste au-dessus de nous.

Moineau grogna, déçue, imitée par Grr'ul qui observait les échanges de horions avec une évidente convoitise. À l'autre bout de la salle, Marianna avait l'air totalement affolée. L'Impératrice, qui n'était pas stupide, avait compris que sa cour avait été touchée par un maléfice. Elle aussi cherchait qui l'avait provoqué et l'alimentait encore mais placée comme elle l'était, elle ne pouvait voir les jumeaux sur la galerie.

D'un bond, Tara enfourcha son pégase et, le regard flamboyant, s'envola au dessus de l'empoignade générale. Lorsqu'ils pénétrèrent dans la zone d'action du sort maléfique, Galant et elle vacillèrent mais la fureur de Tara opposa un rempart efficace à la magie. Tous deux s'élevèrent sans céder à l'envie de se mêler à la bagarre, même si les muscles du pégase étaient tendus sous l'effort et ses griffes sorties, prêtes à servir.

Comme il était difficile de ne pas remarquer un grand cheval aux ailes argentées monté par une jeune fille manifestement très en colère, les jumeaux la repérèrent vite. La panique déforma leur visage, puis Jar activa sa magie, qui illumina ses mains. Mara voulut l'empêcher de frapper, mais il était trop tard. Les deux traits de lumière filèrent tout droit sur Tara. Galant les esquiva de justesse et, en dessous, une licorne et une courtisane se retrouvèrent au ras du sol avec une forte envie de salade. Le sort venait de les changer en escargots.

Les jumeaux voulurent fuir. Deux flèches se fichèrent dans le mur, juste devant eux, les bloquant net. Robin avait bien calculé son coup. La riposte de Tara ne manqua pas sa cible. Alimenté par la Pierre Vivante et par sa fureur, le jet de lumière foudroya les deux enfants. Ils se cabrèrent sous la douleur avant de s'évanouir.

Le sort se dissipa immédiatement. Hébétés, les belligérants considérèrent le massacre autour d'eux. Les meubles gisaient un peu partout, brisés, la nourriture maculait toutes les robes des courtisans et la plupart d'entre eux avaient été métamorphosés. Avec des murmures d'excuse, ils entreprirent de réparer les dégâts. Le chaman sortit ses potions et commença à appliquer son Reparus à ceux qui avaient été blessés, les pouf-pouf se précipitèrent sur les aliments écrasés sur le marbre et les sortceliers s'aidèrent mutuellement à se relever. Dame Auxia, dont la moitié supérieure avait été transformée en chèvre et la moitié inférieure en poisson, tentait de désensorceler dame Kalibris qui grognait après elle, changée en chihuahua à deux têtes.

Les deux dragons n'avaient pas retrouvé leurs esprits. En fait, la jeune dragonne était en train de mettre une pâtée sévère à maître Chem. Grâce à une prise implacable, elle l'avait renversé et serrait son cou entre ses terribles dents. Le dragon ne pouvait plus bouger sous peine de perdre bêtement sa tête.

Son adversaire, visiblement à regret, finit par le lâcher. Puis tous deux reprirent leur forme humaine, le vieux mage se frottant le cou avec une grimace.

— Damoiselle, vous avez une sacrée mâchoire !

La jeune femme s'inclina.

— La fougue de la jeunesse, Maître Chem. Et puis, je vous ai pris par surprise ! Permettez-moi de me présenter autrement qu'en vous mordant la nuque. Je suis Charmamnichirachiva. Avez-vous une idée de ce qui a eu lieu ici ?

Le mage secoua la tête.

— Je me dirigeais vers Tara'tylanhnem, l'héritière de l'empire, pour l'accueillir quand, tout à coup, il m'a paru indispensable d'arriver avant dame Auxia qui me précédait de quelques pas. Après, je n'ai plus pensé à rien, à part à me battre contre tout un chacun !

Elle gloussa.

— Ah, mais quelle magnifique bagarre ! On s'amuse beaucoup sur votre monde, dites-moi ! Plus que sur Dranvouglispenchir !

Maître Chem lui jeta un regard aigu.

— Oh ! Vous venez de notre planète natale ?

— Oui, mon père, Chandouvarilouvachivu, m'a confié une mission.

Le vieux mage eut un hoquet de surprise. Chandouvarilouvachivu était l'un des Hauts gardiens du Grand Conseil de Dranvouglispenchir et l'un des plus puissants dragons ayant jamais existé. Au point que ses congénères l'avaient élevé à la dignité de roi, rétablissant à son profit un titre et un rang abolis. Pas étonnant que sa fille soit aussi efficace ! Dans ses veines coulait le sang du meilleur d'entre eux !

Du coup, il se montra prudent.

— Qu'est-ce qui vous amène sur AutreMonde ? Ma demande de mutation aurait-elle enfin été acceptée ?

La princesse hésita un instant. Devait-elle tenir secret le but de son voyage ou au contraire le révéler pour voir comment réagirait son compatriote ? Son penchant naturel pour le sensationnel l'emporta.

— Il ne s'agit pas de cela. Je suis venue vous surveiller !

Maître Chem n'en crut pas ses oreilles.

— Moi ? Mais, que... ?

— Les derniers événements sur cette planète nous ont laissé présager l'existence d'une entité intelligente, un humain nommé Magister, capable de libérer les démons. Et il semble qu'il y ait un lien entre celui-ci et vous-même. Mon père m'a envoyée pour déterminer dans quelle mesure cet homme représente un danger pour nous. Nous ne pouvons pas permettre que l'univers soit mis en péril par un individu sans scrupules. Et nous serions curieux de savoir comment il a eu accès au pouvoir qu'il manifeste.

Le dragon ne trouva évidemment rien à répliquer. Il avait surentraîné, contre l'avis du Grand Conseil, des centaines de sortceliers. Malheureusement, Magister faisait partie du lot. Et comme Chem, pour être sûr de ne pas être reconnu, avait exigé que les participants de ces sessions d'entraînement magique soient tous masqués, il était bien incapable de désigner celui qui se dissimulait sous ce nom. Il pouvait être banni pendant un bon millier d'années pour ce qu'il avait fait !

— D'ailleurs, poursuivit la jeune émissaire, les yeux fixés sur Tara qui faisait léviter les corps inconscients de Jar et de Mara jusque dans la salle, cette petite humaine se montre également très puissante. Elle ne m'inspire pas confiance.

Il ne manquait plus que ça ! Tous les plans secrets que maître Chem avait manigancés risquaient de tomber à l'eau. Le dragon eut un rictus, avant de s'incliner devant sa compagne.

— Eh bien, répondit-il avec une fausse bonhomie, bienvenue sur AutreMonde, Dame Charmamnichirachiva !

— Je vous en prie, sourit-elle, appelez-moi Charm.

— Avec joie, Charm, ce nom vous va à ravir !

Les dragons, sous leur forme humaine, pouvaient rougir et la jeune femme ne s'en priva pas. Fafnir, qui se tenait juste derrière eux, eut une grimace dégoûtée. Beurk ! Elle avait la berlue ou bien le vieux mage était en train de... draguer ! Elle n'en croyait pas ses oreilles. Elle lâcha son plateau qui tomba par terre avec un « baoum » retentissant, faisant sursauter les deux dragons.

L'Impératrice et l'Imperator, enjambant les débris, se dirigeaient cependant vers le petit groupe qui entourait les corps inanimés de Jar et de Mara. Cal voyait les enfants pour la première fois et ils lui rappelèrent vaguement quelqu'un. Puis les jumeaux remuèrent et l'impression se dissipa. Mais il subsista dans son esprit un léger malaise.

Jar ouvrit un œil et gémit :

— Hou là là ! Ma tête !

Puis il avisa Tara qui ne le quittait pas des yeux.

— Je peux regarder si ma sœur va bien sans que tu m'assommes ? risqua-t-il prudemment.

Selena, après Cal, éprouva une sensation de familiarité,

comme si elle connaissait ces enfants. Elle les avait entrevus à plusieurs reprises, mais jamais d'aussi près. Et quelque chose dans la ligne délicate du visage de Mara, dans le large front et le menton obstiné de Jar, lui évoquait... qui donc ?

— Bien sûr, dit-elle gentiment, prenant Tara de court, mais je crois qu'elle va bien. Ma fille a un peu forcé la dose. Je ne pense pas qu'elle voulait vous faire de mal, elle désirait juste vous neutraliser.

Tara prit son air le plus mauvais. Mais si ! Elle voulait les assommer et avait même ressenti une joie féroce lorsqu'ils avaient perdu conscience. Ces deux pestes lui avaient suffisamment pourri la vie. Dorénavant, vu les regards inquiets qu'ils lui lançaient, ils y réfléchiraient à deux fois avant de s'en prendre à elle. Ils se remirent debout en vacillant et Selena fit deux pas vers eux pour les soutenir. Si Jar refusa orgueilleusement son aide, Mara enfouit son visage dans la robe de la jeune femme et entoura sa taille de ses bras. Tara eut un élan de jalousie fulgurant lorsque Selena, troublée, enlaça la petite fille.

Puis Jar tira sa sœur vers lui, jetant d'un ton de défi à la cantonade :

— Mon père et ma mère entendront parler de cette histoire, menaça-t-il. Nous avons été traités avec brutalité et déshonneur !

— Vous avez failli déclencher la quatrième guerre mondiale d'AutreMonde, répliqua sévèrement l'Impératrice accueillie par cette bravade. Ici les ambassadeurs sont sous notre protection. Que l'un d'entre eux meure par notre faute, son pays aura alors toute latitude pour réclamer d'importantes réparations à Omois. On a vu surgir des conflits meurtriers pour beaucoup moins que ça !

Malgré son air hautain, Jar semblait perturbé par la déclaration de la souveraine. Les deux petits pâlirent un peu plus lorsque maître Chem s'approcha, suivi de dame Charm. Ni l'un ni l'autre n'avait d'intention agressive, mais les enfants avaient entendu tant d'histoires sur les gros reptiles et leurs pouvoirs qu'ils ne se sentaient pas à l'aise.

Au grand dépit de Tara, leur punition fut légère. Elle les aurait bien jetés dans les plus sombres cachots du palais impérial mais sa proposition ne fut pas retenue. Ils furent simplement consignés dans leurs appartements avec menace de renvoi chez eux à la prochaine incartade. Et leur compte fut bloqué jusqu'à ce que tous les dégâts soient remboursés. Comme les barons mercenaires de Vilains étaient riches, les jumeaux s'en fichaient probablement comme de leur premier bavoir. Cependant, ils durent promettre de ne plus recommencer. Et ils laissèrent paraître une véritable angoisse lorsque Xaril, ulcéré d'avoir été transformé en otarie, déclara qu'il allait mander un émissaire à Vilains afin d'informer leurs parents : ils pouvaient se préparer à recevoir une sévère correction, car les barons n'étaient pas tendres avec ceux qui leur causaient des ennuis. Maître Tyrann'hic protesta que l'incident étant clos, cela n'avait pas une grande importance mais l'Impératrice soutint son nouveau chef des gardes.

La salle fut remise en état en un clin d'œil (ce que c'était pratique la magie tout de même) et la cérémonie reprit son cours. Tara souffla sagement ses quatorze bougies. Elle ouvrit ce qui lui sembla des milliers de cadeaux, dont la majorité allait probablement grossir le trésor impérial, et tout le monde fut très impressionné par le présent de Fafnir, une paire de gants en melacier destructor indestructible, capables de défoncer n'importe quel métal et dont la valeur approchait le produit national brut d'un petit pays. La naine fit une démonstration avec un lingot d'acier qui s'écrasa promptement, comme la table en dessous et une partie du parquet. Fabrice, lui, avait apporté des livres animés, dont quelques-uns en provenance de la Terre, et Cal une uniclef capable d'ouvrir n'importe quelle serrure (il détestait être emprisonné). Moineau offrit à son amie une ravissante robe de soirée de soie bleue rebrodée d'argent, les couleurs du Lancovit. Maître Chem lui remit une dent de dragon qui, l'assura-t-il, avait la vertu de guérir tous les empoisonnements, quels qu'ils soient. L'Impératrice lui donna des terres, en plus de celles qu'elle avait reçues l'année précédente pour avoir sauvé l'Empire, agrandissant encore son domaine et ainsi ses revenus. Medelus, enfin, avait choisi pour elle des lunettes de soleil sans monture, qui se plaçaient devant les yeux sans toucher la peau et étaient capables de filtrer n'importe quelle lumière. Elle les mit dans sa poche avec les cadeaux de ses amis, encouragée par Selena, ravie.

Une fois débarrassée des jumeaux, Tara profita vraiment de la fête. Et si la pensée dérangeante du départ prochain de l'expédition contre Magister n'était venue effleurer sa conscience de temps en temps, elle aurait passé une formidable journée.

Vers trois heures, l'Impératrice déclara qu'elle se retirait. Les deux dragons la suivirent de près et Tara, à regret, vit sortir maître Chem sans avoir pu lui parler. Les adolescents regagnèrent lentement la suite de la jeune fille, puisqu'elle ne devait emménager dans celle de sa tante qu'après le départ de celle-ci.

— Ouf ! soupira Moineau, j'ai trop mangé !

— Moi aussi, avoua Manitou qui avait fait un sort à un gâteau à la crème aussi volumineux que lui.

— Je suis « petit rongeur, la sienne, lui va bien » confirma Fabrice. Ra — ssa — sié !

À six heures, un effrit vint les prévenir que l'Impératrice les attendait pour leur dire au revoir. Le cœur gros, Tara se leva immédiatement.

Il y avait peu de biotopes à traverser pour arriver jusqu'à la grande galerie ouverte qui surplombait la cour centrale. Bien que la chaleur à l'extérieur fût encore intense, le sort réfrigérant atténuait la force du soleil d'AutreMonde et ombrageait les guerriers elfes qui s'activaient. Les adolescents s'accoudèrent à la balustrade et contemplèrent l'étonnant spectacle.

L'Impératrice et son demi-frère avaient bien travaillé.

Les régiments d'elfes s'étaient rassemblés dans l'immense cour du palais et les pégases piaffaient, impatients de prendre leur envol. Les soldats portaient une armure de keltril argenté, et la robe des pégases, habituellement blanche, était pourpre impérial. Mais parfois les montures s'envolaient et alors leur robe virait au bleu profond, exactement de la couleur du ciel. Ils étaient protégés par un ingénieux sort caméléon qui les enveloppait dès qu'ils décollaient.

Soudain Tara fixa un point au milieu de cette agitation. Elle se pencha vers Moineau.

— Dis-moi, y a-t-il au palais d'autres snuffy que Sam ?

— Je ne pense pas, répondit son amie, ils sont rares et très discrets. En croiser deux au même endroit serait une vraie coïncidence, surtout au milieu de tant d'êtres humains. Pourquoi ?

— J'aurais juré avoir vu le snuffy en compagnie de Jar et Mara, là-bas. Et puis pfuit ! Ils ont disparu. Mais c'est impossible, puisque ma tante a gardé Sam avec elle... et que les jumeaux sont consignés.

Moineau sourit.

— Pose la question à Marianna, la camériste de l'Impératrice, elle saura certainement te renseigner.

Les deux jeunes filles se laissèrent à nouveau captiver par l'ordonnancement et l'efficacité de l'appareil militaire omoisien. Des effrits volaient dans tous les sens, portant vivres et armes que plusieurs intendants vérifiaient soigneusement. Des Hauts mages, peu enclins à abîmer leurs augustes fesses sur les dos des pégases, préparaient des tapis volants aux couleurs chatoyantes, des fauteuils munis de ceintures de sécurité s'ancrant dans les fibres vivantes. Un mage grassouillet, poussant plus loin le souci du confort, avait ensorcelé un lit. Cette initiative fit jurer le général Tand'is.

— Par les entrailles de mille démons, ragea-t-il. Vous allez les bombarder avec quoi ? Vos oreillers ? Virez-moi ce lit d'ici et plus vite que ça !

Le mage rentra vaillamment son ventre, bomba le torse,

ce qui ne fut pas très spectaculaire vu qu'il mesurait trois têtes de moins que l'elfe, et tenta de protester.

— Mais je n'aime pas les tapis ! cria-t-il d'une voix aiguë, j'ai le mal de l'air ! Un lit, c'est plus stable !

— C'est beaucoup plus lourd et ça vire nettement moins bien, gronda le général qui n'appréciait pas beaucoup qu'on lui résiste. Dans une bataille, mes soldats peuvent être mis en danger si vous êtes incapable de voler assez vite pour esquiver les sorts. Alors pas de discussion, exécution !

Boudeur, le petit mage dut renoncer à son idée. Tara le reconnut, un instant plus tard, qui inspectait les victuailles et plissait le nez devant la viande séchée, les grosses boules de pain dur et de fromage.

Ce qui ressemblait à un chaos total devint soudain parfaitement organisé et chaque elfe équipé prit bientôt place à côté de son pégase harnaché. Robin siffla de surprise, et consulta l'heure sur l'accréditation enchâssée dans son poignet.

— Très rapide. Ils ont mis précisément six heures depuis l'attentat pour tout coordonner et ils sont fin prêts !

Ensemble, les soldats se tournèrent vers le balcon auquel venait d'apparaître l'Impératrice. Simultanément, huit cents poings se levèrent et frappèrent quatre cents torses bardés de keltril. Les armures émirent un *boooonnnng* très martial qui fit battre le cœur de Tara un peu plus vite. Après tout, c'était aussi à cause d'elle que ces elfes allaient se battre et peut-être mourir !

Seule une fraction de l'armée était présente. Tara savait que le gros de la garnison impériale demeurait dans l'enceinte du palais, dans les bâtiments rattachés au corps central à la suite de la grande révolte de 55. Les écuries des pégases étaient également situées à cet endroit. L'Impératrice n'avait pas dégarni les défenses de sa capitale, loin de là.

Sa tante avisa Tara et ses amis et les salua. Puis elle se retourna vers ses troupes et leur dédia un sourire. Elle ne portait plus la robe marquée de l'emblème impérial, mais, comme ses elfes, une armure souple de keltril qui épousait ses formes, dignes d'une héroïne de jeux vidéo. Des poignards étaient fixés à ses cuisses et à ses avant-bras, une épée barrait son dos, ses longs cheveux tressés cascadaient en une natte compliquée. Si elle était toujours aussi belle, elle paraissait à présent extrêmement dangereuse.

— Guerriers ! appela-t-elle d'une voix claire. De nouveau, l'ennemi séculaire montre sa tête hideuse ! Mais cette fois, nous ne le laisserons pas agir ! Cette nuit, nous allons le défaire et le ramener pantelant, le traîner derrière nos pégases dans les rues de Tingapour ! Êtes-vous prêts à vous battre ? Êtes-vous prêts à vaincre pour l'Empire ? Êtes-vous prêts à *mourir* pour l'Empire ?

D'une seule voix, les guerriers rugirent leur réponse :

— Nous le sommes !

— Alors, sus à l'ennemi !

Tandis qu'elle s'adressait à la foule de soldats, un écuyer avait mené son pégase sous le balcon. Sous les yeux stupéfaits de tous, elle sauta et atterrit souplement sur le dos de la bête. Elle dégaina son épée et la brandit, illuminée par le soleil. Les scoops s'agglutinèrent autour d'elle, pour retransmettre avec vénération le moindre de ses gestes sur tout AutreMonde. Enfin, plus tard, parce que pour le moment, toute cette opération était secret-défense.

— En avant ! Pour l'Empire nous vaincrons !

Et son pégase prit son envol.

Un rugissement salua son départ, les elfes bondirent en selle. Les Hauts mages se dépêchèrent de faire décoller leurs tapis, et les adolescents virent que le snuffy se trouvait sur l'un d'eux, lorsque, les apercevant, il les salua en agitant la main... puis s'agrippa de toutes ses forces à son harnais, tandis que le tapis s'élevait par à-coups.

Personne ne vit les régiments qui s'envolaient, car ils activèrent les sorts caméléons et échappèrent à la vue presque instantanément.

— Dis donc ! apprécia Cal. Impressionnant !

— Juste un vieux truc, précisa une voix derrière eux. Ma

chère demi-sœur aime galvaniser ses troupes. On reprend toujours les mêmes thèmes. L'ennemi séculaire et blablabla. Ça les empêche de penser qu'ils vont peut-être périr et de se demander contre qui ils vont se battre. Parce que bien sûr, elle ne l'a pas spécifié.

Ils se retournèrent. L'Imperator, imposant dans une armure de keltril noir et pourpre, se tenait près d'eux.

— Et l'ennemi séculaire, qui est-ce, pour vous ? questionna Fabrice, curieux.

— Oh, nous en avons une collection ! Entre les comtes des Marches du nord, les barons mercenaires, les pirates de l'Océan bleu et Magister et ses complots, il y a de quoi faire !

— Vous n'accompagnez pas Lisbeth ? interrogea Tara.

— Elle a pris les devants. Je la rejoindrai d'ici quelques minutes. Je suis resté afin de vous révéler un secret impérial.

Les adolescents se firent soudain très attentifs. Les secrets pouvaient être dangereux sur ce monde.

L'Imperator incanta, levant les deux mains :

— Par le Protectus que le secret soit gardé et que personne ne puisse écouter.

Immédiatement, une bulle opaque les entoura, les masquant aux courtisans.

— C'est bon, S'ssset, apparais s'il te plaît, lança-t-il dans le vide.

Cal recula. Devant lui venait de se matérialiser un énorme lézard aux écailles noires striées de vert, la gueule ornée de crochets venimeux.

— Maître, siffla-t-il, les surprenant. Je ssssuis à vos sssss'ordres.

Ça alors ! Un lézard parlant !

— Je désirais montrer à nos jeunes amis que nous n'allions pas les abandonner, précisa l'Imperator. Merci, S'ssset, je n'ai plus besoin de toi.

— Bien, Maître.

Comme effacé par une gomme géante, le reptile disparut

aussi promptement qu'il était apparu quelques instants plus tôt !

Regardant nerveusement autour de lui, Cal parla en premier :

— Qu'est-ce que c'était ? Et où est-ce passé ?

— C'est un Zinvisible. Les Zinvisibles sont l'une des armes les plus secrètes de notre empire. Ce sont des caméléons naturels, intelligents. S'ssset a pour mission de ne pas vous lâcher d'une semelle.

Cal se souvint des nombreuses fois où il s'était fourré les doigts dans le nez, certain que personne ne le voyait, et rougit.

— Vous voulez dire que ce... ces trucs se baladent dans tout le palais ?

— Pas exactement. Ils sont surtout réservés à la protection de la famille impériale. N'hésitez pas à les utiliser si nécessaire. Ce sont des enregistreurs vivants. Si vous avez besoin d'aide, il suffira de nous l'envoyer et nous verrons et entendrons exactement ce qui vous sera arrivé. À présent, je dois vous quitter. « Par l'Annulus, que la bulle à présent s'annule ! »

Le champ de protection magique disparut.

L'Imperator les salua et allait partir lorsque Moineau le retint.

— Et si vous ne revenez pas ?

Il haussa un sourcil surpris.

— Comment cela ?

— Oui, insista Moineau. Cette expédition n'est pas une partie de chasse, c'est dangereux. Que se passerait-il si vous ne reveniez pas ? Si vous... mourriez ? Je veux dire, vous et Lisbeth.

Sandor répondit avec une moue amusée :

— Dans ce cas, Tara deviendrait la nouvelle impératrice d'Omois.

Chapitre XVI

Blague impériale

Pour se rendre à la suite impériale, tout songeurs, ils repassèrent par le désert. Un petit ver, attiré par la magie des bulles de protection, pointa une tête curieuse mais dès qu'il aperçut la hache et les cheveux roux de Fafnir, il replongea si vite que le sable en siffla. Dès lors, ils ne virent plus que des monticules de sable qui s'éloignaient de la naine avec précipitation.

Marianna les attendait dans la suite de Lisbeth. Les adolescents et le chien crurent d'abord qu'un typhon avait dévasté l'appartement.

— Ça, par exemple ! s'exclama Manitou, on vous a attaquée vous aussi ?

La camériste souleva une boucle brune, se frotta le front et étudia le fouillis indescriptible qui les entourait.

— Comment ? Pas du tout ! L'Impératrice est partie pour deux jours, mais il va de soi qu'elle a emporté de quoi s'habiller pour tout un mois. Et en une heure, croyez-moi, le choix a été mouvementé !

Elle frappa dans ses mains.

— Par le Rangus, que ces vêtements soient rangés à l'instant et proprement !

Les robes, les jupes, les pantalons, les chaussures et les chaussettes, les bas, les sous-vêtements et d'autres linges qu'ils n'identifièrent pas obéirent instantanément. Les armoires s'ouvrirent dans les chambres et les dressings, et en quelques secondes le salon fut en ordre.

— Voilà une bonne chose de faite, soupira la camériste.

— Dites-moi, Marianna, fit intempestivement Tara, y a-t-il un autre snuffy au palais ?

Elle ouvrit d'immenses yeux surpris et répondit tout naturellement :

— Un autre snuffy que Sam ? Non, pourquoi ? C'est une race très rare qui...

— Je sais, l'interrompit Tara, soucieuse. J'ai dû me tromper.

— Bon, reprit la camériste, faisant volte-face. L'Impératrice a fait préparer vos lits.

Elle vit la surprise des adolescents et laissa échapper un petit sourire.

— Ma maîtresse s'est doutée que vous voudriez rester ensemble. Elle m'a confié le soin de tout organiser. Je vous en prie...

Elle désigna une porte qui s'ouvrit docilement sur une chambre somptueuse, toute d'or et de rose, délicat contrepoint aux tons dorés et pourpres du salon. Le mobilier paraissait sculpté dans le métal précieux, les coussins mettaient une note de couleur. Plusieurs lits à baldaquin avaient été dressés dans la pièce.

L'Impératrice, soucieuse de la santé de son héritière, avait noté que Tara ne supportait pas la climatisation. Après que la moitié du Palais eut été contaminée par un rhume de la jeune fille, elle avait prudemment décidé de lui épargner tout ce qui pouvait la rendre malade. Les fenêtres ouvertes donnaient sur un jardin intérieur paisible où venaient paître des biches blanches. Des oiseaux multicolores entraient et sortaient en saluant les nouveaux venus par des trilles roucoulantes. Une fontaine, au milieu de la pièce, rafraîchissait l'air brûlant.

Cal se jeta sur son lit et se mit en devoir d'en tester les ressorts, en rebondissant.

— Wahou ! s'exclama-t-il, voilà qui va nous changer du dortoir des Premiers à Travia ! Un peu trop *rose* à mon goût, mais bon...

Moineau fronça les sourcils en montrant d'un discret mouvement de tête Marianna qui ne perdait pas une miette des commentaires du petit Voleur. Il se reprit courageusement :

— Euh, le rose c'est bien aussi...

Moineau leva les yeux au ciel et la caméριste ne put étouffer un gloussement.

— Avez-vous besoin de quelque chose ? demanda-t-elle poliment.

— Oui, dit Cal, devançant les autres. J'ai bien mangé pendant l'anniversaire, mais maintenant j'ai de nouveau une faim de loup.

— Cal ! s'écria Moineau.

L'estomac du jeune garçon répondit pour lui, gargouillant bruyamment, ce qui les fit rire.

— Je vois, ou plutôt j'entends ! sourit Marianna. Je préviens les cuisines que vous désirez manger.

Ils passèrent leur commande. Tara, qui se défiait des plats exotiques d'AutreMonde (surtout depuis un banquet mémorable où la bestiole aux douze pattes jaunes dans laquelle elle allait planter sa fourchette lui avait jeté un regard furieux et s'était enfuie de son assiette), choisit une pizza légèrement épicée et des muffins, ainsi que du tzinpaf, boisson cola au goût de citron et de cerise, qu'elle adorait, et quelques kidikoi, sucettes prophétiques créées par les farceurs lutins p'abo. Ses amis l'imitèrent. Cal et Moineau ne connaissaient pas la pizza, plat terrien. Manitou et Fafnir, eux, commandèrent suffisamment de friandises et de gâteaux pour combler une école entière.

Quand les plats arrivèrent, ce fut à celui qui se poserait le plus rapidement devant les adolescents affamés. Chacun prit une grosse bouchée, et la recracha tout aussi vivement. Les pouf-pouf, grosses boîtes chargées de la propreté du Palais, se précipitèrent aussitôt sur les débris écrasés.

— Beurk ! cria Moineau en s'essuyant la bouche. C'est très mauvais cette Pi-Dza ! Vous mangez ce truc-là sur Terre ? Vous êtes fous !

— Attends, ce n'est pas normal, fit Fabrice en regardant attentivement sa pizza. Elles n'ont pas ce goût-là, habituellement. Bon sang, Tara, qu'est-ce qu'ils ont mis dans les aliments ?

— Par ma hache, brama Fafnir qui tentait en vain de se débarrasser d'un horrible caramel au fiel, il va falloir que j'aie une petite discussion avec le cuisinier !

— Oui ! approuva Manitou. Une dichcuchion... muchclée ! Gâcher de bonnes choses comme cha. Quelqu'un pourrait-il me donner à boire ? Cha brûle !

Il laissait pendre sa langue qui le piquait horriblement après qu'il eut croqué une kidikoi bourrée de piments et dont le cœur prophétique annonçait : « Tu vas me goûter et être vraiment étonné ! » Le labrador grimaça en lisant la sucette.

Robin ne disait rien mais à l'expression de son visage, on sentait qu'il approuvait pleinement ses amis. Il apporta de l'eau à Manitou qui la lapa avec reconnaissance.

— Je ne comprends pas, s'exclama Marianna, c'est bien la première fois...

Stupéfaite, elle testa rapidement tous les mets.

— C'est étrange, constata-t-elle, tout est affreusement amer ou trop salé. On dirait... C'est une...

— Une blague, l'interrompit Tara, la colère au fond des yeux. Et croyez-moi, je sais qui est derrière ! Ils vont me le payer.

Elle fit signe à ses amis, un mauvais sourire aux lèvres.

— Suivez-moi !

— Où courez-vous ? demanda Marianna, un peu affolée.

— Organiser une chasse !

Elle se précipita à leur suite, en se tordant les mains.

— Mais quelle sorte de chasse ?

La réponse tomba juste avant que la porte ne claque sur une Marianna effarée :

— Une chasse à l'homme !

Chapitre XVII

Le bébé

Mettre la main sur les jumeaux s'avéra impossible. Tara retourna tout le palais mais ils avaient prudemment disparu, devinant qu'il valait mieux prendre de la distance. Moineau, transformée en Bête et flairant l'air comme un énorme loup, flanquée de Manitou, avait perdu leur trace dans la cuisine, ce qui renforçait la conviction de Tara qu'ils étaient bien responsables de la stupide farce. De retour dans la suite, de mauvaise humeur et bredouille, elle trouva Marianna tout anxieuse :

— Vous avez découvert ceux que vous cherchiez ?

— Non, bougonna Tara. Ils ne sont nulle part ! Cette paire de... pestes commence vraiment à m'énerver !

— Les jumeaux ? Mais je les croyais consignés dans leur chambre ?

— Ils l'ont apparemment quittée, rétorqua Tara, sinistre.

— Calme-toi, Tara, d'accord ? s'écria Moineau qui savait quels dégâts pouvaient provoquer les pouvoirs de son amie. On finira bien par les dénicher.

Marianna fronça les sourcils :

— Votre Altesse, pourquoi n'utilisez-vous pas votre Chevalière ?

Tara baissa les yeux sur sa main gauche. Le paon pourpre aux yeux d'or lui rendit son regard. Cent fois.

La caméariste poursuivit :

— Vous soupçonnez les enfants du baron de Vilains d'avoir commis cette mauvaise blague, n'est-ce pas ? Lorsque l'Impératrice désire parler à quelqu'un, elle le fait convoquer par ses effrits. Ils peuvent dénicher n'importe qui en quelques secondes.

— Je ne crois pas que Tara veuille leur *parler*, ricana Cal. D'après moi, elle leur réserve un traitement plus... exotique !

— Vous ignorez s'ils sont coupables ! rétorqua sévèrement Marianna. Et la plaisanterie n'était pas bien méchante. Dès qu'ils seront là, nous appellerons un Diseur et vous serez fixés !

Tara hocha la tête. C'était une bonne idée. Que lui avait recommandé sa tante ? Tourner trois fois la Chevalière. Une fumée pourpre jaillit de la bague, puis se condensa pour former un énorme effrit.

— Maîtresse ! tonna-t-il, tu m'as invoqué ! Que puis-je faire pour toi ? Assassiner quelqu'un, le torturer ? Le couper en petits morceaux et le faire frire ?

Tara eut un sourire incertain. Cette Chevalière lui avait été offerte par l'Impératrice. Elle espéra fort que l'effrit faisait preuve d'humour, et que ce n'était pas là le genre de service qu'il avait l'habitude de rendre à sa tante.

Le puissant maître des effrits du sixième cercle, contrairement à ses congénères de moindre importance, portait une couronne de flammes sur la tête, encadrée par deux cornes noires du plus bel effet. Ce qui lui servait de cheveux était tressé en une coque verte qui reposait sur son épaule. Ses mains pourpres se terminaient par de longues griffes soigneusement polies et rehaussées d'un étonnant vernis doré.

Allons bon, les démons se faisaient les ongles maintenant ? Sensitif, l'effrit suivit le regard de la jeune fille.

— C'est le seul moyen que j'aie trouvé pour éviter de me ronger les griffes, sourit-il, découvrant une dentition noire. Je crois bien que je suis en train de lancer une mode dans les Limbes. Bon, que puis-je pour ton service ?

Tara se demanda fugitivement, vu l'état de ses dents, s'il existait des orthodontistes dans les Limbes.

— J'ai... disons... perdu la trace de deux personnes. J'aimerais que vous les retrouviez pour moi.

— Perdu ? Pour tout commentaire, l'effrit haussa un sourcil jaune. Quels sont leurs noms ?

— Jar et Mara. J'ignore leur nom de famille.

— Hachequetril, précisa Marianna. Ce sont deux jeunes humains, des enfants. Des petits sans défense. Ne les effrayez pas.

— Pas exactement inoffensifs, rectifia Tara d'un air sombre. Soyez ferme avec eux et méfiez-vous. Leur magie est... malicieuse.

Le sourire de l'effrit s'élargit.

— De la malice pour un démon ! se réjouit-il. Délicieux ! Tu les préfères vivants ou morts ?

Une horrible tentation effleura Tara, mais elle la repoussa fermement.

— Vivants, s'il vous plaît.

— Tu es sûre ? Bon. Je les ramène.

— Il ne reste plus qu'à attendre, conclut Marianna. Je vais commander le repas. Je descends en cuisine pour surveiller. Désormais, un garde sera désigné pour goûter chaque plat. Cela vous convient-il, Votre Altesse ?

Comme la camériste se glissait hors de la suite, la porte annonça Selena, suivie de Medelus. Tara se raidit instantanément. Ses soupçons à l'égard du Haut mage ne s'étaient pas dissipés.

Celui-ci semblait s'être *baigné* dans son répugnant parfum. Elle prit une grande inspiration, avant d'éternuer.

— Oh là là, accourut Selena, tu as pris froid, ma chérie. Je vais convoquer le chaman pour qu'il t'examine.

— Aaaaa tchoum ! Aaaat chouummm ! Don, don, ça va basser ! Je suis allergigue à Medelus, c'est dout !

Sa mère la scruta comme si elle soupçonnait un accès de folie.

— Tu es *allergique* à Medelus ? Qu'est-ce que cela signifie ?

— Aaaat choum ! Bon sang baman, dis-lui de reguler !

Le visage de Medelus se crispa de mécontentement.

— Mais que dit-elle ? interrogea-t-il de sa belle voix grave. Je n'ai jamais entendu parler d'une allergie à une *personne* ! Si c'est une plaisanterie, elle n'est pas amusante, Tara !

Elle darda sur lui des yeux rouges, larmoyants et furieux. Fabrice lui tendit un mouchoir. Elle fit un sourire reconnaissant à l'intention de son ami, avant qu'un nouvel éternuement tonitruant n'incite le jeune terrien à se retirer prudemment à bonne distance. Medelus allait s'approcher d'elle, inquiet, lorsque Moineau eut pitié de son amie et se chargea d'avouer la vérité.

— Vous allez augmenter son indisposition, expliqua-t-elle au mage. Ce n'est pas à vous qu'elle est allergique, mais à votre eau de toilette.

Selena ouvrit des yeux ronds, puis se mit à glousser.

— Hmmmm, c'est vrai que tu as un peu forcé la note, Brad. Même moi, je trouve ça un peu...

Le Haut mage pâlit.

— Mais... balbutia-t-il, Selena, je croyais que tu aimais ce parfum !

— C'est bas une raison pour en mettre des litres, éternua Tara. Sordez ! Sordez, par bidié, avant de me rendre comblètement balade !

Très digne, Medelus se dirigea vers la porte.

— Je vais prendre une douche et me changer, fit-il sur un ton pincé. La prochaine fois, Selena, sois gentille, dis-le-moi au lieu de me laisser empoisonner ta fille !

Les gardes, qui avaient sursauté à ces derniers mots, l'observèrent, les mains posées sur leurs épées. Dès qu'il se fut éloigné, Selena invoqua une brise qui emporta en quelques instants l'insidieuse fragrance et Tara, le visage encore congestionné, put respirer librement.

Selena était embarrassée d'avoir dû dire la vérité à Medelus au sujet de son eau de toilette, surtout devant les adolescents. Elle prit donc un air dégagé, « parlons-d'autre-chose ». C'était sans compter avec Cal qui ignorait rigoureusement le sens du mot « tact ».

Enfin, quand cela l'arrangeait.

— Vous l'aimez beaucoup ! ironisa-t-il. Bon sang, depuis quand suffoquez-vous juste pour lui faire plaisir ?

Selena faillit l'ignorer, mais craqua :

— En fait, je me suis lancé un Antiodorus qui me protège les fosses nasales depuis quinze jours.

Ils se regardèrent les uns les autres avant d'être pris de fou rire. Manitou secoua joyeusement sa tête. Ces enfants étaient incorrigibles. Soudain le grand effrit se matérialisa devant eux. Le visage fermé, il s'inclina devant Tara.

— Depuis des milliers d'années, je suis au service de l'éminente famille du Haut mage Demiderus. Depuis des milliers d'années, j'aide et...

— Laissez-moi deviner, Mel, le coupa Tara qui n'arrivait pas à prononcer le nom de l'effrit en entier. Vous avez échoué.

Il eut l'air surpris.

— Comment le savez-vous ?

— Ce n'est pas difficile. Vous êtes seul et vous faites une mine terrible.

— J'ai cherché partout sur cette planète, je suis même allé dans les Limbes : rien ! C'est anormal, protesta l'effrit, ces deux enfants se sont volatilisés comme s'ils n'avaient jamais existé.

— Un maudit sort ? ronchonna Fafnir qui, comme tous ses congénères, se méfiait la magie même si elle était l'une des rares naines à avoir autant de pouvoir que les sortceliers. Qui vous empêche de les voir ?

Le grand effrit prit un air songeur.

— Il existe un sort de dissimulation qui pourrait les avoir abrités. Mais il requiert, pour être activé, une exceptionnelle puissance. Il n'est pas à la portée d'enfants.

Du moins l'espérait-il, parce que si les jeunes humains

commençaient à montrer autant de pouvoir, cela n'allait pas arranger la situation des effrits.

De son côté, Tara réfléchissait.

— Et s'ils étaient protégés par plus puissant qu'eux ?

— Certes. Mais qui voudrait aider deux simples gamins à se cacher ?

— Ils ne sont pas si *simples*, souligna Tara. Ils font preuve d'une inventivité et d'une malignité très subtiles depuis qu'ils sont ici. Xaril a diligenté une enquête sur eux à Vilains, je serai curieuse de connaître ses résultats.

Elle regarda sa mère, médita encore à propos de Medelus et ajouta, machiavélique :

— Surtout depuis que nous avons été attaqués par les vers, puis par les tentacules dans la salle du Conseil ce matin, et que nous avons failli succomber. L'individu qui a falsifié les boules de surveillance et les boucliers doit être diablement fort. Tout à fait le genre de celui qui peut les couvrir en ce moment.

Selena réagit au quart de tour.

— Comment, *attaqués* ? s'exclama-t-elle, sa voix dérapant sur le dernier mot.

Gagné. Tara 2, Medelus 0. La sachant en danger, Selena ne voudrait plus la quitter. Elle écouta, attentive, Moineau qui, choisissant ses mots avec soin, lui expliquait les événements survenus depuis le matin. À la fin du récit, ses yeux étaient comme deux lacs de terreur. Elle prit sa fille dans ses bras, et la serra très fort.

— Je n'étais pas à tes côtés pour te défendre ! se reprocha-t-elle, effondrée. J'étais à Selenda, chez les elfes, avec Brad. Par les dieux, tu aurais pu mourir pendant que je batifolais !

— Tout va bien, sourit Tara en se dégageant, histoire de respirer de nouveau. Fafnir a vaillamment découpé tout ce qui s'approchait. Celui qui a monté ces pièges n'était pas si malin. Ne t'inquiète pas, Maman, mes amis me défendent bien !

— Je reste avec toi jusqu'à ce que nous retrouvions celui

qui a tenté de te tuer, déclara fermement sa mère, encore bouleversée.

Lorsque Marianna revint, chargée de victuailles, elle ne s'opposa pas à ce que Selena s'installât également dans la suite impériale. Elle lui fit ouvrir une pièce dont les murs étaient tendus d'un tissu abricot. La couverture du lit à baldaquin assorti était brodée d'or, et ses motifs reprenaient l'emblème d'Omois. Les fenêtres donnaient sur le jardin, de l'autre côté de la chambre de Tara, puisque les appartements de l'Impératrice occupaient la totalité de l'étage. Selena était satisfaite. Si quelqu'un s'en prenait à sa fille, elle pourrait réagir en quelques secondes.

De retour de ses ablutions, Medelus fut reçu distraitement par Selena, encore ébranlée par la déclaration de sa fille. La voix chevrotante, elle raconta au Haut mage l'agression des vers et de la salle du Conseil. Celui-ci ne manifesta aucune émotion, comme si ce qu'il entendait ne le surprenait pas. Les soupçons de Tara se muèrent en une quasi-certitude. Candide, elle remarqua :

— Maman nous a dit que vous étiez ensemble chez les elfes. Quelle chance d'avoir pu passer toute la matinée sans vous quitter !

Medelus fronça les sourcils.

— Oui, et non, répondit-il, je devais travailler sur les pousses de Géant d'Acier qui sont rongées par un champignon, et nous envisagions un traitement avec le chaman des elfes. J'ai donc dû faire des allers-retours entre Selenda, la patrie des elfes, et Tingapour. Ce n'était pas exactement un voyage d'agrément, hélas.

Ah. Il ne pouvait donc répondre de son emploi du temps lors de l'attaque des vers. Manitou devinait ce qui se tramait dans l'esprit de son arrière-petite-fille mais ne croyait toujours pas à la culpabilité du Haut mage.

Celui-ci battit en retraite, après avoir jeté un dernier regard de regret vers Selena. Elle le laissa partir sans remarquer les coups d'œil qu'échangeaient les adolescents et le chien. Marianna activa les protections de nuit et les enfants se préparèrent, les garçons dans l'une des salles de bains, les filles dans l'autre. Parlant dans le vide, Tara prévint amicalement le Zinvisible que s'il s'avisait de pointer ne fût-ce que le bout de son museau dans la pièce où elles procédaient à leur toilette, elle le transformerait en sac à main. Le message fut entendu, car le gros lézard apparut brièvement, se faufilant plus loin.

Si les chemises de nuit de Tara et de Moineau étaient conventionnelles, longues et blanches, celle de Fafnir, en cuir rouge, était si courte qu'elle la portait sur un léger short. La naine, aussi large que haute, était spectaculaire. Le nombre d'armes diverses et variées qu'elle aligna sur, sous et contre son lit les obligea à faire un large détour, pour ne pas se retrouver les pieds réduits à l'état de steak haché.

Après une longue période « pyjama commando », Cal avait changé de style et adopté le look « Ninja ». Son nouveau pyjama était un kimono coupé dans un fluide tissu noir, qui le rendait invisible dans l'obscurité. Après tout, son ami était là pour la protéger, et Tara s'abstint de tout commentaire ironique.

Confortablement installés dans leurs lits respectifs, ils bavardèrent un moment. Moineau et Robin, politiques, estimaient que l'attaque du désert visait l'Héritière de l'empire, et non Tara personnellement. Fafnir n'avait pas de pronostic particulier. Munie de sa hache, elle attendait qu'on lui désigne la cible. Jusqu'à présent, elle s'était plutôt bien amusée. Manitou, lui, priait pour que rien ni personne ne s'en prenne encore à son arrière-petite-fille.

Tara n'avait aucun doute : Medelus était coupable. Il ne voulait pas d'obstacle entre Selena et lui, or une fille de quatorze ans en était un de taille. Sur Terre, elle avait vu des films sur des psychopathes dans ce genre-là ! Tout gentils apparemment, et paf ! ils vous plantaient un couteau dans le dos parce qu'ils n'appréciaient pas votre appareil dentaire, votre nez, la forme de vos oreilles... ou votre sens de l'humour.

Quand Marianna vint leur souhaiter une bonne nuit, Tara remarqua les plis soucieux qui creusaient le front habituellement lisse de la camériste.

— Vous paraissez anxieuse, Marianna... Vous avez reçu une communication de l'Impératrice ?

— Elle devait m'appeler pour prendre des nouvelles du Palais et en donner, et elle ne l'a pas fait.

Tara hésita un instant, puis prit sa Pierre Vivante.

— Je vais essayer de la joindre.

— Non ! Elle a dit que cela pourrait les faire repérer !

— Tant pis, prenons le risque, résista Tara. Pierre Vivante ?

— *Jolie Tara* ?

Décidément, Tara aimait beaucoup l'étrange entité qui était devenue son amie.

— Pourrais-tu me mettre en contact avec l'Impératrice ?

Elle obéit et, en moins d'une seconde, Lisbeth apparut, le visage soucieux et maculé de crasse, dans le halo créé par la Pierre.

— Tara ? s'exclama-t-elle lorsqu'elle reconnut sa nièce. Pourquoi m'appelles-tu ?

— Nous nous inquiétions, expliqua sa nièce. Tu devais contacter Marianna.

— J'ai oublié, confessa l'Impératrice en se frottant les paupières. Ces mages vont me rendre folle. Nous avons déjà trois heures de retard parce l'un d'eux a mal au cœur, qu'ils sont fatigués de piloter les tapis et que les draco-tyrannosaures leur fichent la trouille !

Des lueurs d'acier passaient dans les yeux de la jeune femme.

— Eh bien, on va te laisser, hein ? fit Tara très vite. Bon courage !

— Merci. N'essayez plus de me contacter, c'est moi qui le ferai. Je ne veux pas que les flux magiques des boules de cristal alertent nos ennemis.

Et elle mit fin à la communication.

— Houlà ! bâilla Manitou, elle n'a pas l'air de bonne

humeur ! Nous aurons sans doute d'autres informations demain matin. Ils seront chez Magister d'ici deux à trois heures, s'ils parviennent à traverser la forêt sans perdre davantage de temps. Allons, ne vous faites pas de bile !

Marianna se força à sourire. Le bref échange ne l'avait guère rassurée.

— Vous avez sans doute raison, concéda-t-elle sans conviction. Que votre nuit soit paisible et vos rêves agréables.

— Les vôtres aussi, Marianna.

Les lumières diminuèrent, les matelas et les oreillers se firent moelleux, la fraîche brise parfumée souffla doucement et les jeunes gens sombrèrent l'un après l'autre dans le sommeil. Tara se retourna encore quelques instants sur sa couche puis se laissa glisser dans un agréable engourdissement.

Elle crut percevoir une sorte de cri étouffé mais tout était paisible dans la chambre. La porte s'ouvrit discrètement, ce n'était qu'un de ses amis qui regagnait son lit, elle ne put discerner lequel dans l'obscurité. Des froissements de draps parvinrent jusqu'à elle, puis le silence retomba, ponctué par les ronflements de Manitou.

La porte se rouvrit et cette fois, Tara s'arracha à sa somnolence. Un rayon de lune éclairait la longue chevelure brune de Moineau, qui tenait quelque chose dans ses mains. La jeune fille rangea soigneusement l'objet dans le tiroir de sa table de chevet, avant de se glisser dans son lit. Où donc ses amis allaient-ils et pourquoi ?

Elle s'étendit à nouveau sous l'emprise d'une irrésistible torpeur et elle dormait profondément lorsque le petit démon émergea à moitié de son front.

— Par les crocs cariés de Gelisor, je ne parviendrai jamais à lui faire prononcer cette fichue phrase ! ragea-t-il. Il en a de bonnes, le patron ! Fais-lui tuer l'Impératrice et l'Imperator, fais-lui ordonner de les exécuter, qu'il disait ! Et j'y parviens comment ? Bon, voyons un peu ce qu'elle a dans le crâne.

Par petites touches, le démon envoya des cauchemars dans la tête de Tara. L'Impératrice, puis l'Imperator se transformant en monstres baveux la firent sourire. À l'apparition de Magister, son ennemi, elle se raidit. Intéressant...

Tara vit des Sangraves utiliser la magie maléfique, capturer l'Impératrice et l'Imperator et prendre leur place. Elle se vit accueillant à Tingapour, sous l'apparence des deux souverains, d'effrayants démons qui s'apprêtaient à la...

Dans son rêve, elle cria :

— Non, non ! L'Impératrice, l'Imperator, ce ne sont pas... tuez-les, tuez-les !

Le démon avait été habile. Ces mots ne furent pas prononcés seulement en rêve. Empêtrée dans ses draps, Tara les murmura, si bas qu'ils eussent été inaudibles pour quiconque excepté pour un certain effrit.

Celui-ci se tenait prêt. La Chevalière impériale posée sur la table de chevet s'illumina et Meludenrifachiralivandir apparut.

— Tu m'as appelé, Maîtresse ? murmura-t-il.

Personne ne broncha dans la pièce.

Le démon fit comme s'il recevait des instructions et hocha la tête.

— Tuer l'Imperator et l'Impératrice ? Tes désirs sont des ordres, ô Héritière de cet empire ! J'entends, j'obéis et...

— À propos d'obéir, fit une petite voix, je peux m'en aller maintenant ?

Le petit démon rouge s'inclinait devant son démoniaque supérieur.

La réponse de Mel fut sans équivoque :

— Certainement pas. Tu as fait du bon travail, mais je préfère te garder où tu es, au cas où. Reste et surtout ne fais rien tant que je ne t'ai pas convoqué.

— Mais..., protesta le démon.

Mel mit une main à son oreille et gronda :

— J'ai cru entendu un « mais » ?

Le petit démon n'eut pas besoin d'un dessin. Il se recroquevilla et replongea dans la tête de Tara.

— Avant d'agir, marmonna Mel, voyons un peu si l'Impératrice est isolée. Je n'ai pas envie qu'on remonte jusqu'à notre nouvelle alliée.

D'un coup de griffe, il entailla son bras et le sang se mit à sourdre, vert. Il fit un geste dans le vide comme s'il aspergeait quelque chose et il se forma devant lui un fin rideau de lymphe. Sur cet écran apparut l'armée de l'Impératrice au grand complet, prête au combat. Il devait faire vite. Son sort ne fonctionnerait pas si le fluide vital cessait de couler. Mais l'Impératrice était loin d'être seule, et ce n'était pas le bon moment. Il compressa sa plaie et les images disparurent. Il patienterait. Il tenait enfin l'occasion qu'il attendait depuis des siècles, alors quelques heures de plus ou de moins ne changeraient rien.

Mel eut un grand sourire noir. Un vent soudain agita les rideaux, et l'effrit se retira.

C'est un doux crépitement qui éveilla Tara au petit matin. Bercée par le bruit, elle ouvrit un œil ensommeillé, regarda un instant sans comprendre, puis hurla. Le feu ravageait leur chambre !

Levée d'un bond, elle dispersa les vêtements que lui tendait le valet de bois. Elle se saisit de la Pierre Vivante posée à son chevet et invoqua un Ondus. Sa mèche blanche crépita sous l'afflux de la magie.

— *Pouvoir tu veux* ? chanta la Pierre dans son esprit. *Pouvoir je te donne.*

Leurs forces conjuguées appelèrent la magie. La Pierre avait malheureusement tendance à exagérer. Ce ne fut pas une averse qu'ils essuyèrent mais un raz-de-marée. Un ouragan. L'eau, surgie de nulle part, noya toute la chambre. Galant eut juste le temps de s'envoler. Alertés par son cri, ses amis jaillirent de leurs draps avant d'être renversés par la trombe. Blondin et Manitou nagèrent vers les lits et sautèrent dessus, tandis que Barune, submergé à l'exception de sa trompe, était hissé par Fabrice sur son propre sommier, qui émit des craquements. Éberlués, trempés, ils se redressèrent pour porter secours à Tara.

Les flammes, indifférentes à ce déploiement de magie, continuaient à danser joyeusement au mur. Prudemment, Tara approcha une main. Le feu était si réel qu'elle avait l'impression que sa main allait cuire ; pourtant, il n'y avait aucun dégagement de chaleur. Soudain elle comprit et une rage intense l'envahit. Son pouvoir monta, balaya sa pensée consciente et son hurlement fit vaciller le palais.

La moitié de la ville ressentit la déflagration. Ses amis flottèrent jusqu'aux lits, et s'y agrippèrent, en attendant que la catastrophe prenne fin. Après quelques minutes d'intense frayeur, à se demander si l'énorme lustre de la chambre qui s'accrochait désespérément au plafond allait ou non leur tomber dessus, Cal risqua un œil vers Tara. Celle-ci, trempée, tremblait de fureur. Sa magie l'emplissait tant qu'elle illuminait tout son corps, ce que Cal n'avait jamais vu auparavant. La lumière ne provenait pas de la Pierre Vivante, car la jeune fille l'avait posée sur sa table de nuit.

D'un seul coup, Tara avisa sa chemise de nuit qui lui collait au corps et leva les deux poings vers la voûte. Ses yeux bleuirent et, comme une flèche, elle décolla et domina ce qui était devenu une piscine. Cal, qui connaissait ce symptôme, serra les dents.

— Accrochez-vous ! s'écria-t-il.

— Sechus ! hurla Tara.

Un vent terrible, chaud et sec, surgit comme une tornade dans toute la chambre. Moineau se transforma, attrapa Manitou et Blondin et, lorsque son sommier commença à s'envoler, elle lança une incantation qui le plaqua au sol. Elle devait cependant utiliser toute sa force pour l'y maintenir et lui éviter de chasser. Fafnir enlaça une colonne, décidée à ne pas céder d'un pouce, et la pierre gémit sous l'incroyable pression.

À la grande surprise de Robin, Fabrice dont les incantations n'était ordinairement pas très puissantes parvint à créer une bulle de protection rigide qu'il ancra au mur. Malgré cela, Barune et Robin sursautèrent chaque fois qu'un meuble en détresse heurtait leur défense. Heureusement, la magie de Fabrice était solide et Robin n'eut pas besoin de la soutenir. Mais ce ne fut pas facile, car, pour une mystérieuse raison, Barune refusait de rester près de Fabrice et tentait désespérément de quitter leur abri.

Suspendu au lustre, Galant poussa un hennissement de protestation. Le luminaire, muet, ne pouvait pas hurler, mais s'il avait eu des cordes vocales, il ne se serait pas fait prier.

En un temps incroyablement court, l'eau se condensa en un épais nuage que le vent emporta au dehors. Les fées poussèrent des cris de protestation outragés lorsqu'il se déversa en trombe sur le jardin.

Puis, aussi brusquement que cela avait commencé, tout s'arrêta. La lumière qui illuminait Tara s'évanouit enfin. Elle se posa au milieu de la chambre dévastée.

Les flammes qui s'étaient regroupées firent apparaître un message sur le mur. La jeune fille, les yeux brillants de colère, put alors lire :

« Joyeux anniversaire Tara ! Jar et Mara. »

Puis l'inscription s'effaça.

Fafnir, qui soufflait pour dégager son nez et ses oreilles de l'eau qui s'y trouvait encore, grogna :

— Par le marteau de ma mère, Tara, c'était quoi, ce feu ?

— Une plaisanterie, siffla Tara entre ses dents.

Ses amis l'observèrent, stupéfaits. Puis Fafnir, dont le calme n'était pas la première qualité, fronça ses sourcils épais et explosa :

— Tu veux dire que tu nous as fait une blague ?

— Pas moi ! gronda-t-elle. Jar et Mara, encore. Je suis désolée. Ils n'avaient sans doute pas prévu que vous seriez là aussi.

Fafnir avait mal interprété la réponse de Tara. Comme les nains ne s'excusaient pas, elle se contenta d'incliner la tête en un petit salut.

— Je crois que Barune est malade, dit Fabrice, ennuyé, penché sur son Familier.

Bleu pâle, les yeux clos, le mammouth tremblait et gémissait.

— J'ai essayé un Reparus mais il n'a eu aucun effet, ajouta Fabrice, très vite. Je vais le conduire à l'infirmerie.

Il appliqua un Levitus sur l'animal et sortit précipitamment. Les autres échangèrent un regard inquiet. Les liens entre un sortcelier et son Familier étaient si puissants que tous comprenaient son angoisse.

Les meubles tentaient de reprendre leurs esprits et se replaçaient dans leur position initiale, et les adolescents erraient dans la pièce, consternés par les dégâts. Moineau s'immobilisa devant un miroir. En contemplant le désordre de sa tenue de nuit gâchée par l'ouragan, elle eut un haut-le-corps, porta vivement la main à sa gorge et toussa avant d'annoncer :

— Je crois que j'ai attrapé froid.

Elle noua un foulard autour de son cou avant d'émettre encore deux ou trois toussotements. En rentrant de l'infirmerie, sans Barune que le chaman avait préféré garder en observation, Fabrice remarqua le foulard qui cachait la gorge de Moineau, mais ne fit nul commentaire. Elle lui rendit un regard défiant. Les autres ne leur prêtèrent pas attention, trop occupés à remettre de l'ordre dans leurs affaires.

Marianna apparut sur le pas de la porte :

— Mais que s'est-il passé ici ?

— C'est encore la maudite magie, maugréa Fafnir. Quelqu'un a fait croire à Tara que la chambre était en flammes et elle a voulu éteindre le feu.

— Vous voulez dire un feu d'artifice ? s'étonna Marianna. C'est ainsi que nous célébrons le second jour de l'anniversaire de l'Impératrice. Comme Tara est notre héritière impériale, nous faisons de même pour elle.

Fafnir écarquilla ses yeux verts :

— Il s'agissait bel et bien d'un incendie.

— Je ne comprends pas...

— Un brasier, une fournaise, précisa Cal, ironique. Vous savez, les jolies flammes jaunes et rouges, les braises.

— Les coupables de cette stupide blague ont signé leur

forfait, observa Tara d'une voix mauvaise. Ils ont inscrit « Joyeux anniversaire de la part de Jar et Mara », juste ici. Avec la magie, je pense qu'on pourrait faire réapparaître le message. Vous sauriez faire ça ?

Elle préférait que ce soit Marianna qui s'en charge car elle était encore si furieuse qu'elle se sentait capable de mettre la chambre sur orbite d'une seule pichenette. Mais lorsque Marianna s'arrêta devant le mur, elle fut accueillie par une gerbe d'étoiles multicolores et de magnifiques feux de Bengale.

— C'est bien ce que je disais ! s'exclama-t-elle, soulagée. Ce sont des feux d'artifice !

— C'était autre chose, jura Tara. J'ai cru que ma chambre brûlait ! Ces salo... sales gosses ont transformé le sort !

Marianna, qui ne l'écoutait plus, haussa les épaules et entreprit de ranger les affaires d'une main experte. Elle tendit une robe de chambre à Tara qui s'en empara avec agacement et s'en drapa, ignorant le mécontentement évident de la Changeline. Pas question de révéler l'existence de son arme secrète.

— Bon sang ! Les autres ont vu comme moi, grogna-t-elle en bouclant rageusement sa ceinture.

— Oui, c'était bien des flammes, confirma Cal, et c'était bien de l'eau. Des hectolitres d'eau ! Écoute, Tara, on ne va pas laisser ces gamins te pourrir la vie. J'ai des frères et des sœurs et crois-moi, ce n'est pas facile tous les jours !

— Tu veux dire que ce n'est pas facile *pour eux* d'avoir un frère comme toi ? railla Moineau.

— Très drôle ! fit le petit Voleur.

Marianna faisait triste mine. Sensitive, Moineau perçut son malaise.

— Quelque chose vous tracasse, Dame Marianna ?

— C'est l'Impératrice, avoua la camériste avec inquiétude. Elle n'a pas fait signe. J'ai tenté de la contacter malgré son interdiction. Je n'y arrive pas. Ni elle, ni aucun des elfes, ni le général, ni l'Imperator, personne n'est joignable !

— Je vais essayer à mon tour, décida Tara en attrapant sa Pierre Vivante.

Une voix douce s'éleva de la boule lumineuse :

— *Le numéro que vous avez demandé est provisoirement interrompu ou se trouve dans une zone non couverte par les relais magiques. Veuillez renouveler votre appel ultérieurement.*

Marianna se mordit les lèvres.

— C'est tout ce que j'obtiens depuis ce matin. L'Impératrice avait spécifié que nous ne devions pas l'appeler, mais... je n'ai pas pu résister, tellement j'étais anxieuse. Et maintenant il y a une sorte de blocus autour de sa boule de cristal !

— Ils sont peut-être en train d'investir la forteresse de Magister. C'est normal que personne ne réponde, la réconforta Manitou. Rassurez-vous, je suis sûr que d'ici une heure ou deux, nous aurons de ses nouvelles et nous fêterons sa victoire.

— En attendant, maman m'avait dit qu'elle prendrait son petit déjeuner avec nous et elle n'est pas encore là. Pourriez-vous aller l'avertir, Marianna, s'il vous plaît ?

— J'y vais tout de suite, obtempéra la caméiste, trop heureuse d'avoir à s'occuper.

Les plats arrivèrent et se posèrent sur les tables. Fafnir et Manitou, qui avaient faim, commencèrent sans attendre à engloutir croissants, chocolat chaud et brioches dégoulinantes de confiture et de miel. Robin, de son côté, procéda à sa toilette, ainsi que Tara qui se fit habiller par la Changeline. Au bout de longues minutes, un peu surpris, ils échangèrent un regard.

— C'est bizarre, fit Tara en fronçant les sourcils. Qu'est-ce qu'elles font ?

Elle hésita, indécise, puis se leva.

— J'y vais.

Galant eut un petit hennissement et s'envola. Robin sauta sur ses pieds.

— Je viens avec toi !

Lorsqu'ils sortirent, Grr'ul, qui était postée devant la porte, fit mine de les suivre.

— Non, décida Tara. Je n'ai pas besoin de toi, je vais juste en face chez ma mère. Reste ici, il n'y a rien à craindre.

La troll plissa le front d'un air dubitatif, mais obéit en grommelant tout bas. Être garde du corps de Tara n'était pas chose aisée !

La chambre de Selena se trouvait de l'autre côté du jardin intérieur. Les deux jeunes gens, après l'avoir contourné, s'arrêtèrent devant la porte.

— Euuh, je ne sais pas si elle est habillée, remarqua Tara. Cela ne t'ennuierait pas d'attendre là ?

— Bien sûr que non ! l'assura-t-il.

— Merci, Robin !

Elle posa un léger baiser sur la joue du demi-elfe qui, surpris, devint rouge, puis tout pâle, puis rouge encore, bref qui se mit à clignoter comme un feu de signalisation. Tara entra dans la chambre, un peu tendue. À sa grande surprise, elle était déserte. Elle en fit le tour. Aucune trace de sa mère ni de Marianna.

Elle éleva la voix :

— Robin, tu peux venir, il n'y a personne !

L'elfe l'entendit et sursauta. Entre-temps, il avait pris une grave décision. Il ne pouvait pas continuer à se consumer pour la jeune fille sans savoir ce qu'elle ressentait pour lui. Il hésita un moment devant la porte.

C'est ce qui perdit Tara. Elle s'était installée pour réfléchir dans un fauteuil face à la baie vitrée, Galant à ses côtés lorsque, surgissant de l'extérieur, le rayon de magie fondit sur elle. Lorsqu'elle découvrit *qui* le lançait, elle fut si déconcertée qu'elle en resta paralysée de stupeur.

Elle n'eut pas le temps de crier. La Changeline gémit, mais ne put la protéger contre le flot puissant. La jeune fille se cabra sous le feu noir qui la dévorait. Galant prit le choc de plein fouet et s'affaissa en un petit tas de plumes. La Pierre Vivante émit une ultime étincelle et sa lumière mourut.

Lorsque Robin pénétra dans la pièce, il vit dépasser un bout de la robe de Tara dans le fauteuil lui tournant le dos, son pégase assoupi à ses côtés. Parfait, il pourrait ainsi lui parler sans avoir à affronter ses splendides yeux bleu marine qui lui faisaient perdre tous ses moyens.

— Hrrrrm, s'éclaircit-il la gorge. Tara ! J'aimerais que tu m'écoutes sans m'interrompre.

Le fauteuil ne broncha pas.

— Je... je ne sais pas comment cela se passe sur ta planète lorsqu'un garçon est amoureux, mais chez nous, les elfes, c'est... c'est très sérieux. Car vois-tu, nous ne sommes pas comme vous...

Il s'arrêta. Quel imbécile ! Évidemment qu'ils étaient dissemblables ! Il s'y prenait mal. Mais comment dire son amour à Tara sans qu'elle se moque de lui ? Ou qu'elle prenne ses jambes à son cou ?

— Le fait est qu'il y a très peu d'elfes femmes, reprit-il courageusement, alors la compétition est rude... enfin je ne dis pas que personne ne veut de moi et que je me rabats sur toi, non, non pas du tout. Maintenant que je suis un héros, j'ai un grand succès auprès des filles.

Au moment où les mots sortirent de sa bouche, il faillit se donner une gifle. Mais qu'est-ce qu'il racontait ! Il ne savait si le silence de son amie était bienveillant ou stupéfié, mais il sentait, chose inhabituelle, qu'il transpirait à grosses gouttes. Tel était l'héritage humain dont il se serrait bien passé. Aucun elfe ne transpirait. Bon sang, que c'était difficile !

— Non, oublie ce que je viens de dire. Les filles ne me sautent pas au cou, enfin si, mais elles ne m'intéressent pas. Voilà ce que j'essaie de te dire, Tara, je suis amoureux de toi. Et j'aimerais que tu considères la possibilité de devenir ma petite amie. Je sais que nous avons une différence d'âge.

Tu n'as que quatorze ans et j'en ai dix-sept, mais ce n'est pas très important pour moi. Tu es la plus belle, la plus intelligente, la plus drôle des filles que j'aie jamais rencontrées, drôle au sens d'amusante, hein, pleine d'humour, pas drôle dans le sens « bizarre »... Depuis que tu es entrée dans ma vie, mon cœur ne bat plus que pour toi.

Un silence horrible persista à lui répondre. Soudain il crut distinguer une sorte de... de ronflement ! Il paniqua. Sa déclaration avait été tellement médiocre qu'elle s'était endormie !

— Tara ? Tara ? Tu m'entends ?

Comme elle ne bronchait toujours pas, Robin, s'armant de courage, décida de faire face à son destin. Il traversa la pièce et se plaça devant elle.

D'abord il douta de sa vue. Il voyait une robe, celle de Tara. Avec un machin qui gigotait au milieu. Interloqué, il fit glisser le tissu et il rencontra les yeux bleu marine d'un ravissant bébé !

CHAPITRE XVIII

RÉDUITE !

Le bébé fixa sur Robin son regard bleu marine, puis saisit l'une des longues mèches argentées de l'elfe et tira dessus avec ravissement.

Le jeune homme, abasourdi, se dégagea délicatement avant d'être tout à fait scalpé puis, affolé, cria :

— Tara ! Si c'est une blague, elle n'est pas drôle ! Réponds-moi !

Le bébé émit quelques bulles avant de s'intéresser à son pied qu'il essayait vigoureusement de mettre dans sa bouche. Ses minuscules oreilles étaient ornées de boucles. Robin eut un coup au cœur. Il les connaissait bien pour avoir offert l'une d'entre elles à Tara la veille !

Il porta la main à sa propre Klik qu'il activa en priant que... Mais le bijou que le bambin portait était bien la Klik de Tara et il cessa de s'agiter pour entreprendre d'attraper la mignonne silhouette qui venait de se matérialiser devant lui. Robin reconnut, consterné, la Chevalière impériale qui s'était automatiquement miniaturisée pour s'adapter à la petite main. La Pierre Vivante qu'il vit à ses côtés, curieusement mate, acheva de le convaincre.

Il blêmit, désactiva sa Klik et se pencha sur l'enfant.

— Tara ? souffla-t-il, incertain.

— Fllllblllbblbl ! bullebula le poupon, mécontent parce que la rigolote silhouette avait disparu.

Les jambes coupées, le demi-elfe se laissa tomber dans le fauteuil qui fonça derrière lui.

— Par mes aïeux, souffla-t-il, on vous a rajeunies ! Toutes les deux ! C'est une catastrophe !

Il bondit sur ses pieds et appela :

— S'ssset ! Apparais, tout de suite !

Le lézard aux dents empoisonnées se matérialisa tout proche, le faisant tressaillir.

— S'ssset, raconte-moi tout ce que tu as vu et entendu !

L'enregistreur vivant secoua la tête.

— Un rayon, venu du dehors. S'ssset trop près de Tara, touché par bord du rayon et assommé. S'ssset rien vu après ! S'ssset se tiendra plus loin de Tara désormais !

Sur cette note indignée, le gros lézard s'effaça.

Robin secoua la tête. Pas très efficace l'arme secrète.

— Que faire ? gémit-il, abattu. Reste là, je vais chercher les autres.

Comme un fou, il courut vers la porte, freina et revint aussitôt sur ses pas.

— Tu risques de tomber, ou quelqu'un peut te kidnapper maintenant que tu n'as plus que... quelques mois ! Viens avec moi.

Docile, le bébé lui tendit les bras. Avec la longue robe de Tara, Robin tenta de lui confectionner une sorte de lange. Soudain un bruit le mit en alerte. Ce n'était que Galant, qui se réveillait. Il secouait la tête et agitait ses ailes comme s'il ne savait pas s'en servir, et émit un petit hennissement furieux lorsqu'il s'emmêla les membres et se retrouva les naseaux dans le tapis. Il resta ainsi, incapable de se relever, jusqu'à ce que Robin lui vienne en aide. Il semblait incroyablement inexpérimenté ! Robin comprit : le rayon avait également rajeuni le pégase.

Il le prit sous son autre bras, enfouit la Pierre dans le lange, puis ressortit comme un beau diable de la chambre de Selena. Pour aller plus vite, il passa par le jardin et les deux gardes en faction se raidirent quand le jeune homme jaillit comme une fusée sous leur nez. Leur surprise passa de « intérêt » à « suspicion » lorsqu'ils virent un bambin leur adresser un sourire édenté par-dessus l'épaule du demi-elfe. Et un bébé pégase leur tirer la langue en louchant !

Mais le temps qu'ils réagissent, Robin était déjà loin. Il fit irruption dans la suite comme une bombe. Le souffle lui manquait, aussi fut-il bref. Il posa le jeune pégase qui entreprit immédiatement de visiter la pièce en flageolant sur ses jambes, puis ouvrit le paquet qu'il avait fait avec la robe de Tara et désigna le poupon.

— Rohhhh, le joli bébé, roucoula Moineau. Mais Robin, que fais-tu avec cet enfant ?

Fafnir, muette, se borna à dévisager le bambin, puis Robin.

Cal se rapprocha, flairant la bonne occasion de faire de l'humour.

— Oui, explique-nous donc d'où tu sors ce nourrisson, Robin, sourit-il d'un air carnassier qui le fit ressembler à son renard. C'est le tien ?

— Cal ! le gronda Moineau, irritée.

— Qu'ai-je dit encore ? Alors, Robin ?

Le demi-elfe avait l'impression que ses poumons étaient en feu :

— ... Ta-ra !

— Quoi ? s'exclama Fabrice, ahuri. Ce serait celui de Tara ? Tu dérailles complètement, mon pauvre vieux !

Robin secoua négativement la tête.

— Le bébé *est* Tara !

— Qu'est-ce que tu racontes ? fit Cal, incrédule. Écoute, articule un peu, parce que tes informations ne sont pas claires-claires !

— Quelqu'un a lancé un sort contre Tara, souffla le demi-elfe. Un sort de rajeunissement ! Galant aussi a régressé de plusieurs années ! Et la Pierre n'émet plus de lumière !

Manitou se dressa sur ses pattes arrière afin de mieux voir, puis fronça le museau.

— Par Demiderus, souffla-t-il en retombant, tu as raison. C'est bien elle, à quelques mois ! A-t-elle déjà fait ses dents ?

Robin le regarda, inquiet. Qu'importaient ses dents ?

— Parce que Tara a été insupportable tout le temps où elle les a faites, expliqua son arrière-grand-père.

Fabrice leva les yeux au ciel, imité par Robin.

— C'est le cadet de nos soucis, dit sombrement le jeune Terrien. Protéger Tara est une chose, s'occuper d'un bébé est une autre paire de manches. Elle n'a plus de magie, je suppose ?

Robin dévisagea le petit être, qui lui retourna un regard frais et innocent.

— Je n'en ai aucune idée ! Normalement le don de magie se manifeste plus tard.

— Mais Tara n'est pas une jeune fille ordinaire, fit observer Cal avec une certaine appréhension. Vous imaginez le désastre si ce bébé possède les pouvoirs développés par Tara ces dernières années ?

Un silence consterné ponctua sa remarque.

— Nous l'ignorons, trancha Robin. En attendant, voyons un peu si la Changeline est opérationnelle ou si elle a rajeuni comme sa maîtresse. Changeline ! Donne une couche, une brassière et des chaussons pour Tara, s'il te plaît !

Heureusement, l'entité magique n'avait subi nul dommage. À l'exception de la Klik, que Robin avait retirée de crainte que le bébé ne se blesse, la robe et les bijoux furent remplacés par une brassière rose avec des bretelles blanches et des chaussons assortis.

Moineau leva des yeux admiratifs vers Robin.

— Dis donc ! Tu as demandé exactement ce qu'il fallait ! Comment sais-tu tout cela sur les bébés ?

Le demi-elfe rougit.

— Les elfes sont des *marsupiaux*, expliqua-t-il. Nos

femmes portent les bébés, mais dès leur naissance, ce sont les pères qui les transportent dans une poche spéciale. Celle-ci apparaît lorsque notre compagne est enceinte et disparaît ensuite, tout comme les tétines qui délivrent un complément du lait maternel. Nous avons développé ce système car nous étions un peuple nomade avant de nous sédentariser à Selenda. Tous les elfes mâles savent prendre soin des petits enfants ! Et un demi-elfe comme moi aussi.

— Tant mieux ! s'exclama Cal qui avait pris un air dégoûté en découvrant que son ami pouvait avoir des *tétines*. Parce qu'il ne faut pas compter sur moi pour m'occuper du bambin ! Tu joueras magnifiquement le rôle de papa, mon vieux.

— Nous n'allons pas la laisser comme ça ! tonna le demi-elfe, désespéré. Quelle suite a été attribuée à maître Chem ?

— Il suffit d'interroger un effrit, répondit Fabrice.

Ce qui fut fait. Le dragon n'était pas dans sa suite, mais aux thermes. Avec Charm.

— Allons-y tout de suite, proposa Robin

— Il la trouve à son goût, la jolie dragonne ! s'amusa Cal, qui ne pouvait pas plus s'empêcher de faire le malin que de respirer. Vous croyez qu'ils prennent leur bain ensemble ?

— Avant de déranger le dragon, nous pourrions essayer, nous aussi, dit Fabrice, songeur.

— De prendre un bain ? grinça Cal.

— Très drôle ! Non, de redonner sa forme normale à Tara. À nous tous, nous devrions réussir à annuler le maléfice qui l'a frappée.

— Euuh, tu ne crois pas que c'est dangereux ? rétorqua Cal, stupéfait de l'audace soudaine de son ami, habituellement très prudent avec la magie.

— Cal a raison, renchérit Moineau, maître Chem est plus puissant que nous cinq réunis. Et surtout il s'y connaît bien mieux en magie démoniaque !

— Si le dragon n'était pas là, Fabrice, nous n'aurions

pas le choix, trancha Robin après avoir réfléchi. Mais ce bébé est l'enfant le plus précieux de l'empire. Ne prenons pas de risque.

La colère flamboya un instant dans les yeux du jeune homme, mais il baissa la tête, dissimulant son agacement. Robin, mobilisé par Tara qui s'en prenait encore à ses cheveux, ne s'en rendit pas compte. Mais Moineau, vigilante, observa Fabrice en mordillant ses lèvres. Si elle ne pouvait s'opposer à lui, elle luttait de toutes ses forces pour empêcher une catastrophe. D'une main tremblante, elle rajusta son col, le refermant sur la marque de son secret.

— Reste ici, toi ! cria tout à coup Fafnir qui retenait Galant, très attiré par l'une des baies ouvrant sur le jardin. Par les moustaches de ma mère, ce pégase est infernal. Attends un peu !

Galant, qui avait fini par comprendre à quoi servaient ses ailes, tentait de s'envoler. Blondin bondit et lui attrapa les crins de la queue, le freinant juste avant qu'il ne passe par la fenêtre. Furieux, le petit pégase voulut mordre le renard, mais celui-ci tournait en même temps que lui. Cette ronde endiablée laissa à Fafnir le temps d'improviser un harnais et de l'attacher fermement. Le poulain hurla de fureur et la couronna d'une belle descente de crottin tout frais. La naine fut si furibonde qu'ils évitèrent de justesse au pégase de se faire assommer par le plat de sa hache.

Ce spectacle enchanta le bébé. Il se mit à rire aux éclats, agitant ses petites mains potelées. Et c'est alors qu'ils eurent la surprise de leur vie.

Ses doigts s'illuminèrent de bleu et un jet de magie fusa, manquant la naine de quelques centimètres seulement. L'instant d'après, le bambin n'avait plus de cible, parce que tous s'étaient jetés au sol, l'œil fixé sur ses moindres mouvements, à part le pégase qui tentait toujours de prendre le large.

— Par mes ancêtres, jura Robin, elle a de la magie ! C'est impossible !

— Non, répliqua Cal, c'est *Tara* ! Depuis le temps, tu

devrais savoir que rien n'est normal avec elle. Tu as vu son Familier ? Personne n'a jamais eu de pégase comme Familier !

Les pattes sur la tête, Manitou hoqueta :

— Elle n'avait pas de magie lorsqu'elle était bébé ! Ou alors... je ne comprends plus rien.

Robin et Moineau échangèrent un regard sombre, tout en se relevant très prudemment, prêts à plonger si la petite récidivait. Heureusement, elle était tout à son pied qu'elle essayait d'attraper, et ses mains avaient repris une teinte neutre.

— Robin a raison, approuva Moineau sans quitter Tara du regard. Aucun humain, aucun elfe, aucun nain n'a jamais eu de magie aussi tôt.

Manitou se redressa sur ses pattes et secoua sa tête noire.

— Je ne vois que deux explications. La première, c'est que Tara a rajeuni sous l'effet du rayon sans que la magie déserte son corps et que son pouvoir disparaisse. La seconde est nettement plus terrible.

Il marqua un temps d'arrêt, les considérant avec gravité.

— Manipulation magico-génétique, c'est ça ? suggéra Moineau qui avait deviné sa pensée.

— Exact. Strictement interdit sur les êtres conscients.

Fabrice ne put retenir une exclamation sarcastique :

— Ah ! fit-il. Voilà pourquoi elle a autant de pouvoir ! C'était artificiel !

Robin reprit la parole mais on sentait à sa voix qu'il était choqué.

— Vous... vous voulez dire que Tara aurait été manipulée génétiquement pour être plus puissante ? Mais... ses parents l'auraient su, non ?

— Pas si ses pouvoirs étaient masqués !

Les adolescents et le chien regardèrent le nourrisson qui bavait sur sa jolie brassière avec un enthousiasme que ne partageait pas du tout la Changeline.

— Allons voir maître Chem, décida Robin en attrapant

délicatement le bébé et la Pierre Vivante, afin qu'il rende à Tara son âge et son apparence. Ensuite nous aviserons.

Cal approuva :

— Allez, Fafnir, viens aux thermes avec nous, et profitons-en pour te débarrasser de tout ce fumier. Remarque, tu devrais être contente, il paraît que c'est très bon pour les cheveux !

La réponse de la naine fit chauffer les oreilles de Moineau mais Cal rigola, sentant le nœud dans son corps se détendre un peu. Parfois l'humour était la seule solution pour ne pas paniquer.

Ils durent grimper car les empereurs d'Omois ne faisaient rien comme tout le monde et avaient aménagé leurs thermes en hauteur. Moineau, Fabrice, Manitou, Fafnir, Cal et Robin ouvrirent de grands yeux en pénétrant dans une immense caverne, chaude, luxuriante, où les oiseaux, les plantes et l'eau formaient un décor féerique. L'endroit était si vaste qu'on n'en percevait pas l'extrémité, noyée dans les vapeurs flottant à la surface de l'eau.

— Pfff, soupira Cal, z'ont pas besoin de Premiers sortceliers à Omois ? Je me demande si je ne vais pas déménager finalement.

— Oh non, le taquina Moineau, Toto te manquerait trop !

Cal fit la moue. L'énorme hydre à sept têtes qui gardait la maison de ses parents avait hérité de ce surnom affectueux alors que le petit Voleur n'avait que quatre ans et ses amis ne perdaient jamais une occasion de le taquiner à ce sujet.

Soudain, une voix câline s'éleva dans la brume.

— C'est un poète terrien qui a écrit cet hymne à la beauté, Charles Baudelaire. Laissez-moi, belle Charm, vous en réciter quelques vers. Hrrrmmm hrrrrmmm :

Viens-tu du ciel profond ou sors-tu de l'abîme,
Ô Beauté ? ton regard, infernal et divin,
Verse confusément le bienfait et le crime,
Et l'on peut pour cela te comparer au vin.

Tu contiens dans ton œil le couchant et l'aurore ;
Tu répands des parfums comme un soir orageux ;
Tes baisers sont un philtre et ta bouche une amphore
Qui font le héros lâche et l'enfant... euuuuh, *l'enfant...*

Manifestement, le dragon avait un trou de mémoire, car sa voix diminua jusqu'à s'éteindre tandis qu'il cherchait le bon mot.

— *Baveux* ? suggéra Cal d'une voix forte qui fit écho, *Peureux* ? *Bleu* ?

Il y eut un silence puis, venue de l'extrémité du bassin, une grosse tête écailleuse surgit, soufflant de l'eau par les naseaux. Maître Chem fronça les sourcils lorsqu'il reconnut les jeunes gens, leurs Familiers et le labrador. Être interrompu en pleine parade amoureuse par un petit Voleur sarcastique n'était pas le meilleur moyen de conquérir sa belle. Aussi le dragon se montrait-il irrité. Les adolescents, prudents, reculèrent.

— « Qui font le héros lâche et l'enfant *courageux* », termina-t-il hargneusement. Par Demiderus, on ne peut pas avoir un instant de tranquillité dans ce palais ?

Charm apparut à côté de lui, les écailles luisant d'un rouge profond. Elle était magnifique. Et le petit sourire qui jouait au coin de son fin museau révélait qu'elle s'amusait follement.

— Nous avons un... hrmmm, léger problème, s'enroua Robin qui hésitait à parler devant la dragonne.

Maître Chem fut insensible à ses précautions. Il était en train de faire une cour assidue et ces trouble-fête lui cassaient les pattes.

— Eh bien, gronda-t-il, dis-moi ce que tu veux !

Robin déroula la couverture dont il avait enveloppé Tara afin de la protéger du regard curieux des courtisans et présenta l'enfant. Maître Chem haussa un sourcil mouillé.

— C'est un bébé, constata-t-il sobrement.

Cal ne put résister.

— Non, c'est dingue ! On se demandait justement quelle

sorte d'animal cela pouvait être. On aurait dû deviner. Vous êtes forts, vous les dragons, y a pas à dire.

L'imprudent faillit terminer sous forme de brochette bien cuite. Maître Chem eut un reniflement agacé.

— Le problème, expliqua Moineau, est justement ce bébé. C'est Tara !

Le dragon, qui s'apprêtait à sortir de l'eau, rata une marche et faillit bien couler. Il avala une grande goulée et se mit à tousser. Rapide comme l'éclair, Charm se précipita et lui lança une grande claque sur l'échine. Ses naseaux émirent un nuage de vapeur.

— Quoi, quoi ! coassa-t-il lorsqu'il eut repris son souffle. Tara ? Mais...

— Je l'ai retrouvée dans cet état, expliqua Robin. Galant, lui aussi, a été rajeuni. La Pierre Vivante, quant à elle, est inerte, comme éteinte.

La mâchoire de maître Chem se décrocha de stupéfaction mais il se reprit très vite. Il commençait à avoir une certaine habitude. Tara se fourrait continuellement dans ce genre de pétrin.

— Pose-la au sol, commanda-t-il. Et retire-lui ses vêtements, je dois étudier le sort qui l'a transformée.

Robin ordonna à la Changeline de faire disparaître les petits habits qu'elle avait créés, à part la couche et une couverture, puis installa la Pierre Vivante à côté de Tara.

Le grand reptile se pencha si près que ses moustaches frôlèrent le bébé qui lui mit aussitôt les doigts dans les narines. S'il éternuait, le dragon risquait de la carboniser, il se retint donc. Puis, délicatement, il secoua la tête pour lui faire lâcher prise.

— Mmmmh, rien de bien compliqué, mais il s'agit de magie maléfique, sans aucun doute. C'est signé Sangrave ou je ne suis plus un dragon ! Mais pourquoi les Sangraves s'attaqueraient-ils à Tara maintenant que Magister n'est plus là ?

— L'Impératrice ne vous a donc rien dit ? intervint Cal, surpris. Magister est de retour !

— *Quoi* !

Le cri du dragon fit s'envoler les bobelles, oiseaux multicolores qui nichaient autour des piscines. Effrayées, les sirènes plongèrent et le bébé émit un hoquet anxieux.

— Désolé, soupira Cal. On a voulu vous prévenir, mais vous aviez décidé de jouer la quatrième guerre mondiale avec dame Auxia et les courtisans. Après l'anniversaire de Tara et le départ de l'Impératrice et de son armée, on vous a cherché, mais vous étiez introuvable.

Le dragon s'éclaircit la gorge.

— Mmoui, je voulais montrer deux-trois curiosités à Charm et nous sommes allés nous promener. Explique-moi ce qui s'est passé, parce que l'Impératrice s'est bien gardée de le faire.

Le jeune Voleur lui raconta l'histoire du snuffy, sans rien omettre au sujet du Chasseur et de la réapparition de Magister. Lorsqu'il eut terminé, maître Chem paraissait songeur, et sa compagne inquiète.

— Le Dranvouglispenchir m'a envoyée sur cette planète pour enquêter, avoua-t-elle posément, à la grande surprise des adolescents. Ce que je découvre s'avère bien pire que ce que nous imaginions ! Je ne suis pas sûre qu'avoir confié la surveillance d'AutreMonde à un aussi jeune dragon était une bonne idée.

Fabrice s'étrangla.

— Jeune ? Maître Chem ? Eh bien ! C'est quoi, vieux, pour vous ?

La réponse tomba, implacable.

— À moins de cent mille ans, on est encore jeune chez nous.

Les adolescents regardèrent le dragon d'un autre œil.

— Mais dans ce cas... balbutia Moineau, pour quelle raison empruntez-vous toujours la forme d'un très vieux mage ?

— Les humains et les peuples d'AutreMonde en général tiennent en haute estime l'expérience, expliqua-t-il. Mon âge correspond dans le cycle humain à celui d'un homme d'une petite trentaine d'années. J'ai préféré adopter une apparence plus... respectable. D'ailleurs, ajouta-t-il en foudroyant la dragonne du regard, je compte sur vous pour éviter de révéler ce détail à quiconque, est-ce clair ?

Celle-ci baissa les yeux, mortifiée d'avoir commis un impair.

— Pardon, j'ignorais que cela faisait partie de la politique du Dranvouglispenchir. Je m'incline.

Elle fit une curieuse révérence en arrière qui découvrit sa gorge et son cou. Maître Chem grogna qu'il lui pardonnait et se tourna vers les autres. La réponse de Cal fut nettement moins diplomatique :

— Qu'est-ce qu'on a en échange de notre silence ? sourit-il d'un air malin.

— Je te laisse la vie, ça te va ? gronda le dragon.

Le sourire de Cal vacilla.

— Euuuh, oui, c'est un bon marché. Mettons que nous n'ayons rien entendu. Nous vous traiterons toujours comme le vieux mage vénérable que vous n'êtes pas.

Le dragon secoua la tête. Par les entrailles de Bendruc le Hideux, comme disaient les démons, cette Charm venait de le mettre dans de beaux draps ! Il connaissait trop bien la cervelle tortueuse du jeune Voleur pour ne pas douter qu'un jour ou l'autre, il parviendrait à utiliser cette précieuse information. Il soupira.

— Bon, revenons au bébé. Écartez-vous, je vais le métamorphoser.

Il s'apprêtait à incanter lorsque soudain une éclatante sonnerie de trompe retentit. Les écrans lumineux qui projetaient des paysages idylliques s'éclairèrent et un bandeau rouge défila :

« Votre attention s'il vous plaît, communiqué primordial ! »

Un cristalliste tatris, ses deux têtes un peu ébouriffées, apparut à l'écran. Très perturbé, il bégayait presque.

— *Nous venons... c'est incroyable, c'est terrible, Jim !*

Nous venons de recevoir une boule de cristal enregistrée..., fit la première tête.

— *... c'est exact, Jom,* reprit la seconde, *et notre station AMChannel1 est la première à diffuser l'horrible nouvelle !*

Il fit un signe de la main et, à sa place, se forma une image qui les fit tous tressaillir : un Sangrave ! Entouré d'une escorte de démons, le visage recouvert d'un masque miroitant, il était assis sur un trône de pierre noir et doré, à l'aspect prodigieusement inconfortable. Les spectateurs étouffèrent un hoquet d'horreur. L'Impératrice d'Omois se tenait à ses côtés, les yeux baissés, les mains et la bouche entravées. Elle n'était pas uniquement prisonnière. Elle paraissait... brisée.

D'innombrables troupes de démons, une immense armée se répandait derrière eux comme une vermine noire et venimeuse. Bien plus qu'un seul sortcelier ne pouvait en invoquer en mille vies ! Le rugissement des deux dragons à la vue des démons couvrit presque le début de la déclaration du Sangrave :

« Bonjour ! Je suis Magister, le maître des Sangraves. Je serai bref : je déclare la guerre à Omois ! »

Chapitre XIX

État de siège

À l'écran, Magister poursuivait d'une voix ferme :

« L'Impératrice est ma prisonnière et l'Héritière n'a que quatorze ans... Elle ne pourra pas me résister. Pour vous prouver à quel point il m'est facile d'atteindre la tête de votre nation, voici un petit aperçu de ma puissance. »

L'image du bébé apparut, aisément identifiable avec sa mèche blanche et ses grands yeux bleus. Les dragons et les adolescents échangèrent des regards graves. Ainsi, Magister était bien le responsable de la transformation de Tara !

« Une vieille vidéo, pensez-vous ? Eh non ! Ces images ont été prises voici une heure. L'Héritière n'est plus capable de vous protéger... Bien sûr, il est possible de rompre ce charme. Mais imaginez s'il avait été mortel ! Amusant, non ? railla Magister, qui reprit sur un ton menaçant : *Vous disposez de quatre jours pour capituler. Passé ce délai, mon armée envahira Omois. Que le gouvernement rende les armes et je serai clément. Après tout, je ne combats pas les humains, mais les dragons. Résistez-moi et... »*

Il se pencha si près qu'il effleura la boule de cristal qui enregistrait, et susurra, venimeux :

« ... je vous exterminerai comme des insectes ! »

Il claqua des doigts et l'écran s'éteignit. Le cristalliste reparut, s'épongeant les deux fronts.

— *On se perd en conjectures,* dit la tête Jom, *sur la façon dont Magister a réussi à s'emparer de notre bien-aimée Impératrice, puis à transformer l'Héritière, si c'est bien l'Héritière que nous avons vue. Une chose est sûre : les services de presse du Palais n'ont pas réussi à joindre l'Impératrice et son armée depuis plus de huit heures...*

— *Nous avons également appris que l'expédition était une opération secrète montée pour capturer Magister,* continua la tête Jim. *Il semble, hélas, que le contraire se soit produit. Nous ignorons encore si l'armée ennemie a déjà pris pied sur AutreMonde. Pour l'instant, aucun observateur ne fait état d'un quelconque mouvement de troupes à l'intérieur de nos frontières. Nous rejoignons à présent nos envoyés spéciaux qui attendent l'allocution de Tara'tylanhnem, l'Héritière impériale... et impératrice par intérim, en espérant de tout notre cœur que ce film ne soit qu'un trucage et que notre Impératrice et son héritière se portent bien !*

Ils se regardèrent les uns les autres, atterrés.

— Elle va pas dire grand-chose l'Héritière, dans cet état, fit remarquer Cal. On a intérêt à lui rendre vite fait son apparence ordinaire !

— Le plus important, intervint Charm, déstabilisée, est de savoir comment Magister est parvenu à faire venir autant de démons sur AutreMonde, au point de constituer une armée. Aurait-il réussi à briser les sceaux de Demiderus et à rouvrir la faille qui permet aux démons de rejoindre notre univers ? Si tel est le cas, alors c'est une catastrophe !

Moineau se mordillait les lèvres. Il y avait quelque chose. Elle aurait juré qu'elle avait vu... elle devait immédiatement réclamer l'enregistrement envoyé par Magister à la chaîne de télécristal afin d'étudier de très près la séquence.

Chem fronça ses sourcils broussailleux de dragon.

— Vous avez raison, Charm, nous devons demander aux

Gardiens de la Terre de vérifier ce qui se trame autour de la faille. Mais auparavant...

Il incanta : « Par le Repatransformus, Tara et Galant à l'instant, retrouvez vos corps et esprits d'antan et la Pierre Vivante tout autant ! »

Pendant un affreux moment, ils crurent bien que cela ne fonctionnerait pas et d'horribles visions défilèrent dans leurs esprits. Puis Tara et Galant se mirent à grandir et tous poussèrent un soupir de soulagement.

Tara écarquilla les yeux lorsqu'elle vit tous ses amis penchés au-dessus d'elle.

— Qu'est-ce qui... m'est arrivé ? gémit-elle, dolente. Hou ! Mon pauvre crâne !

— Nous allions te poser la même question, répondit Cal qui ne voulait pas assommer Tara avec les mauvaises nouvelles. Que te rappelles-tu ?

— J'étais dans la chambre de Maman et puis... plus rien !

— Tu n'as pas vu qui t'a agressée ?

Tara le regarda, interloquée.

— J'ai été attaquée ?

— Oui. Tu ne t'en souviens pas ? Maître Chem vient de te désensorceler.

Tara ferma les yeux pour mieux fouiller sa mémoire. Galant se rapprocha d'elle, désorienté, et fourra ses naseaux sous son bras pour se faire caresser.

— Ouche, j'ai comme un pivert sous le crâne qui insiste méchamment pour me faire un trou dans le cerveau. Non, je ne me rappelle rien de plus, finit-elle par avouer.

Robin soupira malgré la gravité de la situation. Elle avait aussi oublié, manifestement, sa brûlante déclaration. Il n'avait plus qu'à recommencer s'il en avait à nouveau le courage !

La Pierre Vivante qui rayonnait de nouveau entra en communication mentale avec la jeune fille.

— *Hou hou, ça pas agréable,* bougonna-t-elle. *Plus de pouvoir, plus de pensée, plus rien ! Vide !*

— *Maître Chem nous a sauvées,* répondit affectueusement la jeune fille. *Je suis heureuse que tu n'aies pas souffert de cette attaque.*

— *Non, mais qui a envoyé le sort va payer ! C'est sûr !*

Le ton rancunier de la Pierre Vivante fit sourire Tara.

Robin rendit sa Klik à la jeune fille.

— Nous... nous avons de mauvaises nouvelles, Tara. Après que tu as été transformée en bébé...

Tara se releva en vacillant et sourcilla en se découvrant uniquement vêtue d'une couche et d'une couverture trop courte, qu'elle rattrapa de justesse avant qu'elle ne glisse.

— Comment ça, s'exclama Tara, en bébé ? Je me trouvais dans la chambre de maman... et l'instant d'après me voici dans les thermes, presque nue ! Et maman, au fait ? Savez-vous où elle est ? et Marianna ?

Ses amis se regardèrent. Ils avaient complètement oublié les adultes, trop inquiets pour Tara. La déclaration de Magister n'avait pas arrangé les choses.

— Laisse-moi terminer, fit fermement Robin. Magister, qui a réussi, je ne sais comment, à te transformer, a également capturé ta tante, son demi-frère et leur armée.

Tara sentit son cœur battre la chamade.

— C'est impossible !

— Non, hélas. Il n'a pas pour alliés, comme nous le pensions, une simple poignée de Sangraves ! C'est toute une armée de démons qu'il a formée. C'est la raison pour laquelle nous n'arrivions pas à joindre l'Impératrice. Tout ceci n'était qu'un piège pour enlever ta tante... et te déclarer la guerre !

Tara sentit comme une mollesse dans les genoux et se laissa glisser à terre.

— Me... me déclarer la guerre ? Mmmm mais... il ne peut pas !

— Si, répondit Cal, la preuve !

Il désigna les panneaux de cristal qui retransmettaient l'allocution de Magister en boucle. Tara étudia la scène. Chaque fois que l'image se fixait sur les ignobles légions de Magister, elle tressaillait. Pendant de longues et terribles minutes, le sort d'AutreMonde reposa sur sa capacité à faire le bon choix. Elle faillit bien abandonner. Que pouvait-elle contre un tel déploiement de forces ? Puis le souvenir de son combat contre l'armée de l'Imperator lui revint à l'esprit.

Elle se redressa. La Changeline, efficace, lui rendit en un instant ses jeans, tee-shirt et baskets, ainsi que sa robe de sortcelière impériale. Elle se tourna vers ses amis et ses yeux étincelèrent dans la lumière.

— J'ai une seule question et vous, les dragons, avez la réponse. Avons-nous une chance de gagner si nous nous battons ?

Les deux dragons échangèrent un regard inquiet, puis Chem prit la parole :

— Je vais être honnête, Tara, la dernière fois que nous avons affronté les démons, ils ont failli nous vaincre. Seul le pouvoir de Demiderus et des quatre Très Hauts mages a empêché notre défaite. Si nous étions encore à cette époque, et sans leur soutien, je dirais non. Mais depuis cinq mille ans, la situation a changé et il est plus difficile de se montrer affirmatif. Tu possèdes un pouvoir aussi puissant, si ce n'est plus, que celui de ton ancêtre ; les Hauts mages, quant à eux, ont beaucoup évolué aussi. Notre monde compte bien plus d'habitants ; Omois est un grand empire bien soudé. Alors, je dirais que nos chances sont de... cinquante-cinquante.

Tara réfléchit quelques instants, puis respira profondément. Ils se raidirent, dans l'attente de sa décision.

— Je savais, dit-elle avec un pauvre sourire, que je n'aurais jamais dû poser le pied sur cette planète. Mais maintenant que je suis ici, je n'ai plus le choix. Nous allons affronter Magister et ses hordes. Contactez également le Dranvouglispenchir. L'aide de tous les dragons est requise pour ce combat. Sans vous, nous ne résisterons pas !

Chem acquiesça.

— Tu as ma parole, Tara. Je vais prévenir nos soldats.

En utilisant les Portes de Transfert, nous devrions accueillir les premiers contingents dans un délai de deux à quatre jours.

— Tara, tu es sûre de toi ? s'inquiéta Manitou qui se demandait distraitement si les chiens aussi pouvaient avoir des poils blancs à force de se faire du souci. Se battre contre Magister est une chose. Mener une véritable guerre en est une autre !

Tara se planta devant son labrador d'arrière-grand-père.

— Sais-tu ce que me rabâche l'Impératrice depuis un an ?

— Euuuh, non, répondit-il, impressionné par l'attitude décidée de Tara.

— Elle me dit que le pouvoir s'exerce en solitaire. On a des conseillers, des amis, des parents, des ministres pour prendre leur avis. Mais au final, on choisit toujours seul. Ou alors on n'est pas capable de diriger un empire. Autant se reconvertir dans la production de carottes au fin fond de la Krasalvie orientale. Alors oui, je suis sûre. Je ne laisserai pas Magister user de chantage et de kidnapping pour obtenir ce qu'il veut. En plus, il vient de commettre une énorme erreur. En un an, l'Imperator m'a fait ingurgiter des quantités de manuels militaires, nous avons travaillé sur les terrains de simulation avec différentes armées, je ne suis donc pas totalement démunie face à ce type de menace. Et la dernière fois, j'ai gagné, b... !

— Tara ! s'exclama Moineau, choquée.

— Oh, ça va, j'ai le droit de jurer ! Je dirais même que la situation l'exige !

— Je me fiche que tu jures, crénom, grogna Moineau. Mais tu as dit « je ». Mets un « nous » s'il te plaît. Nous ne t'abandonnons pas !

— Vous le devez pourtant, répondit Tara, très émue mais consciente des problèmes politiques. Vous n'êtes pas citoyens d'Omois ! Il vous faut retourner au Lancovit, à Selenda, et à Hymlia et me laisser me débrouiller avec ce taré !

— Et rater une occasion de se battre ? s'indigna Fafnir en faisant tourner négligemment sa hache au bout de son doigt calleux. Tu rigoles, j'espère ? La nation naine ne se dérobera pas. Et si les nains ne veulent pas venir, eh bien, je les représenterai à moi toute seule !

— Les elfes aussi seront à tes côtés, enfin un demi-elfe, au moins ! renchérit Robin.

— Je ne peux pas parler au nom du Lancovit, précisa Moineau, mais je reste avec toi.

— Moi aussi, ajouta Cal simplement.

— Et moi, je ne suis pas le représentant des Terriens, mais je suis ton homme pour ce combat, conclut Fabrice, prenant un air martial.

Tara les regarda un à un, ayant encore en mémoire ce qu'elle avait ressenti lorsqu'ils étaient morts pendant la guerre fictive contre l'Impératrice... mais elle capitula. Elle avait besoin de toute l'aide possible et se sentait perdue sans ses amis.

— Comme les trois mousquetaires, alors ! Sauf qu'on est sept. Un pour tous et tous pour un ! Merci. Vous êtes de vrais amis.

Elle leur sauta au cou.

À part Fabrice, Cal qui connaissait bien les films terriens, et Manitou qui avait vécu sur Terre, aucun d'entre eux ne comprit de quoi elle parlait. Mais elle avait l'air si contente qu'ils décidèrent de remettre les explications à plus tard. Quoi que pût être un mousquetaire.

Tara tourna trois fois sa Chevalière et le puissant Meludenrifachiralivandir apparut devant elle.

Il paraissait mal à l'aise, comme s'il avait un gros problème. Ou que quelque chose ne s'était pas déroulé comme il l'escomptait.

— Oui, Maîtresse, tonna-t-il, je suis à votre service !

— Convoque nos ministres et les généraux qui restent, ordonna-t-elle sans le saluer et passant au tutoiement dans l'urgence. Et commande aux Hauts mages et aux sortceliers encore présents dans le palais de veiller à la sécurité de chaque membre du gouvernement, de chaque militaire gradé, de chaque décisionnaire du Palais. Notre ennemi a gagné la première manche, à nous de remporter la seconde. Ensuite, retrouve ma mère ainsi que Marianna... et Medelus !

L'imposant effrit haussa son sourcil jaune citron.

— Convoquer, sécuriser, localiser. J'entends et j'obéis.

Il s'inclina et disparut.

— Ah ! devina Robin. Tu vas protéger les organes de l'État afin que Magister ne puisse pas paralyser tes rouages de décision, puis former ton armée. C'est bien.

Tara tourna un œil agacé vers lui.

— Je n'ai pas le choix, gronda-t-elle. Espérons que sa déclaration n'est que du bluff. Parce que sinon, des gens vont mourir !

Elle se tut, attrapa sa mèche blanche et se mit à la mordiller. Puis interrogea, pensive :

— Pourquoi n'attaque-t-il pas immédiatement ? C'est illogique. Il a capturé l'Impératrice, et surtout l'Imperator, le véritable chef militaire de cet empire, ainsi que plusieurs de ses meilleurs généraux et un régiment entier d'elfes guerriers. À sa place, je lancerais l'offensive sans laisser à mon ennemi le temps de s'organiser. Je repose ma question : pourquoi me laisse-t-il quatre jours ?

Robin plissa ses yeux de chat :

— Dis-moi, Tara, il t'a bien instruite, l'Imperator. Tu as parfaitement raison ! C'est étrange !

Chem hocha la tête, préoccupé.

— Il attend... ou alors manigance quelque chose. Nous devrons veiller à ce que Tara soit particulièrement bien gardée, ainsi que dame Auxia et ses frères et sœurs, qui sont également des héritiers de l'Impératrice si Tara était neutralisée.

Tara fit une petite grimace. Neutralisée, hein... Elle apprécia pleinement le terme qui pouvait recouvrir un grand nombre de choses désagréables. Mais le dragon avait raison. Elle n'était pas la seule cible potentielle.

Laissant derrière eux Fafnir qui entendait profiter des

thermes pour prendre une douche et nettoyer ses vêtements, ils descendirent dans la suite impériale. Les deux soldats de faction devant la suite prirent un garde-à-vous soulagé en apercevant l'Héritière qui approchait d'un pas décidé, suivie de sa petite troupe. Le dragon soumit les sentinelles à un interrogatoire poussé mais ils n'avaient rien vu, rien entendu, en dehors des adolescents qui étaient sortis, emportant un bébé. Chem tenta même un Memorus puis un Tempus, deux sorts qui permettaient de visionner les événements passés, mais l'agresseur de Tara avait été prudent. Un contre-sort avait effacé toute la scène et Chem n'obtint aucun résultat. Il jura abondamment et Cal, qui en connaissait un rayon question jurons, le regarda avec admiration.

De son côté, Charm avait contacté leur planète natale. Le roi des dragons avait promis d'envoyer des renforts le plus vite possible. Mais Chem s'était montré exagérément optimiste : ils ne pourraient arriver que le quatrième jour, juste à temps pour l'expiration de l'ultimatum.

Moineau contacta la chaîne de Jourstal et se fit livrer la boule de cristal vidéo contenant l'allocution de Magister. Elle la visionna inlassablement, détaillant les démons. Leur nombre surtout avait troublé les dragons, à juste titre. La magie de Demiderus avait rendu impossible leur venue sur AutreMonde ou sur Terre, à moins d'une convocation. En cinq mille ans, les humains avaient certes trouvé moyen d'invoquer les démons, mais en acceptant de perdre en échange plusieurs années de leur vie, car l'acte pompait leur substance vitale. Certains sortceliers liaient ainsi, à leur service, un démon. Mais ils ne pouvaient en faire venir et lier qu'un seul, pour toute leur vie. Comment, sans rouvrir les failles, Magister avait-il pu rassembler autant de démons ? C'était impossible. Et pourtant, il l'avait fait.

Tingapour vacillait. Peu de temps après la déclaration de Magister, devant le palais, une foule de nonsos manifesta pour demander la capitulation. Ils étaient terrorisés par les démons qu'ils n'avaient aucun moyen de combattre. Maître

Tyrann'hic décida de faire donner la troupe pour les disperser. Tara annula l'ordre juste avant que les gardes ne provoquent un désastre. Xilar, furieux, protesta lorsqu'elle l'empêcha de faire de la chair à pâtée des manifestants. Il en appela à la décision de maître Tyrann'hic et elle manqua le démettre de ses fonctions pour avoir discuté ses ordres, puis elle se ravisa. La discussion qui eut lieu à ce sujet entre elle et le président de la Chambre des représentants fut homérique. Tara verrouilla ses genoux, ordonna sévèrement à son estomac d'aller voir ailleurs si elle y était et figea son visage en un masque très impérial. Tyrann'hic dut capituler mais Tara ne s'était pas fait un ami.

Heureusement pour elle, les rapports révélèrent que la manifestation était curieusement bien organisée... en vue de désorganiser le gouvernement. Elle décida donc d'ignorer les nonsos même si les cristallistes leur faisaient la part belle aux informations. De nouveau, quelqu'un alimentait la méfiance entre les sortceliers et les nonsos. Elle ne jouerait pas son jeu mortel.

Les ministres et les généraux qui n'avaient pas accompagné l'Impératrice dans son expédition désastreuse arrivèrent dans une ambiance de fin du monde. Ils hésitaient à confier leur sort à une gamine de quatorze ans et pensaient que la jeune fille allait leur ordonner de capituler et de céder à Magister, ce que d'un commun accord ils ne désiraient pas.

Lorsqu'elle les reçut, Tara, sur les conseils de Charm, avait troqué son jean contre une robe impériale, ses talons la grandissaient discrètement d'une dizaine de centimètres sous sa traîne et la Changeline lui avait fait un maquillage qui la vieillissait de quelques années. Grr'ul, les bras croisés, se tenait derrière elle, gardienne verte et attentive. Tara s'était composé un visage impérial (elle s'était entraînée devant la glace, s'inspirant sans vergogne de l'Imperator) et ils furent étonnés de la trouver très décidée à combattre.

Ce fut maître Tyrann'hic qui eut la plus mauvaise surprise. Il pénétra dans la salle du conseil d'un pas assuré, convaincu qu'il allait gouverner Omois à la place de Tara.

— Notre héritière est bien jeune, commença-t-il d'un ton patelin. Elle n'a jamais affronté une armée réelle. Ces démons que nous envoie Magister ne sont pas invulnérables certes, mais Magister n'en veut pas aux Omoisiens, il souhaite juste que nous nous débarrassions des dragons. Obéissons-lui et nous nous en tirerons sans problème !

Charm et Chem qui assistaient au conseil grognèrent mais ne prirent pas la parole.

Le cœur serré, Tara évalua l'assemblée de graves ministres. Tous, hommes, femmes et non-humains, semblaient troublés. Elle prit une grande inspiration et se leva.

— Contrairement à ce que pense maître Tyrann'hic, j'ai combattu Magister. Deux fois. La première avec une troupe de dragons et d'elfes qui nous ont permis de conquérir sa Forteresse Grise et de délivrer ma mère. La seconde seule contre lui. Je sais de quoi il est capable. Celui qui s'imagine qu'il se contentera d'évincer nos alliés les dragons rêve debout. Il s'emparera de ce pays et en fera sa tête de pont pour conquérir le reste d'Autre-Monde. Nos concitoyens deviendront sa chair à canon. Vos enfants seront des militaires à sa solde. Il fera couler le sang. Abondamment. Et ce ne sera pas le sien, mais le nôtre ! Si nous ne l'arrêtons pas maintenant, nous condamnons cette planète. Après cette planète, il s'en prendra à la Terre, puis (elle plaça son joker) il s'attaquera au Dranvouglispenchir. Il déclarera la guerre aux dragons. Est-ce cela que vous voulez ?

Les ministres s'agitèrent, frappés par l'argument. La puissance des dragons n'était pas négligeable. Et Tara avait raison. Ce serait leur sang qui coulerait, pas celui de Magister. Les résultats du vote ne furent pas unanimes, mais suffisants. À la majorité, ils prirent la décision d'affronter leur ennemi, provoquant la fureur de Tyrann'hic qui leur prédit une terrible défaite.

Le président de la chambre tenta une dernière ruse. Il proposa de devenir le tuteur de Tara, bien que les sortceliers deviennent automatiquement majeurs un an après avoir reçu leur pouvoir, afin, expliqua-t-il doctement, « de guider l'Héritière dans les rouages compliqués du gouvernement ». Mais dame Auxia, la cousine de l'Impératrice, s'opposa au gros homme, qu'elle n'aimait guère :

— Vu la clarté et l'intelligence des premières décisions de notre Héritière, asséna-t-elle, je ne vois pas très bien pourquoi elle devrait en passer par vous pour diriger ce pays !

Tara la salua de la tête, reconnaissante. Évidemment, les ministres ignoraient que Fafnir, Chem, Charm et Robin avaient abondamment briefé Tara avant la réunion, Fafnir surtout, véritable encyclopédie des guerres d'AutreMonde. Sur ses conseils, Tara avait fait renforcer la garde aux frontières maritimes puisque Omois, qui recouvrait l'intégralité du continent, n'avait pas de frontières terrestres avec d'autres peuples. Elle avait rappelé les réservistes et conseillé à ses alliés, comme aux ennemis d'Omois, de rester en dehors de la querelle. Inutile d'embraser la planète entière. Cela dit, elle avait laissé une ouverture suffisante dans son discours pour que les autres nations puissent se joindre à elle si elles le désiraient. Quémander, non, accepter gracieusement de l'aide... oui, oui, oui !

C'étaient ces mesures qui venaient de lui sauver la mise et Tara en était profondément reconnaissante aux deux dragons et à ses amis. Les ministres lui votèrent les pleins pouvoirs et le destin d'Omois fut remis entre les mains d'une jeune fille de quatorze ans. Tara qui sentait ses genoux trembler sous sa robe tenta de se remonter le moral en se disant que Louis XIV avait à peu près le même âge lorsqu'il avait conduit sa première guerre et Jeanne d'Arc dix-sept ans à peine quand elle avait repris Orléans.

Cela ne la consola pas du tout. Et son cœur se serra lorsque les ministres l'appelèrent « Majesté impériale » pour la première fois. En adoptant ce titre à la place de l'habituel

« Altesse impériale », ils la reconnaissaient implicitement pour Impératrice. Elle espérait profondément que ce ne serait que temporaire.

Forte de la confiance du conseil, elle enregistra une courte allocution dans laquelle elle déclara qu'elle avait effectivement été victime d'un maléfice, rapidement neutralisé. Elle précisa qu'un ennemi s'était introduit dans le palais et qu'elle allait s'employer à le traquer. Puis ajouta que Magister ne l'intimidait en rien, que son peuple et elle-même étaient prêts à lutter contre un homme assez sordide pour s'allier avec des démons.

Les généraux et le ministre de la Guerre, Valendra, apportèrent leur compétence et travaillèrent sur différents plans de bataille avant que chaque responsable, muni d'ordres clairs et précis, ne la salue avec respect et ne parte à toute vitesse faire exécuter les nouvelles consignes.

Tara s'étira, voulut frotter ses yeux qui la piquaient, s'arrêta de justesse avant de ressembler à un raton laveur (elle avait oublié qu'elle était maquillée) et soupira, consciente d'avoir géré la situation de crise du mieux qu'elle le pouvait... et déterminée à ne pas laisser la peur la submerger. *Hop, dehors la peur, fiche-moi la paix !* Elle consulta une hor, et fut surprise de voir qu'il ne s'était écoulé que trois heures depuis la déclaration de Magister.

Soudain Mel se matérialisa. Le pégase eut un hoquet et Cal s'écarta précipitamment. Mais aucune bulle bleue ne jaillit des naseaux. Le grand effrit pourpre s'inclina.

— La Camériste impériale et maître Medelus ont disparu, mais j'ai fini par localiser dame Selena, annonça-t-il, au grand soulagement de Tara. Elle se trouve dans son ancienne chambre, celle qui lui était réservée avant qu'elle n'aménage avec vous dans la suite impériale. Je l'ai prévenue que vous la cherchiez.

— Mais que fait-elle dans... ?

Elle fut interrompue par l'arrivée de sa mère, un peu essoufflée d'avoir pressé le pas pour rattraper l'effrit.

— Eh bien, ma chérie, qui sont tous ces gens, que se

passe-t-il ? demanda-t-elle. Et quelqu'un a-t-il vu Medelus ? Nous devions nous retrouver pour le petit déjeuner, mais il n'est nulle part !

Ils échangèrent des regards stupéfaits. Puis le dragon prit la parole.

— Dame Selena, n'avez-vous pas entendu la déclaration de Magister ?

La mère de Tara blêmit.

— La *quoi* ?

— Magister nous a déclaré la guerre. Il s'est emparé de l'Impératrice, expliqua Tara. Et je crois que quelqu'un t'a jeté un Mintus !

Selena eut l'air complètement égarée lorsque Tara l'informa des derniers événements.

— C'est... c'est incroyable ! Seigneur, il... n'est pas mort ? Et il a réussi à capturer l'Impératrice ! Qu'allons-nous faire ?

— Combattre, répondit sobrement Tara.

Soudain Manitou, qui regardait son arrière-petite-fille avec sollicitude, s'approcha d'elle. Il se mit à renifler si fort qu'il attira l'attention de Tara.

— Grand-père, qu'y a-t-il ? interrogea Selena.

— Snif, snif, je sens quelque chose. Snif snif. Dis-moi, tu t'es coupée ou blessée ce matin ?

— Comme je ne me souviens de rien, répondit-elle, crispée, je ne peux te renseigner, pourquoi ?

— Je flaire du sang sur toi !

La jeune femme réagit :

— Du sang ? Comment ça *sur* moi ?

— Oui, tu en as dans les cheveux, comme si tu avais été éclaboussée. Tu t'es peignée mais l'odeur est encore forte. Il y en a aussi sur tes chaussures. Il n'y en a pas sur ta robe mais je parierais un os à moelle que tu t'es changée !

— Nous allons le vérifier immédiatement, décida le dragon. « Par le Fluidorevelus, le sang versé doit à présent nous être révélé ! »

Charm le regarda, incrédule. Qu'est-ce que c'était encore que cette bizarre incantation ?

C'était en tout cas efficace. Le sort toucha Selena, l'englobant entièrement, s'attardant sur ses cheveux et ses chaussures, puis une image se forma. Tara dut retenir sa mère qui vacillait. Ruisselant de sang, Medelus venait de se révéler à eux ! Et derrière lui, à peine visibles, éclaboussées elles aussi par le fluide vital se trouvaient les silhouettes de Jar et de Mara !

Chapitre XX

L'empreinte sanglante

— Par mes ancêtres ! s'exclama Manitou, fixant l'image sanglante

— Dieux, je me souviens ! l'interrompit, paniquée, Selena. Je me suis rendue ce matin chez Medelus. Quand je suis arrivée, il gisait au sol, grièvement blessé. J'ai appliqué un Reparus pour le soigner mais il avait perdu tant de sang ! Ensuite... il y a eu comme un trou noir et j'étais dans ma salle de bains en train de me préparer, ayant tout oublié !

Tara était blême. Elle savait les jumeaux dangereux... mais jusqu'à assassiner ?

— Medelus est peut-être encore dans le palais ? suggéra Manitou, en humant l'air. Snif, snif ! Moineau, viens m'aider ! Blondin et Sheeba, vous aussi !

La magnifique panthère argentée fronça le museau et, poussant un léger soupir, obéit. Elle possédait une excellente vue, mais le flair n'était pas son point fort.

Moineau, transformée en Bête, se joignit aux recherches. Presque aussitôt elle stoppa devant un placard proche de la chambre de Medelus où l'odeur était plus intense. L'ouvrant, elle vacilla sous la poussée soudaine d'un corps. Le mage, englué dans une gangue de sang, venait de basculer dans ses bras velus. Alertés par ses cris, tous accoururent et Selena ausculta le blessé sans se soucier de sa robe qui s'imbibait lentement d'écarlate. L'effrit le regarda sans broncher puis bougonna avant de disparaître.

— Évidemment, je ne risquais pas de le trouver, je n'ai pas pensé à regarder dans les *placards* !

Cal ne put s'empêcher de sourire. L'effrit avait l'air si indigné !

Le mage faisait peine à voir. Le Reparus de Selena n'avait pas dû fonctionner très longtemps car les blessures saignaient encore.

— Beurk, fit Cal, on a l'impression qu'il a été *mâché* et recraché par un animal.

Mais Robin secoua la tête, désignant sur son cou deux marques sanglantes qui s'estompaient lentement sous l'effet de leur magie combinée.

— Ceci est la marque d'un vampyr ! Medelus a été attaqué par *le Chasseur* !

Ils échangèrent des regards angoissés. Ainsi, l'ex-fiancée de maître Dragosh avait réussi à s'introduire dans le palais ! Jusqu'à ce dernier crime, les événements récents pouvaient être attribués à un simple Sangrave. Malheureusement, Magister avait envoyé son élite : Selenba la vampyr.

Un gémissement sourd au fond du placard attira leur attention. Une seconde personne gisait dans l'ombre. Marianna, à demi inconsciente, présentait elle aussi de profondes griffures et sa gorge portait la signature du Chasseur. Dès qu'elle eut reçu le Reparus, elle reprit ses esprits.

— Que s'est-il passé ?

— Vous avez été agressés par une vampyr, expliqua la Bête en portant une patte nerveuse à son cou.

— Elle devait avoir faim, parce qu'elle vous a un peu goûtés, ajouta Cal.

Marianna frissonna.

— Vous voulez dire qu'elle a bu notre sang ?

— Exactement, confirma Manitou.

— Ce que je ne comprends pas, intervint Robin, c'est la raison pour laquelle vous êtes encore en vie, l'un et l'autre...

— Je n'arrive pas à lui faire reprendre conscience !

La voix de Selena tremblait. Medelus gisait dans ses bras. Les blessures avaient disparu mais le mage, toujours inanimé, était affreusement pâle. Marianna, quoique consciente, n'était pas en meilleur état.

— Et si nous utilisions ton sort pour transférer notre sang ? proposa Tara à Robin.

— Non, répondit l'elfe. Je ne veux pas courir ce risque, cela pourrait nous affaiblir. Le chaman aura ce qu'il faut pour les soigner tous deux.

— Je l'appelle tout de suite, grogna maître Chem. Bon sang, mais à quoi pensait-elle !

— Qui ? Le chaman ? interrogea Fabrice un peu surpris. C'est un homme, Yeux-qui-voient-loin, non une fem...

— Pas le chaman ! l'interrompit sèchement le dragon. L'Impératrice ! Affronter Magister avec un petit régiment d'elfes et quelques Hauts mages, c'était d'une folle arrogance ! J'ai sollicité dame Isabella pour qu'elle aille inspecter la faille sur Terre mais les sceaux tiennent toujours. Nous ignorons comment Magister a réussi à faire venir autant de démons. Elle nous a mis dans de beaux draps !

Marianna n'aimait pas qu'on critique sa souveraine.

— Moi, je suis inquiète pour elle. Si nous résistons, qui sait ce que Magister peut lui faire !

— Rien du tout, trancha Tara. Il a besoin d'elle. Il l'a capturée parce qu'il peut s'en servir comme otage et qu'il a besoin d'un descendant de Demiderus pour accéder aux objets démoniaques. Elle ne risque rien. Elle est la clef !

Il y eut un lourd silence, puis Cal siffla :

— Mince ! J'ai tellement l'habitude qu'il essaye de t'enlever *toi* que j'ai oublié que ta tante aussi avait accès aux objets démoniaques ! Alors là, on est mal !

— Pour l'instant je me soucie moins de ces objets que de l'armée de Magister, précisa Maître Chem. Il y a quelques dragons sur AutreMonde, ils viennent nous prêter patte-forte en attendant les renforts du Dranvouglispenchir. Nous irons patrouiller. Si notre ennemi a réussi à introduire son armée sur le continent, il doit la dissimuler quelque part. Nous *devons* découvrir où !

— Il nous faut aussi retrouver les jumeaux, dit doucement Selena, se détournant un instant de Medelus. Ils savent peut-être quelque chose.

Les gardes arrivèrent avec le chaman, qui ausculta soigneusement Medelus, le transfusa et le fit transporter à l'infirmerie. Il administra une potion à Marianna, moins sérieusement touchée et qui refusa catégoriquement d'aller à l'infirmerie. La jeune femme, encore fragile, demanda à Fabrice de la soutenir. Moineau fronça le nez. Elle trouvait que la ravissante camériste s'appuyait un peu trop sur le robuste Fabrice. Elle papillonnait, inclinait son cou d'ivoire et ouvrait de grands yeux admiratifs à chaque mot du jeune homme, qui se montrait aux petits soins pour elle. Moineau eut un sourire amer. Si la camériste connaissait le secret du jeune Terrien, elle s'enfuirait en hurlant au lieu de s'appuyer sur lui !

Les jumeaux, pour une fois, se trouvaient dans leur chambre, à la grande surprise de Tara et si Jar les accueillit avec un air de défi, Mara, elle, était blême.

— Nous avons pratiqué un Revelus, attaqua maître Chem, et nous savons que vous étiez avec le Haut mage Medelus lorsqu'il a été agressé. Vous aviez du sang sur vous. Dites-nous ce qui s'est passé.

Les jumeaux échangèrent un regard angoissé, puis Mara prit la parole :

— Nous étions venus voir notre maître pour prendre nos ordres ce matin. Lorsque nous nous sommes présentés chez lui, il gisait dans son sang. Nous l'avons cru mort et nous nous sommes enfuis. Après nos dernières blagues, nous avions peur d'être accusés.

— C'est le cas, assena Tara. Je ne crois pas un instant que vous soyez arrivés après coup. Qui tentez-vous de protéger ? Et... pourquoi ?

Jar leva vers elle un regard curieusement éteint.

— Pense ce que tu veux. Tu es l'impératrice, tu peux

faire de nous ce que bon te semble. Mets-nous en prison, cela ne changera rien.

Tara ne fut même pas tentée. Le garçon et sa sœur paraissaient... désespérés. Comme si on leur avait retiré un principe vital. Elle essaya autre chose.

— Je vous ai fait rechercher par mon effrit, Mel, après votre stupide blague pour gâcher notre dîner. Mais il n'a pas réussi à vous localiser. Pourquoi ?

Les deux gamins échangèrent un regard inquiet. Zut, ils pensaient qu'elle aurait oublié.

— C'est un Drac, murmura Mara en désignant un médaillon aux armes de sa famille qui pendait sur sa poitrine.

— Un quoi ?

— Un Drac. Un Dissimulateur Radical Ciblé. Tous les enfants des baronnies en ont. Lorsque nous l'activons, il diffracte la lumière, alors on ne nous voit pas. Il nous permet de nous cacher lorsqu'on nous cherche, par magie ou non. Et il est plus efficace qu'un sort parce qu'il ne dépend pas de *notre* magie pour fonctionner mais de la magie environnante.

Tara tendit la main et prit les deux Drac qu'elle remit à l'un des gardes, sous la responsabilité de Xilar. Ils ne tirèrent plus rien des jumeaux. Abattus, ils répondaient sans répondre, esquivant chaque interrogation. Au bout de dix minutes de ce manège, Tara, sentant qu'elle allait commettre un infanticide, préféra abandonner. Elle plaça deux sentinelles en faction devant la chambre, avec consigne de ne pas quitter les enfants du regard.

De retour à la salle du Conseil, ils firent le point des différentes mesures, puis évaluèrent ce qui avait déjà été accompli. Les chiffres s'accumulaient, et en voyant autant de vies prêtes à être sacrifiées, Tara sentait la peur lui nouer l'estomac. À l'heure, tardive, du déjeuner, sa gorge était si serrée qu'elle n'avait aucune envie de se mettre à table. La seule idée de la nourriture lui soulevait le cœur. Mais maître

Chem la persuada : il fallait qu'elle se montre aux courtisans et aux sortceliers.

Le murmure des discussions s'intensifia quand elle entra dans l'immense salle à manger. Les visages étaient soucieux. Trois clans se distinguaient : ceux qui – heureusement, une petite minorité – voulaient céder à Magister et se fichaient des dragons comme de leur premier sort, ceux qui tenaient à combattre les démons et enfin ceux qui réclamaient qu'Omois force les autres peuples à former une coalition. Autant dire que la décision de Tara de lutter seule à la tête de l'armée impériale ne faisait pas l'unanimité. La jeune fille soupira intérieurement, gardant un visage impassible. Maître Chem l'avait prévenue qu'elle serait en but à des pressions. Elle commençait à comprendre ce qu'il voulait dire.

Tara et ses amis prirent place autour d'une tablée où se tenaient déjà maître Dragosh, dame Kalibris, dame Kali, dame Auxia et maître Tyrann'hic. Afin de rassurer les courtisans quant à l'engagement des dragons, Charm et Chem avaient gardé leur forme naturelle et ils se postèrent, imposants, à chaque bout de la table. Soudain, Cal bondit. Il venait de voir un visage qu'il connaissait.

— Hé, fit-il soudain joyeux, attendez-moi un instant, je veux vous présenter Eleanora !

— Qui est-ce ? s'enquit Fabrice d'une voix suspicieuse.

— La cousine du garçon qui a été aspiré par le vortex, expliqua lentement Tara. Je l'ai rencontrée avant-hier au palais. Elle paraît en vouloir mortellement à Cal.

Celui-ci revenait avec la jeune fille qui avait abordé Tara.

— Voici Eleanora, expliqua Cal. Elle s'est installée chez les parents de Brandis afin de les aider à supporter le choc de la perte de leur fils. C'est une famille de Pacis, alors ils sont très proches les uns des autres.

Les Pacis, Tara l'avait appris, étaient une faction pacifique qui militait pour l'éradication des duels magiques, si courants à Omois et si meurtriers pour les sortceliers. Eleanora, le regard fuyant, s'inclina très raide devant Tara, dame Auxia et maître Tyrann'hic, puis s'éloigna sans un mot.

— Pour une Pacis censée aimer la planète entière, elle n'a pas l'air de beaucoup nous apprécier, fit remarquer Fabrice.

— Non, elle ne nous aime pas du tout. Mais moi je la trouve formidable !

Cal n'eut pas le loisir de leur expliquer les raisons de son enthousiasme. Dame Auxia donnait le signal du début du repas, quand il y eut comme un choc, et la salle fut plongée dans l'obscurité.

Chapitre XXI

La fiancée du vampyr

La lumière revint au bout d'un instant et tous promenèrent autour d'eux des regards anxieux. Comme l'incident paraissait clos, les conversations reprirent peu à peu. Tara se pencha vers maître Dragosh. Elle-même ignorait comment lutter contre la vampyr. Mais lui saurait.

— Je dois vous informer, commença-t-elle d'un ton courtois, que nous avons retrouvé Medelus grièvement blessé, déchiqueté, presque mort. Marianna aussi a été attaquée. Tous deux ont été vidés de leur sang.

Maître Dragosh vacilla sur sa chaise. Une seule race sur AutreMonde se régalait du sang des êtres vivants. Pire, il savait parfaitement *qui* avait perpétré cet ignoble massacre. Un seul vampyr renégat était capable de lacérer quelqu'un pour son plaisir. Sa fiancée. L'unique amour de sa vie, maudite à jamais. Selenba, le *Chasseur*.

Les yeux des convives s'étaient portés sur lui, lourds de soupçons. Dame Auxia, très pâle, s'écartant de la table, s'adressa au Haut mage :

— Maître Dragosh, vous êtes le seul vampyr présent parmi nous. Qu'avez-vous à dire ?

— C'est exact. À ma connaissance, il n'en existe pas d'autre, répondit, la gorge serrée, le vampyr, acceptant patiemment l'accusation implicite.

— Pas tout à fait, intervint dame Kali. Je sais que ceux d'entre vous qui goûtent au sang des humains subissent une mutation. Leur salive devient empoisonnée et ils ne tolèrent plus la pleine lumière du jour. Or il y a du soleil dans la grande salle, et vous ne paraissez pas en souffrir. J'en déduis que vous n'êtes pas le coupable.

Elle se pencha et poursuivit, d'un ton où filtrait son aversion :

— Il y a donc un second vampyr suceur de sang parmi nous ! Mais celui-ci boit du sang humain !

Les courtisans s'entre-regardèrent, mal à l'aise.

Dame Auxia, qui n'était pas stupide, sauta aux conclusions.

— Ce monstre hideux serait-il envoyé par Magister ? Est-ce une tentative d'intimidation : « Cessez de me résister ou je vous tue ? » Je juge ce procédé, pour ma part, répugnant ! Ce n'est certainement pas le genre de chose qui va nous conduire à capituler !

Elle s'adressait à maître Dragosh comme si elle le chargeait de retransmettre le message à Magister. Le vampyr était naturellement pâle, mais maintenant il aurait fallu inventer un mot pour qualifier l'absence de couleur de son visage.

— Je ne suis pas un traître, Dame, déglutit-il. Je suis de votre côté. Magister est celui que je combats, depuis très longtemps. Et vous avez raison. Ce vampyr travaille bien pour notre ennemi. Je vais régler ce problème. Définitivement.

Si les autres ne comprirent pas le sens de sa déclaration, Tara et ses amis échangèrent un regard soucieux. Magister avait réussi à corrompre la fiancée de maître Dragosh en lui faisant absorber du sang humain, ce qui l'avait rendue folle. Pendant des années, Safir Dragosh l'avait défendue malgré ses crimes, cherchant encore et toujours le remède qui pourrait la guérir. En vain. À présent, devant les crimes affreux qu'elle venait de commettre, il venait enfin d'admettre qu'il n'avait plus le choix.

Le vampyr baissa la tête et une larme de sang coula sur sa joue blême. Il allait devoir tuer l'unique amour de sa vie. Dans son esprit, il laissa s'éloigner les doux instants qu'il avait partagés avec elle, l'odeur des fleurs lorsqu'ils se promenaient dans les champs, les perspectives d'avenir, les enfants qu'il voulait lui faire. Tout ceci fut effacé par l'image sanglante de Medelus et de Marianna égorgés.

Dame Kali, la gouvernante du Palais d'Omois, tordait ses six bras en le regardant. Elle allait ouvrir la bouche pour le sommer d'expliquer ses énigmatiques paroles lorsque les traits du vampyr se brouillèrent, ses crocs jaillirent de sa bouche qui s'allongeait, faisant précipitamment reculer les courtisans. Avant qu'ils n'aient repris leur souffle pour crier, il y eut un « plop ! » et un grand loup noir apparut à la place de maître Dragosh. Manitou se sentit soudain tout petit dans sa peau de labrador et s'écarta prudemment de son chemin, les babines involontairement retroussées, tant son apparence était terrifiante. On n'avait pas du tout envie de promener la main dans la magnifique fourrure noire, pas sans avoir revêtu une armure complète avant.

Le loup leva le museau vers la voûte, hurla toute sa douleur puis, en quelques bonds, il disparut dans l'escalier.

— Il... il est impressionnant ! balbutia une courtisane blonde à la généreuse poitrine, avec une nuance d'admiration dans la voix.

Son compagnon lui jeta un regard dédaigneux.

— Pfff ! lâcha-t-il, je peux me couvrir de fourrure et hurler, cela n'a rien de difficile ! Voyons plutôt s'il est efficace !

Mais, prudent, il s'abstint de tout commentaire quand Moineau, qui, à l'instar Tara, n'avait guère d'appétit, décida de se joindre à la traque et se métamorphosa en effrayante Bête.

Maître Chem, lui, n'avait pas l'intention de jeûner, et il incanta au-dessus d'une tranche de Mooouus :

— Par le Doublus que ma viande un quartier devienne, afin que soit rassasiée la faim qui est mienne !

Le steak ne parut pas l'entendre. Rien ne bougea. Le dragon fronça ce qui lui servait de sourcils et réitéra la formule, sans plus de succès. Il se dressa, alarmé, mais un cri retentit derrière eux. Un Haut mage avait invoqué une bière, en vain. Un horrible doute s'insinua dans les esprits. Les uns après les autres, les Hauts mages essayèrent leur magie.

Ils durent se rendre à la stupéfiante évidence. Elle avait disparu !

Les portes animées, certes, obéissaient toujours, et les objets magiques aussi. Les Hauts mages étaient simplement coupés de la source de leur pouvoir. Et contrairement au vampyr, maître Chem était incapable de se métamorphoser pour reprendre son apparence humaine. Il était coincé dans son corps de dragon, tout comme Charm.

Il fallut tenir un nouveau conseil de guerre. Réunis, les généraux, les Hauts mages et les ministres s'agitaient. Tara à peine installée sur le trône, maître Tyrann'hic, président de la Chambre des représentants, l'équivalent AutreMondien d'un Premier ministre, prit immédiatement la parole, fort de cette nouvelle catastrophe.

— Plus de magie, plus de choix, tonna-t-il. Nous devons nous rendre à Magister ! Rien ne nous protège contre lui maintenant !

Tara fut indignée.

— Nous ne sommes pas sans défense, intervint-elle vigoureusement. Nous avons les armées d'Omois pour nous protéger et les elfes se battent avec les pégases, non avec la magie !

— Mais Magister utilisera les incantations, sans que nous puissions répliquer, et alors nous sommes morts ! brailla le gros homme. Moi, je ne veux pas finir rôti par un démon ! Nous devons capituler !

Tara eut un soudain accès de rage. Magister avait tué son père, enlevé sa mère qu'il avait gardée prisonnière pendant dix ans. Et maintenant il voulait réduire ces gens en esclavage et ils ne se rendaient même pas compte de ce qui les menaçait, incapables d'estimer le potentiel de cruauté du maître des Sangraves. Sa haine envers lui était si brûlante qu'elle avait l'impression qu'elle allait exploser. Mais ce fut sa magie qui explosa.

Jailli de ses mains, un jet bleu frappa Tyrann'hic, le propulsant contre un mur. La salle entière frémit sous l'impact et un silence absolu descendit dans les rangs du conseil. Tara regarda ses doigts et l'assemblée recula comme un seul homme.

— Ça, par exemple, Tara ! s'exclama Cal, tu peux faire de la magie !

Le petit Voleur incanta. Son Reparus enveloppa Tyrann' hic évanoui, et le bras du président de la Chambre, qui pendait selon un angle inquiétant, se redressa tandis que le gros homme reprenait peu à peu conscience.

— Et moi aussi ! constata Cal tout heureux.

Il ne leur fallut pas longtemps pour réaliser que seuls les adultes étaient touchés par le sort. Les plus jeunes avaient conservé leurs pouvoirs. Tara sentit sa nausée revenir lorsqu'elle réalisa qu'elle allait devoir confier la protection magique d'Omois à des adolescents. Pour lutter contre des *démons*.

La nouvelle parcourut tout le pays comme une traînée de poudre. Magister fit diffuser un message sur les panneaux de cristal. On ne pouvait voir son visage, mais à la teinte de son masque, coloré de bleu, on devinait qu'il souriait.

« Alors mes petits, ce n'est pas trop dur ? Plus de magie, plus de pouvoirs. Le Sceptre Maudit est efficace, n'est-ce pas ! Il fonctionne toujours parfaitement après cinq mille ans. Ils savent vraiment bien faire les choses, ces démons ! Un ou deux petits réglages et vos jeunes sortceliers seront neutralisés à leur tour. Après, il ne vous restera plus qu'à vous rendre ! »

De fébriles recherches dans la bibliothèque qui venait juste d'être restaurée, fort opportunément, permirent de découvrir que le Sceptre Maudit faisait partie des objets maléfiques confisqués aux démons par Demiderus lors de la grande Guerre des Failles. Il avait été créé pour bloquer la magie des humains et de leurs alliés dragons. Mais, heureusement pour eux les démons n'avaient pas eu le temps de le mettre en œuvre.

Si Magister était entré en possession du Sceptre Maudit, cela signifiait qu'il avait réussi à contraindre l'Impératrice à l'accompagner pour tromper Ceux-qui-gardent et Ceux-qui-jugent, les terrifiants gardiens de ces objets. La situation passait de très grave à catastrophique. Au fur et à mesure des heures, Tara se disait, face à l'affolement de tout le pays, que ses ministres allaient se retourner contre elle et lui ordonner de capituler. Pourrait-elle, sans perdre son intégrité, les obliger à suivre sa voie à elle ? Quelle marge y avait-il entre un souverain et un tyran ?

Elle avait laissé ses amis avec Selena et, ruminant son angoisse et ses questions, traversait l'un des déserts de glace créés par l'architecte dans le palais, Grr'ul sur ses talons, lorsque la troll glissa sur une plaque de glace. Elle se releva en grognant et, furieuse, pulvérisa la glace d'un coup du gourdin qui ne quittait jamais sa ceinture. L'eau jaillit et se transforma presque instantanément en glace de nouveau. C'est là que Tara eut une révélation. Cela fit clic dans son esprit. Mais bien sûr ! À présent elle savait comment on avait assassiné le zombie. C'était le moindre de ses soucis pour le moment, mais elle était contente d'avoir résolu cette irritante énigme.

Épuisée, elle avait demandé à s'isoler, et elle finit par se réfugier dans le boudoir doré, défendue par la farouche Grr'ul. Elle aimait beaucoup cet endroit qui l'apaisait. Entièrement sculptés dans l'ambre, fleurs, papillons et oiseaux surgis des ciseaux géniaux des elfes donnaient une vie dorée à toute la pièce. Elle venait de s'offrir une magnifique crise de larmes, histoire d'évacuer un peu la pression, lorsque Xandiar sollicita une audience. Effaçant vivement les dernières traces de pleurs, elle ordonna à la Changeline de masquer son nez et ses yeux rouges. À peine l'ex-chef des gardes fut-il entré dans la pièce qu'il s'agenouilla. Il leva son regard vers la jeune fille. L'ambre de la pièce, traversé par la lumière, lui donnait un teint de pêche gorgée de soleil et elle était incroyablement belle. Le soldat remarqua qu'elle avait pleuré mais se garda de tout commentaire. Il ne savait plus quelle attitude adopter envers elle, oscillant entre la haine et le respect.

— J'ai continué l'enquête, Votre Majesté impériale. Et je crois avoir trouvé comment le meurtrier du zombie l'a tué. Avec de la...

— ... glace, termina l'Héritière à sa place, le surprenant.

— Absolument ! Mais quand ? Comment avez-vous... ?

— C'était évident (elle omit de révéler qu'elle ne s'en était aperçue que très récemment). Il a remplacé les crampons de fer par des crampons de glace, après avoir placé la bibliothèque en équilibre instable. La climatisation a été arrêtée afin de provoquer leur fonte. Il a dû calculer exactement combien de temps il fallait pour que les crampons cèdent. Il a convoqué sa victime à la minute dite et celle-ci s'est fait écrabouiller. Si le corps avait été découvert plus tard, les résidus d'eau auraient été entièrement évaporés et nous n'aurions eu aucune idée de la façon dont les choses s'étaient déroulées. Malheureusement, cela confirme ce que pensait l'Imperator. Ce sont bien des nonsos qui ont trafiqué la bibliothèque. Cela n'avait rien de magique !

— Pas exactement... Car ce n'était pas de la glace ordinaire, indiqua gravement Xandiar. J'ai fait des essais avant que nous ne perdions la magie. La glace possède un très faible coefficient d'élasticité. Chaque fois que j'ai voulu enfoncer le crampon que j'avais obtenu, il s'est brisé. Comme je ne pouvais faire de magie dans la bibliothèque, je suis ressorti. J'ai renforcé magiquement le crampon pour qu'il résiste au choc mais pas à la chaleur. Lorsque la bibliothèque est tombée, le crampon avait fondu et le sort avait disparu. Ces nonsos d'Antisort disent qu'ils sont contre la magie. Mais ils l'utilisent ! Je crois que vous aviez raison. Ce sont bien des sortceliers qui sont derrière cette organisation. Avec cette machination compliquée, ils se sont dévoilés. L'enquête doit donc être reprise, non en direction des courtisans nonsos présents au palais, mais bien des sortceliers !

Tara s'était levée et arpentait le boudoir, sa longue robe pourpre bruissant sur son passage. Une nouvelle pièce de l'énorme puzzle venait de s'afficher devant elle.

— Ils ont voulu nous tromper par un écran de fumée, pour qu'on pense que le général G'en'ril était une proie choisie au hasard. Mais ce n'était pas le cas ! Loin de là ! Xandiar, ce que vous m'annoncez là est très important. Je vous remercie et je désire vous charger d'une nouvelle mission.

— Votre Majesté impériale ? haleta le grand garde, soudain plein d'espoir.

Tara le regarda attentivement. Elle savait qu'il ne l'aimait pas, après tout elle était en partie responsable de sa disgrâce. Mais elle avait besoin, dans l'immense palais, d'alliés fiables et... discrets.

— Cherchez autour de G'en'ril, ordonna-t-elle. Voyez si quelqu'un lui en voulait à lui, spécifiquement. Je ne puis vous détacher de la garde, alors il vous faudra enquêter en dehors de vos heures de travail. Soyez discret et surtout très prudent. Si les Antisort se rendent compte que vous les avez démasqués, ils pourraient s'en prendre à vous. Ils n'ont pas hésité à tuer une première fois.

Xandiar, éperdu de reconnaissance, frappa son pectoral et se releva d'un bond. À peine avait-il quitté la pièce qu'on toqua à la porte. Tara soupira. Mais c'était Cal : Medelus avait repris connaissance.

Enfin une bonne nouvelle, pour Selena du moins. La charmante mère de Tara fit son apparition dans la grande salle où tout le monde demeurait réuni, accompagnée par un Medelus pas frais, qui ressemblait fortement à un zombie.

Maître Chem voulut se précipiter, mais, vu sa taille, il refréna son impulsion et attendit patiemment que Medelus claudique jusqu'à lui.

— Alors ? tonna-t-il.

Medelus tiqua et plaqua ses mains de part et d'autre de son visage.

— Houtche ! gémit-il. Maître Chem, le seul endroit où je n'ai pas mal, c'est aux oreilles !

— Pardon, répondit le grand dragon en baissant la voix. J'étais très inquiet pour vous, Haut Mage Medelus. Pourriez-vous nous indiquer ce qui s'est passé ?

— Je ne me rappelle rigoureusement *rien*, fit Medelus en s'asseyant avec précaution. À part d'un choc à la tête, puis d'un grand froid. D'un froid mortel qui me glaçait et me tuait petit à petit. Lorsque j'ai repris conscience, tout endolori, et que j'ai vu le merveilleux visage de Selena penché sur moi, j'ai compris qu'il m'était arrivé un accident. Mais du diable si je sais quoi que ce soit de plus.

— Vous vous êtes fait un peu mâchouiller par un vampyr, expliqua Cal, toujours serviable. Mais vous avez eu de la chance parce qu'il ne vous a pas fini.

Tara fit la grimace. L'image n'était pas très ragoûtante. Elle réprima un haut-le-cœur et tenta de se concentrer sur la conversation, pendant que son cerveau tournait à cent à l'heure. Elle avait le sentiment qu'elle avait laissé un détail lui échapper. Quelque chose qu'un proche aurait fait, qu'elle aurait remarqué, mais sans plus. Zut !

— C'est ce que m'ont expliqué Selena et le chaman, soupira Medelus. Mais pourquoi un vampyr s'attaquerait-il à moi ?

— Peut-être qu'il avait faim, proposa Cal. Ou qu'il n'aimait pas votre eau de Cologne ?

Selena lui lança un regard courroucé, auquel il répondit par un sourire innocent.

— Le vampyr qui vous a agressé, lâcha Tara en observant attentivement Medelus, a fait une autre victime, Marianna. Elle a failli mourir.

La réaction du Haut mage fut sans équivoque. Son corps se crispa et il recula, le visage empli d'épouvante. Tara sentit qu'il ne jouait pas la comédie. Il balbutia qu'il ne se sentait pas très bien et Selena le raccompagna aussi sec à l'infirmerie, non sans avoir jeté un regard agacé vers sa fille.

Autant pour ses soupçons. Elle avait sincèrement pensé que son attaque n'avait été qu'une mise en scène.

Xilar qui arrivait en courant, le visage défait, s'affaissa, plus qu'il ne s'inclina, devant maître Tyrann'hic et Tara.

— J'ai failli, dit-il en baissant la tête, tendant ses quatre épées, je remets ma démission entre vos mains. Permettez que je dispose de mon corps afin de me préparer au Zen't-chi'la.

Tara soupira. Allons bon, qu'est-ce que c'était encore que ce Zenmachin ? La réponse du président de la Chambre des représentants l'éclaira.

— Le suicide rituel ? observa le gros homme, surpris. Mais pourquoi donc, Xilar ? Est-il arrivé quelque chose de grave ?

— Un des deux Drac confisqués aux enfants Hachequetril a disparu. Je pense que le vampyr qui a attaqué maître Medelus s'en est emparé. Nous avons fouillé partout, mais à cause du Drac, il est introuvable. Je n'ai pas veillé correctement sur un bien qui m'a été confié, je dois expier. De plus, l'une de mes armes de collection, un revolver terrien, a également disparu, bien que je ne comprenne pas très bien pourquoi le vampyr s'en serait emparé. Enfin, j'ai échoué à retrouver l'auteur de l'attentat contre l'Héritière.

— Parfait, déclara sèchement Tyrann'hic. Vous avez mon autorisation.

Tara se redressa. Décidément, chaque fois, elle devait contrer le président de la Chambre.

— Certainement pas, intervint-elle, glaciale. Nous avons perdu ma tan... notre Impératrice, l'Imperator et une partie de la magie. Il est hors de question que nous gaspillions une vie. Vous êtes destitué de votre rôle de chef des gardes et je re-nomme Xandiar à votre place ! Vous demeurez dans l'armée. Ce sera votre expiation pour avoir failli. Et ne vous inquiétez pas pour ce qui est de mourir : vous risquez d'en avoir l'occasion très bientôt !

Le dernier mot claqua comme un coup de fouet. Le soldat se redressa, les yeux mornes. Il rengaina ses épées, hocha la tête, résigné, fit un demi-tour impeccable, puis repartit d'un pas lourd. Xandiar, également présent dans la salle, s'avança et s'inclina, les yeux brûlant d'une reconnaissance folle. Intérieurement, Tara gémit. Elle se rendait parfaitement compte de ce qu'elle venait de faire. Xilar était « l'homme » de Tyrann'hic. Xandiar serait celui de Tara, un exécutant d'une loyauté aveugle, d'une fidélité à toute épreuve, un chien aux longs crocs à son service exclusif à elle. Depuis quand était-elle devenue aussi manipulatrice ?

Ah oui, depuis que l'avenir du monde repose sur mes épaules. Je dois grandir. Vite.

— Cette histoire de revolver est insensée, fit remarquer doucement Marianna. Aucun vampyr n'a jamais eu besoin d'arme ! Et je ne crois pas qu'il se terre quelque part comme une proie. C'est un prédateur au contraire. Je suis sûre qu'il se cache sous l'identité de l'un d'entre nous.

Elle se rapprocha de Fabrice, quêtant sa protection par un mouvement sinueux qui fit flamboyer les yeux de Moineau. Tara fixa elle aussi la ravissante camériste. Elle s'insinuait fréquemment près du jeune Terrien, qui s'empourprait de plaisir, voyant une aussi jolie femme s'intéresser à lui. Il est vrai qu'elle se conduisait de même avec tous les hommes, notamment avec Tyrann'hic. Tara les avait vus en train de discuter en sortant d'une salle et la camériste touchait la manche du gros homme avec une nonchalante familiarité. Elle plissa les yeux, inquiète pour Fabrice. Pourquoi se sentait-elle aussi mal à l'aise à son sujet ?

Maître Dragosh revint deux heures après. Il entra dans la salle du conseil, épuisé et frustré.

— Nous ne l'avons pas retrouvée, avoua-t-il.

Tara décida de reporter toute décision au lendemain. Xandiar répartit pour la nuit ses gardes en binômes afin qu'ils se couvrent mutuellement et chacun se claquemura soigneusement chez soi.

Tara avait insisté pour passer la nuit seule, sans ses amis.

Le moindre bruit, le plus petit soupir la maintiendrait éveillée, torturée, dans le noir, et il fallait absolument qu'elle se repose. Selena aurait voulu demeurer avec elle mais la jeune fille ne désirait pas voir sa mère déchirée entre son amour pour elle et son inquiétude pour Medelus. Elle la persuada gentiment de rester à l'infirmerie afin de veiller sur le mage blessé et Selena accepta, les yeux brillant de reconnaissance. Marianna, souriant ingénument, proposa de leur tenir compagnie, ce que Selena apprécia beaucoup moins, sans oser l'avouer.

Cal fit le tour du palais avec Robin qu'il embarqua sans se préoccuper de ses protestations afin de trouver Eleanora pour lui proposer de se joindre à eux, mais la fille aux yeux aussi gris que les siens était introuvable... ou alors se cachait bien. Il finit par renoncer avec un curieux sentiment de vide, qu'il n'expliquait pas.

Moineau, une fois dans son lit, gémit dans son oreiller. Elle n'avait aucun contrôle sur Fabrice, et ne savait plus que faire dans une situation qui menaçait de la dépasser. Quand elle était allée souhaiter bonne nuit à Tara, elle avait bien vu le regard surpris que son amie avait jeté sur sa chemise de nuit montante qui lui couvrait la gorge malgré la chaleur. Mais elle n'avait pas le choix, sa blessure ne guérissait pas malgré les Reparus.

Robin eut beaucoup de mal à trouver le sommeil. Son père, maître M'angil, l'avait prié de regagner d'urgence le Lancovit. Cal et Moineau avaient reçu le même ordre de la part de leurs parents. Si tous avaient refusé, ils s'étaient engagés à éviter les combats et à s'enfuir par la Porte de Transfert si les démons envahissaient Tingapour. Mais Robin n'ignorait pas à quel point la guerre peut être incontrôlable, dans ses effets et conséquences. Il risquait de mourir dans quelques heures et il *devait* ouvrir son cœur à Tara. Il se répéta intérieurement sa déclaration d'amour. Cette fois-ci il n'allait pas se ridiculiser. Ce serait franc, direct, massif. Ce qu'il voulait lui dire était simple. Il s'endormit au milieu de la cent troisième version.

Nul ne fut croqué durant les heures nocturnes. Tara avait réussi à somnoler un peu, vaincue par l'épuisement, mais de grands cernes mauves sous ses yeux attestaient que sa nuit avait été courte.

Après le petit déjeuner, elle présida la nouvelle cellule de crise. Tous les Hauts mages se trouvaient déjà là. Seuls manquaient à l'appel Selena, Medelus, Manitou, le chaman, demeurés à l'infirmerie, et Marianna, qui faisait un petit travail pour le compte de Tara. Celle-ci, constatant que, pour faire tourner le Palais correctement, la maligne caméριste se révélait capable de manipuler tout le monde, l'avait contactée très tôt par boule de cristal. Elle l'avait envoyée auprès de Jar et de Mara avec pour instructions de gagner leur confiance et d'essayer de les faire parler... et aussi dans le but de l'éloigner parce qu'elle voyait bien que Marianna rendait Moineau furieuse. Pourtant, en y repensant, n'était-ce pas la caméριste elle-même qui avait suggéré cette mission ? Qui avait manipulé qui, en fin de compte ?

Après avoir obtenu le feu vert de Tara, pour attirer l'attention de tout le monde, maître Chem claqua l'une de ses griffes sur le sol, faisant tressaillir dame Auxia qui jeta un regard peiné vers son précieux sol en mosaïque de marbre.

— J'ai une déclaration à vous faire, annonça-t-il.

Le silence se fit dans la salle et tous les yeux se braquèrent sur l'imposant dragon bleu.

— Nous avons fait des recherches plus approfondies sur le Sceptre démoniaque et les nouvelles sont mauvaises. Si Magister ne cesse pas de l'utiliser, son rayonnement est tel qu'il risque d'atteindre les couches de quartz magique qui servent de socle à nos continents. Lorsque cela se produira, le choc sera si violent que la planète pourrait éclater en morceaux !

Des mines atterrées accueillirent ses paroles.

— De plus, nous n'avons plus que trois jours pour empêcher que l'armée des démons ne déferle sur le continent omoisien. Alors, si l'un de vous a une idée de génie pour nous permettre de neutraliser le Sceptre avant qu'il ne provoque la fin de ce monde, c'est maintenant ou jamais !

Nul ne prit la parole. Tout simplement parce que nul n'avait la moindre solution à proposer.

— Pourquoi le vampyr peut-il se transformer et pas vous ? lança soudain un courtisan.

Un silence attentif salua sa remarque.

— C'est une bonne question, opina maître Chem. Safir, as-tu une explication ?

Le vampyr secoua la tête.

— Non. Tout comme vous, je ne peux faire de magie, juste me métamorphoser. Mais j'ignore pourquoi il n'en va pas de même pour vous.

Ils se creusèrent l'esprit, les suggestions fusant de toutes parts, avant d'être malheureusement réfutées. Puis Fabrice s'éclaircit la gorge et avança :

— J'ai entendu parler d'un sort. Une formule capable de contrer la magie démoniaque. Mais je ne sais plus comment il se nomme.

— Quels sont ses effets ?

— Il annule la magie en la rythmant par ondes, ce qui la détruit.

Le dragon réfléchit un instant, tous les yeux fixés sur lui avec espoir. Puis il claqua ses doigts écailleux, maudissant sa mauvaise mémoire.

— Tu parles d'un Annihilus, n'est-ce pas ? C'est l'un des sorts créés par Demiderus pour anéantir les attaques magiques des démons voici cinq mille ans. Je suis un imbécile, je l'avais oublié... et d'ailleurs, je suis surpris que tu le connaisses.

— J'ai passé beaucoup de temps dans les grimoires depuis un an, répondit le jeune homme, avant d'ajouter avec une pointe d'amertume : Mes amis ont un pouvoir plus développé que le mien, alors je compense avec les livres !

Le dragon le regarda avec attention avant de déclarer :

— Nous allons immédiatement le mettre en œuvre.

— Mais dame Selena et maître Medelus se trouvent à

l'infirmerie, intervint Robin. Ne devons-nous pas les prévenir ?

— Nous en serons quittes pour renouveler l'opération plus tard sur les absents. Que tous les Hauts mages se placent autour de Charm et moi. Nous vous protégerons en filtrant la magie. J'ai besoin de votre pouvoir, à vous les Premiers sortceliers. Tara, tu serviras de focale, la formule est : « Par l'Annihilus que la magie démoniaque disparaisse et que les pouvoirs des Hauts mages apparaissent. » Tous les autres, vous prononcerez cette autre incantation : « Par le Transferus, que mon pouvoir touche Tara et surpuissante elle deviendra. » On agit à mon signal. D'abord les Premiers sortceliers sur Tara, ensuite Tara sur nous.

Il ne leur laissait pas le temps de réfléchir, mais à voir la mine de Charm, Tara avait deviné que le sort était terriblement dangereux. En quelques secondes, ils furent positionnés, les Premiers sortceliers autour de Tara, les deux dragons face à elle et les Hauts mages derrière ceux-ci en demi-cercle. L'incantation atteignit Tara et elle sentit comme des milliers de petits points lumineux qui grignotaient sa chair. Elle absorba le pouvoir comme une éponge. Ses yeux devinrent totalement bleus et elle décolla. La magie surgit de ses mains comme un torrent impétueux et déferla sur les deux dragons.

Ils hurlèrent d'une même voix. Tara hésita, et le flot faiblit. Mais sous leurs yeux horrifiés, les dragons se mirent à luire et des lances de lumière, des rayons jaillirent de leur corps, frappant impitoyablement les Hauts mages présents dans la salle. Ils eurent une affreuse impression de torsion, comme si le temps et l'espace se gauchissaient, puis il advint quelque chose d'impossible, d'inhumain.

Les deux énormes reptiles et tous les Hauts mages disparurent !

CHAPITRE XXII

LES COULEURS

Effarés, les adolescents regardèrent l'espace vide où quelques secondes plus tôt s'étaient tenus les dragons et les Hauts mages.

Tara s'approcha, toucha la pierre encore chaude puis se tourna vers Fabrice.

— Mon Dieu ! Tu crois qu'ils... ?

— ... sont morts ? Non ! rétorqua Fabrice, impassible. Le sort n'avait pas pour but leur annihilation, mais la dissipation du sortilège. Ce n'est pas si facile de faire disparaître autant de gens. S'ils avaient été détruits, il y aurait des... résidus.

Nul ne réclama de précisions, mais des bouts de jambes, têtes et bras défilèrent dans toutes les esprits.

Moineau, elle, s'était mordue la langue de frayeur et le goût du sang envahit sa bouche. Par ses ancêtres, Fabrice l'avait-il fait exprès ? C'était parfaitement possible !

La porte s'ouvrit sur les courtisans sortis de la salle et qui y refluaient lentement, avec des mines consternées. Medelus, Manitou, Selena et le chaman, alertés, se trouvaient parmi eux. Les adolescents leur expliquèrent ce qui s'était passé.

Le chaman se pencha et posa sa paume à l'endroit où le groupe s'était tenu.

— Je suis privé de mes pouvoirs, dit-il, mais je sens encore la présence et la puissance du dragon. Il n'est pas mort...

Une exclamation soulagée monta sur toutes les lèvres.

— ... du moins pas encore, termina froidement le chaman.

— Mais alors, où sont-ils ? interrogea un courtisan.

— En résumé, réfléchit Medelus, vous avez tenté de briser le champ de force du Sceptre, ce qui a échoué. Par un effet collatéral imprévu, nos collègues ont été envoyés quelque part. Le tout, maintenant, est de savoir où ils sont. J'ai déjà entendu parler d'une disparition provoquée par un Annihilus, comme ici, précisa-t-il. Laissez-moi me concentrer une seconde... Oui, c'était arrivé chez les elfes. Les Hauts mages et les dragons doivent probablement être prisonniers du Temps Gris.

Tara ouvrit de grands yeux. Elle ne fut pas la seule.

— Du quoi ? releva-t-elle.

— Pardon, j'oubliais encore que tu n'es pas familière de notre monde, fit Medelus. Il s'agit d'une dimension où le temps est suspendu. Aucune créature vivante ne peut aller dans le Temps Gris sans en rester prisonnière. Dès qu'il sent la vie, il se referme sur les intrus et les immobilise... pour l'éternité ! Ceux qui en sont captifs ne peuvent être délivrés !

Moineau réfléchit.

— Mais on peut ouvrir une porte vers ce lieu, puisque les Hauts mages y ont été précipités, observa-t-elle.

— À quoi cela servirait-il si on ne peut les en faire sortir ? rétorqua Medelus.

Tara s'empara de sa mèche blanche et se mit à la mordiller. Ce mot, « gris », évoquait pour elle... Soudain elle se raidit :

— Les couleurs ! s'exclama-t-elle. La plaine grise, les démons, les couleurs !

Les autres la regardèrent en haussant les sourcils, genre

« ne-vous-en-faites-pas-ma-chère-ils-sont-un-peu-dérangés-dans-la-famille ».

Cal fut plus direct.

— Ça y est, se lamenta-t-il. Elle a pété un plomb !

Tara tourna vers lui un visage radieux.

— Ah ah ! Les couleurs. Vivantes, mais non vivantes, agiles, dangereuses, qui ont failli nous capturer... et que je suis censée pouvoir convoquer à ma guise !

Moineau écarquilla les yeux.

— Mais oui ! s'exclama-t-elle à son tour. Tu crois qu'elles peuvent le faire ?

— Bon, s'impatienta Fabrice, quand vous aurez terminé votre petit tour de télépathie toutes les deux, ce serait bien de nous mettre au courant.

— Je vais faire mieux que t'expliquer, susurra Tara avec un petit air mutin, je vais te *montrer*.

D'un mouvement elle dégagea son col de robe et, touchant l'étrange bijou incrusté dans sa peau nue, appela :

— Couleurs ! Couleurs que j'ai libérées, apparaissez !

Sur sa gorge, l'émeraude, l'ébène, le saphir, le diamant, l'or et le rubis tremblèrent puis, en sifflant, se détachèrent avant de s'immobiliser devant elle. Les couleurs épaissirent et bientôt se tenaient sous leurs yeux stupéfaits six énormes serpents vert, noir, bleu, blanc, jaune et rouge qui s'inclinèrent devant Tara avec une muette dévotion.

— Par exemple ! s'étonna Fabrice, qui n'en revenait pas. Ce sont les couleurs qui nous avaient agressés dans le palais du démon et que tu avais réussi à délivrer ! Elles t'avaient gravé ce bijou sur la gorge, mais j'ignorais que tu pouvais les invoquer ainsi !

— Pour être franche, moi aussi, avoua Tara. Et je ne sais pas si elles sont capables de faire ce dont nous avons besoin, mais le Temps Gris ne devrait pas les affecter, car elles ne sont pas réellement vivantes... enfin, pas dans le sens habituel du terme.

— Allez-y, ouvrez la porte vers le Temps Gris, dit Moineau, vite parce que nul ne sait combien de temps les couleurs resteront.

Les jeunes sortceliers devant procéder seuls aux incantations, ils préférèrent se rendre dans leur salle d'entraînement afin de contrôler les potentiels... ratages. Les formes colorées, dociles, se glissèrent à leur suite, les courtisans faisant cercle autour d'elles et évitant avec soin de les toucher depuis que l'un d'entre eux s'était retrouvé entièrement rouge en effleurant cette couleur. D'ailleurs, à leur passage, le sol devenait arc-en-ciel.

Dès qu'ils entrèrent dans l'immense arène finement sablée, ils invoquèrent un champ de force épais, transparent et flexible qui isola ceux qui allaient pratiquer la magie.

Medelus traça le sort sur le sable. Tara fut désignée, malgré sa répugnance, pour être le vecteur. Les jeunes sortceliers se placèrent autour d'elle, et activèrent leur magie. Elle se concentra sur le dessin et ses mains s'illuminèrent d'une brillante lueur bleue. Heureusement, et bien que leurs pouvoirs soient amplifiés, ils ne détruisirent rien et ne transformèrent personne.

Bientôt surgit sous l'effet de leurs incantations conjuguées un rectangle vaguement opalescent qui ouvrait sur... rien. Le vide, une sorte de brouillard indécis. Les couleurs parurent tout à fait enthousiastes à l'idée d'aller mettre un peu d'animation dans tout ce néant gris. Elles sautèrent dans la porte avant que Tara ait pu leur donner des instructions précises.

À partir de ce moment, l'affaire prit un tour vraiment bizarre. Le portail émit une sorte de hoquet expulsa un lapin vert à deux corps, puis un serpent violet avec un trou au milieu, mais qui paraissait pourtant se porter comme un charme, après quoi vint une espèce de dinosaure miniature rouge, suivi par son grand frère qui rugit avec fureur. Les premiers sortceliers augmentèrent illico la hauteur sous plafond.

Puis leur premier humain apparut. Enfin, dans la mesure où on pouvait lui octroyer ce nom-là : poilu à décourager tous les rasoirs du monde, s'appuyant sur ses phalanges et grognant beaucoup. Dès qu'il vit les sortceliers qui le fixaient avec des yeux exorbités, il se recroquevilla.

— Mais..., balbutia Fabrice, l'air égaré, qu'est-ce que c'est que tout ça ?

Medelus, fixant avec ahurissement l'hominidé, répondit :

— C'est... in... incroyable !

— Un incroyable, certes, fit Cal, sarcastique. Connais pas cette espèce-là, moi.

— Je voulais dire que c'est *incroyable*. C'est un Homo ante-magicus. Notre préhistoire, finit par ajouter Medelus, bouleversé. Et les animaux ! Certains appartiennent à des espèces éteintes depuis des milliers d'années !

Tout autour de l'arène, les murmures s'élevèrent. Pendant des heures, les couleurs, ravies et qui ne s'étaient pas autant amusées depuis des années, balancèrent une foule de bestioles improbables, aux couleurs, formes et odeurs... renversantes. Les Premiers firent apparaître des cages pour les spécimens les plus agressifs.

Puis un petit homme habillé d'une toge blanche fut catapulté à travers le portail et un Oh ! de stupéfaction secoua toute l'assemblée. Avec un bel ensemble, tous s'agenouillèrent, à l'exception de Tara, qui avait perdu le fil. Même l'irrévérencieux Cal plia le genou avec respect, ce qui la surprit plus encore que le reste. Elle resta seule face à l'inconnu, dont les cheveux blonds s'ornaient d'une mèche blanche, comme la sienne.

Moineau lui donna un coup de coude dans les côtes pour qu'elle s'incline aussi, lui lançant du coin de la bouche un nom qui la fit tressaillir :

— Demiderus ! C'est Demiderus !

Si le mage avait l'air aussi égaré que Tara, il se ressaisit très vite. Il demanda quelque chose d'une voix fluide. Nul ne le comprit, le langage ayant évolué au cours des millénaires. Tara intervint et activa le sort traducteur du palais.

— Je disais, répéta le petit homme, par Setenlicor et ses pieds fourchus, où suis-je ?

Selena se releva et prit la parole.

— Bienvenue à Omois, Très Haut Mage. Bienvenue à vous qui avez disparu depuis cinq mille ans !

— Bien bien, fit le mage en se passant la main sur le visage. Tout s'est donc déroulé comme prévu, bien que vous m'ayez délivré un peu avant le moment fixé. J'en déduis qu'il y a une situation de crise, et quoique j'ignore absolument ce qu'est la chose colorée qui m'a arraché de la stase, je suppose que vous avez suivi le protocole ?

Selena le dévisagea.

— Quel protocole ? Nous avions perdu nos Hauts mages et cherchions à les récupérer.

Le Très Haut mage papillota des yeux.

— Ah ?... tout ceci est très étrange. Donc le fait que je sois ici maintenant est une coïncidence, et tout va bien sur AutreMonde ?

Selena rassembla sa robe de sortcelière, le temps de reprendre ses esprits, encore ébranlée d'avoir une légende vivante devant elle. Elle passa une main un peu tremblante dans ses cheveux bruns et prit une grande inspiration :

— En fait, non. Nous affrontons une crise. Et votre aide nous sera précieuse. Cependant, expliquez-moi quelque chose. Vous avez dit que vous aviez prévu votre délivrance ? Vous étiez donc prisonnier... volontairement ?

Son ton laissait entendre qu'elle trouvait le concept pour le moins surprenant.

— Oui, répondit Demiderus avec un petit sourire devant son désarroi. Mais j'avais laissé des instructions, que visiblement vous n'avez pas. Nous n'avions pu faire mieux que *bannir* les démons, non les empêcher à jamais d'accéder à notre univers, et la faille n'était pas refermée malgré tous nos efforts. Alors je me suis dit qu'il serait peut-être bon d'essayer de suivre ce qui allait se passer dans les siècles à venir. Comme je ne disposais d'aucun moyen sûr de devenir immortel, car le sort transformait en canidé et que je ne me voyais guère terminer mes jours à quatre pattes, j'ai créé un portail me permettant de pénétrer dans le Temps Gris et d'en ressortir.

Manitou hoqueta :

— Wouah ! Je veux dire « Quoi » ! Vous voulez dire qu'il n'y a pas de remède ?

Demiderus baissa les yeux, surpris, vers le labrador doué de parole. Puis une lueur amusée passa dans ses yeux bleu marine.

— Oh ! Auriez-vous tenté de...

— Devenir immortel, oui, mais le sort n'a pas fonctionné et...

— Et vous voici devenu un labrador, tout à fait splendide, mais un chien quand même. Désolé pour vous, j'espère que vous trouverez un moyen de redevenir humain.

Manitou leva ses yeux bruns vers le Très Haut mage et hocha la tête :

— Moi aussi. De tout mon cœur.

— Alors ? Pouvez-vous me résumer la situation ? reprit Demiderus.

— Un humain, Magister, s'est allié au roi des démons. Pour s'approprier sa magie maléfique surpuissante, il utilise les objets de pouvoir. Il a rassemblé un groupe d'humains renégats qui, comme lui, font appel à la magie démoniaque. Il a réussi à s'emparer de l'une de vos descendantes, l'impératrice d'Omois et a créé une armée de démons, soi-disant sous son contrôle, qu'il semble avoir importée sur Autre-Monde. Et ce, bien que la faille entre la Terre et les Limbes soit toujours scellée.

Demiderus tressaillit et vacilla un instant. Deux gardes le soutinrent.

— Par le bouc de Gelisor, murmura le petit homme, des humains ! Des traîtres à notre race ? Mais ils sont fous ! Et comment a-t-il amené des hordes démoniaques sur Autre-Monde sans passer par la faille de la Terre ? Et vous dites qu'il *utilise* ceux de ma lignée pour tromper Ceux-qui-gardent et Ceux-qui-jugent ? Nous devons l'arrêter. Maintenant !

— C’est plus facile à dire qu’à faire, intervint Cal, incapable de se taire plus longtemps. Magister dispose de deux clefs pour accéder aux objets : l’Impératrice et Tara. Planquer les objets démoniaques n’était pas une si bonne idée, vous savez. Les détruire, oui, c’était un bon plan !

Demiderus ignora le reproche et se tourna vers lui, interrogateur.

— Tara ? Qui est Tara ?

La jeune fille releva la tête et affronta le Très Haut mage. N’ayant vécu que peu de temps sur AutreMonde, elle ne partageait pas l’espèce de fascination mêlée d’adoration des autres.

— C’est moi, dit-elle calmement en s’avançant d’un pas. J’appartiens à votre lignée. Comme ma tante l’Impératrice. Nous sommes les deux dernières... enfin pour le moment. Et voici celle qui m’a donné le jour, Selena, fille d’Isabella Duncan et petite-fille de Manitou Duncan, le labrador.

Demiderus salua celle-ci selon l’antique rituel.

— Mère de l’Héritière, que votre magie illumine !

Il fit un cercle de ses mains et les claqua.

— Père de l’Empire, répondit gracieusement Selena en imitant son geste, que votre magie protège le monde...

Demiderus haussa un sourcil charmé. Et Medelus fronça les siens lorsqu’il se rendit compte que le Très Haut mage contemplait la jeune femme avec fascination.

— Je suis heureux de faire la connaissance de ma descendante, dit Demiderus en détaillant Tara des pieds à la tête. Cependant, je suis surpris. Vous êtes les seules ?

— Tous les descendants des cinq Hauts mages qui ont caché les objets maléfiques sont morts dans des accidents très curieux, expliqua Moineau qui s’était intéressée à l’histoire d’Omois.

— Alors ! l’interrompit Selena. Pouvez-vous faire quelque chose pour nous ? La magie a déserté les peuples d’AutreMonde, toutes races confondues. Seuls les adolescents n’en sont pas privés. C’est une catastrophe ! Sans compter que nos légendes disent que la planète risque de ne pas résister à l'action du Sceptre !

Demiderus plissa un front soucieux.

— Ce n'est malheureusement pas une légende. Rien n'est plus vrai. Et vous n'avez pas récupéré l'Endigueur ?

— Le quoi ?

— Ah ! Vous ne l'avez donc pas, répondit Demiderus. C'est un objet que nous avions créé et qui permettait d'endiguer la magie maléfique. Enfin, du moins une partie de celle-ci. Contre tous les objets démoniaques réunis, il n'était pas à la hauteur. Mais contre un seul, il devrait faire l'affaire. Les traîtres possèdent-ils d'autres objets de pouvoir que le Sceptre ? Comme le Trône de Silur, l'Anneau de Kraetorvir ou la Couronne de Drekus ?

— Non, répliqua Selena en regardant Tara. Ma fille a détruit le Trône de Silur alors que Magister tentait de s'en rendre maître... et nous ne connaissons pas les autres objets que vous venez de citer.

Le mage eut un haut-le-corps lorsqu'il apprit que le Trône avait été anéanti. Impressionné, il fit des yeux ronds puis s'inclina devant la jeune fille.

— Damoiselle, votre pouvoir doit être irrésistible pour que vous ayez ruiné le symbole de la puissance des démons !

— Je n'y suis pas arrivée toute seule, répondit modestement Tara, embarrassée. Ma mère m'a aidée.

Demiderus sourit à Selena, se tourna vers Cal et répondit enfin à son reproche.

— Aucun d'entre nous n'y était parvenu à l'époque. C'est faute d'être capables de les détruire que nous avons dû nous résigner à dissimuler les objets !

Tara, comme Cal, n'avait jamais compris pourquoi les Hauts mages n'avaient pas anéanti les dangereux objets. À présent elle avait la réponse. Ils ne le pouvaient pas !

Robin la contempla, très inquiet. Ce que venait de dire le mage confirmait ses pires craintes. Depuis la révélation de l'anormale précocité de la magie de la jeune fille lors de sa métamorphose récente en nouveau-né, il soupçonnait une manipulation, sous une forme ou une autre, de son pouvoir. Le potentiel de Tara paraissait hors de proportion avec les normes habituelles. Ses gènes avaient sans doute été trafiqués. Mais par qui ? Par les dragons, ce qui expliquerait l'étrange fascination de maître Chem pour Tara ? Ou par des humains ? Isabella était une sortcelière de première force, qui ne s'encombrait pas de scrupules. Qui sait ce qu'elle avait fait au bébé confié à ses soins ? Il inspira bruyamment. Il allait, avant toute décision, mener une enquête. Enfin... s'ils survivaient au complot de Magister !

Tara pendant ce temps fronçait les sourcils. Demiderus venait de dire quelque chose qui avait éveillé un écho dans sa mémoire. Mais oui, le Trône !

— Vous vous demandiez comment Magister aurait pu faire entrer les démons dans notre univers sans passer par la faille terrestre, Très Haut mage, fit-elle lentement. Eh bien, je crois que j'ai la réponse !

Demiderus haussa le sourcil. Il ne fut pas le seul. Tous l'écoutèrent avec une grande attention.

— Oui, continua la jeune fille, ennuyée de ne pas avoir tiré cette déduction plus tôt. Lorsque Magister a eu accès au Trône, par mon intermédiaire, il a voulu s'approprier son énergie démoniaque. Il lui prenait de la force mais il lui en donnait aussi ! Cette conjonction a créé une sorte de portail. De l'autre côté, il y avait des démons, qui essayaient de passer. Des milliers d'entre eux ! Je n'y avais jamais réfléchi jusqu'à aujourd'hui. Et si les objets démoniaques étaient plus que de simples réservoirs de pouvoir, des Portes de Transfert dissimulées pour ouvrir un couloir entre les Limbes et notre univers ?

Demiderus devint si pâle qu'on avait l'impression que son visage venait d'être blanchi à la craie.

— Par Decratus aux mille tentacules, murmura-t-il, mais c'est terrible. Lorsque nous nous sommes emparés des objets, leur puissance nous parut si terrifiante que nous n'avons pas osé les tester. Nous les avons simplement dissimulés en plusieurs endroits, l'Atlantide pour l'élément eau, l'Olympe pour la terre et le Walhalla pour l'air. Puis nous avons condamné les failles qui se trouvent sur Terre. Mais si vous me dites qu'ils peuvent aussi servir de catalyseurs entre les Limbes et nous, cela remet toute la protection de cet univers en question !

Un silence consterné accueillit ses paroles. Puis Medelus s'éclaircit la voix.

— Pour l'instant, le seul des objets démoniaques que Magister ait réussi à récupérer, c'est le Sceptre Maudit. Parmi les autres, lesquels étaient les plus dangereux ?

Demiderus réfléchit un instant, fouillant sa mémoire.

— Le Trône de Silur, en premier, incontestablement. Puis l'Épée de Grouig, ensuite la Couronne de Drekus, puis l'Anneau de Kraetorvir. Le Sceptre de Brux, que vous appelez le Sceptre Maudit, venait ensuite. Puis la Double Hache de Xreux, l'Armure de Vrons, le Bouclier de Z'sel et la Lance de R'aor. D'autres, comme la Flûte de S'entir et la Boule de M'entar, étaient nettement moins puissants.

— Le Sceptre de Machin, là, menace de faire sauter notre planète, grommela Cal à Moineau, et Demiderus dit qu'il n'est pas très puissant ? Je serais curieux de savoir ce qu'il appelle puissant, lui !

— Donc, gémit Tara, il existe une quantité de moyens permettant à Magister de faire venir les démons !

— Pas exactement, précisa Demiderus. Le Trône, l'Épée, la Couronne et l'Anneau, oui. Je pense qu'avec le Sceptre, cela a dû être plus difficile. Je suis même surpris qu'il y soit parvenu. Le Sceptre est actif, certes, puisque votre ennemi a réussi à nous priver de magie, mais pas au point d'ouvrir un portail entre deux univers, comme vous dites, surtout en luttant contre les contraintes que j'ai posées pour empêcher les démons de quitter les Limbes. Je pense que ce fameux Magister a utilisé autre chose, en plus, pour y arriver.

Cal haussa les épaules. Le *comment* l'intéressait très moyennement. Le résultat, par contre, était clair.

— Ma vieille, sourit-il à Tara, va falloir que tu t'y colles ! Une fois qu'on aura récupéré l'Endigueur et vaincu Magister, il ne te restera plus qu'à aller détruire les autres objets démoniaques et hop ! Plus de danger !

Tara fit la grimace. Elle n'avait pas un très bon souvenir de sa première rencontre avec Ceux-qui-jugent. Mais Cal avait raison. Il n'y avait pas d'autre solution.

Pendant qu'ils évaluaient l'ampleur de la menace, les couleurs continuaient à délivrer les êtres et les bestioles prisonniers du Temps Gris et enfin, l'une d'entre elles balança Charm par le portail.

Les couleurs avaient retrouvé les dragons et les Hauts mages !

— Ouch ! cria Charm, furieuse. Doucement !

Tara n'en était pas sûre, mais il lui sembla que la couleur, qui avait passé un bout par l'encadrement de la porte... rigolait. Elle aurait été incapable d'expliquer comment elle le savait, vu que la couleur n'avait ni bouche ni traits, mais c'était une certitude.

Maître Chem fut expulsé juste après et un soupir de soulagement fusa dans l'assemblée. Puis ce fut le tour des Hauts mages. Les couleurs s'enroulèrent de nouveau en un joyau baroque et sauvage sur le cou de Tara et le portail fut refermé.

Maître Chem et Charm faillirent bien avoir une crise cardiaque en reconnaissant le petit bonhomme qui se tenait devant eux. Ils le saluèrent avec déférence.

— Maître Chem, s'exclama amicalement Demiderus, vous voyez, je vous avais dit que nous nous reverrions un jour !

— Je remercie les dieux que ce soit en cette occasion ! Et je suis *très* heureux que vous ayez tenu votre promesse, s'inclina le dragon, qui avait combattu les démons à ses côtés.

Mis au courant, maître Chem et les Hauts mages furent très surpris d'apprendre qu'il existait quelque part un parchemin capable de rappeler Demiderus, parchemin qui, visiblement, avait disparu.

— Parlez-moi un peu de cet Endigueur, exigea dame Auxia, encore ébranlée par son emprisonnement. Où pouvons-nous le trouver ?

— Sur la Montagne Rouge, répondit obligeamment Demiderus. Au milieu du désert du Salterens. Les vers t'sils sont un excellent moyen de défense contre les intrus et les Salterens de l'époque étaient de farouches guerriers qui ne permettaient pas que l'on pénètre sur leurs terres.

Le cœur de Tara sauta un battement. Elle n'avait pas eu de très bonnes relations avec le représentant du Grand Cacha lors de sa dernière expédition en Salterens. Et voilà que le fameux Endigueur se trouvait au milieu de leur désert !

— Comment avez-vous évité les t'sils ? demanda dame Auxia à Demiderus.

— Les cinq Très Hauts mages unirent leurs forces et créèrent un bouclier qui les protégea tout le temps qu'ils passèrent dans le désert, récita presque religieusement Moineau à la place du petit homme. Ils gravirent la Montagne Rouge, mais nul ne sut ce qu'ils y firent. Tous les audacieux qui ont tenté, depuis, d'en approcher ont été capturés par les Salterens qui les ont réduits en esclavage dans leurs mines de sel, ou bien ont été tués par les t'sils. Et il est impossible de survoler le désert, car un sort très puissant a été mis en place par les chamans salterens. Il tire son efficience de la chaleur, raison pour laquelle c'est l'un des seuls endroits de la planète où il est possible de le mettre en œuvre. La nuit le sort s'affaiblit, ce qui permet de voler, mais dès le matin, il faut se poser. Et c'est à ce moment que les t'sils attaquent ! Le piège est presque parfait.

— C'est devenu une légende ? Incroyable. Nous avions pourtant laissé des instructions très claires ! Car la Montagne rouge est le seul endroit sur AutreMonde où il est impossible de faire de la magie. C'est donc là que vous devez aller pour récupérer l'Endigueur. Y a-t-il d'autres personnes aussi puissantes que mon héritière ? Je veux dire... parmi ceux qui possèdent encore l'usage de la magie ?

On sentait une infime pointe d'orgueil dans la voix de Demiderus.

— Non, répondit dame Auxia. *Notre* Tara est la plus puissante des adolescents. Pourquoi ?

— Eh bien je suggère que cette jeune fille soit désignée pour accomplir la mission. Elle pourra se protéger là où un autre succomberait.

Plusieurs exclamations se croisèrent.

— C'est hors de question ! rugit Selena qui sentait venir ce moment depuis quelques minutes déjà. Elle serrait sa fille contre elle, lui coupant le souffle.

— C'est impossible, elle doit diriger Omois ! s'exclama dame Auxia. Je vous rappelle que nous sommes en guerre !

— Je vais avec elle !

Le quintuple cri résonna dans le palais et Fafnir, Fabrice, Moineau, Robin et Cal se sourirent.

Tara était tout à fait d'accord avec sa mère. Pourquoi fallait-il que cela tombe toujours sur elle ? Elle se dégagea, histoire de récupérer ses poumons, et répliqua, un peu agressive :

— Et vous ? Pourquoi vous n'y allez pas ? Après tout, c'est vous qui avez caché cet Endigueur et c'est vous aussi qui savez comment le faire fonctionner !

— Il suffit de le mettre en face de l'objet démoniaque pour qu'il en annihile le pouvoir... C'est du moins ce que nous espérons. Et je ne puis y aller, car je vous rappelle que les Hauts mages sont privés de pouvoirs. Or j'appartiens à cette catégorie... du moins était-ce vrai à mon entrée dans le Temps Gris. Je ne serais donc pas d'une grande utilité.

Zut. Un point pour lui. Elle avait négligé cet aspect de leur situation.

— Je vois. Alors à quoi reconnaît-on votre Endigueur ? interrogea Tara, résignée.

— Nous ne voulions pas que les démons se doutent de

ce que c'était, répondit le mage d'une voix rusée, alors nous l'avons dissimulé. Il se présente sous la forme d'un collier, dont le centre est une sopor rouge.

Elle n'avait aucune idée de ce qu'était une sopor. Elle répéta donc :

— Et ça ressemble à quoi ?

— C'est une fleur de sommeil. Elle est rouge au cœur pourpre foncé. Elle endort les gens.

— Et les protections autour de l'Endigueur ? Rien de prévu, du genre il tue celui qui le touche sans un code spécial ou autre dans le même style ?

Demiderus eut un sourire.

— Non, rien de particulier, mon héritière. Il se trouve dans une caverne, sur le flanc est de la montagne, près du sommet. Une fois que vous l'aurez trouvé, il vous suffira de le mettre autour de votre cou et de le rapporter.

Selena soupira, le regard brillant de larmes contenues, puis laissa échapper un petit geste de résignation. Envoyer sa fille au-devant de la mort lui glaçait le cœur. Elle savait qu'elle était totalement irrationnelle mais ne pouvait s'en empêcher : c'était horrible à dire, mais elle préférait presque qu'ils se rendent à Magister !

— Très bien, conclut Tara sans s'appesantir sur la déception de sa mère. Alors il ne me reste plus qu'à y aller. Je délègue officiellement le pouvoir à dame Auxia en attendant mon retour (pas à Tyrann'hic, ça c'était sûr !).

La cousine de l'Impératrice s'inclina devant elle, incapable de prononcer un mot tant elle était angoissée. Pourvu que l'Héritière revienne vite, elle n'avait aucune envie de devenir souveraine juste au moment où une armée de démons était sur le point d'attaquer son pays !

— Pas toute seule, intervint Cal. Je viens avec toi.

Tout le monde se tourna vers lui.

— *Moi*, je suis protégé, précisa-t-il sous l'œil noir de Robin et de Fabrice, j'ai été piqué par une t'sil dorée.

— Et vous n'êtes pas mort ? questionna Demiderus, surpris. Un remède aurait-il été découvert ? Dans ce cas je peux aussi...

— Non, pas vous, l'interrompit Cal. Je suis *mort* pendant quelques minutes, ce qui a tué les œufs de t'sil. Je déconseille donc le traitement. Mais je porte toujours la marque de la t'sil dorée là où elle m'a piqué, et les autres ne m'attaqueront pas.

— C'est exact, confirma Demiderus, vous pouvez accompagner mon héritière. J'en suis heureux, car sa tâche ne sera pas facile.

— Mais, remarqua le fier chaman, qui n'aimait pas envoyer des adolescents faire le travail d'adultes, si on ne peut utiliser son pouvoir à cause de la Montagne Rouge, les t'sils vont les dévorer tout crus. Enfin, Tara, puisque Cal ne risque rien.

— Non. Le sort supprime la magie sur cent mètres autour du pied de la montagne. Et l'anti-Transmitus bloque toute rematérialisation encore deux cents mètres après ce périmètre. Il faut donc se faire transporter à trois cents mètres des premiers contreforts, affronter les t'sils sur deux cents mètres. Les t'sils ne vont pas au-delà de la limite où le pouvoir cesse. Après quoi, il n'y a plus de risque.

Tara le regarda avec attention. Tout cela lui paraissait un peu compliqué comme système. Il avait jamais entendu parler de coffre-fort l'ancien mage ?

— Avec un bouclier, ça ne me paraît guère dangereux, fit dédaigneusement Robin. La distance à parcourir n'est pas si longue, je peux accompagner Tara !

Demiderus le fixa.

— Les t'sils attaquent par milliers. Ils font peser une telle pression sur le bouclier qu'un sortcelier faible ne peut résister plus de quelques mètres. Croyez-moi, jeune elfe, ce n'est pas du tout facile.

Robin voulut insister, mais Demiderus se montra intraitable. Seule la plus puissante des sortcelières serait autorisée à affronter les t'sils. Il ne voulait pas avoir la mort du demi-elfe sur la conscience.

— Et une fois ces choses neutralisées, intervint Selena, effrayée, comment Tara va-t-elle faire ?

— L'annulation de la magie empêche toute montée par lévitation. De plus, les rafales de vent sont si violentes que même les pégases ne peuvent y résister. Elle doit grimper !

— Mais je ne sais pas ! s'étrangla Tara.

— Non, elle ne sait pas grimper du tout ! renchérit Selena, qui en fait n'en savait rien.

— La montagne n'est pas très difficile à escalader, indiqua calmement Demiderus. Sinon nous n'aurions jamais réussi à la gravir jusqu'à son sommet. Et la bibliothèque te fournira les ouvrages dont tu as besoin. Il suffit de les lire et leur contenu s'imprimera dans ton cerveau, faisant de toi une grimpeuse émérite. Tu devrais très bien t'en sortir, Damoiselle Tara, mon héritière. Rapporte l'Endigueur et ensuite, nous le mesurerons au Sceptre. Une fois nos pouvoirs de retour, nous pourrons exterminer son armée de démons.

— Faudra d'abord repérer Magister ! s'exclama Cal, qui savait d'expérience que le maître des Sangraves ne se laissait pas facilement localiser. Surtout qu'il a des otages de poids !

Demiderus eut un fin sourire :

— Donc, vous n'avez pas non plus le Localisateur ?

Il reçut pour toute réponse un regard ahuri de ses interlocuteurs.

— Je vois bien que non, dit-il. Nous avions aussi créé un Localisateur. Un appareil, comparable à une boussole, capable de détecter tout objet maléfique. Son œil pointait vers la source démoniaque, devenant de plus en plus rouge au fur et à mesure qu'on s'en approchait.

— Ce serait bien utile pour découvrir Magister, concéda Cal. Mais non, nous n'avons rien de tel, sinon nous l'aurions employé depuis longtemps !

— Il vous faudra le retrouver. Une fois que ce sera fait, vous n'aurez plus besoin de moi et je regagnerai le Temps Gris.

Un silence consterné accueillit ces étranges paroles.

— Comment ? s'exclama enfin maître Tyrann'hic, mais pourquoi ? Vous n'avez pas le droit de nous abandonner, nous avons...

— Non, trancha Demiderus. Il est trop tôt. Cela bouleverserait mes plans. Ceci est mon choix, il n'y a pas à discuter. Pourriez-vous, s'il vous plaît, m'accorder l'hospitalité en attendant que cette crise soit résolue ?

Le gros homme eut beau argumenter, discuter, insister, et même s'énerver un peu, il n'y eut rien à faire. Le Très Haut mage n'en démordait pas : dès que le Sceptre Maudit serait neutralisé et le Localisateur... localisé, il repartirait dans le Temps Gris. Avec l'interdiction formelle de le rappeler, sauf en cas d'invasion des démons.

Selena était bouleversée, non par la décision de Demiderus dont elle se fichait comme de l'an quarante, mais par la mission de sa fille. Tara eut le plus grand mal à l'apaiser. Comme d'habitude, lorsqu'elle était sur ce monde de déments, elle n'était pas maîtresse de sa vie. Elle devait partir et accomplir son devoir. Le sort d'AutreMonde en dépendait !

Demiderus entama des recherches, maintenues secrètes afin de ne pas alerter les amis potentiels des Sangraves, pour trouver le Localisateur, mais il apparut rapidement que l'engin avait été détruit. Sans magie, Demiderus ne pouvait reconstruire l'appareil... et même s'il avait eu ses pleins pouvoirs, il n'était pas sûr de rassembler les ingrédients nécessaires, le principal étant l'un des yeux du roi des démons, qui lui avait été dérobé lors d'une périlleuse aventure.

Pendant ce temps, les gouvernements d'AutreMonde firent savoir à Magister, par l'intermédiaire des cristallistes, qu'ils ne céderaient pas à son chantage. Soit il cessait d'utiliser le Sceptre, soit ils mourraient tous ensemble, puisque l'objet magique allait briser la planète.

Magister ne daigna pas répondre. La magie ne revint pas. Les tremblements de terre commencèrent, provoquant séismes et tsunamis, empêchant les alliés qui le désiraient d'envoyer des soldats soutenir Omois.

Tout le pouvoir des jeunes sortceliers fut mobilisé pour soutenir les régions touchées par les secousses. Heureusement, Omois n'était pas sur une faille sismique et ils purent venir en aide aux autres pays. Le père et la mère de Moineau, en mission depuis plusieurs années à Hymlia pour le compte des services métallurgiques du Lancovit, la contactèrent pour lui annoncer que les nains étaient contraints de quitter leurs montagnes, car les chocs étaient trop dangereux pour les mines. Moineau fut soulagée d'apprendre que ses parents et leurs amis nains se mettaient à l'abri. Ils entamèrent une lente migration vers le pays des Géants, là où se trouvait la Forteresse Grise, ancien antre de Magister. Lente, parce que les nains refusèrent catégoriquement d'utiliser la maudite magie pour se déplacer.

Cal et Tara devaient partir pour le Salterens, d'où ils activeraient un Transmitus jusqu'à la Montagne Rouge. Il avait été convenu avec le Grand Cacha, discrètement contacté, qu'ils arriveraient de bonne heure. Tara se préparait dans la suite impériale, seule. La situation était en train d'échapper à son contrôle. Elle était à bord d'un avion fou et le pilote et son copilote avaient avalé de la salade avec de la mayonnaise pas fraîche. Et maintenant c'était à elle de prendre les commandes du bazar. Elle pressentait l'écrasement imminent.

Elle vérifia son équipement, piolets, marteau, crampons, gants, harnais, corde en soie d'aragne, crochets et fixateurs. Tout rentra aisément dans la Changeline, y compris les étonnants gants de Fafnir, l'uniclef de Cal, la carte animée, les lunettes de Medelus et la Pierre Vivante.

Elle reprit le livre qu'elle avait commencé. Les phrases s'imprimaient l'une après l'autre dans sa mémoire. L'usage du piolet, les différentes sortes de roches, les pièges de la montagne n'avaient plus de secrets pour elle. En quelques heures, elle était devenue une spécialiste. Elle connaissait des écoliers sur Terre qui auraient donné leur bras droit pour accéder à ces livres magiques ! Les écoles n'existaient pas sur AutreMonde, on y trouvait uniquement des universités qui permettaient aux sortceliers de mettre leur savoir en pratique. Et les nonsos bénéficiaient de la magie car cela fonctionnait aussi bien sur eux que sur les autres. À propos de nonsos, Tara se demanda si Xandiar avait pu remonter la piste jusqu'au coupable du meurtre du zombie.

Elle s'allongea sur son lit et se mit à réfléchir, si intensément qu'elle s'endormit.

À son réveil, elle rencontra les merveilleux yeux de cristal de Robin fixés sur elle.

— J'aurais pu t'assassiner dix fois, sourit le demi-elfe qui, assis sur son lit, attendait patiemment qu'elle s'éveille. Je croyais que Xandiar t'obligeait à mettre des dispositifs de sécurité autour de toi ?

— Penche-toi vers moi, murmura Tara, le mystère assombrissant ses somptueux iris bleu marine.

Le demi-elfe fut déconcerté. Il était venu faire sa grande déclaration, profitant de ce que Tara était seule, ce qui arrivait rarement et soudain, le super discours qu'il avait préparé fuyait son cerveau comme l'eau un tonneau percé. Il baissa son regard sur la bouche si douce de Tara et s'inclina lentement. Tant pis pour le discours !

L'instant d'après il se retrouvait collé au mur, incapable d'une pensée cohérente.

— Système de protection automatique ! s'exclama joyeusement Tara en bondissant de son lit avec un énorme sourire. Ça expédie toute personne tentant de me toucher sans mon autorisation à au moins cinq mètres de moi, puis ça l'immobilise en attendant les secours. 5, 4, 3, 2... 1 !

Alors qu'elle finissait de prononcer le « 1 », Xandiar fit irruption dans la pièce, suivi par deux de ses gardes.

— Votre Majesté, tout va bien ? fit le grand chef de la sécurité, affolé, cherchant les agresseurs, ses quatre lames dégainées.

— Oui, nous procédions à un exercice, Robin et moi,

répondit Tara d'un ton désinvolte. Nous testions l'efficacité de ce sort. Je le libère à l'instant.

Elle fit un petit geste et le demi-elfe glissa lentement au sol.

Très raide, l'officier la salua.

— Alors je m'en retourne monter la garde, Votre Majesté. Je dois vous informer qu'en sus du demi-elfe Robin M'angil ici présent, la naine Fafnir et Gloria Daavil, ainsi que les deux dragons, votre mère Selena et le chien Manitou ont demandé à participer à votre expédition. Le Grand Cacha a refusé.

Tara fut profondément émue. Le fait que les énormes reptiles soient privés de leurs pouvoirs ne les empêchait pas de risquer leur vie pour l'aider, car ils n'étaient pas protégés contre les effets des t'sils malgré leurs écailles et leur cuir épais. Quant à ses amis et à sa mère, elle s'attendait à leur requête, et avait fait passer un message très clair au Grand Cacha. Il devait interdire toute autre personne que Cal et elle.

Xandiar s'inclina et quitta la pièce. Elle se tourna, souriante, vers Robin qui, lui, ne souriait pas du tout. Le sourire de Tara se crispa, puis s'évanouit. Allons bon, le demi-elfe était-il fâché de la blague qu'elle venait de lui faire ? Il s'approcha d'elle et la dévisagea gravement. Zut, elle avait de la salade entre les dents ? Un bouton sur le nez ? Il ouvrit la bouche, prêt à entamer sa grande déclaration... et Cal, suivi de Blondin, son renard, entra avec un tonitruant :

— Ça va ? Je ne dérange pas, j'espère ?

Vu la figure écarlate de Robin, si. Et il trouvait cela hilarant.

Un peu surprise, Tara perçut plus qu'elle n'entendit une série de jurons silencieux sur les lèvres de Robin qui foudroyait le petit Voleur du regard.

Ce qui ne lui fit ni chaud ni froid.

— Qu'est-ce que tu allais dire à Tara ? demanda-t-il à Robin, sournois. Moi, je suis venu pour l'avertir qu'on pouvait partir quand elle voulait. Et toi ?

— J'avais l'intention de lui souhaiter bonne chance, répondit Robin entre ses dents, et de lui recommander d'être prudente.

— Elle ne sait pas ce que ça veut dire, mon vieux ! Tara et la prudence, ça fait deux ! Mais ne t'inquiète surtout pas. Je vais veiller sur elle, m'occuper d'elle, la dorlo...

— Bon, ça va, grogna Robin, incapable de maîtriser la frustration qui lui mordait le cœur. Je vous accompagne jusqu'à la Porte, dès que Tara sera prête.

— Je prends une douche et j'arrive, précisa la jeune fille.

Elle fonça dans la salle de bains mais entendit des bruits bizarres dans l'autre pièce. Intriguée, elle rouvrit la porte et vit Robin qui s'efforçait d'étrangler Cal. Le petit Voleur riait tellement qu'il n'arrivait pas à se défendre.

Rassurée, elle referma derrière elle. Lorsqu'elle ressortit, quelques minutes après, la Changeline avait transformé ses vêtements en une semi-armure elfique. Ses longs cheveux blonds tressés retenus par un cercle d'or, ses avant-bras, ses mollets et sa poitrine protégés par du métal brillant, elle était époustouflante.

— Wahou ! s'exclama Cal, l'admiration animant ses yeux gris, tu es superbe, Tara !

— Mmmouais, fit la jeune fille avec une moue perplexe, apparemment, c'est la conception qu'a la Changeline d'une protection efficace. Moi j'en doute un peu, mais bon, c'est elle la spécialiste !

Comme, en dehors de rares initiés, nul ne savait où elle se rendait, les courtisans se contentaient de la suivre du regard avec curiosité. Si ces gens avaient pu deviner à quel point elle avait envie de vomir, tant elle avait peur, ils se seraient écartés de son passage.

Selena l'attendait dans la salle de la Porte. Les larmes aux yeux, la jeune femme la prit dans ses bras et pendant quelques secondes, le courage déserta totalement Tara et ses genoux mollirent. Mais elle croisa le regard inquiet de Robin et se ressaisit.

— Ne t'inquiète pas Maman, dit-elle tendrement, tout ira bien.

— Je n'en peux plus, gémit sa mère dans le creux de son cou. Je ne te retrouve que pour te perdre, te voyant partir, encore et toujours, vers les pires dangers !

Tara ne put s'empêcher de faire de l'humour.

— Tu te rends compte de ce que ça aurait été si tu avais eu un garçon !

Selena eut un pauvre sourire.

— Pire, tu crois ?

— Bien pire. Les garçons sont des casse-cou, c'est connu. Alors que moi, je suis prudente. D'ailleurs, j'ai décidé que Prudence serait mon second prénom pour ce voyage !

Robin rayonna : c'était le mot qu'il lui avait soufflé. Autant pour Cal !

— Je t'aime, ma chérie. Reviens vite.

Et Selena recula. Galant attendait Tara, qui sauta sur le dos du pégase, imitée par Cal. Le magnifique étalon, prêt à s'envoler, ne broncha même pas sous ce double poids. Cal, à regret, laissait Blondin à Omois, car n'ayant pas autant de force que Tara, il serait impuissant à le protéger contre les t'sils.

Maître Chem et Charm, dame Auxia, maître Tyrann'hic et Demiderus les pressèrent de bons vœux de succès. Manitou, très affecté de ne pouvoir veiller sur son arrière-petite-fille, était furieux et Robin, rongé de jalousie, n'arrivait pas à contempler sans frémir le couple formé par Tara, radieuse, à côté de Cal. Puis il prit conscience que le jeune Voleur était plus petit que Tara d'au moins deux têtes et cela le détendit. Allons bon. Cette fille était en train de le rendre fou ! Beaux yeux ou pas, dès qu'elle reviendrait, il lui dirait tout. Fort de cette résolution, il la salua amicalement et lui souhaita bon voyage à son tour. Tara était très émue. C'était la première fois qu'elle devait affronter le danger sans tous ses amis autour d'elle et elle se sentait étrangement démunie.

Cal lui adressa un sourire confiant qui lui remonta le moral. Il fit signe à tout le monde de reculer et, remplaçant dame Kali qui ne pouvait plus activer la magie, il cria :

« Au palais du Grand Cacha à Sala, capitale du Salterens ! »

Et ils plongèrent vers l'inconnu.

Chapitre XXIII

Le Grand Cacha

Ils se matérialisèrent dans le palais du Grand Cacha, où ils furent accueillit par Illpabon, le Grand Vizir.

Tara glissa au bas de son pégase, suivie par Cal.

— Vous êtes venue sans votre suite, Votre Majesté impériale ? susurra, doucereux, Illpabon.

Cal, en bon Voleur, avait suivi une formation politique et il saisit l'insulte sous-jacente.

— Vous savez ce que c'est, mon vieux, fit-il d'une voix désinvolte. On doit sauver le monde, alors on préfère garder toute la gloire pour nous tout seuls !

Les oreilles rondes d'Illpabon se couchèrent vers l'arrière et son museau se fronça, mais il ne répliqua pas.

Le petit Voleur reporta son attention sur son environnement. Comme tous les palais des gouvernants d'Autre-Monde, il le connaissait pour en avoir étudié et appris le plan. Les Salterens, peuple pillard, aimaient les couleurs vives. Si l'extérieur des bâtiments était d'un blanc étincelant pour réverbérer l'écrasante chaleur, l'intérieur vibrait de couleurs : du vert et du jaune aux murs, du rouge, du bleu et de l'or au sol et sur les plafonds, enfin du blanc et de l'argent pour les meubles, l'ensemble formait une vibration fauve.

Ils arrivèrent enfin dans l'imposante salle d'audience.

Entouré d'une petite foule de courtisans et de gardes attentifs, le Grand Cacha était là, discutant avec l'un de ses sujets. L'emblème des Salterens, un ver vert tenant un cristal de sel bleu dans ses dents, surplombait, menaçant, l'estrade où se dressait le trône.

L'impératrice d'Omois, même par intérim, étant une hôte de marque, le Grand Cacha interrompit son entretien et, descendant les quatre marches recouvertes de tapis rouges, vint à sa rencontre. Il lui serra les deux avant-bras tout en s'exclamant :

— Jambon ! Jambon !

Tara eut un sourire crispé. Pour quelle mystérieuse raison le Grand Cacha lui demandait-il du jambon ? Puis elle comprit que le sort traducteur du palais ne devait pas bien fonctionner... ou que le gros félin avait fait exprès de la placer dans une situation difficile. Mais elle disposait d'une parade. La dernière fois qu'ils n'avaient pas pu utiliser la magie, lors de la libération de Cal, Moineau avait placé une bonne vingtaine d'idiomes dans son cerveau. Celui-ci en faisait-il partie ? Elle activa sa mémoire et... Gagné. Le sort placé par Moineau entra en action et lui donna les informations voulues.

Le félin parlait swahili, un antique langage terrien, mélange de bantou et d'arabe, usité un peu partout en Afrique et particulièrement par les tribus Masai. Apparemment, les Salterens étaient à l'origine de cette langue qui avait migré sur Terre. *Jambo*, en swahili, voulait dire bonjour.

— *Jambo*, répondit-elle poliment. *A bari gani ?*

— *M'suri sana, assempté !* la congratula le Grand Cacha, visiblement surpris que son invitée connaisse le swahili, plus précisément le salterens.

— Venez donc, continua-t-il, passant aisément à l'omoisien courant, je voudrais vous présenter votre mentor dans cette périlleuse aventure.

Il amena Tara jusqu'au grand félin qui se tenait près du trône et la jeune fille tressaillit. Elle connaissait ce Salterens ! C'était le gardien du micro-désert de l'Impératrice ! Il eut un sourire froid.

— J'ai suivi votre conseil, Votre Majesté impériale, et je suis venu récolter de jeunes vers pour repeupler le biotope du palais impérial. Comme je devais de toutes façons aller dans le désert profond, je vous servirai de guide. Mon nom est Trendir.

— *Jambo* Trendir, fit gracieusement Tara.

Le Grand Cacha interrompit les échanges de politesse.

— Partez sans tarder. Notre planète ne va pas résister longtemps et même si j'ignore la raison pour laquelle vous requérez ce... service, Votre Majesté impériale, je suis ravi de vous obliger.

— Je ne requiers nul service, répondit Tara qui n'avait pas l'intention de rendre Omois redevable auprès du Salterens. Ceci est une mission internationale pour sauver AutreMonde de l'action du Sceptre de Magister. Si vous considérez cela comme un service, il me faudra en référer aux peuples d'AutreMonde avant d'aller plus loin.

Son bluff fonctionna. Même si le Grand Cacha savait qu'elle n'avait pas le temps de discuter avec les autres gouvernants, il ne pouvait courir le risque de s'aliéner des alliés, juste pour obtenir une faveur politique. Aussi admit-il sa défaite avec une surprenante bonne grâce en reconnaissant qu'il ne faisait que son devoir et il les conduisit dans la cour du palais.

Tara actionna le Transmitus sur les indications de Trendir et quelques secondes plus tard ils se trouvaient... dans le désert. Vide, immense, chaud, et vert.

— Mais je ne vois pas de montagne ! s'exclama Tara en activant sa bulle de protection.

— C'est la raison pour laquelle vous avez besoin d'un guide, expliqua Trendir. Elle est cachée par les vents de sable. Suivez-moi et surtout, gardez vos boucliers étanches. Une seule erreur et c'est la mort. Nous avons développé une protection, mais je n'ai pas le droit de la partager avec vous. Alors soyez prudents !

Les t'sils ne furent pas longs à découvrir que des repas potentiels se baladaient dans le coin. Au début, ce ne fut que quelques escarmouches sporadiques contre Tara et Galant. Cal, tenant son cou bien dégagé pour montrer la marque de la t'sil dorée, avait la paix, ce qui le tranquillisa car malgré l'assurance que les t'sils ne le toucheraient pas, il n'avait pas été si confiant. Trendir était ignoré par les vers. Rapidement, Cal commença pourtant à se faire du souci pour ses compagnons. Les t'sils, quasiment invisibles, heurtaient les deux boucliers, retombaient et réessayaient, inlassables. Et ils étaient de plus en plus nombreux, au point qu'au bout d'un moment, Cal ne vit plus que deux formes constellées d'éclairs bleus.

Au début, Tara n'avait pas voulu tuer les t'sils. Après tout, c'était elle qui envahissait leur espace naturel et elle répugnait à ôter la vie. Mais bientôt elle n'eut plus le choix. Elle modifia la structure de son bouclier et de celui de son Familier. Et le t'sil qui venait de bondir pour la énième fois eut une mauvaise surprise. Il disparut dans un petit grésillement. Des centaines d'autres connurent en quelques instants le même sort. Dès lors, les attaques contre Tara et Galant diminuèrent jusqu'à n'être plus qu'occasionnelles.

Au fur et à mesure qu'ils progressaient, il devenait évident que de l'eau existait en abondance devant eux. Bien qu'ils ne pussent toujours pas discerner le massif, celui-ci, du fait de son altitude, accrochait les masses nuageuses, la condensation créait des rivières qui s'écoulaient, alimentant un tapis coloré de plantes hydrophiles. Puis ils franchirent un seuil invisible et soudain, comme peinte par un artiste dément, la montagne se dévoila.

Elle n'était pas d'un rouge brunâtre comme une argile décolorée, mais d'un beau vermillon étincelant, qui blessait presque la vue. Se détachant sur le ciel d'un bleu pur, couronnée de nuages blancs, elle composait un formidable et intimidant spectacle.

— Wahou ! souffla Cal, impressionné.

— C'est magnifique ! confirma Tara.

— Voici Mul Mar Tag Kullog ! indiqua Trendir avec une certaine emphase.

— Mul Mar... dites donc, c'est un peu long comme nom, observa Cal, encore ému par la beauté de la montagne.

Le Salterens eut un petit rire.

— En fait, cette appellation provient d'un quiproquo. Il y a de cela des centaines d'années, un explorateur sortcelier, en quête des sources du fleuve t'sil qui traverse notre pays, réussit à échapper aux vers. Parvenu dans un village de la forêt, de l'autre côté de la montagne, et après avoir persuadé ses habitants qu'il n'était pas comestible, il leur demanda, désignant la montagne : « Et cela, c'est quoi ? – Mul mar tag, kullog ! », répondirent-ils. Il crut que c'était le nom du massif et l'enregistra comme tel sur sa carte.

Cal, sans en comprendre la raison, voyait bien que le félin était hilare.

— Et alors ?

— Eh bien, leur réponse signifiait : « Ça, c'est une montagne, imbécile ! »

Cal plissa les yeux.

— Vous voulez dire que le nom de cette montagne se traduit par : « Ça, c'est une montagne, imbécile ? »

— Absolument, confirma Trendir sans le moindre frémissement.

Cal et Tara se regardèrent puis explosèrent de rire... très vite rejoints par Trendir.

— Je ne peux aller plus loin, indiqua leur guide lorsqu'ils se furent calmés. Je dois aller récolter mes vers. À présent, Votre Majesté, il ne me reste plus qu'à vous souhaiter bonne chance !

Les deux sortceliers se retournèrent, incrédules.

— Vous ne nous accompagnez pas ?

— Nous avons un traité avec les habitants de cette montagne. Les Salterens n'ont pas le droit de franchir la limite de non-magie. Seuls les fo... les courageux explorateurs étrangers se risquent au-delà. Je me dois de vous dire qu'aucun de ceux qui s'y sont aventurés n'en est revenu.

Tara avait retenu un mot.

— Habitants ? s'exclama-t-elle. Quels habitants ? Demiderus nous a dit que la montagne était inhabitée ! Qu'il n'y avait pas de gardiens !

— Peut-être pas voici cinq mille ans, répondit calmement le Salterens, mais les choses changent. Et je ne vois pas très bien pourquoi les explorateurs et scientifiques y disparaîtraient s'il n'y avait personne pour les y aider ! De plus, nos ancêtres ont bien signé ce pacte avec quelqu'un.

Évidemment, c'était d'une logique imparable. Cal sortit ses crampons et une corde de sa robe de sortcelier.

— Alors, c'est moi qui vais m'y coller. Je sais mieux grimper que toi, Tara, cela fait partie de notre formation, escalader.

— Escalader les montagnes ?

La réponse du petit Voleur fut sobre :

— Non, les murs.

— Oh ! Je vois. Alors allons-y.

Tara était plutôt contente que Cal soit avec elle. Ils saluèrent une dernière fois Trendir puis se dirigèrent d'un bon pas vers les premiers contreforts. Tara sentit très bien le moment où son bouclier s'éteignit. Ils venaient de pénétrer dans la zone de non-magie, où les t'sils n'étaient pas censés s'aventurer. Elle espéra très fort qu'ils étaient au courant, parce qu'à partir de maintenant, elle n'avait plus aucune protection contre eux. Au bout d'un moment, Cal qui ruminait quelque chose finit par ouvrir la bouche :

— J'ai un problème, Tara.

Son ton était si grave que Tara interrompit un instant sa marche.

— Tu veux dire en dehors du fait que Magister ait enlevé ma tante, volé la magie des Hauts mages, qu'il menace de détruire la planète, nous ait déclaré la guerre et que nous devions affronter de mystérieux habitants qui tuent tous ceux qui s'aventurent sur leurs terres ?

Cal balaya sa catastrophique énumération d'un revers de main.

— Non, non, c'est autre chose. De bien plus grave.

Tara en resta sans voix.

— Tu es jolie, tu es une fille, déclara le jeune garçon en la dévisageant attentivement.

— Oui, réussit à articuler Tara qui ne voyait pas du tout où voulait en venir son compagnon. Jusque-là, tu as dix sur dix... et merci du compliment.

— Donc, tu dois comprendre les filles.

— Mieux que les garçons, c'est sûr.

— Je... je crois que je suis amoureux.

Aïe ! Qu'est-ce qu'il allait lui annoncer encore ? Elle se tint prudemment sur l'expectative et fut surprise de ressentir un minuscule pincement de jalousie lorsque Cal se planta devant elle et déclara :

— Je suis amoureux d'El !

— Elle ? Qui, elle ?

— Non, pas Elle ! *El*, Eleanora !

Pendant quelques secondes, Tara fut si stupéfaite qu'elle ne réagit pas. Cal crut qu'elle ne voyait pas de qui il parlait.

— Tu la connais, je vous l'ai présentée. La cousine de Brandis. Celle qui me déteste ! Chaque fois que je lève la tête, je vois ses yeux gris fixés sur moi, aussi glaciaux que le cercle polaire, aussi brûlants que l'enfer ! Ça me rend fou !

L'amour le rendait poète en plus ! Tara était embarrassée :

— Je ne la connais guère, je ne l'ai vue que deux fois, mais j'ai l'impression qu'elle ne nous tient pas en haute estime. Tu es tombé amoureux d'elle ?

Il la regarda, l'air pitoyable.

— C'est ridicule hein ! J'ai l'impression d'être un sale gosse qui est dans une confiserie et n'a envie que d'un saucisson.

— Euuuh, Cal ?

— Oui ?

— Si tu veux la conquérir, il vaut mieux que tu évites

de la comparer à de la charcuterie. Et j'apprécie assez peu d'être assimilée à une friandise.

— Tu vois ! se lamenta le petit Voleur, je ne sais pas draguer. Je sais les faire rire, les surprendre, mais comment leur plaire, aucune idée. Alors tu vas m'apprendre.

Tara écarquilla les yeux.

— Moi ? Mais pourquoi ?

— Tu es la seule fille que j'ai sous la main ! protesta Cal.

Tara leva les yeux au ciel et soupira.

— Bon, que veux-tu savoir ?

— Qu'est-ce que tu préfères comme cadeaux ? Qu'est-ce qui te séduit ? Le physique ? L'esprit ? Qu'est-ce que tu voudrais qu'il fasse pour toi ? Est-ce que tu apprécies d'être surprise ?

— Holà, pas toutes les questions en même temps ! Et je te signale que ce que j'aime n'est pas forcément ce qu'elle aime, elle.

— M'en fiche. Réponds-moi, s'il te plaît.

Tara trouvait cette conversation totalement surréaliste mais elle obéit.

— Le physique compte, mais seulement au début. Après, je suis attirée par l'intelligence et le courage, et surtout, j'aime être étonnée.

— Et les cadeaux ? demanda Cal avec avidité. Pour une fille, c'est une valeur sûre, un cadeau, non ?

Tara réprima un sourire :

— Oui, c'est sympa, mais ce n'est pas le plus important. Je suppose que les autres filles aiment bien qu'on leur offre de petits riens, mais des choses simples, juste une rose pour leur dire qu'elles sont jolies, un ruban pour leurs cheveux, ou un bandana. Moi par exemple, je suis touchée qu'on se souvienne de mon anniversaire ou de ma fête, c'est une marque d'attention. J'apprécie qu'on se soucie de savoir si je vais bien, si je suis heureuse. Mais pas trop, que ça ne fasse pas gnan-gnan non plus ! Et si je suis déçue par quelque chose, je ne le dis pas, afin de ne pas blesser l'autre.

— Ohhhh, fit Cal comme s'il venait de découvrir un trésor, c'est donc ça, hein, tu es romantique ! Mais si tu ne dis pas ce que tu penses vraiment, comment veux-tu que nous nous en sortions ? Nous ne sommes pas télépathes ! Bon, alors, physiquement, quel est ton type, grand, petit, moyen, blond, brun ?

Piquée au vif par sa remarque, Tara décida d'être honnête, même si Cal était petit et brun.

— Plutôt plus grand que moi (et paf !) avec les yeux et les cheveux clairs...

Elle vit que Cal se rembrunissait et amortit sa remarque :

— ... mais il y a aussi des bruns qui sont très beaux. Les cheveux longs me plaisent mais seulement depuis que je vis sur AutreMonde parce que sur Terre je trouvais ridicules ces garçons avec leurs queues de cheval et leurs serre-têtes ! J'admire par-dessus tout la courtoisie et l'élégance et je me fiche des vêtements, parce qu'ici on peut s'habiller comme on veut, grâce à la magie, ce qui fausse la donne.

Tout en définissant son idéal, Tara réalisa soudain, mal à l'aise, qu'elle était en train de décrire... un elfe ! Et un elfe bien particulier. Heureusement, Cal était trop profondément enfoncé dans ses propres problèmes pour s'en rendre compte. Durant tout le temps que dura leur marche d'approche dans le sable, il la harcela de questions, se plaignant lorsque, le rouge aux joues, elle refusait de répondre. Le sujet des baisers fut *absolument* censuré. Vu qu'elle n'avait jamais embrassé qui que ce soit et qu'elle n'avait pas du tout l'intention d'en parler, elle survola le sujet d'un sec : « Comment ça, avec ou sans la langue ? Beurk, Cal, tu es dégoûtant ! Je refuse de répondre, tu verras avec ta petite copine ! » Heureusement, ils arrivèrent enfin au pied du flanc est de la montagne et Cal interrompit son flot de question. Ce qui dut probablement lui sauver la vie car Tara était prête à l'étrangler.

Ils levèrent la tête, clignant les yeux pour distinguer l'endroit décrit par Demiderus. Le mage avait raison, l'ascension n'avait pas l'air insurmontable. Cal, tout à son affaire, enroula aussitôt la corde autour de son torse et de ses épaules puis attacha solidement les crampons à sa ceinture. Comme il n'y avait pas de vent à cette altitude encore basse, il pria Tara de lui prêter Galant pour se faire déposer à la première corniche, afin d'économiser ses forces. Galant, ravi de pouvoir rendre service, lui fit signe de sauter sur son dos.

— J'assure la corde, comme ça tu n'auras pas de mal à grimper, et ensuite tu me rejoins, ok ?

— En fait, je me demande pourquoi Demiderus ne t'a pas envoyé tout seul. Tu n'as aucun besoin de moi pour escalader cette montagne !

— Il vaut mieux être deux pour ce genre d'expédition. Même si en général je préfère travailler en solitaire, j'avoue que je suis un peu inquiet à propos des mystérieux habitants de cette montagne. Alors ça me rassure de savoir que Galant et toi vous êtes en soutien.

— Et on appellera notre épopée « les Aventures de Caliban dal Salan et de ses joyeux compagnons », fit malicieusement Tara.

— Ah ah ! Très drôle. Bon, allons-y, Galant !

Ils s'envolèrent rapidement vers le rebord rocheux située à mi-pente. Soudain, avec une violence qu'ils ne pouvaient prévoir, un vent furieux se leva, s'engouffrant sous les ailes du pégase. Déséquilibré, celui-ci tenta de reprendre ses appuis afin de continuer sa progression mais la tempête se transforma en une trombe d'une puissance inouïe qui aspira les deux infortunés.

Tara hurla.

— Nooooon ! Cal ! Galant !

La seule réponse qu'elle obtint fut de voir deux corps désarticulés tournoyer vers une mort certaine.

Chapitre XXIV

Les Yphane

Tara paniqua. Essayant par instinct d'activer ses pouvoirs, elle s'aperçut que l'habituel feu bleu n'illuminait pas ses mains. Avec violence, le souvenir la frappa. La Montagne rouge formait interférence, interdisant toute magie ! Son Familier et son ami étaient perdus.

Ils étaient sur le point de s'écraser contre la falaise lorsqu'un caprice de la tornade imprima aux deux corps un mouvement ascensionnel, comme un infernal yo-yo. Galant, tiré de son étourdissement, profita d'une légère accalmie pour attraper Cal du bout d'une griffe. Puis, visiblement mal en point, il se laissa glisser sur l'air, échappa au piège et par une espèce de miracle parvint à se poser.

Sanglotant, Tara se jeta à son cou.

— Galant, j'ai eu si peur ! Je serais morte s'il t'était arrivé quoi que ce soit ! Cal va bien ?

À part une bosse de la taille d'un œuf sur le front et une belle entaille sur la cuisse droite, le petit Voleur, inanimé, ne paraissait pas gravement atteint. Tara déchira la chemise de son ami et soigna la plaie tant bien que mal. Le pégase, lui, avait plus souffert. L'une de ses ailes pendait, abîmée, et il ne pouvait plus voler.

— Je vais monter très vite, dit Tara que la blessure de son Familier transperçait. Repose-toi, sinon je ne pourrai jamais arriver jusqu'à la corniche. Ta douleur me distrairait trop !

Le pégase obéit et se coucha, étendant son aile blessée, comme une douce couverture, sur Cal inerte. Tara poussa un soupir de soulagement. Les élancements refluaient pour n'être plus qu'un rappel sourd, mais supportable.

Elle empoigna ses pics et piolets puis, sans se poser davantage de questions, entama l'ascension. Elle avançait vite, concentrée, utilisant dans les passages difficiles le savoir acquis magiquement avant son départ. Elle s'appliquait à ne pas penser qu'il y avait cent mètres de vide au moins sous ses pieds. Que le filin auquel elle s'accrochait était de la bave d'araignée géante et qu'elle ne savait pas voler... enfin du moins sous cette forme. Et surtout qu'elle ne pouvait pas utiliser sa magie.

Les crampons mordaient bien et la corde n'avait pas l'air de vouloir céder, si bien qu'au bout d'un moment, en dépit du fait qu'elle découvrait dans la souffrance une quantité de muscles dont elle n'avait jamais soupçonné l'existence, elle éprouva beaucoup de plaisir à grimper. Si elle n'avait eu de sérieux doutes à propos de ce qui pouvait l'attendre au sommet, elle aurait presque pu se détendre.

Soudain il y eut comme un déplacement d'air derrière elle et elle se raidit. Tournant la tête avec prudence, elle sentit son cœur remonter dans sa gorge en découvrant tout près d'elle l'être étrange qui la dévisageait avec intérêt.

Entièrement couvert d'une soyeuse fourrure rouge, à part son visage délicieusement féminin où pointaient deux petites cornes noires, la créature agitait paisiblement ses ailes. Étonnant mélange de femme, d'animal poilu et d'oiseau, elle avait un œil plus bleu que le ciel et l'autre si noir qu'on avait l'impression d'un morceau de néant.

À son exotique manière, elle était splendide.

— Hrrrm hrmm, s'éclaircit-elle la voix, que fais-tu là au juste ?

Si Tara était privée de magie dans la Montagne Rouge, le sort traducteur implanté par Moineau fonctionnait à la perfection. Il l'informa que la langue employée par la créature était un dérivé de l'ancien langage d'Omois. Elle put donc répondre :

— J'escalade la montagne.

— Je le vois bien, sourit l'autre, mais c'est interdit.

Tara soupira. Elle sentait pointer les problèmes.

— Je sais. Mais j'ai besoin de quelque chose qui se trouve théoriquement au sommet et j'ai une dérogation de l'impératrice d'Omois.

Comme pour le moment elle occupait la fonction, elle n'avait aucun scrupule. L'être haussa un fin sourcil parfaitement épilé.

— Oh, parfait, sauf qu'elle n'a aucun pouvoir ici. Personne n'est autorisé à grimper sur la montagne. C'est notre foyer et nous n'avons pas l'intention qu'on découvre notre existence. Alors je suis désolé, mais...

Avant que Tara puisse l'en empêcher, il approcha une griffe acérée de la corde et la coupa proprement. Bien qu'hors de vue, Galant demeurait en liaison avec elle par télépathie. Il hennit d'angoisse, battant furieusement l'air de son aile blessée sans parvenir à décoller.

— Non ! cria Tara en sentant la corde céder, ses crampons seuls la protégeant d'une chute mortelle, je vais tomber !

— C'est un peu le but, répliqua la créature. Seuls les morts ne parlent pas.

Le pied droit de Tara glissa et elle hurla :

— Changeline ! Donne-moi les gants de Fafnir, maintenant !

La Changeline obéit et les gants de melacier destructor furent soudain dans sa poche. Vive comme l'éclair, elle en enfila un, puis l'enfonça dans la roche. Il y eut une brève explosion et elle eut un support sur lequel s'accrocher.

— C'est intéressant, concéda l'être, mais inutile, ce n'est pas cela qui va te sauver, jeune humaine !

— Je ne suis pas juste une humaine, clama Tara, affolée. Je suis Héritière de l'Empire d'Omois, l'héritière de l'Impératrice ! Et croyez-moi, si on retrouve mon corps brisé au pied de cette montagne, ou même si je disparais, l'Empire va réduire votre foyer en poussière pour châtier ceux qui auront causé ma mort !

Sur le point de la faire basculer, il suspendit son geste et fronça les sourcils.

— Et qui me dit que tu ne mens pas pour que je t'épargne ?

— Regarde cet anneau ! cria Tara en désignant son autre main crispée sur un piolet. C'est la Chevalière impériale ! Seuls les membres de la famille impériale ont le droit de la porter. Et je peux convoquer le puissant effrit de la Chevalière à mon gré. Alors, dois-je l'appeler ?

L'être recula :

— Un effrit ? Un *démon* ? Non, attends, ne fais pas ça. Je vais t'aider.

Il décrocha Tara de sa paroi et en quelques puissants battements d'ailes, il la posa sur le plateau qu'elle essayait d'atteindre, juste devant l'entrée soigneusement dégagée de la caverne de Demiderus.

Tara tomba à genoux, ses jambes refusant catégoriquement de la porter, épousseta soigneusement ses vêtements, histoire de laisser à son cœur le temps de se remettre de ses émotions puis releva la tête. Son sauveur tordait ses mains fines en se lamentant :

— Que faire ! Par les plumes d'Aphrit, pourquoi es-tu venue pendant mon tour de garde !

— Je croyais cette montagne déserte !

— Elle ne l'est pas, répondit sobrement l'être ailé. Je me nomme Celiphale, du peuple des Yphane, et toi ?

Tara décida de mettre le paquet :

— Je suis Tara'tylanhnem T'al Barmi Ab Santa Ab Maru T'al Duncan, du peuple d'Omois, héritière de l'impératrice d'Omois.

L'Yphane sentit que la jeune fille disait la vérité.

— Je ne peux pas décider toute seule (ah, l'être était

donc de sexe féminin). Je vais convoquer notre assemblée pour savoir que faire de toi.

Relevant la tête, la femme-oiseau lança un cri strident qui fit grimacer Tara et l'instant d'après surgirent de toutes les anfractuosités du rocher des créatures de la même espèce. Les mâles étaient plus petits que les femelles. Tous uniformément couverts de fourrure rouge, ils étaient très difficiles à distinguer de leur environnement. Leur camouflage était parfait.

Ils étaient armés de lances et de couteaux beaucoup trop pointus.

— Celiphale ? s'exclama l'un d'entre eux, dont le poil avait pâli, au point d'en paraître rose, pourquoi convoques-tu le Conseil d'urgence ? Et que fait cette humaine ici ? Pourquoi ne l'as-tu pas tuée ?

— J'ai voulu, ô Grand Ancien, mais celle-ci dit être l'héritière de l'impératrice d'Omois. Et je les ai observés, elle et ses deux compagnons. C'est un Salterens qui l'a accompagnée ici. J'ai redouté de possibles représailles.

Le Grand Ancien se tourna vers Tara et l'apostropha :

— Que venez-vous faire dans nos montagnes ? Nous détestons les étrangers !

— Je suis désolée de vous déranger, répondit poliment Tara, mais je suis en mission pour le compte des gouvernements d'AutreMonde. Je suis venue chercher ce que vous gardez.

Le Grand Ancien la dévisagea comme si elle était folle.

— Ce que nous gardons ? Mais nous ne gardons rien !

Influencée par les films terriens, Tara avait bêtement déduit que ceux-là étaient devenus les protecteurs de l'Endigueur. C'était raté.

— Vous n'êtes pas les gardiens du collier à la fleur de sopor rouge ?

Cette fois-ci, l'Ancien en était sûr. Il avait affaire à une névropathe. Il n'avait jamais entendu parler d'une parure de ce genre.

— Celiphale ?

— Grand Ancien ?

— Je ne crois pas que cette humaine hystérique soit l'héritière d'Omois. Je te donne ma permission. Tue-la !

— Bien, Grand Ancien !

Celiphale leva sa lance et fit un pas vers Tara.

Le petit démon dans sa tête paniqua. Si Tara mourait, lui mourrait aussi ! Il décida d'intervenir. Et puis ces cornes sur la tête des Yphane lui disaient quelque chose. Il prit le contrôle de Tara et la jeune fille, perdant conscience, s'affaissa comme une poupée de chiffon.

Méprisante, croyant qu'elle s'était évanouie de peur, Celiphale allait lui planter sa pique dans le cœur lorsque le petit démon s'extirpa sous ses yeux du crâne de la jeune humaine. L'Yphane bondit aussitôt en arrière. En reconnaissant l'être auquel elle avait affaire, elle poussa un cri si sauvage que ses congénères, qui s'éloignaient déjà avec indifférence, revinrent à tire-d'aile.

— Un démon !

L'horreur se lisait sur tous les visages.

— Ah ah ! Des hybrides, si je ne m'abuse, des enfants contre nature d'humains et de démons ! ricana l'effrit, après les avoir attentivement observés. Des bâtards qui se cachent des deux races, à ce que je vois ! Intéressant !

Le Grand Ancien, dont la voix chevrotait de terreur, s'inclina devant l'apparition.

— Ne nous faites pas de mal, par pitié, dit-il. Nous ferons tout ce que vous voudrez !

Le démon faillit dire qu'il voulait un bain, là tout de suite, puis se reprit. Le travail avant le plaisir.

— Je veux que vous obéissiez à cette jeune fille, ordonna-t-il. Je veux que vous trouviez ce truc qu'elle cherche. Les effrits ont décidé de conquérir cette planète et il y a un imbécile qui risque de la faire sauter avant. Alors on aide et plus vite que ça ! Hop hop hop, on se bouge !

Tous les Yphane obéirent instantanément. Comme l'avait deviné l'hôte clandestin de Tara, ces enfants non désirés de races ennemies s'étaient cachés dans les montagnes pour échapper à un génocide car à l'époque les humains haïssaient les démons au point de mettre à mort toute personne ayant le moindre contact avec eux.

Le problème, c'était que les démons faisaient de même avec les demi-humains. Aussi les Yphane avaient-ils tout intérêt à ce que la visiteuse reparte aussi vite que possible et surtout n'évoque jamais leur existence.

Tara, inconsciente, ne se rendit pas compte que la tâche que lui avait confiée Demiderus aurait été impossible sans leur aide. Il ne leur fallut que très peu de temps pour découvrir l'Endigueur. Soigneusement dissimulé dans une caverne, il s'agissait d'un collier d'or étincelant, orné d'une sopor rouge en son centre, tel que l'avait décrit Demiderus.

Quand Tara sortit de son sommeil, elle se trouvait dans les bras de Celiphale, un curieux objet froid reposant sur sa poitrine, et mille mètres d'abîme sous les pieds.

L'Yphane se lança dans le vide, ignorant le hurlement de protestation de Tara.

— Si vous pouviez relâcher mon cou, dit la femme-oiseau dans un murmure étranglé, ce serait bien, que je respire un peu !

— Mais que s'est-il passé ?

— Vous avec perdu connaissance, expliqua Celiphale, obéissant aux instructions du démon. Nous avons cherché et trouvé ce dont vous avez besoin mais nous désirons avoir votre parole que vous ne révélerez à personne que nous vivons sur cette montagne. Et ce n'est pas à vous que nous allons remettre l'objet, mais à votre pégase. Il le dissimulera et sera le seul à en connaître la cachette jusqu'au moment où vous devrez l'utiliser.

Tara ne comprenait pas ces curieuses recommandations, pas plus que la raison pour laquelle elle s'était évanouie, mais elle choisit sagement de se taire tant qu'elle se trouvait dans les airs avec un être qui pouvait décider de la lâcher sans prévenir.

Une fois arrivée presque au bas de la montagne, Celiphale la déposa, un peu tremblante, sur une corniche.

— Nous allons vous surveiller, dit-elle sévèrement. Alors faites comme nous avons dit, respectez notre pacte et tout ira bien.

Puis, sans laisser à Tara le temps de la remercier, elle s'envola et disparut en quelques secondes. Tara fronça les sourcils. Quelque chose de bizarre avait eu lieu là-haut. Elle réfléchit un instant mais elle ne se souvenait de rien, après la lance de l'Yphane. Elle haussa les épaules. Tant pis, elle avait ce qu'elle était venue chercher. Elle résoudrait ce mystère un autre jour. Mais un sentiment de malaise planait dans son esprit.

Il lui fallut très peu de temps pour descendre. Cal était éveillé lorsqu'elle arriva auprès de lui.

— Tu as réussi ! s'exclama-t-il lorsqu'il la vit. Ouch, ma tête !

— Alors ne crie pas, souligna Tara, et ça ira mieux. Éloignons-nous, que je vous applique un Reparus à chacun. Ensuite, Transmitus et retour chez nous !

Avant de partir, Tara confia le collier à Galant, à charge pour lui de le dissimuler quelque part à leur retour, en attendant de le mettre en action contre le Sceptre. Ils sortirent de la zone de non-magie, et Tara put s'occuper de Cal et de Galant. Ce ne fut pas facile, car dès qu'elle franchit la limite, les vers leur sautèrent dessus, mais elle parvint à protéger Galant et à le soigner tout en maintenant leurs deux boucliers. Puis ils rejoignirent Trendir et Tara activa le Transmitus. Ils se rematérialisèrent entiers et en bonne santé, au grand soulagement de Cal qui n'avait qu'une confiance très limitée dans ce sort, d'abord à l'intérieur du palais de Sala, faisant sursauter les sentinelles salterens, et de là à Omois.

Leur retour provoqua une vague d'allégresse. Kali, qui était de garde avec Xandiar, vit surgir l'expédition victorieuse. L'Héritière rapportait l'Endigueur ! Robin se précipita à leur rencontre, suivi très vite de Fafnir, Fabrice, Moineau, des deux dragons, et d'une bonne moitié de la cour, au milieu des exclamations et des cris de joie.

Marianna, cloîtrée auprès de Jar et Mara, avait manqué les événements récents. Elle fit une gracieuse apparition, se montra particulièrement curieuse des détails du retour de Demiderus et fort surprise d'apprendre qu'il existait un objet capable de contrer l'action du Sceptre Maudit. Quant à Selena, elle ne se lassait pas de prendre sa fille dans ses bras, encore tout ébahie de la retrouver en un seul morceau.

Une autre nouvelle attendait Tara qui d'une certaine façon n'en fut guère étonnée. Deux gardes firent irruption dans la salle d'audience, encadrant Jar et Mara !

— Nos émissaires reviennent tout juste de leur mission à Vilains concernant les jumeaux Hachequetril, indiqua sévèrement Xandiar en désignant les deux jeunes sortceliers, et ils ont des renseignements tout à fait intéressants.

Jar et Mara échangèrent un coup d'œil plein d'appréhension.

— Ah oui, dit la petite d'une voix innocente, et lesquels ?

— Messire Hachequetril n'a aucune idée de qui vous pouvez bien être. Il a trois épouses, douze fils et filles, mais il n'y a pas de *jumeaux* parmi eux !

— Vous avez enquêté sur nous ? s'indigna Jar.

— Nous avons eu raison, à ce qu'il semble. Alors maintenant, une seule question : qui êtes-vous ? Et qu'avez-vous fait des enfants du baron ?

Tous deux se regardèrent de nouveau. Un coup d'œil vers les portes leur permit de constater qu'il n'y avait aucun espoir de salut ou de fuite de ce côté-là. Alors Mara prit une inspiration un peu tremblotante et articula :

— Nous sommes des... orphelins. Nous avons vécu à Vilains pendant quelques années, dans les rues. Nous ignorons qui sont nos parents. Lorsque nous avons appris par les jourstaux que messire Hachequetril allait envoyer deux de ses enfants à Omois, nous avons décidé de prendre leur place. Nous avons utilisé un Mintus. Les enfants du baron, leur escorte et les deux Hauts mages qui veillaient sur eux sont restés à Vilains mais ils ne savent plus qui ils sont.

Nous avons greffé de faux souvenirs à tous et nous sommes venus. Je vous en prie, ne nous renvoyez pas, le baron nous tuerait !

Tara observait attentivement les jumeaux. Leur histoire était invraisemblable. Comment deux gamins avaient-ils pu tromper toute une escorte composée d'adultes et en particulier les Hauts mages qui l'accompagnaient ? Quel être puissant les protégeait ?

Ils dissimulaient quelque chose. Ou... quelqu'un.

Dame Auxia fronçait les sourcils. Elle aimait beaucoup les enfants et trouvait que plus il y en avait dans son palais, mieux c'était. Renvoyer ces deux petits sortceliers (surtout aussi doués !) à Vilains n'était pas envisageable. Elle ouvrait la bouche pour leur proposer son hospitalité lorsque Marianna la prit de court.

— L'impératrice d'Omois ne voudrait pas abandonner deux orphelins dont le pouvoir est aussi prometteur. Nous avons une bourse pour des cas semblables. Ils seront élevés en Omois, sous notre tutelle.

Tous furent surpris par son intervention mais chacun s'inclina. Reconnaissants, les deux petits la saluèrent puis, emmenés par la camériste, ils sortirent, non sans avoir lancé un regard de défi à Tara qui serra les lèvres et s'abstint d'user de son autorité d'impératrice par intérim pour les expédier le plus loin possible.

Son débriefing dura près d'une heure. Les ministres étaient furieux que Tara ait confié la clef de leur survie à un pégase mais elle résista. Elle avait donné sa parole. Brisée par l'escalade et les émotions, elle bailla si violemment au milieu des débats que les ministres ne purent l'ignorer. Bon, message reçu : elle avait vraiment besoin de prendre du repos. Elle se leva. Le Conseil l'imita, mais elle fit signe aux dignitaires de se rasseoir.

— Je vous abandonne pendant quelques heures, soupira-t-elle. N'hésitez pas à me faire réveiller s'il survient quoi que ce soit.

Grr'ul sur ses talons, elle se dirigea vers sa suite. Elle

ordonna à l'énorme troll de se reposer aussi, et, grommelant, celle-ci dut obéir. Enfin seule, elle allait prier la Changeline de lui mettre un pyjama lorsque Fabrice fit irruption, rouge d'avoir couru.

— Tara ! s'exclama-t-il d'une voix grandiloquente. Il est temps de parler !

Un peu surprise, Tara haussa les sourcils. Fabrice se précipita sur elle et insista pour qu'elle prenne place dans un fauteuil.

— Là, protesta Tara à bout de forces, je pensais plutôt dorm...

— Chut ! Écoute-moi ! Jusqu'à ce jour je n'avais pas atteint le plein développement de mes pouvoirs mais c'est fini à présent. Nous allons conquérir AutreMonde ensemble ! Tu vas m'obéir, désormais, comme Moineau ! Avec les deux plus brillantes sortcelières d'AutreMonde pour alliées, je serai invincible ! Je vous aime toutes les deux, vous serez mes épouses, notre futur sera glorieux !

— Dis-moi Fabrice, interrogea Tara d'une voix inquiète, tu n'aurais pas essayé ces liquides bizarres que les cuisiniers donnent aux adultes ? Parce que ça n'a pas l'air d'aller dans ton cerveau, mon vieux !

Le regard du garçon se fit fuyant. Puis il s'énerva de nouveau :

— Arrête de faire de l'humour, tu es insupportable !

Distraitement, Tara songea que le mot ferait une bonne charade. Soudain, elle bondit sur ses pieds et fit trois pas rapides en arrière, une horrible certitude illuminant son esprit.

— Mais oui ! Les charades !

Fabrice la fixa, égaré.

— Quoi, les charades ?

— Tu n'en fais plus, toi qui adorais cela ! asséna Tara en reculant encore. Tu ne t'occupes plus de ton Familier que tu as relégué à l'infirmerie ! Tu es bien plus puissant qu'avant ! C'est toi qui as eu l'idée de l'Annihilus qui a failli détruire les Hauts mages ! Mon dieu ! Vous n'êtes pas

Fabrice ! C'est pour ça que vous racontez n'importe quoi ! Vous êtes... le Chasseur ! La terrifiante fiancée vampyr de maître Dragosh, et bras droit de Magister !

Une stupéfiante mue s'opéra sur la figure du garçon qui se plissa de méchanceté.

— N'importe quoi ! ricana-t-il. Le Chasseur ! Rien que ça. Je te déclare que je t'aime et tu me réponds que je suis un vampyr ! Et un vampyr *fille* en plus ! Il va vraiment falloir qu'on travaille notre communication tous les deux ! Non... je ne suis pas le Chasseur. Je suis bien pire !

Horrifiée, Tara regarda le visage de son ami qui commençait à se déformer, laissant apparaître un monstrueux museau. D'interminables canines pointèrent hors de sa bouche, ses oreilles reculèrent et son front s'effaça. Tout son corps se couvrit de poils drus et courts. Des griffes terrifiantes percèrent la peau fragile de ses doigts, tandis que son sang coulait. C'était visiblement douloureux et il poussa un hurlement furieux. Ses hanches avancèrent, modifiant son bassin, et des muscles gonflèrent ses cuisses, boursouflant sa chair, faisant craquer sa robe de sortcelier qui dut s'adapter vite fait.

Tara s'était souvent demandé pourquoi, lorsque les gens se transformaient en loup-garou dans les films, les héroïnes restaient bêtement à observer la métamorphose au lieu de s'enfuir à toutes jambes... et se faisaient immanquablement dévorer. Elle tenait maintenant la réponse. En dehors du fait qu'elle avait activé sa magie et qu'elle était plus furieuse que terrifiée, le processus était fascinant.

Quelque chose s'était emparé de Fabrice... ou, supposition nettement plus atroce, avait pris sa place. Quelque chose de velu, baveux, agressif et apparemment très dangereux. Et à moins que la vampyr n'ait vraiment changé de look depuis la dernière fois qu'elles s'étaient affrontées, ceci n'était pas le Chasseur.

L'être se redressa, à moitié accroupi car sa nouvelle colonne vertébrale ne lui permettait pas une position totalement verticale.

— Eh bien, grogna-t-il entre ses crocs, qu'en penses-tu ? Pas mal, hein ?

— J'en pense que tu devrais aller chez le toiletteur, laissa froidement tomber Tara, ses mains illuminées de bleu. Qui es-tu ? Et qu'as-tu fait de mon ami Fabrice ?

— Le petit Fabrice ? Le faible, le peureux, le lâche petit Fabrice ? Il est *mort* !

CHAPITRE XXV

DOCTEUR FABRICE ET MISTER CHOSE

Tara se sentit transpercée par le chagrin. Des larmes de rage et de douleur brouillèrent sa vue.

— Tu l'as tué ! rugit-t-elle, la lueur de ses mains s'intensifiant à la mesure de la fureur qui s'emparait d'elle. Tu viens de commettre la plus grosse erreur de ta vie. Et la dernière.

Le monstre ouvrit la bouche pour incanter, mais Tara ne lui en laissa pas le temps. Forgée par sa pensée, sans même qu'elle ait besoin de parler, sa magie frappa.

Mais le coup mortel fut dévié et, manquant sa cible d'un cheveu, traversa les murs. Moineau venait de surgir dans la pièce et avait bondi à la dernière seconde, heurtant ses mains. Stupéfaite, elle vit la jeune fille se transformer en Bête et l'apostropher :

— Tara ! hurla-t-elle, arrête !

En un éclair, Tara revit la gêne de son amie, sa gorge sans cesse dissimulée par des robes à col montant... Quoi que fût ce qui s'était emparé de Fabrice, cela avait visiblement de l'emprise sur Moineau puisqu'elle venait de lui sauver la vie. Les vampyrs, grâce à leur salive empoisonnée, prenaient le contrôle de l'esprit de leur victime. Ce monstre en avait-il fait autant avec la jeune fille ?

Imperceptiblement, elle régla le volume de sa magie. Elle

ne désirait pas anéantir Moineau, mais la neutraliser. Elle levait ses mains, prête, lorsqu'à sa stupéfaction, la Bête se jeta vers le monstre et lui sauta à la gorge.

Tous deux roulèrent et un furieux combat s'engagea sous ses yeux. Les coups de griffe pleuvaient, les poils volaient en tous sens et ni le monstre, ni la Bête ne prenait l'avantage. Celle-ci était nettement plus grande que son adversaire, handicap qu'il compensait en se montrant beaucoup plus agressif. Tara sentait que la Bête tentait d'épargner le monstre, alors que celui-ci s'en donnait au contraire à cœur joie. Bientôt, le magnifique pelage doré de son amie fut maculé de rouge. Elle était en train de perdre.

Soudain, en une formidable torsion qui surprit le monstre, la Bête le projeta contre le mur. Un instant étourdi, il baissa sa garde, et Moineau en profita. D'un sec coup de patte, elle l'assomma et se retourna vers Tara. Elle faisait à peu près le même bruit qu'un soufflet de forge, épuisée par le combat.

La jeune fille l'observa avec méfiance.

— Moineau ? risqua-t-elle, les mains toujours illuminées. Tu vas bien ? Pourrais-tu me dire ce qui se passe ? Tu savais que ce truc a tué Fabrice, mais tu l'as épargné. Pourquoi ?

— Parce que *c'est* Fabrice, répondit Moineau d'un air las.

Tara écarquilla les yeux.

— Fabrice ? Mais...

— Je vais tout t'expliquer. Mais d'abord, je vois que tu as activé ta magie, et un Reparus ne serait pas de refus.

Tara obéit, restant sur ses gardes, mais la Bête ne broncha pas lorsque la magie l'enveloppa et lui rendit ses forces. Ses blessures disparurent. Elle se pencha et ramassa le corps inanimé de son adversaire, qu'elle déposa sur le lit. Puis, toujours aussi calmement, elle entreprit de le ligoter. Mais elle commit l'erreur de commencer par les pieds. Car lorsqu'elle releva la tête, ce fut pour se retrouver avec un revolver sous le nez.

— Surprise ! lâcha le monstre avec un horrible ricanement.

Elle se figea et Tara aussi.

— Je me suis dit qu'un engin comme celui-ci pourrait m'être utile, fit-il d'un ton prodigieusement fat. Alors je l'ai chipé à notre ami Xilar. Je crois que j'ai eu raison. Détache-moi !

Et comme Moineau hésitait, il hurla :

— Tout de suite !

Résignée, elle fit sauter les liens d'un coup de griffe. Puis elle recula et se posta à côté de Tara, toujours sous la menace du revolver.

— Ah ah ! C'est beaucoup mieux comme ça, soupira le monstre en sautant du lit. Maintenant, je vais pouvoir contrôler la meilleure des sortcelières et la plus terrifiante des Bêtes du Lancovit. Tu sais que j'ai vérifié, Moineau, et j'ai le plaisir de t'annoncer que ton ancêtre, la première Bête, était beaucoup moins grand que toi ! Quelle merveilleuse machine de guerre tu es devenue ! Et toute à moi !

Le cerveau de Tara tournait à deux cents à l'heure. Elle devait trouver une diversion !

— Dis donc, Fabrice, s'enquit-elle d'une voix glaciale. Tu as dit que tu voulais nous épouser l'une et l'autre parce que tu nous aimais toutes les deux. Moineau est-elle au courant ?

— Quoi ?

La jalousie flamba dans les yeux de la Bête et le monstre eut l'air extrêmement mal à l'aise. Il s'éclaircit la gorge.

— Oui, enfin, c'est ce que j'ai dit, mais...

— Alors ça, c'est trop fort, hurla Moineau, outragée. Tu vas voir, espèce de voleuse de petit copain !

Ce n'était pas exactement la réaction que Tara escomptait. Comment, « petit copain » ? Ses deux amis sortaient ensemble ? Furieuse, la Bête lui faisait face, masquant totalement le monstre. Soudain ses crocs s'ouvrirent et elle articula un mot silencieux :

— Maintenant !

Puis avec une rapidité qui prit leur adversaire au dépourvu, elle se jeta à terre, permettant à Tara de lancer sa magie. Fabrice n'eut aucune chance. Il fut foudroyé sur place. Sa dernière phrase fut :

— Ah, la vache !

Et il s'écroula.

— Pfffff ! souffla Tara en s'essuyant le front. Moineau, ça va ?

— À part mon orgueil, tout va bien, grogna la Bête en attrapant le revolver et en le rangeant dans un tiroir qu'elle ferma à clef. Il faut absolument lui faire boire l'antidote ! Lance-lui un Pocus pour le paralyser le temps que je termine sa préparation.

— Quel antidote ?

— Celui qui va réparer son idiotie et la mienne !

Tara comprenait de moins en moins, et surtout pas l'amertume qui ponctuait le ton de la voix de son amie.

— Bon sang, Moineau, vas-tu t'expliquer à la fin !

— Fais ce que je te demande. J'apporte ce dont j'ai besoin et ensuite je te dirai tout.

Tara ouvrit la bouche pour protester, mais la Bête était déjà ressortie. Elle soupira et entreprit d'immobiliser Fabrice, sans toutefois le priver de la parole. Mais il ne reprit pas conscience. Dommage, parce qu'elle sentait que la curiosité allait la faire exploser !

Elle renvoya les gardes qui avaient fini par déduire avec une certaine logique que la décharge de magie qui avait traversé tout le palais à la verticale venait de chez elle, et venaient d'accourir avec suffisamment de retard pour que Xandiar, furieux, les colle à la corvée d'écurie. Et elle répara les murs.

Moineau revint en un clin d'œil avec tout un attirail comportant un chaudron et une quantité de fioles. Elle invoqua un élémentaire de feu qui, avec délectation, s'empressa de rôtir les bûches de la cheminée. À l'intérieur de la cuve, elle avait versé une mixture verte prodigieusement nauséabonde.

— Très bien, fit sévèrement Tara, maintenant, raconte depuis le début ou je te métamorphose en un énorme crapaud très poilu !

Évitant avec soin de croiser son regard, Moineau entama un ahurissant récit. Au cours de l'année écoulée, Fabrice s'était perdu dans l'étude des manuscrits, livres et grimoires traitant de toutes les sortes de magie, blanche, grise, ou... noire. Il avait retrouvé des formules oubliées, des incantations presque inconnues qui n'existaient plus que dans les pages craquantes des parchemins délaissés. Frustré de n'avoir pas autant de pouvoir que ses amis, il avait décidé d'en acquérir artificiellement.

— Comment cela ? interrogea Tara, fascinée.

— À l'aide de potions et de sorts. Mais il a eu besoin d'aide. Et c'est moi qu'il est venu requérir. Nous avons passé beaucoup de temps ensemble depuis plusieurs mois. L'ultime phase du traitement a eu lieu lors de la soirée dans la suite impériale à Omois. Avant le dîner, alors que nous nous préparions, Fabrice a avalé la dernière fiole. Tout semblait se dérouler au mieux. Mais au milieu de la nuit, il est venu me réveiller. Il souffrait terriblement. Nous sommes sortis. La potion semblait produire sur lui un effet très nocif. Il a hurlé de douleur. Et c'est alors qu'il s'est métamorphosé. Un instant avant, j'avais Fabrice en face de moi. La seconde d'après, l'espèce de monstre que nous venons de combattre.

De grosses larmes coulaient le long de son pelage et elle baissait la tête, cachant ses yeux d'ambre.

— Comme le livre *L'Étrange Cas du Docteur Jeckyll et de Mister Hyde* de Stevenson ! Stupéfiant, souffla Tara. Et alors ?

— Il m'a mordue. Au cou. Il aurait pu me tuer, mais il n'a fait que me marquer, disant qu'à présent j'étais sa petite amie et qu'il m'épargnait pour cette raison. Puis il s'est retransformé en Fabrice et il m'a... embrassée !

— Nooon, dit Tara, qui rougit. Fabrice a fait une chose pareille ?

— Ce n'était pas Fabrice, fit sèchement Moineau, mais l'être qui s'était substitué à lui. Après, je lui ai laissé croire que j'étais en son pouvoir. Nous sommes revenus dans la suite et j'ai rangé la fiole.

Oui, Tara se souvenait d'avoir vu Moineau regagner son lit et placer un objet dans son tiroir. Il lui avait aussi semblé entendre un cri. Ainsi, tout cela n'avait pas été une illusion du premier sommeil !

— Il n'y avait qu'une solution pour le sauver, poursuivit Moineau. Je devais comprendre ce qui s'était passé. Normalement la boisson était plutôt inoffensive. Mais là, c'était devenu un véritable cocktail maléfique. J'ai fini par trouver.

— Et... ?

— C'était *moi*, soupira Moineau. Je ne sais comment, un de mes cils, un cheveu, ou un poil de Bête a dû tomber dans le breuvage. Tu te souviens de la potion pour endormir le Palais d'Omois et délivrer Cal, que j'ai transformée en Destructout parce qu'un de mes poils était tombé dedans ? Eh bien, il est arrivé quelque chose de similaire. Tout mon corps porte la marque de la malédiction de la Bête. À son contact, le breuvage s'est dénaturé... et a métamorphosé Fabrice en une espèce de Bête, lui aussi. Cela a entraîné la destruction du lien avec son Familier, raison pour laquelle Barune est si malade !

À présent beaucoup de détails obscurs prenaient sens pour Tara.

— Aucune charade, de l'arrogance, cette idée d'Annihilus tellement contraire à la prudence habituelle de Fabrice, et plus de Familier. Et il nous était impossible de le démasquer puisqu'il était toujours Fabrice ! J'aurais dû m'en douter plus tôt !

— Personne ne le pouvait ! Dès que vous aviez des soupçons, il laissait son ancienne personnalité reprendre le dessus. Et je ne voulais rien dire car je cherchais de mon côté le moyen de le guérir. Il m'a fallu du temps pour réunir tous les ingrédients, mais à présent, c'est fait.

Tara se garda de tout commentaire concernant la dissimulation par son amie de faits aussi graves et ce fut en silence qu'elle la regarda verser d'étranges miettes de plantes et d'insectes, et autres substances indéterminées, dans la mixture verdâtre.

— Voilà, fit Moineau en terminant de touiller. Ceci devrait nous permettre d'annuler les effets de la potion.

— Beurk, fit Tara en regardant l'infect liquide bouillonner dans le chaudron, tu es sûre que tu veux lui faire avaler un sirop pareil ? Remarque, c'est une bien faible punition pour ce qu'il t'a fait endurer !

Pour la première fois depuis qu'elle avait entamé sa confession, Moineau releva la tête et croisa son regard.

— Nous n'avons pas le choix. Aide-moi et prie les dieux !

Elles attendirent un peu que le breuvage refroidisse. Entre-temps, le monstre s'était réveillé et la quantité de jurons que connaissait l'avatar du garçon était tout simplement prodigieuse. Dès que la boisson fut prête, Moineau la saisit fermement dans sa patte et l'approcha de son patient. Le monstre secoua la tête, bien décidé à ne pas ingurgiter la moindre goutte.

— Non, je ne veux pas redevenir ce lâche, ce geignard si faible qui ne connaît rien à la force et à la magie ! Tout sauf ça !

Tara se planta devant lui, furieuse.

— Fabrice est le garçon le plus courageux que je connaisse, gronda-t-elle. Il a affronté les pires dangers à mes côtés, sachant justement que son pouvoir moindre ne le protégeait pas autant que les nôtres. Il a défié l'Aragne géante et au milieu de ses mandibules a trouvé sans sourciller la charade qui nous a sauvé la vie. Alors, espèce de machin plein de muscles, n'essaie même pas de te comparer à lui. À côté de Fabrice, tu n'es rien !

Le monstre fut si dérouté par la véhémence de Tara qu'il en resta bouche bée. Moineau en profita pour lui verser une bonne partie de la potion au fond de la gorge puis, lui retirant ses vêtements en un tour de main, lui en badigeonna le torse et les membres. Il s'étrangla et ouvrit la gueule pour respirer, elle versa aussi sec le liquide restant. Le monstre déglutit, jura... et Tara eut tout juste le temps de jeter un couvre-lit sur le pauvre Fabrice, qui retrouva son corps habituel, tremblant d'angoisse.

— Merccccci, chuinta-t-il entre ses dents serrées. Cccccc'est pas passssssé loin ! Bon ssssssang, j'ai fffffroid !

— C'est le contrecoup, décréta Moineau qui reprit sa forme humaine et tâta le front du garçon d'une main experte. Mais le remède a fonctionné. Te voici redevenu normal !

Un barrissement retentissant ébranla le palais.

Fabrice releva brusquement la tête

— Barune ! s'exclama-t-il. Je l'entends ! Je l'avais perdu, mais je le sens de nouveau !

Il se tourna vers ses amies.

— Il faut que j'aille le voir, tout de suite !

— Peut-être pas vêtu d'un couvre-lit, fit remarquer Tara en incantant : « Par l'Habillus que mon ami soit à l'instant en habit ! »

Fabrice regarda, perplexe, le somptueux smoking qui venait de le revêtir, hocha la tête vers Tara qui fit un petit geste d'impuissance (elle avait initialement évoqué un jean et un tee-shirt), puis il fonça vers la porte. Juste avant de la franchir, il se retourna vers Moineau.

— Nous devons parler, dit-il en la regardant droit dans les yeux. Tout ce que disait le monstre qui était moi n'était pas faux. J'étais trop timide pour te l'avouer mais je comprends à présent que c'était stupide. Alors... nous devons parler. Et je vous dois des excuses. À tous. Des tonnes d'excuses.

Et il disparut. Tara regarda Moineau qui avait soudain la couleur d'une tomate bien mûre et qui murmura :

— Mais qu'est-ce qu'il a voulu dire par là ?

Tara leva les yeux au ciel, puis lui sourit.

— Ça paraît plutôt clair, non ? Il est amoureux de toi !

Et à mon avis, toutes ces histoires de pouvoir et de potions, c'était pour briller à tes yeux, voilà tout ! Évidemment cela a failli vous tuer tous les deux mais le danger pimente l'amour, c'est connu.

En fait elle n'en savait rien, n'étant jamais tombée amoureuse... rectification, n'ayant jamais eu le temps de tomber amoureuse, mais elle avait vu suffisamment de comédies romantiques pour se faire une bonne idée de la chose.

Son amie lui rendit son sourire.

— Tu... crois ? Il est amoureux ? De moi ?

— Certainement pas de Salatar la chimère, hein ! Alors, que vas-tu faire ?

Moineau respira un grand coup... puis expira et ses épaules s'affaissèrent.

— Je ne sais pas ! Les garçons sont vraiment compliqués. Un coup ils vous mordent et la fois d'après ils vous embrassent !

Tara plissa le nez.

— Euuuh, pour la morsure, je ne suis pas sûre que ce soit normal. Je crois plutôt que c'est le monstre qui t'a mordue, pas Fabrice. Cela dit, ne compte pas sur moi pour te donner le mode d'emploi ! Pour être franche, j'ai d'autres soucis que les garçons en ce moment. Mais je suis contente pour Fabrice et toi. C'est un de mes plus anciens amis et tu es ma meilleure amie, alors tout va bien !

— Tu... n'es pas... jalouse ? Je n'étais pas sûre de...

— Jalouse ?

Tara était interloquée.

— Tu plaisantes ? C'est un copain, c'est tout. Je ne l'ai jamais imaginé en petit ami. Et à l'époque il en pinçait plutôt pour Bet... euuuh, je veux dire qu'il...

La fin de sa phrase mourut sur ses lèvres. Mais qu'est-ce qu'elle racontait ! Mince, elle se serait giflée pour une telle bourde.

— Oui, fit Moineau avec un pauvre sourire, je sais qu'il aimait beaucoup votre amie Betty.

— Mais à présent il est sur AutreMonde ! Et c'est de toi qu'il est amoureux. De la ravissante Moineau !

— Sous ma forme humaine, je me sens si fragile ! Et ma vieille timidité, héritage du bégaiement dont tu m'as guérie, va resurgir au mauvais moment, j'en suis sûre ! Je vais me retrouver muette en face de lui et il va penser que je ne l'aime pas et...

Tara regarda Moineau puis l'interrompit :

— Alors ne parle pas. Embrasse-le directement. Après, on verra bien qui de vous deux aura perdu sa voix !

Moineau fit une petite grimace, retourna l'idée deux ou trois fois dans sa tête, dévisagea Tara qui ne broncha pas, puis opina.

— Bon, j'y vais.

— Tu vas où ?

— Je... vais aller voir si Fab... Barune va bien.

Barune, hein. Bon, si elle voulait la jouer comme ça...

— C'est ça, vas-y ! À tout à l'heure ! Et fais-lui une caresse de ma part !

Moineau qui avait déjà foncé vers la porte comme une fusée se retourna d'un bloc, les yeux écarquillés.

Tara, hilare, précisa :

— Je parlais de Barune bien sûr !

Son amie lui tira la langue, claqua la porte et courut jusqu'à l'infirmerie. Fabrice ne s'aperçut pas tout de suite de sa présence. Il étreignait Barune, balbutiant excuses et remords, tandis que le mammouth bleu barrissait sa joie à s'en faire éclater la trompe.

Elle l'observa, sentant son cœur battre à toute vitesse. Il était vraiment séduisant ce garçon de la Terre ! Ses cheveux blonds qui lui retombaient tout le temps sur les yeux, ses longs cils et ses yeux sombres, tout lui plaisait en Fabrice. Mais elle ? La trouvait-il jolie ? Mignonne ?... Moche ?

Sa gorge se serra. Et si sa déclaration n'était qu'un résidu de la potion qui l'avait transformé ? Peut-être qu'il n'était pas du tout amoureux et qu'elle se faisait des idées ? Elle s'apprêtait à tourner les talons lorsque Fabrice leva la tête et la vit. Son visage s'éclaira.

— Gloria ! s'écria-t-il.

La jeune fille écarquilla les yeux. Allons bon, pourquoi l'appelait-il par son prénom au lieu d'employer, comme tous ses amis, son surnom ? Voulait-il souligner sa lignée royale ? Avait-il trouvé une bonne excuse pour lui faire comprendre qu'il ne pouvait pas s'intéresser à elle ?

Inconscient des sombres pensées qui agitaient Moineau, Fabrice se dégagea de l'affectueuse étreinte de son mammouth et se précipita vers elle. Il lui prit la main et plongea ses yeux noirs dans les tendres yeux noisette.

— Tu m'as sauvé la vie, dit-il doucement. Je ne sais comment te remercier. Tara m'aurait transformé en steak, haché fin, et elle n'aurait pas eu tort !

Le contact des doigts de Fabrice sur les siens était ferme. Mais elle n'avait qu'une idée en tête.

— Pourquoi, chuchota-t-elle, m'as tu appelée *Gloria* ?

Les yeux du garçon s'écarquillèrent. Il s'attendait à tout sauf à cela. Il fronça les sourcils. Visiblement, elle lui en voulait. Il lâcha sa main et recula. Il avait été ridicule de s'attendre à autre chose, de penser qu'elle pourrait l'aimer après ce qu'il lui avait fait.

— Parce que, pour moi, tu es la glorieuse Gloria, la protectrice du Lancovit et la puissante Bête. Je n'aime pas ton surnom. Tu n'es pas un moineau, Gloria, tu es un aigle !

L'admiration qui brillait dans les yeux de Fabrice coupa le souffle de la jeune fille. Il trouvait qu'elle était glorieuse, qu'elle était un aigle !

Comme elle ne réagissait pas, Fabrice la crut perdue à jamais pour lui. Il inclina la tête. Elle essaya de lui répondre mais l'émotion lui avait noué la gorge. Qu'avait dit Tara ? Sans réfléchir... sinon elle se serait enfuie... elle s'approcha de Fabrice, lui releva le visage, se hissa sur la pointe des pieds... et l'embrassa. Le monde s'arrêta de tourner.

Elle garda les yeux ouverts et se rendit compte que Fabrice, pris au dépourvu, louchait. Jugulant fermement le fou rire qui menaçait de gâcher sa grande scène sentimentale, elle ferma les yeux.

Puis elle fit un pas en arrière et les rouvrit. Fabrice la regardait, stupéfait.

— Wahou ! fut tout ce qu'il arriva à prononcer.

Puis, avant qu'elle ait le temps de réagir, il se pencha, ce qui était tout de même plus pratique, et lui rendit son baiser. Avec les intérêts.

Pendant que Fabrice embrassait Moineau-Aigle-Gloria, lui présentait des excuses, l'embrassait encore, lui réitérait des excuses, etc., Tara procédait à un grand ménage dans sa suite, faisant disparaître toute trace de sang, histoire de n'inquiéter personne. Une énorme hilarité montait dans sa gorge, soulagement et allégresse mêlés, et elle se mit à rire toute seule comme une baleine, à en avoir les larmes aux yeux. La Pierre Vivante scintilla sur la table où elle était posée, gagnée par la bonne humeur de Tara.

La jeune fille respira à fond et s'essuya le visage. Toute cette affaire était démentielle, mais son côté romantique ne pouvait s'empêcher d'approuver l'histoire d'amour de ses deux amis. Ouf ! Fabrice n'était pas la vampyr ! L'espace d'un instant, elle avait eu la peur de sa vie. Plongée dans ses pensées, elle sursauta lorsque sa mère entra dans sa chambre.

— Tara, ma chérie, tu ne dors pas ?

Expliquer ce qui s'était passé paraissait inutile, aussi Tara résuma-t-elle :

— Pas encore, mais je vais bien finir par y arriver. Le tout est de me concentrer sur l'objectif.

Selena haussa un sourcil surpris mais n'insista pas.

— J'étais venue t'embrasser, dit-elle d'une voix tendre, et te dire à quel point je suis fière de toi. Même si tu n'étais pas une petite fille aussi extraordinaire, tu serais le centre de ma vie et j'ai perdu dix ans sans pouvoir te dire à quel point je t'aime et à quel point tu m'as manqué.

Tara passa sur le « petite fille » et sourit de bonheur.

— Merci, Maman, moi aussi je t'aime.

Sa mère l'embrassa puis se détourna à regret, consciente de sa fatigue. Elle ouvrit la porte et s'immobilisa devant l'incroyable spectacle. Sur le seuil, entre les deux sentinelles rigoureusement impassibles, Medelus étreignait amoureusement Marianna !

Chapitre XXVI

Le Chasseur

Devinant la douleur de sa mère, Tara fut prise d'une rage terrible contre l'homme qui la faisait souffrir. Si elle l'avait pu, elle aurait refermé la porte et effacé les dernières secondes.

Les deux sentinelles rectifièrent leur position. Marianna se détacha de Medelus puis entra dans la suite, le Haut mage, comme un toutou, sur ses talons. La ravissante camériste de l'Impératrice ne paraissait pas du tout gênée. Medelus non plus, d'ailleurs, qui eut un sourire fat en les regardant.

— Nous venions vous annoncer la grande nouvelle ! s'exclama-t-il, Marianna et moi avons décidé de nous marier !

Selena hoqueta. L'homme qui lui faisait la cour depuis un an et qui l'avait demandée en mariage allait en épouser une autre ! Ce fut comme si tout se brouillait dans son esprit et elle ne chercha pas à se montrer rationnelle. Avec un grondement de rage, la paisible jeune femme se jeta sur sa rivale en hurlant.

— Qu'est-ce que vous lui avez fait ! Garce ! Vous l'avez envoûté ! Ce n'est pas Medelus !

Prise au dépourvu, Marianna ne put éviter à temps le vigoureux direct de Selena. Elle s'écroula et son adversaire la plaqua au sol tout en la giflant avec délectation. Malheureusement, la cameriste reprit très vite ses esprits et, attrapant les mains de Selena, l'immobilisa avec une force insoupçonnée.

Medelus voulut intervenir pour les séparer et Tara activa sa magie avec un mauvais sourire. Le Haut mage ne sut jamais ce qui l'avait frappé. Mais ce fut particulièrement douloureux. Il tomba assommé, si lourdement et si vite qu'aucun meuble n'eut le temps de se précipiter pour amortir sa chute. Tant mieux. Et s'il avait le nez cassé au passage, c'était parfait.

Tara reporta son attention sur les combattantes. D'un souple mouvement de reins, Marianna avait basculé Selena, l'emprisonnant avec une déconcertante facilité.

— Oh oh ! siffla-t-elle, la jolie petite proie a des griffes finalement ?

— Lâchez ma mère, fit une voix froide derrière elle. Ou vous allez le regretter.

Marianna leva les yeux pour se retrouver face aux mains illuminées de pouvoir de Tara. Prudente, elle se dégagea, tandis que Selena, encore furieuse, se relevait. Elle ouvrait la bouche pour parler quand la dernière phrase atteignit la conscience de Tara. *La jolie petite proie...* Soudain, tout devint clair.

— Maman, ordonna-t-elle, recule. TOUT DE SUITE !

Le ton était si pressant que Selena obéit sans protester.

Pointant ses mains sur la caméristе de l'Impératrice, Tara prit une grande inspiration.

— Ce ton-là me rappelle quelque chose. Je ne crois pas que Marianna parlerait de « proie » à propos de ma mère. N'est-ce pas, *Chasseur* ?

Derrière elle, elle entendit Selena reprendre son souffle et Marianna se mordit la lèvre, visiblement ennuyée.

— Entrailles et pourriture, grogna-t-elle, mon maître ne va pas être très content. Bon. Tant pis.

Et avec une rapidité qui les fit sursauter, les beaux yeux bruns virèrent au rouge sanglant, la peau ivoire devint d'un blanc blafard et la chevelure se décolora pour former une étincelante cascade argentée. La robe disparut, laissant place à un souple pantalon de cuir noir et à un justaucorps sans manche, dégageant les imposantes épaules et la taille incroyablement maigre. Le visage se creusa, les pommettes saillirent et le somptueux visage glacial de Selenba la vampyr, chasseur au service de Magister, apparut à la place de celui de la petite suivante.

Elle s'étira comme un immense chat cruel, puis leur fit face :

— Hou, fit-elle, ce déguisement était vraiment pénible !

— Qu'avez vous fait de Marianna ? demanda Tara, le cœur battant.

— C'était une délicieuse créature, répondit négligemment la vampyr. Dans tous les sens du terme.

— Vous voulez dire qu'elle est...

— Morte. Oui. Pas très résistante, mais excellent sang, rond, fruité.

Tara sentit la fureur alimenter sa magie, sa mèche blanche crépita. Mais avant qu'elle puisse frapper, si vite qu'elle n'eut pas le temps de réagir, la vampyr bondit. D'une main, elle attrapa Medelus, le soulevant sans effort, tandis que de l'autre elle plaquait fermement sa main contre sa gorge, faisant jaillir ses griffes.

— Reste tranquille, ordonna-t-elle, ou je décapite le chéri de ta mère. Et aucun Reparus ne pourra lui recoller sa tête d'imbécile.

Tara se figea. La vampyr se détendit légèrement.

— Bien bien, ricana-t-elle, vous allez me donner l'Endigueur, et ensuite je...

— Attendez !

Le cri de Selena stoppa net la vampyr dans son élan.

— Pourquoi avez-vous tué Marianna et attaqué Medelus ? Pourquoi l'avoir ensorcelé pour qu'il vous embrasse ? Que cherchiez-vous ?

— Mon maître, répondit calmement la vampyr, semble

avoir un regrettable faible pour vous, petite proie. Je n'en suis pas sûre, mais il semble qu'il vous aime !

Tara sentit son estomac se révulser. À voir la tête de sa mère, elle partageait cette sensation.

— Ce n'est pas acceptable, gronda Selenba, les yeux flamboyant de rage. J'ai tenté de vous éliminer, avec la bombe, mais vous m'avez échappé.

— Vous voulez dire qu'Antisort, c'est vous ? s'exclama Tara. C'est vous qui êtes responsable des attentats ?

— Ces stupides nonsos, siffla la vampyr dédaigneuse, sont tellement jaloux des sortceliers ! Si faciles à manipuler ! Mais non, cette délicieuse invention est tout à fait humaine. Antisort existait déjà. Je ne suis que l'un de ses commanditaires. Mais l'utiliser et le faire évoluer pour séparer les nonsos des sortceliers et en faire des adversaires fut un jeu d'enfant. Et j'en ai profité pour essayer de vous supprimer, ta mère et toi. Mais vous étiez trop bien protégées. La troll ne te quittait que rarement et Medelus était collé à Selena. Alors, il a fallu que j'improvise. Car aux yeux de mon maître, il fallait que cela ait l'air d'un accident ! Je ne pouvais pas simplement vous briser la nuque ou boire votre sang.

— Un accident ? balbutia Tara, puis soudain la vérité lui apparut. Vous êtes jalouse ! Vous avez essayé de tuer ma mère parce que vous aimez Magister !

— Je le désire, rectifia la vampyr, autant que son pouvoir. Pour qu'il ne découvre pas que j'étais la coupable, j'ai décidé de me débarrasser du fiancé de ta mère, puis de Grr'ul. Je pensais avoir tué Medelus lorsque je l'ai mis dans le placard mais il était plus résistant que prévu. Pour me forger un alibi imparable, je suis donc retournée près de lui et me suis blessée. Vous avez avalé la pilule et l'emballage !

— Je sais même comment vous êtes entrée dans le palais ! s'exclama Tara. Le snuffy en trop, c'était vous !

La vampyr la regarda avec ironie.

— Tu es une petite maligne, dis-moi !

Selena ne comprenait pas et Tara expliqua :

— Pendant que l'Impératrice se préparait, elle avait gardé le snuffy avec elle. Or j'ai vu Jar et Mara avec un autre snuffy peu de temps après. Ce n'était pas impossible, mais curieux, vu le nombre réduit de snuffy. Le Chasseur avait pris cette apparence pour pénétrer dans le palais, tuer Marianna, puis prendre sa place. Jar et Mara étaient-ils au courant ?

— Non, répondit dédaigneusement la vampyr. Ils m'ont prise pour un ami du premier snuffy. Les petits idiots ne se sont pas fait prier pour m'aider !

Mais Tara qui l'observait attentivement remarqua que la vampyr détournait le regard, et eut la conviction qu'elle dissimulait quelque chose à propos des jumeaux.

— Ensuite, j'ai eu l'idée de cette petite mise en scène de rupture, continua la vampyr, afin de disposer de votre vie à ma guise. Mais le sens de l'observation de votre fille est tout simplement anormal. Elle vient donc de me démasquer. En cela, je suis d'accord avec mon maître. Il dit que tu es une miette de pain dans le lit douillet de son existence, petite fille. Miette que je vais bien finir par manger !

— Alors, réfléchit Tara, c'était vous le faux message qui a fait attaquer les smurgles sur Terre ?

— Eh oui ! Franchement, j'ignore comment tu t'arranges pour échapper aussi facilement à tous mes pièges.

Tara ne répondit pas.

— Et c'était vous aussi dans le désert ? Et dans la suite ?

La vampyr fronça ses sourcils parfaits.

— Quel désert ?

— Dans le palais de l'Impératrice, l'attaque des vers qui a failli nous tuer, moi et mes amis.

La vampyr eut un sourire plein de crocs.

— Tu as plus d'ennemis que moi, petite fille. Cela dit, c'est logique, les miens sont morts. Non, je ne suis pas responsable de cette attaque-là.

Elle ricana en voyant l'air stupéfait de Tara.

— Mais dans la suite impériale, oui, c'est bien moi qui

t'ai envoyé un Reversus afin de te transformer en bébé. Magister voulait que je te filme afin de montrer à tous à quel point il était facile de te neutraliser. De plus, j'ai dû ajouter un soupçon de Mintus, car tu m'avais vue. Bien, maintenant, donnez-moi cet objet que vous êtes allés chercher. Je crois que cet Endigueur fera plaisir à mon maître... Vite, si vous tenez à la vie de cet homme.

Tara réfléchit à toute vitesse, la magie illuminant toujours ses mains.

— Oh, mais je n'y tiens pas !

Pour la première fois, elles virent la vampyr désarçonnée.

— Comment ?

Selena ne broncha pas mais Tara la perçut qui se raidissait.

— Ce type veut épouser ma mère, cracha la jeune fille, méprisante. Alors vous pouvez lui briser la nuque, le vider de son sang et lui sucer la moelle des os, je m'en fiche complètement !

La vampyr était capable de percevoir tout mensonge et elle sentait que Tara était sincère. Furieuse, elle siffla entre ses crocs. Son otage n'était pas si précieux après tout. Elle aurait dû s'emparer de la mère, plutôt.

Afin d'avoir les deux mains libres, elle lâcha Medelus qui s'affaissa comme une poupée de son.

Puis elle fit face à Tara, dangereuse, puissante, rapide, mortelle. Un feu noir illumina ses mains en réponse à la magie bleue de Tara. Aïe ! Visiblement, les complices de Magister, eux, pouvaient toujours utiliser leur pouvoir. Le Sceptre Maudit n'avait pas l'air de l'affecter.

— Bien bien bien, ronronna Selenba. Voyons un peu ce que tu vaux en face d'un véritable adversaire.

Mais Tara n'avait pas du tout l'intention de se battre contre la monstrueuse vampyr.

Elle éteignit sa magie ! Sa mère, derrière elle, prit une inspiration épouvantée et la vampyr se figea, puis eut un mauvais sourire.

— Ah, *mano a mano* ? Tu veux m'affronter à mains

nues ? Petite, tu ne manques pas de courage, si tu n'es pas très maligne.

Elle bondit sur Tara, ses griffes en avant, l'effleura... et se retrouva plaquée au mur, impuissante.

— Sort de protection ! expliqua calmement Tara à sa mère, essayant de maîtriser les battements de son cœur tant l'image de la prédatrice se jetant sur elle avait été effrayante. 5, 4, 3, 2, 1, hop !

Xandiar et ses gardes firent irruption, les yeux écarquillés lorsqu'ils virent la captive, folle de rage, qui essayait de se délivrer du sort. Ils l'entourèrent prudemment, leurs épées dégainées à la main.

Cal, alerté par le remue-ménage, arriva en courant sur leurs pas, suivi par Fafnir, Robin, et... Jar et Mara ! La vampyr se tortillait. Surprenant les gardes qui n'avaient pas prévu qu'elle puisse user de magie, elle mordit sa main et aspergea le vide devant elle, activant un Transmitus identique à celui qui lui avait permis de s'échapper lors de leur précédente confrontation.

Mais un loup noir bondit à travers la porte ouverte, bousculant les jumeaux qui roulèrent au pied de la vampyr, et il la crocheta à la gorge. Maître Dragosh avait fini par retrouver sa fiancée ! Tara, Cal et Galant se portèrent aussitôt à son aide, tandis que les deux petits se relevaient, mais la magie de la vampyr était déjà en train d'agir.

Sous le regard effaré de leurs amis, tous les six furent happés par le sort de Selenba et disparurent. Et le bruit de la Klik arrachée à l'oreille de Tara par le coup de griffe de la vampyr résonna dans l'âme de Robin comme un glas.

CHAPITRE XXVII

MAGISTER

Tara sentit un terrible étourdissement et des visions de paysages de cauchemar, de démons monstrueux et contrefaits lui sautèrent au visage. Apparemment, la vampyr compensait le fait qu'elle ne pouvait pas aller très loin avec un Transmitus en passant par d'autres Portes de Transfert. Qui avaient l'air d'être placées en... enfer !

Elle n'eut pas le temps d'avoir peur qu'ils se re-matérialisaient ailleurs. Ils émergèrent dans le bruit et le tumulte. Les Sangraves ne s'attendaient pas à voir arriver autant de monde, et encore moins Selenba avec un grand loup noir accroché à la gorge. Sans se préoccuper des mages stupéfaits, les deux vampyrs roulèrent en tous sens, se combattant avec fureur. Comprenant qu'elle était désavantagée, Selenba se transforma soudain en louve et affronta son ancien fiancé mâchoire contre mâchoire. Jar et Mara, désorientés, observaient la scène avec stupeur. Tara, Cal et Galant échangèrent un rapide regard puis attaquèrent les Sangraves sans se poser de questions. La magie surpuissante de Tara jaillit, foudroyant deux des sortceliers en robe grise. Cal en paralysa un autre, et Galant en mit un quatrième en charpie. Ceux qui restaient, une dizaine, avaient repris leurs esprits. Ils érigèrent des boucliers qui, renforcés par la magie démoniaque de Magister, résistèrent aux griffes de Galant et au pouvoir du Voleur.

Mais pas à celui de Tara. Et ceux qui se pensaient à l'abri eurent une très mauvaise surprise lorsque son rayon perça leurs protections comme du papier. Une demi-douzaine de corps jonchaient le sol et Cal s'apprêtait à activer la Porte de Transfert pour s'enfuir lorsque l'un des Sangraves, dont la robe était si foncée qu'elle en paraissait noire, attrapa Jar par l'épaule et lui posa une solide lame d'acier sur la gorge.

— Stop ! hurla-t-il. Tara, ne fais plus un geste ou je tue ce garçon !

Tara se retourna d'un bloc en entendant cette voix si reconnaissable. Magister !

Le maître des Sangraves tira par les cheveux la tête de Jar en arrière, le forçant à exposer sa gorge. Il appuya sur la lame, traçant une mince ligne d'où perla un filet vermillon.

— Baisse tes mains, Tara. Ensuite, assieds-toi en les plaçant sous tes fesses. Dépêche-toi ou la destinée de cet enfant va connaître une fin aussi rapide que tragique.

Tara avait souvent fait ce cauchemar où elle devait choisir entre sauver tout AutreMonde ou la vie d'un seul de ses amis. Ici, c'était encore pire parce qu'elle n'aimait pas Jar.

Elle affronta le visage miroitant qui se colorait lentement de noir, signe que l'homme était prêt à tuer. Elle savait qu'il n'aurait aucune pitié. Eh bien, du moins aurait-elle la réponse à cette question qu'elle se posait. Elle était incapable d'opter pour cette solution. Pas sans perdre son âme au passage. Inclinant la tête, elle se laissa tomber et mit ses mains sous son corps. Immédiatement, deux Sangraves se précipitèrent et lui lièrent les bras derrière le dos. Ils agirent ensuite de même avec Cal. Galant se posa, frémissant de frustration de ne pouvoir se battre.

Pendant qu'ils se rendaient, Safir et Selenba avaient conclu leur combat. Toute puissante qu'elle fût, la vampyr n'avait pu résister à la rage de maître Dragosh. Elle avait repris son apparence de femme et gisait, inconsciente, la gorge entre les mains de son amour perdu.

Magister ne fit pas de quartier. Son jet frappa le vampyr, alors qu'il allait tuer celle qu'il aimait. Assommé, il vacilla, puis s'écroula sur le corps de sa bien-aimée. Les Sangraves le neutralisèrent mais ne parvinrent pas à faire reprendre conscience à Selenba. Tara soupira discrètement, soulagée. Dès que la vampyr se réveillerait, elle parlerait de l'Endigueur... et leur situation deviendrait intenable.

Puis un nouveau personnage entra dans la salle et s'arrêta, surpris par le carnage qui s'y était visiblement déroulé. La respiration de Tara se bloqua. Devant elle, magnifique et impétueuse, se tenait l'Impératrice d'Omois ! Tara n'en revenait pas. Lisbeth n'avait pas l'air d'une prisonnière. Avait-elle été envoûtée par Magister ?

Sa tante la regardait avec une inexplicable fureur.

— Tara ! Quelle amusante surprise. Tu viens achever ton infâme besogne ? Tu pensais nous avoir éliminés, l'Imperator et moi-même, n'est-ce pas ! grinça-t-elle, haineuse. Mon ancien effrit Meludenrifachiralivandir a bien essayé de remplir la mission que tu lui avais confiée mais la magie démoniaque du roi des démons alliée à celle de Magister est plus puissante que celle des effrits du sixième cercle. Mel n'a pas pu nous toucher. Je lui ai fait avouer le nom de celui qui lui avait ordonné de nous attaquer, persuadée que quelqu'un avait réussi à s'emparer de ta Chevalière. J'ai été très déçue, Tara, de découvrir que tu étais à l'origine de cette tentative d'assassinat.

Tara ouvrit de grands yeux. De quoi diable parlait sa tante ?

— Mais..., balbutia-t-elle, je n'ai jamais donné un tel ordre. Qu'est-ce que c'est encore que cette histoire ?

L'Impératrice la foudroya du regard.

— Inutile de nier, cracha-t-elle. Ce qu'il a dit ne peut être réfuté ! Mel ne peut me mentir, même si je ne suis pas en possession de ma Chevalière, confisquée par Magister. Quant à lui, son combat contre les dragons ne me regarde pas. S'il a besoin des objets démoniaques pour les vaincre, eh bien, je lui accorde mon aide. J'ai décidé de collaborer avec celui qui m'a sauvée de ton ignoble complot. Nous nous sommes emparés du Sceptre démoniaque. À présent, c'est toi, l'ennemie de l'Empire !

Tara était atterrée.

— Tu n'es pas sérieuse ! Tu vas te joindre à ce fou ? Alors que tu diriges le plus grand empire humain de cette planète ? Tu vas mettre AutreMonde à feu et à sang ! Et je te rappelle tout de même qu'il a menacé d'envahir Omois avec sa horde de démons !

L'Impératrice, dominée par sa rage, n'entendit pas les arguments de Tara.

— Ce fou, comme tu l'appelles, n'a pas essayé de me tuer, lui, gronda-t-elle. En attendant, Tara, tu es indigne de mon sang. Je te retire ton titre d'héritière impériale !

Tara plissa les yeux, sentant une lente mais sûre colère monter en elle, et elle passa à un froid vouvoiement.

— Ça suffit ! dit-elle d'une voix dangereusement calme. Je me fiche de vos titres comme de ma première chaussette. Je n'ai jamais demandé à être héritière. Je vous rappelle que c'est vous qui êtes venue me chercher, non le contraire ! Ensuite, je n'ai pas ordonné à cet effrit, Mel, de vous assassiner. Nous sommes partis vous secourir, justement parce qu'il est hors de question que je m'occupe de votre empire. Je n'ai que quatorze ans ! Cela dit, si vous vous alliez avec Magister et lui permettez de faire venir ses démons à Omois, alors oui, je vous combattrai tous les deux, sans hésiter !

L'Impératrice lui jeta un regard hautain :

— Je juge sur les faits, répondit-elle. Et les faits sont là. Adieu, nièce ingrate. Tu n'auras pas l'occasion de me contrer, car tu vas pourrir dans les geôles de Magister et y finir ta vie, oubliée de tous !

Elle quitta la pièce d'un pas rageur. Tara se tourna vers Magister et le questionna, d'une voix étranglée par la fureur.

— Vous... ! Qu'est-ce que vous avez fait à ma tante ? Espèce de sal...

— Tsss, tsss, pas de jurons, s'il te plaît ! Ce qu'elle a dit est la stricte vérité. Mel, apparemment sur ton ordre, a tenté de la tuer ici même. C'est ainsi qu'elle a découvert que tu avais ordonné sa destruction et celle de l'Imperator !

— C'est vous, n'est-ce pas ? s'écria Tara. Vous avez créé une sorte de clone de mon effrit, et vous l'avez envoyé pour tromper ma tante ?

— Pas du tout ! Son demi-frère et elle auraient immédiatement décelé toute supercherie, ricana le Sangrave, prodigieusement satisfait. N'oublie pas que ce sont des Hauts mages, eux aussi, ils ne sont pas si faciles à berner ! Bien, j'aurais adoré continuer cette petite conversation avec toi, mais j'ai un empire à conquérir et une planète à soumettre.

Il fit signe à ses soldats de fouiller Tara, Cal et maître Dragosh. Si la quantité d'armes diverses et variées qu'ils trouvèrent sur Cal les surprit, la visite des poches déchiquetées de maître Dragosh ne livra que quelques fioles au mystérieux contenu et dans la robe de Tara, ils ne mirent la main que sur un vieux paquet de chewing-gum et des mouchoirs en papier. Tara baissa la tête pour cacher une bouffée d'allégresse. La Changeline avait réussi à dissimuler ses affaires aux Sangraves !

Jar et Mara n'avaient pas bougé, regardant les protagonistes de leurs grands yeux brillants. Magister allait effectuer une sortie majestueuse lorsqu'il marqua soudain le pas.

— Ah, fit-il, j'allais oublier. Jar ! Mara ! *L'existence est une comédie absurde qui se joue devant la multitude et se termine dans la solitude.*

La métamorphose des deux enfants fut stupéfiante. Ils se redressèrent, leur visage se figea en un masque froid et arrogant et ils vinrent se ranger de part et d'autre de Magister.

— J'ai oublié de te présenter deux éléments très importants de mon plan, précisa Magister en les désignant de sa main gantée. Mes deux espions préférés. Jar ? Mara ?

— *Père* ? répondirent ensemble les jumeaux, le garçon avec un mauvais sourire devant le sursaut horrifié de Tara et de Cal, la fille d'une voix plus incertaine.

— Permettez-moi de vous présenter votre demi-sœur : Tara Duncan !

Si l'estomac de Tara lui était remonté dans la gorge quand elle avait découvert que les jumeaux étaient les enfants de Magister et que par conséquent Jar avait été une fausse victime, ce ne fut rien à côté de sa réaction lorsqu'elle assimila le sens de la dernière phrase du Sangrave.

— Maudit, grogna Cal, arrêtez de raconter n'importe quoi.

— Oh, mais c'est la vérité ! Jar et Mara sont bien les enfants de Selena !

L'oreille de Tara, très sensible aux mensonges, lui confirma que le Sangrave était parfaitement sincère. Elle maîtrisa une terrible nausée pour parler.

— Vous... vous et ma mère ?

— Ta mère est une très belle femme, ricana Magister. Et dix ans, c'est bien long pour une prisonnière !

— Mais vous êtes l'assassin de mon père !

— Et alors ? rétorqua Magister avec nonchalance. Par amour pour toi, elle m'a quitté, mais crois-moi, petite, tu ne l'as pas délivrée de ma forteresse il y a un an, elle y restait volontairement ! C'est toi qui emprisonnes ta mère pour la garder avec toi, qui la tiens captive de ton amour pour elle. Mais cela ne va pas durer. Dès que je serai maître d'Omois, je la prendrai officiellement pour épouse. Alors pour le moment, je t'épargne, quoique je n'aie plus besoin de toi pour accéder aux objets démoniaques. Mais fais très attention. La moindre tentative de révolte et je t'élimine. Selena se consolera avec ses deux cadets.

Tara n'arrivait plus à parler, aussi Cal s'en chargea-t-il.

— Mais s'ils sont ses enfants, pourquoi Selena ne les a-t-elle pas reconnus ? Elle se comportait comme s'ils lui étaient étrangers !

L'espoir renaquit dans le cœur de Tara... pour s'évanouir tout aussitôt lorsque Magister expliqua :

— J'ai placé un Amemorus sur ta mère, mais également sur les jumeaux. Je ne voulais pas risquer que lors d'un interrogatoire ils dévoilent tout, ce qui aurait donné des otages précieux à Omois. Ta mère a oublié qu'elle avait deux autres enfants. Et eux, qui ont espionné pour moi, ne s'en rappelaient pas non plus. Il suffit de prononcer la phrase « L'existence est une comédie absurde qui se joue devant une multitude et se termine dans la solitude » pour que l'Amemorus soit détruit en ce qui concerne les jumeaux, pour ta mère la formule est un peu différente. Une autre phrase clef a permis à mon Chasseur d'extraire tout ce que les jumeaux avaient espionné et enfin, une dernière phrase a effacé de nouveau tous leurs souvenirs. Mon plan était parfait ! Personne ne pouvait se douter qu'ils travaillaient pour moi ! Contre l'Empire !

— Père, intervint Mara d'une voix inquiète, si Tara est notre sœur, pourquoi l'emprisonner ? Ou lui faire du mal ? Elle n'est pas notre ennemie !

Le masque du Sangrave se colora d'orange, traduisant son agacement.

— Si. C'est une ennemie, elle s'est opposée à nous à plusieurs reprises. Ne commets pas l'erreur de la croire inoffensive. Par sa faute, j'ai été captif du roi des démons une année durant. Heureusement, le temps avance légèrement plus vite dans les Limbes démoniaques et j'ai été libéré voici plus d'un mois. Mais pendant toute ma captivité, j'ai rêvé de lui faire payer ce qu'elle m'avait fait subir. Crois-moi, ma mansuétude est grande de la laisser en vie !

La petite leva les yeux vers le masque de son père et se retrancha dans un silence prudent.

Satisfait, Magister sortit et les Sangraves firent descendre Cal, Tara, Galant et maître Dragosh, toujours inconscient, au cachot. En chemin, ils passèrent devant de nombreuses autres cellules, vides.

La bâtisse ne ressemblait pas à celle que leur avait décrite le snuffy. Ils n'étaient pas dans le manoir où le petit être avait été emprisonné. Les salles de pierre grise étant aveugles, et nulle fenêtre ne donnant sur l'extérieur, il leur était impossible de deviner dans quel pays ils se trouvaient.

Ils pouvaient avoir été emmenés dans une province reculée d'Omois ou à n'importe quel endroit d'AutreMonde.

Les serrures des cachots, étrangement, se situaient si haut sur les portes qu'il fallait être à tout le moins un géant pour y accéder de l'intérieur. De l'extérieur, les Sangraves lévitèrent avec leurs clefs pour les clore à double tour.

Une fois chaque cellule refermée sur son occupant, les Sangraves leur firent tendre les mains afin de dénouer leurs liens, sauf à maître Dragosh qui, inconscient, avait déjà été délié, puis ils s'éloignèrent silencieusement. Les deux adolescents se dévisagèrent, le cœur serré. Ils savaient que le fer qui les entourait provenait des mines d'Hymlia et que la magie ne ferait que rebondir dessus, sans en franchir le maillage. Ils voulurent léviter pour atteindre les serrures, mais ils n'y réussirent pas. Là, ils s'étaient vraiment mis dans un beau pétrin.

Tara s'affaissa, éteinte. La trahison de Jar et de Mara l'avait touchée plus qu'elle ne l'aurait cru possible mais par dessus tout, celle de sa mère la fouaillait comme un couteau dans le cœur.

— Comment a-t-elle pu ! murmura-t-elle. Avec l'homme qui a tué mon père !

— Je ne lui chercherai pas d'excuse, moi qui suis amoureux d'une fille qui me déteste, remarqua Cal avec un sourire forcé, pour faire diversion à la douleur de son amie. Mais prends en considération, d'une part, que Magister a peut-être menti, et d'autre part, qu'il a dû utiliser des trucs pas très moraux pour obliger ta mère à... à tu sais quoi !

Même l'embarras du garçon ne parvint pas à distraire Tara. Perdue dans ses pensées, elle chercha machinalement un mouchoir dans sa poche pour essuyer ce qui coulait sur sa figure. Mais la Changeline avait autre chose à lui offrir. Quelque chose de plus utile. Tara saisit ce que lui donnait l'étrange entité et ramena, brillant dans sa main, l'uniclef ! Cal écarquilla les yeux.

— Tara ! Comment es-tu parvenue à la dissimuler ?

Son amie soupira, chassa sa déprime et se concentra sur leur situation.

— Moi je n'ai rien fait, mais la Changeline, elle, s'en est occupée. C'est le moment de tester ce bidule !

Elle se leva, observant attentivement la serrure, si haut au-dessus de sa tête. Comment grimper ? Forte de sa récente expérience d'alpinisme, elle tenta d'escalader les barreaux mais le fer semblait recouvert d'une mince couche de graisse qui empêchait toute prise et la faisait glisser. Elle remit l'uniclef dans sa robe puis, sans se décourager, en sortit les gants de Fafnir avec un sourire résolu.

— Voyons un peu si l'acier destructor sera plus efficace.

Elle tendit les mains et empoigna les barreaux, puis commença à presser.

Si les barreaux gémirent sous la pression, le fer d'Hymlia résista. Rageuse, Tara recula, puis abattit ses poings fermés sur le métal. Cette fois-ci, toute la prison résonna de l'écho. Les fortes barres se déformèrent puis, sous les yeux stupéfaits de Tara, reprirent leur forme normale.

— Ça ne fonctionne pas ! Pourquoi ? Fafnir a réussi à briser la table et le lingot de fer ! Et même la Montagne Rouge n'y a pas résisté !

— Oui, mais ici c'est une prison, répondit Cal, le métal est probablement traité spécialement contre ce genre d'agression.

Tara rangea lentement les gants dans sa poche, se laissa choir au sol et sans qu'elle le veuille, de grosses larmes se mirent à couler.

— Oh la la, Tara, gémit Cal qui, de son cachot, assistait à ce désastre sans pouvoir se rapprocher de la jeune fille, arrête de pleurer, je déteste ça, ça me rend fou !

— Désolée, hoqueta Tara, mais je suis si fatiguée ! Et puis je suis une *fille*. J'ai le droit de pleurer ! Alors zut, hein ?

Sa déclaration arracha un sourire à Cal.

— Les garçons aussi ont le droit de pleurer, mais je n'aime pas ça.

— Ben moi, si. Ça me fait du bien. Ça me permet d'évacuer le stress. Je t'assure, sanglota Tara de plus belle, c'est très efficace ! Et puis j'ai mal à l'oreille. Cette stupide vampyr a arraché ma Klik en nous emmenant avec elle.

— Celle qui te permet de communiquer avec Robin ? Et ta Pierre Vivante ?

— J'étais censée *dormir*, répondit aigrement Tara, pas me retrouver au milieu d'une bagarre d'enfer ! J'avais posé la Pierre sur la table de chevet, où elle doit encore se trouver d'ailleurs.

— Aïe, mauvaise nouvelle. Moi qui espérais que la cavalerie allait débarquer ! Et je suis trop loin pour t'appliquer un Reparus, fit Cal à regret. Il va te falloir patienter !

Tara hocha la tête et son ami, impuissant, la vit verser des torrents de larmes.

— Alors, tenta-t-il pour la distraire de sa détresse, une fois que le flot lui sembla un peu tari, on fait quoi maintenant ?

Tara ne réagit pas, réfléchissant intensément. Puis elle redressa la tête, s'essuya le nez avec sa manche, ce qui fit frémir la Changeline, et dit :

— Je dois parler à Magister.

Cal haussa un sourcil surpris.

— Magister ? Mais pourquoi ?

— Il est le seul à pouvoir me disculper auprès de l'Impératrice. À moi de lui montrer qu'elle a eu tort. Et je crois bien que je sais comment m'y prendre. Espérons seulement qu'*il* a pu nous suivre !

— Qui ?

Tara ne lui répondit pas, occupée à regarder tout autour d'elle

— S'ssset ? Peux-tu apparaître s'il te plaît ?

Cal sursauta lorsque le gros lézard se matérialisa soudain dans la cellule de Tara.

— Maîtresssse ? siffla-t-il.

— Je suis heureuse que tu sois là, soupira Tara, soulagée. Ton travail est de surveiller et de rapporter à l'Impératrice, n'est-ce pas ?

— J'écoute, j'enregisssstre, je rapporte, oui, répondit le lézard.

— Peux-tu passer à travers les barreaux ?

— Invisible je suis, aussi pour la magie, précisa le lézard en disparaissant soudain.

Tara sourit lorsqu'il réapparut de l'autre côté des barreaux, dans le couloir de la prison.

— Génial ! se réjouit-elle. Alors je veux que tu écoutes, que tu enregistres et que tu rapportes à l'Impératrice tout ce que Magister et moi allons dire. En es-tu capable ?

La langue bifide du lézard s'agita dans sa gueule aux dents aiguës puis la voix de Tara sortit de sa gorge, reproduisant exactement ses paroles.

— *... tout ce que Magister et moi allons dire. En es-tu capable ?*

Tara ouvrit de grands yeux.

— Parfait, fit-elle, c'est formidable ! Bien, redeviens invisible, je vais appeler Magister.

S'ssset obéit et s'effaça, et Tara haussa le ton.

— Magister ! Je veux parler à Magister !

Ses cris finirent par attirer un Sangrave qui alla chercher son maître. Le Haut mage apparut devant elle et sa voix de velours la fit frissonner de répulsion.

— Eh bien, petite fille, que me veux-tu ?

Tara prit une grande inspiration pour maîtriser le dégoût et le mépris qui grondaient en elle et expliqua calmement.

— Je veux la vérité. Comment avez-vous manipulé ma tante ? Elle n'est pas là, vous pouvez me l'avouer à présent !

— Tu veux ? Tu exiges ? Je n'ai pas à te répondre, tu me fais perdre mon temps. La prochaine fois que tu me déranges pour rien, je te fais fouetter. C'est clair ?

Tara ne s'attendait pas du tout à cette réaction. Aïe, l'entretien ne prenait pas la tournure escomptée. Elle se fit humble.

— C'était très intelligent de votre part, observa-t-elle. Je... j'aimerais simplement savoir comment vous avez fait, c'est tout.

— Décidément, tu es une idiote car je t'ai dit la vérité, railla cruellement le Sangrave. Cela dit, ce fut une merveilleuse surprise ! Et une aide inestimable pour convaincre ta tante et son frère que tu étais une menace bien plus grande que moi !

Tara eut très peur. Si S'ssset partait maintenant, il allait renforcer l'Impératrice dans sa conviction !

— Vous savez que je n'ai jamais donné cet ordre à Mel, dit-elle très vite. Et je n'ai aucune idée de ce qui s'est passé !

— Je m'en doute, finit par confirmer Magister au terme d'une attente qui les mit au supplice. Ta stupide loyauté ne permettrait pas que tu te tournes contre ta propre famille, même si je sais que tu n'aimes pas spécialement ta tante et son matador de demi-frère. Je ne vois donc qu'une seule explication.

— Laquelle ?

— Tu as été toi-même manipulée par Meludenrifachiralivandir !

Tara baissa les yeux vers la bague.

— Mais... comment ? Il ne peut pas faire de mal au porteur de la Chevalière.

Magister ne répondit pas mais Tara sentit qu'il souriait sous son masque, qui prit une teinte d'un bleu plus intense.

— Ah ! Je vois, constata-t-elle. Il le peut ?

— En général, ce genre d'objet est associé à un sort qui oblige l'effrit à obéir à son détenteur sans l'influencer. L'Impératrice a-t-elle prononcé une formule de protection en te le remettant ?

Tara fouilla sa mémoire, mais elle ne se souvenait que de sa tante lui donnant la Chevalière sans autre cérémonie.

— Je ne crois pas...

— Alors telle est l'explication. Appelle ton effrit.

— Mais la cellule en fer d'Hymlia va empêcher ma magie de contacter Meludenrifachiralivandir !

— Le sort qui confine ta magie ne neutralise pas la mienne. Appelle-le et je lui autoriserai le passage. Mais n'espère pas l'utiliser contre moi. Il sera prisonnier de la cage, comme toi.

Zut, c'était exactement ce qu'avait espéré Tara, faire attaquer Magister par l'effrit. Résignée, elle tourna la Chevalière trois fois. Un nuage pourpre se forma et Mel apparut flottant dans les airs.

— Houche ! grogna-t-il en se cognant la tête en dépit de la hauteur de la cellule. On est à l'étroit, ici.

Puis le puissant démon fronça ses sourcils jaunes et détailla son environnement.

— Un cachot ? Vous êtes en prison, Maîtresse ? Laissez-moi vous délivrer immédi...

— Certainement pas ! claqua la voix moqueuse de Magister. Tu ne vas pas lui faire quitter sa cellule, tu n'en as pas le pouvoir. En revanche, tu vas répondre à ses questions. Et vite !

L'effrit le regarda puis, tordant sa bouche en coin, murmura à Tara :

— Ce n'était pas une très bonne idée de me convoquer devant votre geôlier, Maîtresse. Attendre son départ était préférable !

Mais celle-ci n'était pas d'humeur à discuter.

— As-tu essayé de tuer l'Impératrice et l'Imperator ? Et qui t'en a donné l'ordre ?

Le gros effrit pourpre eut un haut-le-corps.

— Qui vous a raconté une chose pareille ? commença-t-il d'une voix courroucée, c'est...

— Magister, l'interrompit calmement Tara. Par ma Chevalière, explique-toi, Mel !

— Moi, je n'ai rien fait, répondit vertueusement l'effrit.

Tara s'affaissa, tout était fichu. Jamais elle ne pourrait prouver à sa tante qu'elle n'était pas coupable !

Soudain Cal s'adressa au Sangrave, les faisant tous tressaillir.

— Vous avez toujours votre bidule, là, votre magie démoniaque avec laquelle vous infectiez les Premiers sortceliers que vous aviez kidnappés l'année dernière ?

Magister se retourna vers l'insolent et son masque se colora d'un orange mi-curieux, mi-agacé.

— Oui, j'ai toujours mon « bidule » comme tu l'appelles, dit-il sèchement. Pourquoi ?

— Tara a eu un comportement bizarre à plusieurs reprises, expliqua le petit Voleur. Je n'y avais pas prêté attention jusqu'à présent, mais si la magie des Limbes démoniaques est à l'œuvre, alors...

— Mmmh, dit Magister qui avait saisi sa pensée. Tara, ne bouge pas s'il te plaît.

Il ouvrit sa robe, sous le regard étonné de Tara. Sur son torse musclé pulsait un gros cercle d'un rouge malsain. Malgré elle, la jeune fille recula. Car de la poitrine du sortcelier, une fumée lourde, grasse et noire suait soudain, se dirigeant vers elle comme un serpent obèse. Elle ne put aller loin, les barreaux de la cage la bloquant alors que la fumée s'approchait dangereusement.

— Euuuh, Cal, tu es sûr que c'est une bonne idée ? glapit-elle, terrorisée.

— Pour être franc, non.

— Quoi !

— Ben oui, il y a une chance sur deux que je me trompe.

— Cal, si nous sortons vivants de cette histoire, crois-moi, tu vas me le payer !

Elle n'eut pas le temps d'articuler un mot de plus. La fumée noire l'atteignit, commença à s'infiltrer dans son corps... puis recula d'un coup, comme repoussée par une force invisible.

— Mmmmh, intéressant observa Magister. Ce n'est pas toi qui as neutralisé la magie démoniaque. Alors, effrit Meludenrifachiralivandir, vous avez une explication logique à ce qui vient de se produire ?

Les yeux infernaux de l'effrit flamboyèrent. Avant que Tara n'ait le temps de réagir, il bondit sur elle, entourant son cou de ses énormes mains, et la souleva de terre.

— Libérez-nous de la cage tout de suite ! tonna-t-il. Ou je la tue à l'instant. Je sais que vous avez besoin d'elle, alors faites vite !

Mais Magister ne bougea pas, se contentant de tapoter la pierre du couloir d'un pied agacé.

— Eh bien, vas-y, dit-il d'un ton négligent.

— Quoi ?

La triple exclamation de Mel, Cal et Tara (étranglée dans le cas de la jeune fille qui luttait pour respirer) amusa beaucoup le Sangrave.

— Je n'ai plus besoin de Tara ! J'ai l'Impératrice et elle est très coopérative. Tara m'a suffisamment barré la route pour que j'éprouve un certain plaisir à la voir disparaître.

Il croisa les bras et attendit patiemment.

L'effrit ne savait que faire. Il percevait que Magister était sincère. Soudain, il sentit un mouvement sous son bras et relâcha son étreinte sur la gorge de Tara. Le petit démon apparaissait, s'extirpant du crâne de la jeune fille. Cal ouvrit de grands yeux horrifiés et même Magister recula d'un pas, ébranlé.

— Ah la la, soupira le démon en s'asseyant dans le vide devant Tara pétrifiée, ça fait du bien d'avoir un peu d'espace. Ce que c'est encombré là-dedans !

— Mmm, mais, balbutia Tara en se frottant la gorge, qu'est-ce que c'est que ça ?

Le petit démon se redressa, offusqué.

— *Ça*, dit-il d'un ton glacial, c'est le démon qui a réussi à te faire prononcer l'ordre de tuer l'Impératrice et l'Imperator dans ton sommeil. *Ça* c'est celui qui t'a sauvé la vie en apparaissant aux Yphane lorsque tu es allée chercher l'objet pour neutraliser le Sceptre démoniaque sur cette foutue montagne où nous avons bien failli mourir tous les deux. *Ça*, enfin, c'est celui qui te manipulait sans que tu te doutes de rien ! Alors un peu de respect, jeune fille, je te prie.

La réaction de Tara fut fulgurante. Sa main gifla l'air, percutant le démon avec violence et l'envoyant rebondir brutalement contre les barreaux de la cellule. Il eut un bref couinement et Tara se précipita, le visage dur, mais Magister, d'un geste, fit sortir les deux effrits de la cage, tout en maintenant soigneusement le sort qui les empêchait de se téléporter.

— Quel « objet pour neutraliser le Sceptre démoniaque » ? demanda-t-il d'une voix très calme.

— Hou la la ! gémit le petit démon, sonné. Cette fille est folle ! C'est comme ça qu'elle me remercie de lui avoir sauvé la vie ! Pétasse !

Tara s'avança vers les barreaux en grondant et le démon recula prestement. Magister fit un autre geste et les deux effrits se retrouvèrent prisonniers d'une cellule inoccupée.

— Bien, je disais donc : quel « objet pour neutraliser le Sceptre démoniaque » ?

— Lorsque Tara a retrouvé Demiderus...

— Quoi ? s'exclama Magister d'une voix étranglée. Où, comment ?

Il n'avait manifestement pas eu le temps d'interroger Jar et Mara, et la vampyr n'avait pas dû reprendre conscience.

— Demiderus était prisonnier du Temps Gris depuis des milliers d'années, poursuivit le démon bavard. Bref, elle l'a délivré et il lui a indiqué où se trouvait l'objet qu'il avait construit pour contrer le pouvoir du Sceptre au cas où il n'arriverait pas à le dérober aux démons. Elle est allée le chercher sur une montagne horriblement élevée où elle a bien failli nous faire mourir. Mais je ne sais pas où il est caché. Les êtres qui étaient là n'ont pas voulu que ce soit elle qui le dissimule.

— Qui ? Qui connaît cette information ? tonna Magister. Dis-le moi !

— À condition que tu me libères. Tout de suite, ajouta l'effrit. Moi je n'ai fait que mon boulot. Si tu en as après mon seigneur, ce n'est pas mon problème.

Mel souffla des flammes vertes de rage, tout en tendant ses griffes vers le petit démon.

— Espèce de ver de terre atrophié, misérable...

Magister l'interrompit en faisant sortir le petit démon de la cage. Impuissant, le gros effrit ne put que regarder, incapable d'utiliser sa magie.

— Bien bien bien, articula Magister avec componction en fixant attentivement le petit démon rouge. Nous passons donc un... accord. Tu me révèles l'indication et je te libère.

— Non non, tu me libères et ensuite, je te donne le renseignement.

— Alors là, je pense que nous avons un problème. Je n'ai pas confiance en toi. Si je te relâche, tu vas immédiatement t'enfuir et je ne te retrouverai pas... du moins, pas tout de suite.

Le ton menaçant de sa voix fit frissonner le petit démon.

— Je crois que j'ai une solution, ajouta Magister. Je vais jurer de te rendre ta liberté dès que j'aurai l'information, sous le sortilège du cruel Detritor. Si je ne respecte pas ma parole, alors le Detritor me détruira. Cela te convient-il ?

Tara pria silencieusement pour qu'il refuse, mais cela ne marcha pas.

— Très bien, acquiesça le petit démon. Prononce la Formule et je te dis ce que tu veux savoir.

— Par le cruel Detritor que la magie démoniaque me détruise à l'instant, si je ne délivre pas le démon ici présent.

Celui-ci hocha la tête puis déclara en ricanant malicieusement :

— Son Familier. C'est son Familier qui a le renseignement. Comme il avait des ailes, à l'instar du peuple qui a retrouvé l'objet, ils lui ont fait confiance. C'est le pégase qui sait où se trouve l'objet. Mais c'est sûr qu'il ne risque pas de te le dire !

Tara se crispa. Et s'il parlait également de S'ssset et de ses plans pour neutraliser Magister ? Mais apparemment le petit démon pourpre trouvait qu'il en avait fait assez. Il ne prononça plus un mot, attendant patiemment.

Magister grogna. Puis, fidèle à sa parole, il le congédia. Le minuscule effrit ne se le fit pas dire deux fois. Il disparut avec un soupir de soulagement. Le maître des Sangraves renvoya également Mel dans les Limbes démoniaques et se tourna vers Galant qui se faisait tout petit dans sa cage.

— Alors, pégase, l'apostropha Magister, il paraît que ta maîtresse et toi avez trouvé quelque chose qui pourrait contrarier mes plans ? Je suis vraiment désolé de ce que je vais faire... ça ne te consolera pas, mais je ne vous laisserai pas vous dresser de nouveau sur ma route.

Et il s'éloigna.

— Cal, S'ssset a dû partir maintenant, chuchota Tara, paniquée, alors tout repose sur tes dons de Voleur. Tu dis souvent que la prison qui te retiendra n'est pas encore construite. C'est le moment de le prouver !

— Mais ils m'ont pris tous mes instruments ! geignit Cal. Comment veux-tu que je force cette serrure si je n'ai rien pour... attends une minute. Quelqu'un vient !

Ils frissonnèrent tous les deux. Mais ce n'était pas Magister. C'était... Mara !

La petite fille se planta devant la cellule de Tara et la dévisagea d'un air songeur.

— Tu as épargné la vie de mon frère, fit-elle remarquer. Pourquoi ? Il ne t'est rien et tu ne nous aimes pas !

Tara serra les dents et répondit :

— Dis-moi, Mara, connais-tu le sens du mot éthique ? Loyauté ? Morale ? On ne laisse pas quelqu'un se faire tuer sous prétexte que ça nous arrange. Et l'enfer est pavé de bonnes intentions !

— Non, répondit la petite, l'enfer est rempli de corps de démons et d'humains. Et je déteste y aller.

Tara déglutit, se retint de faire un cours sur les allégories et se pencha, plaçant son visage au niveau de celui de Mara.

— Pourrais-tu nous aider ? Mara, tu sais que ce que fait Magister est mal. Je l'ai bien vu lorsque je suis venue vous interroger, ton frère et toi. Tu as vu Selenba attaquer Medelus, c'est ça ?

La petite pâlit.

— C'était horrible. Elle lui a planté les crocs dans la gorge et elle lui ouvrait le ventre en même temps, elle... s'amusait ! Notre père nous a toujours tenus à l'écart de ses activités. Nous le voyions une fois par an seulement, lorsqu'il venait estimer nos progrès en magie. Il est brutal et cruel mais il a pris soin de nous. Nous avions oublié que notre mère était Selena. Pendant notre séjour à Omois, nous avons bien vu qu'elle nous aimait beaucoup en dépit de ce que nous avons fait. Crois-tu qu'elle pourrait nous prendre avec elle ? Nous pardonner ?

— Si tu nous délivres, intervint Cal, prononçant les mots que n'osait dire Tara, oui, c'est certain. Mais si tu laisses ton père tuer Tara, que crois-tu que sa mère fera ?

La petite baissa les yeux, se mordant les lèvres jusqu'au sang.

— Mais ce serait une trahison. Tu parlais de morale et d'éthique. Quelle serait mon éthique si je trahis mon père ?

Tara gémit intérieurement. Mara était intelligente. Elle retournait ses propres arguments contre elle.

— Tu as raison, se résigna-t-elle. Je ne peux pas te demander de faire quelque chose que je ne ferais pas moi-même. Nous nous débrouillerons. File avant que ton père ne revienne.

La petite voulut ajouter quelque chose mais la voix lui manqua et elle partit en courant. Elle fit bien. Car déjà Magister réapparaissait, accompagné d'un autre Sangrave qui portait une petite mallette noire. Lorsqu'il l'ouvrit d'un geste ample, Tara crut qu'elle allait s'évanouir. À l'intérieur étincelaient, magnifiques dans leur horreur, de somptueux instruments de torture. Les deux hommes firent sortir Galant qui se débattit de toutes ses forces malgré les liens paralysants et le placèrent, impuissant, devant Tara.

Calmement, le second Sangrave, évitant ses coups de griffes mortels, lui entrava les jambes. Puis il s'inclina devant son maître et attendit. Celui-ci se tourna vers Tara et lui expliqua :

— Mon ami est un expert en torture. Comme je n'ai pu convaincre nul Diseur de Vérité de se joindre à notre cause, il a décidé de reprendre du service. Craignus, je te présente Tara'tylanhnem ainsi que son Familier, Galant. Galant a dissimulé un objet que je désire récupérer. Oblige-le à transmettre mentalement à Tara les indications permettant de le retrouver.

Tara avait si peur qu'elle ne sentait plus ses jambes ni le bout de ses doigts. Elle avait l'impression d'être engourdie. Et la terreur de son pégase se répercutait dans son esprit. Elle n'osa pas parler. Si elle ouvrait la bouche, elle allait vomir.

— Tu ne veux rien dire ? railla Magister. Voyons si ton pégase est plus bavard que toi. Vas-y, Craignus.

Avant que le cri de Tara ne franchisse le barrage de ses lèvres, d'un geste vif, Craignus planta l'un de ses instruments dans les naseaux si doux et si fragiles de Galant. Le sang gicla, aspergeant Craignus dont le masque se colora d'un violet satisfait. La douleur fut terrible et le pégase hurla, à l'unisson avec Tara, surprenant les deux hommes. Ils se tournèrent vers Tara. La jeune fille s'était effondrée, la douleur de Galant s'éteignant doucement dans son visage. Elle avait eu l'impression d'avoir le nez transpercé.

Mais la réaction du pégase fut bien pire. Comme un fou, il se débattit dans ses liens et on entendit un sinistre craquement qui attira l'attention de ses tortionnaires. En essayant de se libérer, Galant venait de se briser une jambe. La douleur s'intensifia, s'ajoutant à celle qui transperçait ses naseaux.

— Arrêtez ! sanglota Tara, arrêtez ! Je... je vais vous dire ce que vous voulez savoir.

Comme un seul homme, les deux Sangraves pivotèrent de nouveau vers la jeune fille. Aussi fut-elle la seule, avec Cal, à voir ce qui sortait à présent des naseaux de Galant. Ce n'était pas du sang. C'était bleu. Et ça grossissait à la vitesse de la terreur du pégase, c'est-à-dire immensément vite. Elle écarquilla les yeux puis, à toute vitesse, tomba à genoux.

— Allons, Tara, ricana Magister, ce n'est pas la peine de te prosterner devant moi !

Derrière lui la bulle, maculée de sang, avait atteint la taille du pégase.

Et celui-ci éternua. Tara et Cal s'aplatirent. Magister et Craignus n'eurent pas le temps de comprendre ce qui leur arrivait. L'énorme déflagration les prit par surprise et les projeta avec une force inouïe contre les barreaux des deux cages. Ils s'écroulèrent, évanouis ou morts. Tara espérait bien que la seconde solution était la bonne.

— Tara, souffla Cal en se relevant, tu vas bien ?

Mais Tara était au-delà de la parole. Elle souffrait tellement qu'elle était incapable de répondre. Soudain il y eut un bruit et Cal sursauta. C'était Mara qui revenait. Ses yeux s'écarquillèrent lorsqu'elle vit son père inconscient par terre.

— Vous l'avez... ? souffla-t-elle, angoissée, incapable de préciser sa pensée.

— On ne sait pas, répondit honnêtement Cal. Mais si tu pouvais nous délivrer, tu nous sauverais la vie. Parce que s'il n'est pas mort, il sera furieux en se réveillant et j'ai bien peur qu'il ne nous tue !

Mara hocha la tête.

— C'est sûr, oui. Mais je ne peux rien faire, je n'ai pas la clef !

— Mais Tara si, contra Cal, se demandant s'il avait raison de révéler à la fille de leur ennemi qu'ils avaient un moyen de s'enfuir. Tara, donne-lui ton uniclef.

Comme une somnambule, elle tendit l'objet à travers les barreaux. Mara s'en empara, puis s'agita, indécise. Cal ne lui laissa pas le temps de réfléchir.

— Vite ! pressa-t-il, lévite jusqu'à la serrure et mets l'uniclef, elle devrait ouvrir les cellules sans problème !

La petite obéit, subjuguée, et vola jusqu'en haut. Elle introduisit dans le pêne la clef magique. Il y eut un petit clic et la cellule de Cal s'ouvrit. Il se précipita, s'envola, lui prit la clef des mains et délivra maître Dragosh, toujours inconscient, et Tara. Dès qu'elle fut libre, celle-ci courut s'agenouiller près de Galant. En dehors de la cage, elle pouvait faire de la magie et appliqua un Reparus au pégase avant de le libérer. Le reflux de la douleur fut si puissant qu'elle vacilla, proche de l'évanouissement.

Mara, à l'écart, se mangeait les lèvres et attaquait ses ongles, visiblement inquiète de ce qu'elle avait fait.

— Vous nous emmènerez avec vous, hein, finit-elle par murmurer. Jar ne voulait pas vous délivrer mais moi je l'ai fait. Et je veux revoir notre mère !

Cal n'hésita pas.

— Tu as été très courageuse, Mara, dit-il affectueusement, et il se pencha pour lui poser un léger baiser sur la joue, ce qui fit s'agrandir les yeux de la fillette, alors bien sûr, nous t'emmenons, et ton grincheux de frère aussi. Magister risquerait de se venger sur lui si nous ne le faisons pas.

Elle eut un sourire inquiet, puis ils se tournèrent vers les deux Sangraves inanimés. Le cou de Craignus penchait d'une façon bizarre et ils comprirent tout de suite qu'il était mort. Quant à Magister, s'il restait immobile, son cœur battait pourtant vigoureusement. Cal hésita un instant. La tentation fut forte. Mais il était incapable de tuer un homme inconscient. Il improvisa des liens puis traîna laborieusement Magister dans la cage. Au passage, il tenta de soulever le masque mais celui-ci résista, gardant son secret. Cal abandonna et referma la porte avec un intense sentiment de satisfaction. C'était au tour de leur ennemi de goûter aux joies de la prison !

— Cal, appela Tara en achevant d'inspecter Galant, Mara va bien ? Et toi ?

— Oui, répondit le petit Voleur avec un large sourire, ça va nettement mieux que tout à l'heure ! Bon sang, j'ai bien cru que Magister allait tuer Galant !

— Moi aussi, souffla Tara, encore traumatisée. J'ai failli

devenir folle. Bon, filons d'ici avant que quelqu'un ne descende voir ce qui se passe.

— Est-elle morte ? Ai-je réussi à délivrer ma bien-aimée de son éternel tourment ?

Surpris, ils se tournèrent vers maître Dragosh qui se relevait péniblement dans sa cellule et en sortait.

— Selenba ? Non, répondit Tara avec commisération. Elle est encore vivante. Magister vous a neutralisé avant que... avant que...

Les larmes sanglantes qui coulaient sur le visage crayeux du vampyr lui coupèrent la parole.

— J'ai essayé, dit-il faiblement, et j'ai échoué. Encore une fois.

Il se secoua et observa son environnement.

— Que s'est-il passé ?

— Galant a assommé Magister et tué Craignus, le type qui le torturait, précisa Cal. Très efficace, ce pégase. On a mis Magister dans la cage derrière vous.

Un espoir insensé flamboya dans les yeux rouges du vampyr.

— Magister ? À notre merci ? Laissez-moi le tuer, je vous en prie !

Tara fut étonnée que le vampyr sollicite leur permission.

— Nous n'avons pas le temps. Pour le moment, ce que je veux, c'est sortir d'ici avant que...

— Avant que quelqu'un ne vienne, c'est ça ? fit, dans son dos, une voix froide.

Tara se retourna, une pointe glacée transperçant son ventre. Devant elle se tenait une splendide jeune femme : l'Impératrice !

Chapitre XXVIII

Le Sceptre Maudit

Tara eut l'impression que son cœur allait s'arrêter de battre et, instinctivement, activa sa magie. Mais sa tante ne faisait pas mine de l'agresser. Elle se tenait simplement là, d'une beauté presque douloureuse, la couvant du regard avec attention.

— S'ssset vient de me rapporter une étonnante conversation et une tout aussi étrange histoire de trahison !

Tara plissa les yeux, méfiante.

— Alors tu sais que je n'ai jamais ordonné ta mort ? Et que Magister n'a fait qu'utiliser un malheureux concours de circonstance pour te convaincre.

Une impératrice n'a pas à s'excuser de ses erreurs, en règle générale. Mais cette fois-ci, la jeune femme n'avait pas le choix.

— Je t'ai mal jugée, admit-elle. Je devrais pourtant être la première à savoir que tu es une enfant intègre et que le pouvoir ne t'intéresse pas. Je te présente mes excuses.

Et à la grande surprise de Tara et de Cal, l'impératrice du plus puissant pays de la planète s'inclina profondément devant elle. Quant à maître Dragosh, muré dans sa douleur, elle aurait pu sauter à la marelle toute nue qu'il n'aurait pas réagi davantage.

— Nous devons nous enfuir avant que Magister ne s'attaque à Omois en m'utilisant. La Porte de Transfert se trouve au troisième, juste à côté de l'endroit où Magister garde le Sceptre Maudit.

— Attends une seconde. Galant, dis-moi où se trouve l'Endigueur, nous devons aller le chercher !

— De quoi parles-tu ? coupa l'Impératrice, impatientée.

— L'Endigueur, un appareil construit par Demiderus et qui va nous permettre d'annuler les effets du Sceptre. Galant sait où il est caché et il va nous le dire.

L'Impératrice, médusée, se tint coite mais Galant secoua la tête négativement.

— Non ? comment ça, non ? Tu ne veux pas qu'on aille le chercher ?

De nouveau, Galant secoua la tête puis allongea l'encolure et eut une sorte de hoquet.

Inquiets, Tara, l'Impératrice et Cal se figèrent. Mais aucune bulle bleue ne se forma sous les fins naseaux du Familier. Il s'efforçait de rendre !

Ce fut ainsi que Tara découvrit que les pégases, comme les oiseaux, possédaient un jabot qui leur permettait de régurgiter ce qu'ils avaient avalé. Et Galant, conscient que laisser l'Endigueur dans la nature était dangereux, l'avait tout simplement stocké dans son jabot.

Sous leurs yeux, le collier d'or fut expulsé, englué de salive.

Tara jugula fermement son dégoût et le ramassa, après l'avoir essuyé avec un morceau de tenture. C'étaient celles de Magister après tout.

— Tu es génial, Galant, chuchota-t-elle. Alors on change de plan !

— Comment cela ? interrogea l'Impératrice qui regardait nerveusement dans le couloir.

— On ne s'enfuit plus. On cherche d'abord le Sceptre, on le neutralise, on le détruit... enfin si c'est possible, et ensuite, on retourne à Omois.

L'Impératrice hocha la tête. Tara avait raison. Ils

devaient absolument anéantir l'influence du démoniaque appareil.

Comme ils longeaient une rangée de cellules, ils s'apprêtèrent à activer un Camouflus. Mais soudain, ils entendirent une petite voix.

— Belle, gentille, grande Tara !

Sale, dépenaillé, mal en point, le snuffy leur apparut derrière les barreaux d'une cage.

L'être velu dévoila ses crocs pointus en un large sourire.

— Délivrer le petit znuffy, supplia-t-il, z'il te plaît ! Moi auzzi zuis tombé dans pièze ! Ze ne zavais pas ! Mazister utilizé pauvre znuffy !

Tara regarda l'Impératrice, qui confirma. Magister avait intentionnellement laissé échapper le snuffy. Grâce aux jumeaux, leur ennemi savait exactement ce qui se passait au palais et était prêt à accueillir l'Impératrice aussi bien que Tara. Le traquenard avait parfaitement fonctionné. Dès que l'Impératrice, désinformée par l'innocent snuffy, était partie en campagne avec son armée, il avait introduit Selenba dans le Palais puis attaqué et capturé Lisbeth et l'Imperator. Le snuffy avait retrouvé en prison son original et était redevenu unique, horriblement conscient d'avoir été le jouet du maléfique Sangrave.

Cal avait gardé l'uniclef et après quelques tortillements agrémentés de jurons visant l'état lamentable des serrures, le snuffy était libre.

— Merci ! Merci ! Vous avez zauvé le pauvre znuffy ! Il faut partir maintenant, vite, loin, ze perdre dans les bois !

Tara fut navrée d'avoir à le détromper.

— Nous ne pouvons pas nous échapper, pas maintenant. Il nous faut d'abord retrouver le Sceptre qui bloque le pouvoir des Hauts mages. Et tu dois rester avec nous. Si les gardes te voient ou t'attrapent, ils viendront immanquablement vérifier l'état des cachots et déclencheront l'alarme.

— On... on ne z'enfuit pas ?

— Non, suis-nous.

Dans un silence inquiet, il obéit, fermement décidé à

détaler dès que l'occasion lui en serait donnée. Il avait passé assez de temps avec les Grands pour le reste de sa vie !

Grâce au Camouflus, il leur fut facile de circuler dans les coursives et les étages à la suite de l'Impératrice. Les Sangraves s'inclinaient devant elle et elle leur rendait paisiblement leur salut.

Ils arrivèrent devant une porte solidement défendue. Cal et Tara crurent qu'ils avaient atteint la salle du Sceptre, mais l'Impératrice la dépassa sans réagir. Puis, lorsqu'ils eurent laissé loin derrière eux les quatre sentinelles, elle expliqua à mi-voix :

— C'est là qu'est enfermé Sandor. Mon demi-frère a refusé de collaborer et comme Magister n'avait pas besoin de lui, il s'est contenté de l'emprisonner. J'aurais dû l'écouter ! Il disait que tu ne pouvais pas avoir ordonné notre mort ! Mais j'étais tellement en colère...

Tara fut surprise. L'Imperator avait eu confiance en elle, au point de prendre sa défense ! Elle aussi s'était montrée injuste, car elle ne l'aimait pas beaucoup.

— On ne le délivre pas ? chuchota-t-elle sous l'effet d'une pointe de culpabilité.

— C'est trop risqué. Occupons-nous du Sceptre d'abord !

Les vrais problèmes commencèrent devant la salle où était conservé l'objet démoniaque. Située au sommet de l'immense bâtisse, elle était gardée par deux démons étrangement beaux. Corps de tigre à trois têtes, aux crinières de serpents, ils brillaient d'une telle lueur qu'on ne pouvait tenir les yeux fixés sur eux plus de quelques secondes. Larmoyante, Tara souffla :

— Tu sais comment passer ?

— Non, chuchota l'Impératrice. Une fois que j'ai eu récupéré le Sceptre, Magister l'a enfermé ici. Je n'ai jamais pénétré dans cette salle. J'ignore comment vaincre ces deux monstres sans alerter toute l'armée des Sangraves.

Tara pensait distraitement que des lunettes seraient bien utiles lorsque soudain, elle se souvint du cadeau de Medelus. Fouillant dans les poches de la Changeline, elle retrouva les cercles fumés qui vinrent docilement se poser devant ses yeux. Le soulagement fut immédiat. De solides et gracieuses, les deux bêtes se transformèrent en un enchevêtrement de lignes plus sombres.

— Cal ! appela-t-elle, toi qui t'y connais en gardiens et pièges en tout genre, regarde un peu à travers les lunettes et dis-moi ce que tu vois.

Cal qui se frottait les yeux accepta les verres avec empressement. Il observa longuement les démons.

— Ça, par exemple, ce sont des lignardons !

— Super, je suis bien contente. Et c'est quoi ?

L'Impératrice, maître Dragosh, Mara et le snuffy avaient l'air aussi perplexes qu'elle.

— Ce ne sont pas des êtres réels mais juste un sort de protection. Vous voyez ces lignes ?

— Non, c'est toi qui as les lunettes.

— Oh ! pardon. Bref, les lignes qui sont sur les corps des lignardons servent à ligoter ou à étrangler le premier qui s'approchera. Il aura l'impression que les animaux l'attaquent, se battra contre ce qu'il croira voir, mais en fait, seuls les liens sont dangereux. Et comme il ne les verra pas... il finira par succomber.

— Mmmh, ingénieux. Et tu sais comment les combattre ? Ou les neutraliser ?

La réponse de Cal fut très sobre.

— Pas du tout.

— Tu ne nous aides pas beaucoup, là.

Cal était ennuyé.

— Je n'ai pas encore étudié ce type de sort avoua-t-il. Comme c'est extrêmement puissant et tout à fait hors de portée de la majorité des Hauts mages, ça ne fait pas partie de l'enseignement de base. Mais j'ai une théorie. Ce sort dépend de la magie. Si on le coupe de sa source...

— ... les deux bestioles devraient disparaître, ou être immobilisées, acheva Tara à sa place. Essayons. De toute façon, nous n'avons rien à perdre !

Du renfoncement du couloir où ils s'étaient dissimulés, Tara lança un filet de magie. Les lignardons perçurent immédiatement le faisceau qui s'avançait vers eux et se mirent à grogner sourdement. L'un d'eux se leva et tendit une patte. Le fil magique, qui n'attendait que ça, s'y colla aussitôt. Le démon se secoua, cherchant à se libérer mais le filet était solidement attaché, et quand il se mit à absorber la magie de l'être, celui-ci émit un couinement de surprise. Alerté, l'autre démon s'approcha pour lui venir en aide et se retrouva captif à son tour.

Tara n'avait fait que reproduire les tentacules dévoreurs de magie du Ravageur d'Âme, qu'elle avait combattu un an auparavant. Bien qu'elle ne puisse voir les lignes, Cal lui signala que celles-ci, touchées par la baisse de leur alimentation magique, s'agitaient comme des folles, cherchant l'agresseur. Tara lança un second filet, puis un troisième. Les lignardons s'engluaient de plus en plus et leur fabuleux éclat diminuait. Lorsqu'il ne fut plus qu'une faible lueur et les corps des deux animaux à peine visibles à travers les filets bleus dirigés par Tara, Cal s'approcha avec des mouvements prudents. Les lignes tentèrent de se dégager pour attaquer l'intrus, mais elles avaient perdu toute puissance.

La porte était fermée à clef, mais cela n'arrêta pas le jeune Voleur qui la força rapidement à l'aide de l'uniclef. Ce fut le moment que choisit Mara pour les quitter. Elle souffla qu'il lui fallait aller chercher son frère et qu'elle revenait tout de suite, et l'instant d'après elle avait disparu. Cal la laissa partir à regret, le front plissé par la suspicion.

Aucun système de protection n'était activé à l'intérieur à part un pentacle qui entourait un unique meuble, au centre de la salle. Tara frissonna et le snuffy aussi. Cal, lui, observa le tout d'un œil de professionnel. Sur le piédestal, taillé dans une pierre parsemée de petits éclats de mica, était posé le Sceptre.

Hideusement sculptés, les démons qui en composaient les motifs semblaient danser une horrible sarabande sur le bois noir. Un métal gris et terne coiffait son sommet et deux yeux de rubis émettaient une lueur rouge sang. Le pouvoir maléfique qui en émanait se propageait comme une onde tout autour de lui, se répandant sur la planète comme un poison délétère.

Tara, ayant soin de demeurer à l'extérieur du pentacle, empoigna l'Endigueur, et le brandit en face du Sceptre. Anxieux, les autres se groupèrent autour d'elle, mais il ne se passait rien.

— Mince, fit Tara, ça ne fonctionne pas !

— Attends, murmura Cal, et regarde !

Au cœur de la sopor rouge, une lueur naissait, vive, joyeuse, flamboyante. Soudain, avec une violence qui les fit sursauter, elle se transforma en un furieux rayon rouge qui frappa le Sceptre. Les yeux de rubis se voilèrent, puis devinrent noirs. Tara, qui s'attendait à quelque chose de spectaculaire, à la mesure de ce qu'ils avaient dû souffrir pour parvenir jusqu'ici, fut un peu déçue.

— Lisbeth, Maître Dragosh, s'exclama-t-elle, voyez si vos pouvoirs sont revenus, vite !

Si maître Dragosh ne réagit pas, l'Impératrice ne se fit pas prier. Elle leva les mains et contempla avec ravissement le feu violet qui les illumina.

— Ça marche !

— Alors nous allons détruire le Sceptre, toutes les deux !

L'Impératrice écarquilla les yeux, stupéfaite.

— Mais... c'est impossible ! Notre magie n'est pas assez efficace pour détruire les objets démoniaques.

— Celle de Tara, si, intervint Cal. Vas-y ma belle, crame-moi ce truc !

— Envoie dessus le rayon le plus froid que tu puisses obtenir, ordonna Tara à sa tante. C'est ce que j'ai fait avec le Trône de Silur. Alors je lancerai le rayon le plus brûlant possible. Le Sceptre ne devrait pas résister.

Un peu dubitative, l'Impératrice obéit. Ses mains s'illuminèrent de plus belle et elle incanta :

— Par le Glacus que le sceptre devant moi soit touché par le plus grand froid !

Le feu de ses mains se transforma en un faisceau glacé qui frappa le Sceptre, à qui cela ne fit ni chaud ni froid. Pourtant, de tous les Hauts mages d'Omois, l'Impératrice, sans conteste, était la plus puissante. Elle ne portait pas pour rien le titre d'Impériale Sortcelière ! Puis Tara lança son jet magique brûlant... et le Sceptre gémit.

Il sembla se tordre et l'Impératrice jeta un regard surpris vers Tara. Puis elle se mordit la lèvre et intensifia encore son pouvoir ! L'air semblait se glacer au contact de son rayon et prendre feu sous l'effet de celui de Tara. Soudain, incapable de supporter davantage l'écart entre le froid terrible et le feu destructeur, le bois maléfique se convulsa, puis éclata !

Le problème, c'est qu'il fit autant de bruit qu'une petite bombe nucléaire... enfin, telle fut leur impression après que le plafond les eut ratés de quelques centimètres, dégageant un énorme trou qui révélait un ciel à l'étrange teinte grise. Surpris, ils s'entre-regardèrent.

— Je crois qu'on a intérêt à filer vite fait, résuma Cal. Ils ont dû remarquer l'explosion, tout de même.

La cavalcade qui résonnait dans les couloirs lui donna raison.

— Vite, fit l'Impératrice, Tara ! Détruis le mur de droite !

Sans hésiter, Tara obéit. L'épaisse paroi s'écroula, dévoilant la salle de transfert, et deux gardes assommés. Ils se précipitèrent au centre de la Porte. Cal fonça et il attrapait le sceptre de transfert pour le placer sur la tapisserie correspondante lorsque Tara hurla :

— Cal, arrête ! Nous devons attendre Jar et Mara ! Et délivrer Sandor !

À cet instant les deux enfants parurent au seuil de la pièce. Derrière eux se dressait Magister, tenant fermement les jumeaux par l'épaule ! Tara incanta, plaçant instantanément un bouclier entre eux et le Sangrave. Bien lui en prit, car à la seconde suivante, Magister attaquait. Les jumeaux s'écartèrent, les yeux agrandis de frayeur, mais la protection de Tara tint bon. Fou de rage, Magister se déplaça, laissant entrer d'autres Sangraves qui braquèrent à leur tour leur magie en direction de Tara. Celle-ci, la sueur perlant sur son front, résista de toutes ses forces.

— Je ne vais pas tenir très longtemps, grinça-t-elle entre ses dents serrées. Il faut vous enfuir ! Laissez-moi ici, je suis obligée de protéger mon demi-frère et ma demi-sœur !

— Certainement pas, répondit l'Impératrice, qui n'avait pas ce genre d'états d'âme.

Et avant que Tara puisse réagir, elle plaça le sceptre de transfert qu'elle avait pris à Cal et cria :

— Palais impérial de Tingapour !

Ils disparurent dans un jet de lumière. Et la dernière vision que Tara emporta fut celle des yeux de Mara levés vers elle, emplis de la douleur de sa trahison.

Lorsqu'ils se rematérialisèrent, Tara faillit se jeter sur sa tante tant elle était furieuse.

— Je dois retourner les chercher ! hurla-t-elle devant les gardes déconcertés. Sans Mara, nous ne nous serions pas enfuis !

— Je vous aurais délivrés, rétorqua calmement l'Impératrice en saluant ses ministres qui se précipitaient pour l'accueillir. Et cette décision était la mienne, pas la tienne. J'ai bien abandonné mon propre demi-frère l'Imperator pour te sauver. Tu te serais fait tuer ou capturer, sans rien pouvoir pour eux. Ton sacrifice aurait été inutile. Cessons cette discussion à présent. Où veux-tu aller ? Si tu connais l'endroit où se trouve Magister, dis-le moi tout de suite et mon armée et moi-même sommes prêts à te suivre. Alors ?

Frappée de plein fouet par l'implacable logique de sa tante, Tara ouvrit la bouche... et la referma.

— Bien, fit celle-ci, satisfaite. Si Magister est décidé à nous combattre, il va lancer son offensive dans les heures qui viennent, profitant de notre impréparation. Rejoins-moi dans quinze minutes en salle du Conseil.

Et sans laisser à Tara le temps de répliquer, elle disparut.

Selena arriva en courant, le visage ruisselant de larmes

de soulagement et Tara sentit sa colère se teinter d'une terrible amertume. Mais ce qu'elle devait lui dire ne pouvait l'être devant une foule de courtisans curieux. Elle répondit mollement à son étreinte, consciente d'avoir échoué à protéger les jumeaux, mais également de la trahison de sa mère.

Selena les pressa de questions en chemin et ce fut Cal qui relata leurs aventures. Une fois dans la suite de Tara, celle-ci se plaça devant la jeune femme et planta ses yeux dans les siens. Souhaitant du fond de son cœur que Magister lui ait menti, elle joua le tout pour le tout.

— *La vie est une comédie*, souffla-t-elle doucement, *qui se joue devant la multitude et se termine dans la solitude !*

Elle s'attendait à voir le visage aimé se métamorphoser tandis que l'Amemorus se dissiperait, mais il n'en fut rien. Seul Magister possédait la phrase qui pouvait lever l'amnésie de sa mère ! Selena la regarda, interloquée.

— Oui, ma chérie ?

— Tu... ne te souviens de rien ?

Sa mère plissa le front, soucieuse.

— Il y a quelque chose dont je devrais me souvenir ?

Tara s'affaissa, incapable d'en dire davantage. Elle fit signe à Cal et celui-ci prit la relève. Il n'avait rien révélé des jumeaux jusqu'à présent.

— Dame Duncan, commença-t-il avec précaution, nous avons appris que vous aviez eu d'autres enfants que Tara. Un petit garçon, Jar, et une petite fille, Mara.

Selena ne comprenait plus rien.

— Mais qu'est-ce que vous racontez ?

— Magister nous a avoué que Jar et Mara étaient vos enfants à tous les deux, asséna Tara brutalement, pour en finir, pour que la culpabilité et l'angoisse cessent de lui dévorer le cœur. Mon demi-frère et ma demi-sœur.

Selena se leva d'un bond, le visage blanc.

— Mes enfants avec... mais c'est impossible ! Il a menti !

Cal intervint doucement :

— Je ne le crois pas, dit-il. La similitude des traits m'avait frappé à plusieurs reprises. Ils vous ressemblent à s'y méprendre, Dame.

Selena s'affaissa comme si ses jambes étaient coupées et fut rattrapée par un fauteuil qui s'avança juste à temps. Elle porta une main tremblante à son front.

— Je ne me souviens pas d'eux. Mon Dieu, mais qu'est-ce que Magister m'a fait ! Il m'a condamnée à oublier mes propres enfants !

Tara était déchirée par la douleur de sa mère. Mais elle ne pouvait rien faire pour l'instant.

— Je dois assister au Conseil de guerre, soupira-t-elle après l'avoir étreinte pendant un long moment. Tu veux venir avec nous ?

Selena secoua la tête.

— Non, il me faut réfléchir. Et tu n'as pas besoin de moi. Va devant, je vous rejoindrai.

Tara et Cal la laissèrent en compagnie de maître Dragosh, qui les avait suivis, et du snuffy. En chemin, ils manquèrent entrer en collision avec Fafnir, Moineau, Robin et Fabrice qui accouraient à leur rencontre. Mais la perte des jumeaux assombrit les retrouvailles. Robin entoura Tara d'un bras réconfortant, Fafnir grogna que si elle avait été là, sa hache aurait tranché le problème (à savoir Magister) à la base et Moineau se contenta de prendre la main de Fabrice qui lui sourit tendrement. Tara vit cet échange muet et soupira. Au milieu de toute cette horrible débâcle, ses deux amis avaient trouvé l'amour, ce qui la consola un peu. Robin, le regard encore hanté par le choc qu'il avait éprouvé en la voyant disparaître, lui adressa un sourire tout aussi tendre et Tara rougit, étrangement troublée.

Lorsqu'elle arriva dans la salle du Conseil, elle trouva devant elle les généraux sur le pied de guerre. Les renforts promis par les dragons n'étaient pas encore arrivés, ce qui inquiétait grandement l'Impératrice, mais maître Chem et Charm étaient là. Dans la hâte, mais avec assurance, l'Empire se prépara à combattre.

Omois était une vaste ville, traversée par le puissant fleuve Tange. Elle s'étendait sur des dizaines de kilomètres, et ne possédait pas de murailles. Ils durent aligner leurs armées, humains et non-humains, dans la plaine. La magie créa pièges et petits fortins où les défenseurs pourraient s'abriter du feu ennemi.

À peine ces préparatifs étaient-ils achevés que les patrouilles les prévenaient de l'arrivée des premières hordes ennemies. Comme une lente marée noire et empoisonnée, les démons se mirent en place dans un silence presque total, encerclant peu à peu la ville. Tara sur Galant et Lisbeth sur Belle, son pégase de bataille, firent au galop le tour de leurs troupes, galvanisant l'enthousiasme. Elles étaient belles, elles étaient jeunes. Elles allaient mourir.

Car l'armée de Magister était bien supérieure en nombre.

Un Sangrave masqué, monté sur un inquiétant cheval rouge sang dont la salive calcinait l'herbe et portant un drapeau bleu réclamant la trêve, galopa jusqu'à leurs lignes.

— Mon maître, cria-t-il, vous somme de vous rendre ! Si vous obéissez, vous aurez la vie sauve. Si vous refusez, nous raserons cette ville jusqu'aux fondations et chacun de vous servira de repas aux démons !

Un frémissement parcourut les rangs des hommes massés derrière les elfes, mais nul ne broncha. Le héraut de l'Impératrice écouta la réponse de sa maîtresse et la restitua sans rien y changer :

— Magister n'est qu'un excrément de Traduc ! Nous allons vous donner une leçon. Dites à vos démons qu'ils feraient mieux de retourner dans leurs limbes puantes. Ici, ils ne rencontreront que mort et désespoir !

Le Sangrave cracha par terre.

— La mort donc !

Et il repartit au galop vers les démons. Demiderus, qui n'avait pas encore rejoint le Temps Gris et se trouvait aux côtés de ses deux descendantes, contemplait les monstres, incrédule.

— Je persiste à ne rien comprendre, dit-il à Moineau. Tout ceci est impossible !

Soudain une patrouille qui s'était aventurée un peu trop loin se trouva encerclée. Poussant leur cri de guerre, les elfes attaquèrent. Ils furent exterminés sans pitié. Un soupir indigné parcourut les rangs de l'armée d'Omois qui s'apprêtait à s'élancer lorsque quelque chose obscurcit le soleil. Comme un vol d'oiseaux déments, leurs couleurs somptueuses étincelant en plein ciel, les Dragons rugirent. Les renforts étaient enfin arrivés ! Sans même laisser à maître Chem et Charm le temps de décoller, les nouveaux venus fondirent sur les armées démoniaques. La mêlée fut aussitôt confuse mais très vite, il devint clair que les dragons, malgré leur puissance et leurs immenses pouvoirs, étaient en train de perdre contre les démons. À chaque jet de magie répliquait un jet de magie destructeur, chaque coup de griffe était contré par un identique coup de griffe.

L'Impératrice ordonna à son armée de se tenir prête. Ils devaient voler au secours de leurs alliés. À ce moment, Moineau s'immobilisa et cessa de respirer. Ses yeux de Bête venaient de distinguer quelque chose d'invisible pour des yeux d'humain ou même d'elfe. Là ! cela se répétait ! Déjà les trompettes gonflaient leurs joues de métal pour sonner l'attaque lorsqu'elle fit irruption, comme une flèche, sous la tente de commandement.

— Arrêtez tout ! C'est un piège ! Empêchez-les de toucher les démons ! Rappelez les dragons !

L'Impératrice fronça les sourcils. Tara réagit avant elle.

— Héraut, hurla-t-elle, sonnez la fin de la charge, tout de suite !

Les notes claires retentirent, stoppant net les pégases. Avec une maîtrise incroyable, les guerriers reculèrent et reprirent leurs places, abandonnant les dragons.

— Princesse Gloria, gronda l'Impératrice, j'espère pour vous que vos motifs sont excellents ?

— Ils ne sont pas là. Il y en a quelques-uns, une petite centaine à peine, invoqués par les Sangraves, mais les autres sont une illusion ! Croyez-moi ! C'est un Fantasmus, incroyablement puissant, mais un Fantasmus quand même ! Si vos elfes chargent, ils vont se faire massacrer comme les dragons, c'est le propre de ce sort. Il renvoie son attaque vers celui qui porte le coup ! Pire, il aspire la magie de l'assaillant pour donner réellement corps au fantasme ! Si les démons ne sont pas vraiment là pour le moment, dès qu'ils auront tué leurs adversaires, ils auront le pouvoir de se matérialiser !

L'Impératrice était incrédule.

— Comment peux-tu en être sûre ?

— Parce que je l'ai vu ! Mes yeux de Bête sont bien plus perçants que les yeux humains. Déjà, sur la boule de cristal envoyée par Magister, je percevais quelque chose d'anormal. Puis, comme je me trouvais près de Demiderus, j'ai assisté à l'assaut des dragons. C'est là que j'ai discerné la différence entre ceux qui combattaient et ceux qui prenaient la substance de l'adversaire !

— Princesse Gloria, je vais jouer tout mon empire sur votre parole, rétorqua l'Impératrice. Ce n'est pas assez ! Comment pouvez-vous voir à travers les illusions ?

La phrase fit mouche dans le cerveau de Tara.

— Mais oui, cria-t-elle, détournant l'attention de tous, c'est ça ! Ce n'est pas Antisort qui a fait tuer le zombie, mais Magister ! La vampyr a ordonné ce meurtre, se dissimulant derrière l'organisation des nonsos, parce que le général G'en'ril aurait tout de suite vu que le dispositif des armées sangraves était fictif. Les zombies voient à travers les illusions ! C'est pour cette raison qu'il a été assassiné ! Et Magister a fait accuser les nonsos pour que nous ne nous demandions pas pourquoi cet... être, ce zombie en particulier, avait été tué !

Un grand cri les fit sortir de la tente. Leur ennemi tentait un coup de bluff, afin d'obliger les Omoisiens à l'attaquer. Il faisait avancer la seconde armée de ses démons.

L'Impératrice regarda la masse monstrueuse, peu

convaincue, puis décida de faire confiance à son héritière. Au péril de leur vie à tous.

— Que personne ne bouge, hurla-t-elle à ses hérauts. C'est un piège, c'est un Fantasmus ! Prévenez les dragons ! Qu'ils cessent de se battre !

Les démons foncèrent vers la ville et l'armée céleste frémit mais, avec un courage surhumain, ne recula pas. Les effroyables créatures furent sur elle en quelques secondes, s'abattirent sur les elfes... et les traversèrent comme de l'eau ! En un instant l'illusion se dissipa. La plaine était vide, à part une centaine de Sangraves déboussolés et autant de démons qui gigotaient des tentacules en essayant de fuir les jets de feu des dragons.

Tara laissa le pouvoir l'emplir comme une fontaine de puissance et lévita, les yeux entièrement bleus. Il ne lui fallut qu'une seconde pour repérer son ennemi. Magister, le visage convulsé de fureur, se tenait en compagnie de ses généraux et de... Jar et Mara ! Le soulagement de savoir les jumeaux en vie faillit troubler la concentration de Tara, mais elle se ressaisit et lança un terrible rayon de feu, faisant exploser le sol devant lui.

Je vais te faire payer ce que tu m'as fait. Je vais venger mon père !

Lorsqu'il la vit, tel un grand oiseau étincelant, plonger dans sa direction, suivie par toute l'armée des elfes qui comptait bien réduire les Sangraves en chair à pâtée, Magister comprit qu'il n'était pas de taille. Il savait que Tara l'emportait sur lui en puissance. Sans se préoccuper de ses fidèles, il activa un Transmitus et disparut dans un grondement de rage et de déception. Jar allait le suivre lorsque sa sœur se jeta sur lui pour le retenir. Tara toucha le sol, les elfes fondirent sur les Sangraves qui n'avaient pas encore disparu et le garçon se résigna.

La jeune fille se précipita et effleura l'épaule de Mara qui frémit de douleur.

— Mara ? Tu vas bien ? J'ai cru que...

— Ça va. J'ai dit à notre père que c'était l'Impératrice

qui vous avait délivrés, expliqua Mara. Mais il m'a fait fouetter parce que je n'avais pas essayé de vous arrêter. J'ai cru que tu nous avais abandonnés.

— C'est exactement ce qu'elle a fait, constata Jar d'une voix froide. Qu'est-ce qu'on va devenir à présent que tu m'as empêché de suivre notre père ?

Sagement, Tara ne contesta pas sa déclaration, et appliqua un Reparus à Mara qui soupira de soulagement.

— Vous allez venir avec moi et je vais vous mener à notre mère qui, elle, ne vous abandonnera jamais.

Les deux enfants se regardèrent puis sans hésiter se placèrent à ses côtés.

Leur retour fut triomphal. Moineau fut traitée comme une glorieuse héroïne. Elle avait réussi à éviter un horrible massacre, même si les dragons avaient payé un lourd tribut à leur fidélité à Omois. Fabrice était si fier d'elle qu'il semblait sur le point d'éclater de bonheur.

Dans l'euphorie de la victoire, ils finirent par se retrouver dans l'ancienne suite de Tara, avec Selena, Medelus et le snuffy. Les jumeaux étaient blottis contre Selena qui n'arrivait pas à croire à son bonheur et avait l'air un peu égarée. Un garde entra, une boule de cristal à la main.

— L'Impératrice vous fait dire que la vidéo surveillance du désert a été décryptée. En travaillant sur le Camouflus, nous avons obtenu une image de votre agresseur.

Tara tressaillit. Elle avait complètement oublié cet incident !

Mais pas Medelus. Et certainement pas Selena, qui se raidit.

Cal bondit, impatient.

— Donnez-la moi !

Il connecta la boule de cristal sur le grand panneau transparent et l'image se forma.

La boule zooma sur une zone d'ombre qui filait à toute vitesse en direction de l'issue du désert. Un instant, elle s'immobilisa et ils purent discerner une fine silhouette. Tara entendit Selena retenir son souffle. L'image se précisa encore et Medelus se leva. Méfiante, Tara activa sa magie. Même si elle doutait à présent que le Haut mage soit le coupable, elle avait appris la prudence.

Mais il ne fit que se rapprocher de l'écran, impatient.

À présent, l'image était parfaitement nette. C'était le beau visage d'Eleanora qui venait d'apparaître !

Chapitre XXIX

El

Le hurlement de Cal les arracha à leur stupeur.

— Non !

Il tomba à genoux devant la vidéo.

— Ce n'est pas possible, pas Eleanora ! Je vous en prie !

Moineau était stupéfaite.

— Je croyais qu'elle était une Paci ? Jamais une Paci n'assassinerait quelqu'un.

— Elle n'en est pas une.

Robin désignait le costume que portait Eleanora.

— Pour moi, cela ressemble fort à une tenue de Voleur patenté. Regardez ses accessoires et la façon dont elle bouge ! On dirait une version féminine de Cal.

Robin avait raison. La jeune fille se déplaçait avec la grâce et l'agilité d'un chat. Et les couteaux, les tricrocs et autres armes qui pendaient à sa ceinture n'appartenaient certainement pas à une Paci.

Cal sanglotait, le cœur déchiré. Ses amis, consternés, se pressèrent auprès de lui. Il releva la tête et essuya ses yeux gris.

— Voilà pourquoi elle n'était pas impressionnée par mes exploits de Voleur, gémit-il avec une amertume qui leur fit mal. Elle en est un elle-même !

— Et plutôt bon si j'en juge d'après la façon dont elle a

truqué cette vidéo, approuva Moineau. Elle a bien failli nous avoir ! Mais pourquoi veut-elle assassiner Tara ?

Tara ignorait les motifs pour lesquels cette fille qu'elle ne connaissait pas avait essayé de la tuer, mais avait bien l'intention de lui poser la question, et sans attendre.

Les effrits ayant été bannis à la suite de la trahison de Meludenrifachiralivandir, il n'était pas aussi facile que d'habitude de trouver quelqu'un dans l'immense Palais. Avec l'aide des gardes, ils parvinrent tout de même à localiser la jeune Voleuse, qui n'avait pas quitté les lieux et préparait sans doute une nouvelle tentative de meurtre.

Cal voulut entrer seul avec Tara mais le snuffy, qui paraissait avoir un gros souci, insista pour demeurer près de l'Héritière, car il avait quelque chose d'important et d'urgent à lui confier avant de retourner à sa chère campagne.

Robin ne fut pas très content de cette complicité inédite entre Tara et Cal mais il s'inclina. Ils convinrent qu'il resterait à l'extérieur de la chambre, afin de pouvoir intervenir au premier cri.

Galant et lui se postèrent devant la porte, prêts à intercepter Eleanora si elle cherchait à fuir. Ils furent rejoints par Selena, Medelus, Fafnir, Fabrice et Moineau, ainsi que Manitou et Xandiar, et ce fut bientôt une véritable petite armée qui monta la garde. Les jumeaux étaient restés sous la surveillance de Grr'ul, prodigieusement frustrée de n'avoir pas été enlevée en même temps que Tara.

Lorsque Cal, Tara et le snuffy pénétrèrent dans la pièce, Eleanora se retourna vers eux avec la souplesse d'un félin, tout de suite en alerte. Elle les dévisagea froidement.

— Que puis-je pour Votre Altesse impériale ? interrogea-t-elle.

— Pourquoi avez-vous essayé de me tuer ? répliqua Tara en activant sa magie, histoire de ne laisser aucune chance à Eleanora.

La jeune fille brune fut décontenancée un instant, mais se reprit aussitôt :

— Je n'ai rien fait de tel.

— Ne mens pas !

La voix de Cal était méprisante. Il lança la boule de cristal sur le lit.

— Connecte ça sur le panneau et explique-nous donc ce que tu vois.

La jeune fille hésita un instant, ramassa la boule transparente puis la brancha. Ils la virent distinctement reprendre son souffle lorsque l'image de Fafnir en train de combattre se forma sur le grand écran surplombant le sofa.

Et ses épaules s'affaissèrent lorsqu'elle fut confrontée à son propre visage.

— Alors ? questionna Cal.

La jeune fille se retourna vers lui et la haine qui flamboyait dans ses yeux le fit reculer.

— Je répète ce que j'ai affirmé. Je n'ai pas essayé de tuer l'Héritière.

— Nous avons la preuve ! aboya-t-il.

— Elle dit la vérité, l'interrompit Tara qui venait de comprendre. Ce n'était pas moi qu'elle visait. C'était toi !

La surprise vola la voix du Voleur. Il articula, mais aucun son ne sortit.

El s'inclina.

— Je vois que Votre Altesse est plus perspicace que cet individu. Caliban dal Salan a assassiné mon cousin, Brandis. Il ne mérite pas d'être en vie ! L'Impératrice l'a jeté en prison mais il a réussi à s'échapper et a obtenu sa grâce, alors que les mânes de mon cousin l'avaient condamné à mort ! J'ai décidé de faire justice en son nom. Et je mourrai plutôt que de laisser vivre une telle pourriture.

Cal et Tara échangèrent un regard. Cal n'était pas coupable, bien sûr, mais aux yeux de l'opinion, tout ce qui avait entouré les manigances de l'Impératrice pour se débarrasser de son monstrueux oncle pouvait apparaître comme une injustice flagrante.

La jeune Voleuse mit à profit ce bref instant de désarroi. D'un geste vif, elle sortit quelque chose de son corsage.

— Je suis désolée pour vous, Altesse.

Elle lança deux objets vrombissants dans leur direction, si vite qu'il n'eurent pas le temps de réagir. Mais le snuffy, si. Dès qu'il vit qu'un danger menaçait celle qui l'avait délivré et sauvé, il ne réfléchit pas. Il bondit et reçut le tricroc en plein cœur.

Cal hurla de douleur. Il avait anticipé le mouvement d'Eleanora et le tricroc, manquant sa poitrine, s'était planté dans son épaule. Pendant qu'il s'écroulait, la jeune fille, voyant son coup raté, activa un Transmitus et disparut. Tara se précipita vers le snuffy. Elle dégagea le terrible instrument de mort, étouffant un hoquet d'horreur devant la gravité de la blessure, puis incanta un Reparus. Mais si la plaie se referma docilement, la respiration du Snuffy restait faible et saccadée.

La porte s'ouvrit, faisant tressaillir Tara, et Robin, son arc bandé, fit irruption dans la pièce suivi par Selena et Medelus.

Selena se précipita vers Cal, et elle allait appliquer un Reparus, lorsque le petit Voleur l'arrêta.

— Non, dit-il, le tricroc était empoisonné. C'est du venin d'arboise. Il faut laisser le sang couler afin de l'éliminer. J'ai subi un traitement contre ce genre de poison, donc normalement, ça ne me fera rien. D'ici quelques minutes, il sera neutralisé et vous pourrez me guérir.

Tara se mordit les lèvres, épouvantée par ce qu'elle venait d'entendre :

— Je n'avais pas le choix, j'ai dû activer un Reparus sur Sam. Il était atteint dans ses centres vitaux. Cal, ne me dis pas que je l'ai condamné en agissant ainsi ?

Cal se redressa en grimaçant.

— C'est à cause de moi. Tout est de ma faute. Je suis tombé amoureux d'un assassin, j'ai failli te faire tuer et le snuffy va mourir. Je suis tellement désolé !

Si les sourcils de Robin s'étaient arqués en entendant l'étrange déclaration de Cal, il décida de ne rien dire.

Le snuffy s'agita, puis ouvrit les yeux.

— Z'est bizarre, dit-il d'une voix rêveuse, mais z'ai froid. Il fait chaud, mais z'ai froid.

Tara sentit les larmes couler sur ses joues.

— Je suis tellement désolée ! Je n'aurais pas dû te laisser venir avec moi ! Ni t'appliquer le Reparus... et il ne fallait pas te mettre devant moi pour me sauver la vie !

Le snuffy leva une patte fourrée et caressa doucement la joue de Tara.

— Z'est un honneur, pour le pauvre znuffy, de mourir pour l'Héritière.

— Mais je ne veux pas que tu meures !

Le snuffy revint à sa langue maternelle, grâce au sort traducteur du Palais. Son élocution devint fluide et précise, malgré sa respiration entrecoupée.

— J'avais une chose... si importante... à dire. Je ne savais pas... s'il fallait. Le Grand. Magister. Il a affirmé quelque chose... de si grave. J'ai hésité. Mais maintenant je sais. Je dois le dire. Révéler le secret !

Tara se pencha et les autres se rapprochèrent, inquiets.

— Sam, de quoi parles-tu ?

La voix du snuffy n'était plus qu'un souffle.

— Les jumeaux !

— Ce n'est plus un secret, nous savons qui ils sont !

— Non. Ta mère était enceinte de deux semaines lorsque Magister l'a enlevée ! Tara, ce sont tes frère et sœur, le fils et la fille de Selena et de Danviou !

Chapitre XXX

Épilogue

Selena se redressa, les yeux emplis d'un foudroyant espoir.

— Les enfants de Danviou ? Pas ceux de Magister ?

— Non, confirma le snuffy. C'est vous qui les avez élevés. Lorsqu'ils sont entrés en possession de leur pouvoir de sortcelier, à l'âge incroyablement jeune de cinq ans, Magister les a infectés avec la magie démoniaque, afin qu'ils deviennent ses suppôts. Mais c'était une erreur. Car il n'a pu les utiliser pour récupérer les objets maléfiques. Ceux-qui-jugent et Ceux-qui-gardent ne les ont pas reconnus. Après cinq ans d'essais infructueux, il les a délivrés de la magie démoniaque dans l'espoir que le temps les nettoirait. Mais les résidus de magie maléfique les poussaient à commettre des blagues dangereuses, voire mortelles. Cela le mettait en colère car ils risquaient de se faire démasquer.

L'horrible amertume qui taraudait le cerveau de Tara disparut aussitôt.

— Ils sont vraiment mon frère et ma sœur !

Le soulagement de Selena était tel qu'elle chancela et dut s'asseoir.

— Je ne me souviens de rien ! balbutia-t-elle. Comment... ?

— Magister a dit que votre influence sur les enfants était

négative ou plutôt, trop positive. Alors il vous a jeté un Amemorus, un sort d'amnésie terriblement puissant, beaucoup plus que le Mintus. Il a fait de même pour les petits avant de vous séparer. Ils croient que Magister est leur père.

Les révélations du snuffy étaient si extraordinaires que Tara et Selena demeuraient pétrifiées.

Le snuffy gémit et sa voix faiblit encore.

— Maintenant... maintenant, il faut... que je vous dise. Magister. Je sais qui est Magister !

Tara écarquilla les yeux.

— Comment ?

— J'avais perdu mon odorat en tombant dans un champ d'astophèles, murmura-t-il. Mais je l'ai enfin retrouvé. Et j'ai reconnu son odeur. C'est...

Le souffle lui manqua. Il tenta désespérément d'articuler, tous les spectateurs suspendus à ses babines. Soudain sa tête retomba et ses yeux si brillants et joyeux se voilèrent.

Tara sentit les larmes couler sur ses joues et sa mère vint l'entourer de ses bras, recueillant les sanglots déchirants de l'adolescente. C'était fini. Le snuffy était mort sans réussir à révéler son secret.

Tara était noyée dans son chagrin lorsqu'un grand cri attira son attention. Devant la Porte de Transfert de la cuisine, les Hauts mages et l'Imperator, ainsi que leurs elfes, venaient d'être restitués, endormis ! Dans l'épaule de Sandor était fiché un poignard. Heureusement, il était inanimé, comme les autres, et le Chaman put retirer la lame sans le faire souffrir. Il avait perdu du sang mais pas suffisamment pour mettre ses jours en danger.

Un billet était accroché au couteau, contenant un message très simple. Il était adressé à Tara. « Ce n'est que partie remise, à très bientôt » et c'était signé : « Magister, Maître des Sangraves. »

Lorsqu'ils reprirent conscience, ils furent interrogés, mais tous étaient frappés d'amnésie excepté l'Imperator qui, lui, se souvenait très bien de leur ennemi lui plantant l'arme dans l'épaule, quasi fumant de rage. L'Impératrice ne comprit rien à cet étrange message. Tara non plus.

Mais cet avertissement ne parvint pas à obscurcir l'atmosphère des jours qui suivirent. Le soulagement de l'Empire tout entier fut immense, au point qu'un jour férié fut décrété. La nouvelle de la défaite de Magister circula dans tout AutreMonde et Tara paria avec ses amis que les Sangraves allaient avoir du mal à recruter.

— Ce que je ne saisis pas, fit-elle observer à Lisbeth alors qu'elles partageaient une tasse de chocolat dans les appartements impériaux, c'est son raisonnement. Si l'Omois avait capitulé et s'était rendu, et si Magister avait pris le pouvoir, on se serait très vite rendu compte qu'il n'avait pas d'armée ! Les gens se seraient rebellés, non ?

L'Impératrice se redressa, sa nouvelle cameriste, Vrianna, une grande blonde musclée ressemblant fortement à un garde du corps, attentive derrière elle.

— Tu ne connais pas encore bien ton peuple, ma chérie. Eh non, il ne se serait pas révolté. Notre gouvernement est fait de telle sorte qu'il n'est jamais contesté par les Omoisiens.

Tara était stupéfaite.

— Non ? Mais si tu fais une loi qui ne leur plaît pas ?

— J'évite, répondit simplement l'Impératrice. Et n'oublie pas que les problèmes de ton monde n'existent pas sur le nôtre. Les Diseurs de Vérité permettent de prévenir l'injustice et la magie pourvoit à beaucoup de choses. Notre nature est généreuse, tout le monde ou presque mange à sa faim. Alors un changement à la tête du gouvernement ne serait pas considéré comme une catastrophe majeure. Ils auraient accueilli Magister.

Tara hocha la tête, dubitative. Enfin... le principal était que le maître des Sangraves avait bluffé et perdu. Le reste était pure casuistique.

Au Palais impérial, il fallut quelques jours pour démêler l'imbroglio de tous les complots et mensonges. Une allocution télécristallée fut retransmise. Tara révéla qu'Antisort avait été infiltré par Magister, qui avait attisé le mécontentement des nonsos pour les manipuler. La vampyr, Selenba, avait injecté de l'argent dans le mouvement et, forte de sa position, avait supervisé les attentats. Tara ne fit pas préciser dans le reportage que la vampyr en avait également profité pour tenter de se débarrasser de Selena ; ça, c'était une arme secrète qu'elle se réservait en vue d'une probable confrontation prochaine. Elle savait qu'elle n'en avait pas fini avec la vampyr et se demandait comment Magister réagirait en apprenant que son fidèle lieutenant avait désobéi et tenté de tuer celle qu'il... beurk ! aimait en secret.

Du coup, les nonsos qui voulaient le départ des sortceliers comprirent qu'on s'était joué d'eux et qu'ils avaient été bernés. Fous de rage, ils firent passer à plusieurs Sangraves le goût de telles plaisanteries, la magie ne protégeant pas toujours d'un coup de couteau bien placé.

Plusieurs corps furent aussi retrouvés dans le palais, coupant net la piste que remontait Xandiar. Il fit son rapport à l'Impératrice et à Tara. Il formula l'hypothèse que le coupable, complice de Magister, qui avait tout organisé, depuis l'attaque des démons au palais jusqu'à la mort de Marianna, était un mage très haut placé dans le gouvernement. L'Impératrice le chargea de continuer l'enquête. Elle voulait la peau de celui ou celle qui avait fomenté tous ces complots. Tara avait bien une petite idée, mais ne dit rien. Elle préférait que Xandiar trouve tout seul, sans être influencé. Et si leurs soupçons se confirmaient... alors elle frapperait.

L'Impératrice, après une semaine de panique totale dans tout l'empire, rappela les effrits proscrits, réalisant qu'elle avait trop besoin des démons pour maintenir l'ordre. Le gardien de la Chevalière fut un autre effrit et l'anneau fut doté d'un sort supplémentaire qui forçait à prononcer la formule de protection pour son nouveau porteur. Mel, quant à lui, fut condamné par les Hauts mages, déchu de ses prérogatives qui lui permettaient, moyennant le respect de certaines bornes, de se déplacer librement sur AutreMonde, et banni pour mille années dans les Limbes pour avoir tenté de prendre le pouvoir.

Il leur fallut également s'occuper de ceux qui avaient péri, notamment des funérailles du snuffy rôdeur. Ses obsèques furent grandioses. Étant devenu un héros national en sauvant la vie de Tara, il accéda à la Dissolution, exclusivement réservée en temps ordinaire aux membres de la famille impériale d'Omois. Son âme reposerait en paix dans le grand parc ombragé où eut lieu l'émouvante cérémonie. Et les snuffy furent accueillis partout non plus comme des voleurs, mais comme des héros. Pour remercier Sam, ils élevèrent son odeur au rang de Messiah. Elle serait conservée et révérée dans leur temple à jamais.

Cependant Robin, très inquiet depuis qu'il avait découvert que Tara avait sans doute été victime d'une manipulation génétique, convoqua une réunion. Il fut surpris de voir à quel point maître Chem comme dame Isabella Duncan paraissaient mal à l'aise lorsqu'il dévoila devant eux ses observations récentes. Inquiétude ou culpabilité ? L'Impératrice, très angoissée d'apprendre que le capital génétique de son héritière avait peut-être été altéré, ordonna une enquête et des examens immédiats.

Tara avait pour l'heure d'autres soucis. Selena, Medelus et la jeune fille eurent une grande discussion. Selena, encore choquée, reporta son mariage à une date ultérieure. Elle refusait d'épouser Medelus, du moins tant que Magister serait en liberté. Tara, qui s'était faite à l'idée d'avoir un beau-père, fut tout de même heureuse de ce répit. Pourtant, ce que la vampyr avait dit à propos de Magister et de sa mère la rongeait. Que s'était-il vraiment passé pendant toutes ces années où Selena avait été prisonnière ? Pourquoi, alors que Magister avait prononcé la phrase débridant leur mémoire, les jumeaux ne se souvenaient-ils pas de leur passé, mais d'un passé tronqué où Magister était leur père ? Quelle phrase rendrait-elle la mémoire à sa mère ? Et, le plus important, devait-elle tenter de briser l'amnésie de Selena ?

Celle-ci semblait si heureuse avec Medelus dont les profondes blessures physiques et psychologiques guérissaient lentement que Tara n'eut pas le cœur à lui gâcher sa joie. Et puis, après tout, sa mère avait oublié tant de choses ! Inutile de creuser les plaies causées par son enlèvement.

Tara s'offrit tout de même la satisfaction d'une belle revanche lors de la cérémonie de présentation de Jar et de Mara à la cour impériale. Il avait été décidé qu'ils resteraient à Omois en tant que princes légitimes de l'Empire pour y recevoir leur éducation.

Mais ils n'en savaient rien. L'Héritière impériale avait très fermement indiqué que le premier qui révélerait à ses frère et sœur leur identité réelle serait illico transformé en escargot et dégusté chaud avec du beurre et de l'ail. La menace avait porté ses fruits. Les deux petits avaient été conviés à suivre le cortège d'honneur célébrant le courage de Robin, l'ingéniosité de Cal, l'intelligence de Moineau et la vaillance des dragons.

Ce fut grandiose. Une fois les héros consacrés, ce fut au tour des jumeaux. Vêtus de blanc, sans aucune décoration sur leur robe de sortceliers, suivis par Grr'ul que Tara leur avait donnée comme garde du corps-nounou-surveillante, ils avancèrent accompagnés par deux rangées de gardes impériaux croisant leurs sabres au-dessus de leur tête. Tous les Familiers rugirent, hennirent, barrirent, etc., à leur entrée. Une fanfare tonitruante salua leur progression et, pour la première fois, Tara vit Jar et Mara muets de stupeur.

Galant, ses ailes déployées, faisant dans son dos comme un somptueux dais protecteur, elle attendait sagement avec un malicieux sourire aux lèvres, au côté de sa tante qui, tenue au courant de son petit stratagème, était curieuse de la suite des événements.

Elle ne fut pas déçue. L'immense salle d'audience était comble. À part le bruit des trompettes et autres cuivres et le souffle de la respiration de tant d'êtres différents, on n'entendait pas le moindre commentaire au fur et à mesure de la progression des deux enfants. Ce fut un peu long, d'abord parce que la salle était prodigieusement vaste, ensuite parce que plus ils s'approchaient du trône, plus ils ralentissaient, les yeux agrandis par l'appréhension. Ils se méfiaient de Tara.

Ils n'avaient pas tout à fait tort. Elle se leva, ouvrant les bras, et parla avec une majestueuse emphase :

— Vos Majestés Impériales, Vos Altesses royales, Vos Altesses sérénissimes, Vos Excellences les ambassadeurs, Messieurs les Présidents et Ministres, Vos Excellences les représentants des églises et temples d'Omois, peuple d'Omois et peuples d'AutreMonde ! Écoutez ma voix ! Nous sommes réunis aujourd'hui pour célébrer le courage de ceux qui ont sauvé notre empire, mais également l'âme de notre cœur, c'est-à-dire notre bien-aimée Impératrice (c'était Manitou qui lui avait écrit son discours. Elle le trouvait un peu pompeux). Mais ce n'est pas uniquement le courage et la bravoure des dragons qui ont donné leur vie pour nous, ni la loyauté de Caliban dal Salan, de Fafnir Forgeafeux, de Robin M'angil, de Fabrice de Besois-Giron, du snuffy Sam ou de la princesse Gloria Daavil, que nous saluons aujourd'hui. Nous fêtons également l'incroyable, la merveilleuse nouvelle, l'extension inattendue de notre impériale famille.

D'un geste elle fit apparaître le paon pourpre aux cent yeux d'or sur les robes de Jar et de Mara, les faisant sursauter. Puis elle se redressa, forçant encore la voix malgré les amplificateurs magiques qui relayaient ses paroles jusqu'au-dehors où se pressait, devant son image déployée sur les panneaux de cristal, une foule innombrable.

— Peuple d'Omois, permets-moi de te présenter mon frère, Jar, et ma sœur, Mara, Prince et Princesse de l'Empire, fils et fille de Danviou, imperator d'Omois et de son épouse, Selena du Lancovit !

Avant que n'éclate l'incroyable explosion de joie de toute la cour, Tara fut payée de tous ses déboires, avec intérêts compris. Les deux petits pâlirent, ouvrirent la bouche comme deux poissons échoués, suffoqués par la surprise.

Et elle se sentit envahir d'une sensation de plénitude en croisant les yeux pleins de larmes de joie de sa mère et de sa tante. Mais à son bonheur se mêlait une part de tristesse. Maintenant que l'héritage d'Omois ne reposait plus exclusivement sur elle, elle savait ce qu'elle avait à faire.

Les cérémonies durèrent plusieurs jours. Jar et Mara, encore stupéfaits de ce qui leur arrivait, ne quittaient plus Selena d'une semelle. Tara eut beaucoup de temps pour réfléchir et mettre son plan au point.

Le lendemain de la dernière fête en l'honneur des héritiers retrouvés, Robin vint prendre Tara pour le petit déjeuner, fermement décidé à avoir enfin avec elle une grande conversation. Tara devait subir dans la matinée les examens génétiques ordonnés par l'Impératrice, et l'elfe avait saisi le prétexte de l'accompagner pour se trouver seul avec elle.

Cette fois-ci, il allait lui révéler son amour, yeux dans les yeux. Après tout, Fabrice, censé être bien moins courageux qu'un elfe, avait avoué ses sentiments à Moineau. Lui-même pouvait-il faire moins ? Mais quand il entra dans le salon de sa suite, aucune trace de Tara. Surpris, il la chercha dans les autres pièces. Dans la salle de bains, il huma avec délice son parfum, et le tapis de sol encore légèrement humide lui apprit que Tara avait pris une douche il y avait de cela déjà quelques heures. Il fronça les sourcils. Une douche au milieu de la nuit ?

Sortant dans le couloir, il convoqua un effrit à qui il ordonna de localiser la jeune fille. Un début de panique s'infiltra dans son cœur lorsque l'effrit revint bredouille. Comme un fou, Robin courut jusque chez l'Impératrice. La jeune femme blêmit en apprenant la nouvelle. Ils firent fouiller tout le palais, mais sans succès. Xandiar rapporta que le second Drac avait été volé. Selena, Isabella, Chem et Charm, Cal, Moineau, Manitou, Fabrice, Fafnir et tous les courtisans mirent Tingapour sens dessus dessous, mais ils durent bien vite se rendre à l'évidence.

L'Héritière s'était volatilisée.

LEXIQUE DÉTAILLE D'AUTREMONDE
(Et d'ailleurs)

L'ÉTONNANTE AUTREMONDE

AutreMonde est une planète magique, plutôt dangereuse pour les innocents touristes (qui se font plumer par les marchands et dévorer par les bestioles). Elle fait le tour de son brûlant soleil en quatorze mois. Les jours durent vingt-six heures et l'année compte quatre cent cinquante-quatre jours. Il y a sept saisons : Kaillos, Botant, Trebo, Faicho, Plucho, Moincho et Saltan. Le climat y est incertain, la faune et la flore agressives ; pourtant ses habitants n'iraient ailleurs pour rien au monde, car elle est magnifique. Sur AutreMonde vivent des peuples venus souvent d'autres planètes : dragons, elfes, humains, lutins, fées, licornes, pégases, gnomes, diseurs, tatris, géants, nains, vampyrs, etc.

AUTRES PLANÈTES

La **Terre**, peuplée d'humains et de quelques sortceliers en mission secrète.

Le **Dranvouglispenchir**, planète des dragons, dirigé par Chandouvarilouvachivu, leur roi. Les énormes reptiles peuvent prendre la forme de leur choix, souvent humaine, et se battent aux côtés des sortceliers contre les démons des Limbes.

Les **Limbes**, univers parallèle, composé de planètes dirigées par des êtres appelés « démons ». Les sept principales planètes sont appelées « Cercles ». Le but des démons est extrêmement simple : conquérir les univers et manger tout le monde.

Santivor, planète glaciale des Diseurs de Vérité, végétaux intelligents et télépathes.

Principaux Peuples et Pays d'AutreMonde

Hymlia. Capitale : Minat. Emblème : Enclume et marteau de guerre sur fond de mine ouverte. Habitants : Nains.

Aussi hauts que larges, connus pour leur amour de la bagarre, leur haine de la magie (bien qu'ils soient capables de passer à travers la pierre, ce qu'ils considèrent comme un don), leur passion des mines et leurs chants longs, compliqués et souvent difficiles à entendre, pour cause d'oreilles bouchées.

Krankar. Capitale : Kria. Emblème : Arbre surmonté d'une massue. Habitants : Trolls.

Souvent utilisés comme gardes du corps du fait de leur taille imposante, les trolls sont végétariens mais peuvent devenir des ogres s'ils absorbent involontairement de la viande.

Krasalvie. Capitale : Urla. Emblème : Astrolabe surmonté d'une étoile et du symbole de l'infini (un huit couché). Habitants : Vampyrs.

Les vampyrs d'AutreMonde se nourrissent du sang des animaux qu'ils élèvent. Ceux qui se nourrissent d'humains, ou d'êtres conscients que leur salive devenue empoisonnée transforme en leurs esclaves, sont impitoyablement éliminés par les « Brigades Noires », les brigades vampyrs.

Lancovit. Capitale : Travia. Emblème : Licorne blanche à corne dorée, dominée par le croissant de lune d'argent. Habitants : Humains.

Puissant royaume humain, le Lancovit est la patrie de Tara et de sa famille du côté de sa mère, Selena.

Le Mentalir, vastes plaines de l'Est sur le continent de Vou. Habitants : licornes et centaures. Pas d'emblème.

Les licornes se divisent en deux clans : les penseurs et les animaux. Les centaures sont farouches et chassent ceux qui tentent de venir sur leur territoire.

Omois. Capitale : Tingapour. Emblème : Le paon pourpre aux cent yeux d'or. Habitants : Humains.

Fort de deux cents millions d'habitants, Omois est situé sur le continent de Tû.

Ses dirigeants sont Lisbeth et Sandor, impératrice et imperator, tante et demi-oncle de Tara et descendants de Demiderus, le Très Haut Mage fondateur de l'empire.

Salterens. Capitale : Sala. Emblème : Grand ver dressé tenant un cristal de sel bleu dans ses dents. Habitants : Salterens.

Les Salterens sont les esclavagistes d'AutreMonde. Terrés dans leur impénétrable désert, mélange bipède de lion et de guépard, ce sont des pillards et des brigands qui exploitent les mines de sel magique (à la fois condiment et ingrédient magique). Ils sont dirigés par le Grand Cacha et par son Grand Vizir, Ilpabon, et divisés en plusieurs puissantes tribus.

Selenda. Capitale : Seborn. Emblème : Lune d'argent pleine au-dessus de deux arcs opposés flèches d'or encochées. Habitants : Elfes.

Yeux de cristal, cheveux d'argent, bien que pouvant se croiser avec les humains, les elfes mâles ont des poches qui poussent après la conception pour pouvoir aussi porter le bébé. Grands guerriers, très dangereux et susceptibles, ils sont quasiment immortels, raison pour laquelle ils ont peu d'enfants. Robin, le demi-elfe, souffre de son métissage qui le fait rejeter par les autres elfes.

Smallcountry. Capitale : Small. Emblème : Globe stylisé entourant une fleur, un oiseau et une aragne. Habitants : Gnomes, Lutins p'abo, Fées et Gobelins.

Les gnomes sont bleus, les lutins verts, les gobelins gris et les fées multicolores. Adorant les oiseaux, les habitants de smallcountry en les mangeant ont tué les prédateurs des insectes. Aussi à Smallcountry se trouvent les plus gros insectes d'AutreMonde, au point qu'ils servent de montures ou de tisseurs.

Tatran. capitale : Cityville. Emblème : Équerre, compas et boule de cristal sur fond de parchemin. Habitants : Tatris, Cahmboum, Tatzboum..

Travailleurs, organisés, les Tatris sont les administrateurs d'AutreMonde. On les retrouve souvent aux postes de ministres ou de gouverneurs. Leurs deux têtes sont probablement à l'origine de leurs prodigieuses facultés de réflexion. Les Cahmboum, sortes de grosses mottes jaunes aux yeux rouges et tentacules, sont également des administratifs, souvent bibliothécaires. Les Tatzboums sont en général des musiciens et jouent des mélodies extraordinaires grâces à leurs tentacules.

Faune, Flore et Proverbes d'AutreMonde

Aragne

Araignées à huit pattes et queue de scorpion, les aragnes aiment les charades et dévorer les imprudents qui ont peu d'imagination.

Astophèle

Les astophèles sont des petites fleurs roses qui ont la propriété de neutraliser l'odorat pendant quelques jours. Les plantes ont développé cet astucieux procédé pour échapper aux herbivores, qui dépendent de leur odorat pour détecter les prédateurs.

Balboune

Rouges, les baleines d'AutreMonde chantent des mélodies inoubliables et produisent un lait très apprécié de tous. « Chanter comme une balboune » est un compliment extraordinaire.

Bendruc le Hideux

Divinité des limbes démoniaques, Bendruc est si laid que même les autres dieux démons éprouvent un certain respect pour son aspect terrifiant. Ses entrailles ne sont pas dans son corps mais en dehors, ce qui, lorsqu'il mange, permet à ses adorateurs de regarder avec intérêt le processus de digestion en direct.

Bllls

Les bllls sont des poissons ailés qui passent une partie de leur temps dans l'eau et l'autre, lorsqu'ils doivent se reproduire, en dehors. Très gracieux et magnifiques par leurs couleurs chatoyantes, ils sont souvent utilisés en décoration, dans de ravissantes piscines.

Bobelle

Splendide oiseau d'AutreMonde un peu semblable à un perroquet.

Blurps

Étonnante preuve de l'inventivité de la magie sur AutreMonde, les blurps sont des plantes insectoïdes. Dissimulées sous la terre, semblables à de gros sacs de cuir brun, elles s'ouvrent pour avaler l'imprudent. Les petites blurps ressemblent à des termites et s'occupent d'approvisionner la plante mère en eau et en victimes. Une fois grandes, elles s'éloignent du nid et plantent leurs racines, s'enfonçant dans la terre, et le processus se répète. On dit souvent sur AutreMonde : « S'égarer dans un nid de blurps » pour désigner quelqu'un qui n'a aucune chance de s'en sortir.

Brrraaa

Énormes, lents, têtus, les brrraaa sont l'une des principales productions de Gandis, le pays des Géants. Les brrraaa, très ombrageux, chargent tout ce qu'ils voient, jusqu'à épuisement. On dit souvent « têtu comme un brrraaa ».

Chaman

Les chamans sont les guérisseurs, les médecins d'AutreMonde. Car si tous les sortceliers peuvent appliquer des Reparus, il est de nombreuses maladies qui ne peuvent pas être soignées grâce à ce sort si pratique.

Chatrix

Souvent utilisés comme chiens de gardes, les chatrix sont de grosses hyènes noires aux dents empoisonnées.

Crochiens

Chacals du désert du Salterens, les crochiens chassent en meute.

Crunchilles brunes

Plantes en forme de cœur, dont les feuilles sont comestibles. Beaucoup de voyageurs ont pu survivre sans aucune autre alimentation que des feuilles de crunchille. On l'appelle aussi « plante du voyageur ».

Discutarium

Entité intelligente recensant tous les livres, films et autres productions artistiques de la Terre, d'AutreMonde, du Dranvouglispenchir mais également des Limbes démoniaques. Il n'existe quasiment pas de question à laquelle la Voix, émanation du Discutarium, n'ait la réponse.

Diseurs de Vérité

Végétaux intelligents, originaires de Santivor, glaciale planète située près d'AutreMonde. Les Diseurs sont télépathes et capables de déceler le moindre mensonge. Muets, ils communiquent grâce aux gnomes bleus, seuls capables d'entendre leurs pensées.

Draco-tyrannosaure

Croisement de reptiles et de dinosaures, ils sont l'une des raisons pour lesquelles le tourisme est peu développé dans les forêts d'AutreMonde.

Effrit

Race de démons qui s'est alliée aux humains contre les autres démons lors de la grande bataille de la Faille. Pour les remercier, ils ont reçu de la part de Demiderus l'autorisation de venir dans notre univers sur simple convocation d'un sortcelier. Ils ont décidé d'utiliser leurs pouvoirs pour aider les humains sur AutreMonde. Les moins puissants d'entre eux sont utilisés comme serviteurs, messagers, policiers, etc.

Élémentaire

Il existe plusieurs sortes d'élémentaires : de feu, d'eau, de terre et d'air. Ils sont en général amicaux, sauf les élémentaires de feu qui ont assez mauvais caractère, et aident volontiers les AutreMondiens dans leurs travaux ménagers quotidiens.

Géant d'Acier

Arbres indestructibles sauf en utilisant la magie, les Géants poussent jusqu'à trois cents mètres de hauteur et servent de support aux gigantesques nids des pégases sauvages.

Gélisor

Divinité mineure des Limbes démoniaques dont l'haleine est si violente que ses adorateurs ne peuvent entrer dans son sanctuaire que le museau/gueule/visage couvert par un linge aromatisé. Même les mouches ne peuvent survivre dans le temple de Gélisor. Et lors des réunions avec les autres dieux, il est prié de se laver les crocs avant de venir, histoire que l'atmosphère soit un minimum supportable. Il est également interdit de fumer à proximité de Gélisor.

Glouton étrangleur

Comme son nom l'indique, le glouton étrangleur est un animal velu et allongé qui utilise son corps comme une corde pour étrangler ses victimes.

Glurps

Sauriens vert et gris. Rendent les cours d'eau peu propices aux baignades.

Jourstal (pl. : jourstaux)

Diffusés par la Télécristal, les jourstaux sont les nouvelles d'AutreMonde, que les sortceliers et nonsos reçoivent sur les panneaux de cristal et autres boules de cristal.

Kax

Son surnom est la « molmol » tant cette tisane est relaxante. « Toi t'es un vrai kax », ou encore « Oh le molmol ! » sont des injures précisant que la personne est peu dynamique.

Keltril

Très souple, léger et résistant, de couleur argentée, le keltril est façonné par les nains qui le vendent (très cher !) aux elfes et aux humains.

Kidikoi

Bien des mages se sont penchés sur les étranges propriétés des sucettes prophétiques Kidikoi, sans récolter d'autre réponse que des kilos en trop et des caries. Leur cœur annonce le futur mais il est souvent difficile de comprendre leurs prédictions, malicieusement créées par les lutins p'abo.

Krakdent

Les krakdents ressemblent à d'adorables peluches roses aux grands yeux innocents. Gare cependant à celui qui voudrait les caresser, car ce sont d'impitoyables prédateurs. Bien des touristes ont perdu la vie en disant : « Oh, regarde chéri, comme il est mign... » Plusieurs meurtres déguisés en accident ont d'ailleurs été réalisés grâce à des krakdents.

Nonsos

Humain, elfe ou toute autre entité intelligente ne possédant pas la magie.

Pégase

Les pégases sont des chevaux ailés argentés. Leurs os sont creux et ils n'ont pas de sabots, peu pratiques pour se percher sur les arbres ou faire des nids, mais de redoutables griffes/serres, rétractiles.

Pouic

Petites souris rouges capable de se téléporter physiquement d'un endroit à un autre et munies de deux queues. Leur ennemi naturel est le **mrrr**, sorte de gros chat orange à oreilles vertes qui bénéficie de la même capacité.

Scoop

La scoop est une caméra dotée d'ailes, qui ne vit que pour filmer. Elle se nourrit de cellulose.

Sèche-corps

Entités immatérielles, sous-élémentaires de vent, les sèche-corps sont utilisés dans les salles de bains, mais également en navigation sur AutreMonde où ils se nomment alors « soufflevent ».

Snuffy rôdeur

Ressemblant à un renard bipède, vêtu le plus souvent de haillons, un grand sac sur le côté, le snuffy rôdeur est un pilleur de poulailler et de spatchounier, ce qui fait qu'il n'est pas très aimé des fermiers d'AutreMonde. Il a la particularité, peu connue, de pouvoir se dédoubler, ce qui lui permet de se libérer des prisons où il est souvent enfermé.

Sopor

Plantes pourvues de grosses fleurs odorantes, elles piègent les insectes et les animaux avec leur pollen soporifique. Une fois l'insecte ou l'animal endormi, elles l'aspergent de pollen afin qu'il joue le rôle d'agent fécondant. Raison pour laquelle on voit souvent aux alentours des champs de sopor des carnivores ayant appris à retenir leur souffle le temps d'attraper leur proie et de la sortir du champ. On dit souvent sur AutreMonde : « Ennuyeux comme un champ de sopor. »

Sortceliers

Humain, elfe ou toute autre entité intelligente possédant l'art de la magie.

Spatchounes

Dindons géants et dorés, les spatchounes ne doivent leur survie en tant que race qu'au fait qu'ils sont très prolifiques. On dit souvent sur AutreMonde « bête comme un Spatchoune », ou « vaniteux comme un Spatchoune ».

Spatchounier

Équivalent d'un poulailler sur AutreMonde.

Taormis

Redoutables souris à tête de fourmis dont la piqûre est horriblement douloureuse, les taormis sont capables de décimer une forêt entière lorsque l'une des fourmilières/nids décide de migrer. Elles produisent également un miel très sucré, apprécié des animaux d'AutreMonde, mais particulièrement difficile à obtenir sans y laisser la vie.

Tatrolls

Les mesures terriennes et AutreMondiennes étant différentes, j'ai directement converti les mesures que me donnait Tara, les tatrolls en kilomètres et les batrolls en mètres. Un troll faisant trois mètres de haut, un batroll fait donc 1m50 et un tatroll un kilomètre et demi.

Tricrocs

Armes enchantées trouvant immanquablement leur cible, composées de trois pointes mortelles, souvent enduites de poison ou d'anesthésique, selon que l'agresseur veut faire passer sa victime de vie à trépas ou juste l'endormir.

T'sils

Minuscules vers vivants dans le désert de Salterens, les t'sils attaquent tout ce qui bouge, et tendent, pour ceux qui ne savent pas comment s'en protéger, un piège mortel à celui qui met un pied dans leur désert.

Traducs

Gros herbivores élevés pour leur chair délicieuse et leur poil très long, dru et solide, ils ont des glandes sudoripares qui émettent une odeur atroce. « Puer comme un traduc malade » est l'une des insultes quotidiennes d'AutreMonde.

Tzinpaf

Délicieuse boisson gazeuse à base de cola, de pommes et d'oranges ou de cerises, le Tzinpaf est une boisson très appréciée sur AutreMonde.

Ver taraudeur

Le ver taraudeur se reproduit en insérant ses larves sous la peau des animaux pendant leur sommeil. Bien que non mortelle, sa morsure est douloureuse et il faut la désinfecter immédiatement avant que les larves ne se propagent dans l'organisme.

Vrrir

Redoutables félins blancs à six pattes, les Vrrirs sont les compagnons ensorcelés de l'Impératrice. Ils circulent librement dans son palais, aveugles à la présence des autres.

Dessin de Kim Tran, gagnante du concours

Remerciements

Oh cher lecteur/lectrice que j'aime et à qui je dois tout, c'est toi que je remercie en premier.

Pour l'énorme travail accompli pour ce tome trois, merci à la jolie Stéphanie Chevrier pour sa confiance et aux formidables Frédéric Morel et Gilles Haeri qui m'ont ouvert tout grand les portes de leur prestigieuse maison d'édition, Flammarion, *et* m'encouragent *et* me soutiennent avec chaleur. Bon sang, ce que c'est bon d'être un auteur aimé ! Sans oublier Marie-Clotilde Dumuis qui a fait un travail extraordinaire sur le marketing et Antoine Dupayrat pour la partie création. C'est difficile d'écrire, c'est un travail très solitaire et j'ai vraiment apprécié d'être épaulée à ce point par leur professionnalisme sans faille. Tout ça grâce à Martine Mairal auteure de *L'Obèle* et à mon cousin, Gilles Veber, auteur de *Gauthier* (un super bouquin qui me fait pleurer de rire). Merci à vous deux spécialement. Je remercie également Jacques Binstock et Florence Barrau qui ont édité mes deux premiers tomes.

Merci à Stéphane Legrand qui obtient tous les suffrages de mes fans pour le site magnifique qu'il a créé pour Tara. Et à Séverine pour la superbe couverture de Tara et à l'irremplaçable Virginie pour m'avoir signalé que « calotte glacière » risquait de faire penser à un pique-nique géant et que « glaciaire » ça le faisait tout de même plus. Merci à tous, vous êtes formidables !

Allez hop ! Au tour de la famille. Merci à ma maman qui pour une fois, a aimé sans condition... ou c'est que je m'améliore, ou c'est qu'elle commence à apprécier les dragons et les lutins ! Bravo maman ! Merci à ma sœur Cécile la plus ravissante des directeurs juridique de Paris, à son Picasso de mari, Didier, qui est en train de concurrencer sérieusement Andy Warhol et à leur bébé tout neuf, Paul. Bises à mon oncle Francis qui entame un nouveau film et une pièce en même temps... wahou ! Et à ma tante Françoise qui supervise toute sa petite famille avec talent et autorité, sans oublier Gilles et Jean, mes cousins et confrères en écriture. Bises aux z'audouin Papy Gérard, Jean-Luc, Corinne et Lou, Thierry, Marylène et Léo.

Merci au toujours jeune Théodore Klein et à ma jumelle d'âme, Michèle Schwarz qui a râlé autant que moi lorsque Stéphanie m'a fait couper 350 pages.

Enfin trois mercis spéciaux. Le premier à mon mari Philippe. Jamais aucun mot en aucune langue ne pourra traduire à quel point je t'aime. Va falloir que j'invente un dialecte spécial juste pour toi mon amour ! Le second à mes deux merveilleuses filles, Diane et Marine, qui continuent courageusement à lire Tara et à me donner leur avis impartial. Sans vous, je n'y arriverais jamais ! Sans oublier Nathanaël François, le meilleur des correcteurs de quatorze ans !

Et le dernier pour mes fans adorables : Andrée-Ann Mélina et Julie du Canada, Antony et Antoine, Gabriele et Gabriel, Marion, Sophie, Romain, Béatrice, Fanny, Vincent, Benjamin, Julia/Milora, Lilinou dite Pauline, Camille, Justine, Julie, Mélanie, Anaïs, Zoé, David (qui aimerait faire partie du casting !), toute la bande de Move&be, Tagada, Icekream, Stellou, Fab, miyako et pardon si j'en oublie ! Bravo à Cléo qui m'envoie des textes superbes et à Kim, grande gagnante du concours, qui a dessiné Céliphane. Merci à Sophie, Joyce, Marine, Melissa la navigatrice, Hugo le dessinateur qui aime les dragons, et Hugo qui écrit, Ingrid/Senna qui les aime aussi, Léa, Brigitte, Charlotte, Anne, Agathe, Jessica, Audrey, à Cécile dite Aziliz pour son site magnifique sur MSN à propos de Tara et à Honyama qui a fait un site Tarapotter, et tous les autres (euuuh, je ne peux pas mettre tous les prénoms, sinon le livre va faire 2000 pages !) Merci merci merci d'aimer autant Tara Duncan !

Table

Composition et mise en page

NORD COMPO
multimédia

CET OUVRAGE
A ÉTÉ ACHEVÉ D'IMPRIMER
SUR ROTO-PAGE
PAR L'IMPRIMERIE FLOCH
À MAYENNE EN JUIN 2005

N° d'éd. FF876601. N° d'impr. 63387.
D.L. : septembre 2005.
Imprimé en France